푸른 고도

Blue Isolated Island

푸른 고도

모리사와 아키오 지음 · 민경욱 옮김

서울문화사

일러두기
본문 괄호 안의 설명 중 역자 주는 '옮긴이 주'로 표시했고 그 외에는 모두 원문에 따랐습니다.

차례

제1장 · 눈물의 서쪽, 웃음의 동쪽

우욱……. 아, 안 될 것 같아…….

밤 여덟 시에 다케시바 잔교를 출항한 고물 페리 '시치조마루'가 도쿄만 밖으로 나오자마자 이런 생각에 시달렸다.

인생 최초로 뱃멀미라는 녀석에 시달린 것이다.

먼바다의 파도를 완전히 얕봤다.

얇은 카펫이 깔린 이등 선실(이른바 혼숙 침실)에는 지독한 기계유 냄새가 가득해 울렁이는 위를 더 자극했다. 게다가 거대한 엔진이 바로 옆에 있는 듯, 웅, 웅, 웅, 뇌를 뒤흔드는 듯한 엄청 크고 불쾌한 소리가 나는 탓에 소리치지 않으면 대화조차 불가능했다.

아아, 더는, 안 될 것…….

엔진의 진동이 그대로 전해지는 벽에 등을 완전히 기대고 메슥거리는 속과 사투를 벌였다.

"와! 해냈다! 제일 강한 괴물을 잡았어!"

바로 옆에서 귀가 따가울 정도로 새된 목소리가 났다.

내가 빌려준 게임기를 들고 롤플레잉 게임을 즐기고 있는 절세미녀 '루이루이 씨'의 목소리다.

"하하……. 잘됐네요……."

죽을 것 같았지만, 그래도 싹싹하게 대답했다.

"히히히. 좋았어! 다음은 더 강한 괴물을 잡아야지!"

이 '너무나 해맑은' 미녀에 대해 아직 아는 것은 하나도 없다. 그도 그럴 것이 조금 전 내가 뱃멀미로 쓰러졌을 때 처음으로 말을 걸어온 생판 남이니까.

"어머, 저기? 얼굴이 너무 창백한데 괜찮아?"

한 여성이 흔들리는 배 안에서 매릴린 먼로처럼 태연히 걸어와 느닷없이 눈앞에서 모델 포즈를 취하며 축 늘어져 앉아 있는 나를 내려다봤다.

"어? 아니, 뱃멀미가 날 것 같아서……요."

내가 제일 처음 "어?"라고 한 것은 모르는 여성이 말을 걸어왔기 때문이 아니라 이 여성이 너무나 아름다웠기 때문이다. 부드러운 웨이브가 들어간 금발과 쌍꺼풀이 진 커다란 눈, 긴 속눈썹, 반짝이는 파란 눈, 오뚝한 콧날, 입가가 올라간 분홍빛 입술. 나이는 스물다섯쯤 되려나? 유명 패션 잡지에서 튀어나온 혼혈 모델처럼 '반짝이는 아우라'를 발산하고 있었다. 너무나 평범한 하얀 티셔츠와 짧은 데님 반바지를 입은 게 전부인데 말이다. 이 간소한 복장으로 이토록 반짝이는 느낌을 분출하다니, 그야말로 보통이 아니다.

"그렇구나! 뱃멀미야. 이거 큰일이네. 히히히."

일 밀리도 동정하는 것 같지 않은 느낌으로 미녀가 웃었다.

"네. 뭐……."

"저기, 저, 그건 뭐야?"

미녀는 선 채 내 엉덩이 옆쪽을 가리켰다.

"네? 이거, 요?"

"응. 그거."

"게임기, 인데요……."

"우와! 재미있겠다. 나, 이 배에 탄 이후로 내내 지루했거든? 내가 좀 해도 될까?"

"아……, 그, 그러세요."

어이없어하는 내 옆에 털썩 주저앉은 절세미녀는 "저기, 이거 어떻게 해?"라고 질문하며 내 쪽을 돌아보더니 이내 고개를 갸웃했다.

"어? 어디서 나 본 적 없어?"

이 질문에는 이미 익숙하다. 아니 지긋지긋하다. 그래서 바로 대답했다.

"아뇨!"

이유는 잘 모르겠는데 아무래도 나는 '어디에나 있을 법한 얼굴'인 모양이다. 그래선지 지금까지 사람만 만나면 진저리가 날 정도로 "어라? 어디선가……"라는 질문을 받아왔다.

좀 더 설명하자면, 예전부터 키도, 몸무게도, 공부도, 스포츠도, 미술도, 음악도, 패션도, 대화 능력도 다 평균 수준이라 얼마 안 되는 친구들은 "특징이랄 게 없는 게 네 특징이야"라고 놀렸다.

하지만 그런 내게도 특기는, 있다.

겐다마(실에 매달린 공을 가운데 나무에 올리는 장난감 - 옮긴이 주)와 마술이다. 뭐, 좀 한심한 특기이기는 하지만.

"어? 정말 만난 적 없어?"

눈부실 정도로 아름다운 여성이 뚫어지게 얼굴을 바라보니, 나이 서른이 되었는데도 중학생처럼 가슴이 콩닥거렸다.

"어, 없다고요."

"그럼 이름은?"

"고지마 다스쿠입니다."

"고지마, 다스쿠? 어머! 전혀 모르는 사람이네!"

"그러니까 아까부터……."

한숨처럼 말을 걸려는 내 말을 막고 미녀가 말했다.

"루이루이야."

"네?"

"내 이름말이야."

"아, 애칭 같은 건가요?"

"그렇긴 하지만, 근데, 이 게임 어떻게 해?"

고개를 기울인 루이루이 씨는 지나치도록 눈부신 미소를 지으며 내 눈을 들여다봤다. 대화가 느닷없이 엉뚱한 곳으로 튀는 바람에 한창 뱃멀미 중인 내 머리가 따라잡질 못했다.

"아, 네…… . 아, 그러니까."

"우와! 이 버튼을 누르면 전원이 들어오는구나."

사람에게 질문을 던져놓고 벌써 혼자 시작했네…….

"아, 전원이 켜졌으면…… ."

"이름을 등록하는 화면이 나왔다! 루, 이, 루, 이…… . 히히히. 등록 오케이! 저기, 다음은 어떻게 해?"

"아, 그다음은…… ."

"아! 그보다 이 게임 도대체 어떤 게임이야?"

"…… ."

이 사람, 이렇게 절세미녀인데, 뭐랄까, 상당한 괴짜 같다.

"이 게임은 〈몬스터 퀘스트〉라고 해요. 나쁜 괴물들에게 빼앗긴 마을 사람들의 보물을 되찾으려고 모험을 하다가 마지막에는 붙잡힌 공주를 구해내는 게임입니다."

"우와! 엄청 재미있겠다! 나, 모험이 너무 좋아!"

"그래요? 보통 롤플레잉 게임이라고 해요."

"롤? 회전해?"

"아니……."

"빙글빙글, 롤 케이크 같은 거야?"

"케이크라니……."

그 뒤로 점점 지독해지는 뱃멀미와 싸우면서 필사적으로 게임 방법을 알려주는 지경이 되었다.

루이루이 씨는 게임을 하면서도 새된 소리로 '실황 중계'를 계속했다.

꺅! 이 괴물은 너무 귀여워서 공격하기 싫어~♪ 번개 검을 샀더니 골드가 없어졌어! 마법사가 위험해! 히히히, 이 마을 사람들, 내 친구들과 정말 똑같아~♪

루이루이 씨의 새된 목소리가 두개골 안까지 울려 두통이 생길 것만 같다. 하지만 이토록 아름다운 옆얼굴이 웃고 있으니까 나무랄 마음은 생기지 않는다. 하기는 미소가 행복해 보인다고 해서 내 뱃멀미가 낫는 것도 아니다.

"우욱……."

갑자기 올라온 구역질에 양손으로 입을 막았다. 그러자 루이루이 씨가 게임기에서 고개를 들었다.

"괜찮아? 토할 것 같아?"

"잠깐, 아, 네……."

눈물이 그렁그렁한 눈으로 힘없이 고개를 끄덕였다.

"갑판에 나가서 밤바람이라도 쐴래?"

그래, 맞다! 갑판에 나가면 적어도 이 기계유 냄새와 엔진 소리에서 해방될 수 있다. 신선한 공기를 마실 수 있고 여차 싶으면 바다에 토해도 된다. 토하면 조금 속이 편해질지도 모른다.

살짝 고개를 끄덕이고 모깃소리 같은 목소리로 말했다.

"갑판, 갈게요."

"오케이! 그럼, 같이 가줄게."

밝게 대답한 루이루이 씨는 내 옆구리에 자기 팔을 끼워 일으켜 세우고, 비틀대는 내 몸을 부축해 갑판까지 데려다주었다.

처음 보는 남자에게 이렇게까지 하나? 그런 생각을 하는데 루이루이 씨가 풍기는 좋은 향기에 뱃멀미와는 다른 어지럼증이 찾아왔다.

한밤의 갑판에는 강한 바닷바람이 불어왔다.

고물 페리치고는 꽤 속도를 내고 있는지도 모르겠다.

이따금 뱃머리 쪽에서 가는 물방울이 날아온다.

골든위크(오월의 황금연휴 - 옮긴이 주)가 지난 초여름 밤바람은 티셔츠 한 장으로도 그다지 춥지 않아 그나마 다행이다.

"캬! 정말 기분 좋다!"

강풍에 머리카락이 날려 어여쁜 이마를 그대로 드러낸 루이루이 씨가 밤하늘을 올려다보면서 목소리를 높였다. 하늘이 흐려 달도 별도 보이지 않는데.

"아, 맞다. 내가 좋은 거 하나 알려줄게."

"좋은 거, 요?"

"응. 있잖아? 저 멀리 수평선을 보면 뱃멀미가 없어진대. TV에서 봤어."

루이루이 씨는 지금의 내게 가장 '좋은 거'를 알려줬다.

"그래요? 정말 고맙습니다."

그 말대로 고개를 들어 저 멀리 수평선을 바라보려다가……, 넘어질 뻔했다. 하늘도 달도 없는 바다 위의 밤은 너무 캄캄해 애당초 수평선 같은 게 보일 리 없다.

아, 이제는, 안 될 것 같아…….

마음이 약해짐과 동시에 가슴 깊은 곳에서 강력한 구역질이 올라왔다.

난간으로 몸을 내밀고 바다를 향해 토했다.

"꺅! 무슨 일이래!"

옆에서 루이루이 씨의 새된 목소리가 작렬했다. 다음 순간 루이루이 씨는 나를 버려두고 재빨리 선실 쪽으로 도망가버렸다.

어둠 속에, 혼자 남아, 또 토했다.

젠장, 지옥이 따로 없네. 제기랄······.

눈물을 머금은 채 시커먼 해면을 내려다보며 한참 자신의 한심함을 맛보고 있는데 또각또각 발소리가 다가왔다.

"물 사왔어."

응? 목소리가 난 쪽을 봤다.

바로 옆에서 절세미녀가 페트병 뚜껑을 따고 있다.

"자, 이걸로 입을 헹궈."

루이루이 씨가 페트병을 내밀었다.

"고, 고맙습니다······."

쉰 목소리로 인사하고 차가운 물을 받았다.

루이루이 씨는 토하는 내게서 도망친 게 아니라 서둘러 자판기로 가서 물을 사온 것이다.

차가운 물로 입을 헹구고 바다에 뱉었다.

그리고 다음 한 모금은, 꿀꺽, 삼켰다.

차가운 감각이 식도를 타고 위로 내려간다. 불쾌하고 시큼한 위산이 씻겨 내려간 듯하다.

"시원해?"

"네……."

"그러면 선실로 돌아갈까?"

"아뇨, 여기가 더 나을 것 같아요……."

"그런가?"

"후" 긴 숨을 내쉬고 고개를 끄덕였다.

루이루이 씨는 내 바로 옆에 서서 나처럼 양쪽 팔을 난간에 올리고 몸을 기댔다.

"있잖아, 이 배 언제 섬에 도착할까?"

"분명 출항하고 열두 시간 걸린다고 했으니까 아침 여덟 시면 시치조시마에 도착할 겁니다."

"그래? 긴 여행이네."

나로서는 일 초라도 빨리 가면 좋겠으나 이 고통스러운 배 여행은 앞으로도 한동안 더 이어질 터이다.

"저는 시치조시마에서 내리지 않고 고오니가시마까지 세 시간이나 더 가야 해요."

"앗! 다스쿠도 고오니가시마에 가? 나랑 똑같네!"

갑자기 성을 빼고 이름만 불러 놀랐는데 더 놀란 것은 루이루이 씨가 '초'라는 이름이 붙을 정도로 마니아적인 고오니가시마까지 간다는 말이었다. 이 페리에 탄 승객 대다수는 관광지로 유명한 시치조시마에서 하선하기 때문이다. 안내 책자에도 고오니가시마까지 가는 사람은 페리 승객의 일 퍼센트도 안 된다고 적혀 있다.

"루이루이 씨, 참 마니아 같네요."

그렇게 말하고 찬물을 조금 더 마셨다. 조금 전에 실컷 토해서인지 속이 좀 편해졌다.

"어머, 그렇게 특이한 섬이야?"

"혹시 아무것도 모르고 가시는 거예요?"

"응. 잘 몰라~. 히히히."

히히히? 그럴 상황이 아니라고!

속으로 한마디 했다. 무엇보다 고오니가시마는 웬만한 섬 여행 마니아가 아니라면 가지 않는 '킹 오브 벽지'로 칭해지는 섬이다.

"섬사람이 백구십 명 정도 밖에 없고 상점도 딱 하나, 관광객도 거의 안 오는 섬이에요."

"그렇구나. 그런데 다스쿠는 왜 가?"

"아, 저는……, 뭐, 일로 가지만."

"어떤 일?"

"아니, 그게."

그렇게 말하고 물을 조금 더 마신 다음 심호흡한다.

"쉽게 말하면 인구가 줄어드는 고오니가시마의 활성화 프로젝트를 우리 회사가 맡았어요. 그 담당자로 제가 뽑혀서……, 이번에 시찰 같은 느낌으로 오게 되었죠."

그런데 그 선발 방식이 아주 끔찍했다.

내 이름 고지마 다스쿠(小島佑)의 한자 뜻풀이는 '작은 섬을 구한다!'다.

"하하하! 이름만 봐도 네가 적임자야!"

개그 같지도 않은 사장의 그 한마디로 모든 게 결정되었다.

우리 회사는 직원 서른 명 정도의 광고 이벤트 제작회사인데 고오니가시마의 촌장(섬 전체가 하나의 마을인 듯하다)과 사장이 대학 동창이라는 우연한 인연으로 섬 활성화 기획 공모전에 참가하기로 했다. 그리고 담당이 된 내가 마지못해 마을 사무소의 담당 직원에게 공모전 참가 의사를 밝히는 메일을 보냈는데 얼마 후 '귀사로 결정되었습니다'라는 답신이 왔다. 공모안은커녕 아직 기획서도 작성하지 않았는데 말이다.

놀라 전화로 문의했다가 아주 놀라운 이야기를 들었다. 그러니까 고오니가시마가 너무나 벽지인 탓에 이번 공모전에 나선 회사가 우리 회사 하나뿐이라는 것이다. 요컨대 하고 싶지도 않은데 '부전승'으로 우승해버린 꼴이다.

"흠. 그 섬, 꽤 돈이 있나 보네. 어머, 혹시 귀신이 모은 재물(고오니가시마의 한자 '小鬼ヶ島'를 풀이하면 '작은 귀신들'의 섬이라는 뜻 – 옮긴이 주) 아닐까?"

루이루이 씨가 너무나 진지하게 말하는 통해 구역질을 참으며 웃고 말았다.

"그럴 리가요! 그런 롤플레잉 게임 같은 일이 있을까요. 국가와 도 정부에서 지역 활성화 자금이 나왔대요. 그 돈을 써야 해서 우리 사장에게 이야기했다나 봐요."

"뭐가 뭔지 잘 모르겠지만, 돈이 툭 하고 떨어지는 데니까 좋은 곳이네."

"아, 그러네요."

"다스쿠는 얼마나 섬에 있어?"

"그게……, 아직 정하진 않았어요."

그보다 사장에게 이렇게 들었다.

"좋은 아이디어가 떠오르고 섬 주민들의 합의까지 받아내기 전에 는 돌아올 생각은 않는 게 좋아."

그러니까 성공할 때까지는 돌아갈 수 없다는 말이다. 상식적인 상황은 아닌 셈이다.

"그게 뭐야? 상황에 따라 한없이 있을 수도 있다는 소리야?"

"아, 그런 셈이죠……."

대답하며 한숨을 내쉬었다.

"와, 굉장하다! 다스쿠는 사장의 신임을 엄청나게 받나 봐!"

"네? 아니, 그게 아니고……."

겸손해하며 사양하는 것처럼 들렸겠으나 사실은 지금 회사에서

'쓸모없는 놈' 취급을 당하고 있다.

물론 나름대로 최선을 다한다고 생각하는데 늘 공회전만 해서 뭘 해도 결과로 이어지지 못했다. 게다가 최근에는 중요한 몇 군데 거래처 담당에서 제외되더니 그 자리가 차례로 후배에게 넘어가고 말았다.

솔직히 나를 담당에서 제외한 선배에게 화가 났다. 하지만 불평하지 못했다. 왜냐면 늘 명확한 숫자(=매출)로 후배들에게 밀렸으니까.

끽소리도 못한다는 게 바로 이런 상황이리라.

그리고 칠 년이나 일해 놓고 새삼 이런 말을 하는 것도 그렇지만, 회사 분위기가 나와 맞지 않는다. 우리는 사장부터 '하면 된다!'라는 식의 강한 개성들이 모였는데 그 가운데에 '최고'라고 할 만큼 개성이 없고 평범한 내가 툭 떨어졌으니 어땠겠나? 불 보듯 빤하다.

그래서 반년쯤 전에 '사표'를 썼다. 그것을 부적 대신 가방에 넣고 다니며 무너지려는 정신을 간신히 붙잡아왔다. 그러던 참에 떨어진 기획이 좌천이나 마찬가지인 이번 벽지 섬 일이다.

애초에 회사 사람 모두가 피했던 일이다. 담당하겠다고 손을 든 사람이 하나도 없었으니까.

애당초 실력 있는 놈들은 너무 바빠 벽지 낙도에 갈 틈이 없다. 뿐만 아니라 더 화려하고 돈이 들어오는 일이 얼마든지 있다.

공모전 부전승을 사장에게 보고하자 사장은 다 보는 앞에서 내 어깨를 탁탁 치며 말했다.

"그래? 부전승이라고? 그러면 고지마 다스쿠, 작은 섬을 구원할 때까지 계속 섬에 있어주게."

"네? 계속……이요?"

"자네는 영원히 섬으로 흘러가~버렸네?"

노래라도 부르는 듯한 사장의 썰렁한 농담에 주위에서 실소가 터졌다.

부글부글 끓어오르는 시커먼 감정을 꿀꺽 삼키고 현실적인 주장을 펼쳤다.

"하지만 최대한 빨리 섬에서 돌아오지 않으면 〈세계의 아름다운 곤충전〉을 제대로 준비할 수 없고……."

내가 담당하는 〈세계의 아름다운 곤충전〉은 곤충을 좋아하는 아이들을 위한 '여름방학 기획'이다. 생물학에 주력하는 유명 사립대학교와 여러 후원사가 손을 잡고 도내 빌딩 한 층을 통째로 빌려 개최한다.

"그래? 제대로 준비가 안 된다고? 그럼 안 되지."

"네. 고오니가시마에 갔다가 바로 돌아와도 일주일은……."

더 설명하려는데 사장의 굵은 목소리가 겹쳐졌다.

"그래, 그럼 다른 담당을 붙이지."

"아니……. 곤충전이요? 아니면 고오니가시마요?"

"그야, 곤충전이지."

"하지만 원래 그 일은 제가 기획하고, 계속……."

"알아! 여름 개최를 위해 철저히 준비했다는 것도 다 알아."

"그러니……."

"준비가 철저했으니까 앞으로의 일은 다른 담당자가 맡아도 문제없겠지?"

"……."

"그런 점에서 공모안마저 없는 작은 섬을 돕는 일은 고지마 다스쿠만이 할 수 있지. 모두 그렇게 생각하지 않나?"

사장이 싱긋 웃고 주위를 둘러보자 다시 실소가 터졌다.

그때, 확신했다.

아, 그런 거야? 곤충전에서 제외하려고 굳이 나를 섬으로 쫓아내는구나. 그래서 사장은 일부러 내게 섬 일을 맡긴 것이다. 부전승으로 따내리라는 것도 알면서.

드디어 사표를 낼 때가 왔나……?

가방 속의 흰 봉투를 떠올렸다.

분노보다 오히려 가슴이 확 차가워지는, 각성 같은 기분이 찾아왔다. 그러자 웬일인지 평소에는 그리 빨리 돌아가지 않는 내 머리에 번뜩 기막힌 아이디어가 떠올랐다.

섬에 가도 월급을 준다면 유급 휴가로 생각하면 어떨까?

이 묘안에 무릎을 쳤다.

고오니가시마를 인터넷으로 검색해봤더니, 그곳은 믿기지 않을 정도로 아름다운 자연에 둘러싸인 도원경 같은 섬이라고 했다. 게다고 술도 생선도 맛있고 온천까지 있단다.

좋았어! 이 일은 유유히 남쪽 나라에서 즐기는 긴 휴가다. 월급을 받으면서 적당히 일하면 그만이야. 그러면 나를 바보 취급한 녀석들에게 작은 복수가 되겠지.

"사장님, 알겠습니다. 고오니가시마에 가겠습니다."

"오호, 맡아준다고 했어! 작은 섬을 돕는 히어로!"

사장은 웃으면서 그 두꺼운 손으로 내 등을 탕탕 두드렸다.

그리하여 고오니가시마라는, 업무를 명분으로 내세운 휴가를 즐기려고 이리저리 준비를 마치고 이 고물 페리에 탄 것이다.

그러나 이런 나의 현실을 루이루이 씨에게 말한들 무슨 이득이 있을까. 일단 업무 개요만 알렸다.

"루이루이 씨는 관광이세요?"

"아니. 나도 일이야. 거기서 살면서 일해."

"살면서 일해요?"

"응. 월세도 공짜고 내가 사는 집에서 바다가 보인대. 그거 정말 최고 아냐?"

"그렇죠."

내가 대답할 때 배가 크게 흔들려 뱃머리에서 이슬비 같은 물방울이 날아왔다.

"꺅, 차가워라!"

루이루이 씨는 신이 나서 요란을 떤다.

뱃멀미가 심해질 것 같아 난간에 기대어 심호흡했다. 그리고 다시 페트병에 입을 댔다. 차가운 물이 상당한 도움이 되고 있다.

"그러면 루이루이 씨는 어떤 일을 하세요?"

"아, 그러니까, 뭐랄까 덥수룩한 아저씨 가게에서 일해."

"덥수룩한, 아저씨요?"

그게 뭐지……?

"있잖아, 그보다 다스쿠는 몇 살이야?"

또 대화의 흐름이 완전히 다른 데로 튄다.

"이제 막 서른이 되었는데요……."

"어머, 그러면 나보다 세 살 위네. 더 많을 줄 알았는데."

내가 더 연상이라는 사실을 알고도 이 사람은 존댓말을 쓸 생각이 도통 없구나.

"제가 그렇게 늙어 보이나요?"

게다가 왠지 내가 존댓말을 쓰고 있다. 상대가 말도 안 되는 수준의 미인이라 무의식적으로 조심하는 것일까.

"조금. 히히히. 그런데 다스쿠는 도쿄에 살아?"

"그런데요."

"도쿄 어디?"

"지금은 에도가와구에 살아요."

"어머, 그래? 출신은?"

"홋카이도요."

"꺅! 나, 홋카이도 좋아해! 밥이 정말 맛있잖아! 연어알 덮밥이 제일 좋아."

"아, 네……."

신이 나서 별 시답지 않은 질문을 던져대는 절세미녀. 그리고 가차 없이 흔들리며 내 속을 훑어대는 페리.

필사적으로 질문에 대답했으나 다시 토할 것 같은 느낌이 강해졌다.

안 되겠어. 미안하지만 이런 무의미한 질문 공세에 더 대응하기는 힘들어…….

그렇게 생각하고 농담이라도 던져 질문을 막으려 했다.

"루이루이 씨, 이제 슬슬 질문 시간이 끝나갑니다."

"응?"

"여기서부터는 비밀이니까요."

"에이, 왜, 왜?"

"남자는 비밀이 좀 있어야 매력적이니까요."

구역질을 참으면서 냉소적으로 웃어 보이려 했는데…….

다시 토하고 말았다.

"어머, 큰일이네. 물 더 필요해?"

뱃멀미라는 지옥과 절세미녀가 등을 쓸어주는 천국을 동시에 맛
보면서 눈물이 그렁그렁한 채 고개를 끄덕였다.

"네. 물이, 부족해요……."

갑판으로 나왔는데도 뱃멀미가 가라앉을 기미가 보이지 않아 결국
은 다시 엔진 소리와 기계유 냄새가 가득한 이등 선실로 돌아왔다.

이제 몸을 일으켜 앉을 힘조차 없어 카펫이 깔린 바닥에 벌러덩
누웠다. 언제든 토하라고 루이루이 씨가 내 머리 옆에 비닐봉지를
놓아주었다.

눈을 질끈 감고 심호흡을 반복한다.

가능하다면 이대로 잠들었으면 싶었다.

옆자리의 루이루이 씨는 내 게임기를 들고 롤플레잉 게임에 빠져
있다. 그래도 지금은 '실황 중계'를 하지 않아 조용하다. 주위 승객

가운데 이미 잠든 사람도 있어서 배려하는 듯하다.

똑바로 누워 있으니 점차 멀미가 사라졌다.

눈을 감은 채 자신의 호흡에만 의식을 집중한다.

그러다 어느새 잠들어버렸다.

눈을 뜨니 페리의 흔들림이 멈춰 있다.

선실의 작은 창으로는 우윳빛의 아침 햇살이 들어왔다.

누운 채 눈을 뜬 나를 루이루이 씨가 위에서 들여다보고 있다.

"앗! 다스쿠 깼다! 안녕!"

"안녕하세요."

"몸은 어때?"

"어젯밤보다 훨씬 낫네요. 지금 몇 시죠?"

"이제 곧 여덟 시야."

그 말은 이미 시치조시마 항구에 들어왔다는 소리다. 그래서 흔
들림이 사라진 거였구나.

상반신을 일으켜 기지개를 켰다. 아직 머리는 어지러운데 토할
것 같지는 않다.

"저기, 이것 좀 봐."

루이루이 씨가 내게 게임기를 내밀었다.

"아니……, 벌써 이렇게?"

내가 잠든 사이 루이루이 씨는 믿기지 않을 만큼 게임을 깬 것이다.

"나, 네 시간밖에 안 자고 게~속 했다니까."

"그래도 그렇지 어떻게 하룻밤 사이에 이렇게 많이 나갔어요?"

"마을 사람들이 다 좋은 사람이더라. 정말 많은 걸 알려줬어."

"네? 아무리 그래도 하룻밤에 이렇게 많이……."

아무리 생각해도 있을 수 없는 일이다.

"이 게임 말이야, 만남과 모험이 엄청나게 많아서 정말 즐겁더라. 가슴이 막 두근거려. 히히히."

루이루이 씨는 수면 부족임에도 충분히 '절세'라 칭할 만한 미녀였다. 게다가 "히히히" 하며 웃을 때의 개그맨 뺨치는 아우라는 너무 눈부셔 제대로 눈을 뜰 수 없을 정도다. 그리고 아마 롤플레잉 게임에 관한 재능 역시 '절세'임에 틀림없다.

"이런 속도로 깨나가면 내일은 클리어하겠어요. 보통은 있을 수 없는 일이죠."

"어, 그래? 나 완전, 클리어하고 싶어! 아무래도 이 게임에 빠진 것 같아."

루이루이 씨는 그렇게 말하고 내 손에서 게임기를 빼앗아 행복한 얼굴로 다시 게임을 시작했다.

예정보다 삼십 분 늦은 오전 열한 시 반쯤…….

시치조시마에서 세 시간 정도 걸려 고물 페리는 마침내 고오니가시마항에 들어갔다.

사실 이 섬 주변 해역은 늘 파도가 높아 페리를 고오니가시마 항구에 댈 확률은 사십 퍼센트를 밑돈다고 했다. 그래서인지 조금 전까지만 해도 정말 침몰하는 게 아닐까 공포에 떨 정도로 배가 흔들려 뱃멀미를 할 틈조차 없었다.

참고로 항구에 배를 댈 수 없는 육십 퍼센트의 경우, 페리는 시치조시마로 배를 돌린다고 한다. 그런 점에서 단번에 항구에 배를 댔으니 나름 행운이라 할 수 있으리라.

고오니가시마 항구는 높은 방파제로 둘러싸여 있었다.

그래도 먼바다의 파도가 방파제 입구를 통해 들어오는 탓인지 페리는 항구 안이라 할 수 없을 정도로 계속 흔들렸다.

이렇게 흔들리는데 정말 배를 댈 수 있나?

걱정하는 나를 놀리듯 페리는 슬금슬금 해안으로 다가가더니 순식간에 밧줄이 던져지고 이어서 상당히 튼튼한 느낌의 금속 트랩(trap)이 놓였다.

나와 루이루이 씨는 그 위를 천천히 걷기 시작했다. 트랩은 오르내리는 선체에 따라 크게 흔들렸다. 뱃멀미가 심한 나로서는 너무 어지러워 제대로 걸을 수 없었다.

"히히히. 다스쿠, 괜찮겠어?"

절세의 금발 미녀는 내 오른팔을 붙잡고 같이 트랩을 내렸다.

그러자 항구에 모인 수십 명의 섬사람이 "오호~!" 하며 술렁이더니 성대한 박수로 우리를 맞이했다. 아무래도 이 섬에 하선하는 것은(항만 관계자를 제외하면) 정말 우리뿐인 듯하다.

섬사람들의 박수에 루이루이 씨가 환한 미소로 손을 흔들고 게다가 키스까지 날리자, 항구는 아주 이상한 열기에 휩싸이기 시작했다.

흔들리는 트랩에서 드디어 흔들리지 않는 섬으로 내려섰다.

도쿄만을 떠난 이후로 그토록 그리워한 육지다.

드디어 도착했구나……. 진심으로 가슴을 쓸어내렸다. 그런데 달팽이관은 여전히 망가진 상태인 터라 아스팔트 위인데도 정신줄을 놓으면 비틀댈 것 같다.

커다란 짐을 짊어진 나와 커다란 여행 가방을 굴리는 루이루이 씨 주위에 섬 주민들이 모여들더니 순식간에 둘러쌌다. 그 대부분이 루이루이 씨를 보고 있다. 극단적인 미모에 눈을 뗄 수 없을 것이다.

그런 가운데 엄청나게 뚱뚱한 쉰 줄쯤되는 거구의 남성이 턱하니 내 앞으로 나와 힘 있는 목소리를 냈다.

"당신이 고지마 씨지?"

거구와 짱짱한 목소리, 첫 대면임에도 존댓말을 쓰지 않는 점에 당황해 약간 뒤집힌 목소리로 대답했다.

"아, 네. 고지마입니다. 아, 혹시 전화하신 니시모리 씨……인가요?"

"응-응, 그래. 내가 니시모리 다이키야. 잘 부탁하네."

거구 남자는 고개를 끄덕이면서 오른손을 내밀었다.

"잘 부탁드립니다."

맞잡은 니시모리 씨의 손은 두꺼운 글러브처럼 단단하고 가늠할 수 없는 힘이 느껴졌다. 힘껏 쥐면 손등이 부러질 것만 같다.

"그건 그렇고 오늘은 배가 많이 안 흔들려서 다행이었어."

갑자기 니시모리 씨가 의미 불명의 소리를 했다.

"네? 엄청나게 흔들렸는데요……."

"이 정도 파도는 잔잔한 편이지."

니시모리 씨가 "하하하!" 하고 웃자 주위 남자들이 따라 웃었다. 어쩐지 나를 깔보는 것 같아 순간 화가 치밀었으나 그래도 사회인으로서의 양식을 발휘해 "헤헤헤" 하고 싹싹하게 웃어넘겼다.

그때……, 우리를 둘러싼 섬사람들 저편에서 요란한 소리가 다가왔다.

"어이, 비켜, 비켜!"

까무잡잡한 세 남자가 무리 안으로 들어왔다.

"아……, 아와노 루미 씨지?"

제일 근육질인 남자가 살짝 긴장한 채 말했다.

"응, 맞아. 루이루이야. 히히히."

루이루이 씨의 소프라노 목소리와 눈부실 정도로 아름다운 "히
히히"의 미소에 기가 죽은 남자들은 순간 말을 잃었다.

그리고 몇 초 뒤…….

"우와! 대박!"

"역대 최고의 본토 아가씨 아니야?"

"아, 저기 말이야. 우리가 모자 씨에게 데려다주기로 했거든. 루
이루이 양, 저기 차에 타야 하는데."

대놓고 잔뜩 신이 난 세 사람은 루이루이 씨를 둘러싸고 섬사람
들 무리에서 벗어났다.

그때 루이루이 씨가 이쪽을 돌아보며 "다스쿠, 또 보자. 안녕!"이
라며 손을 흔들고 키스를 보내자, 내 주위에 남은 십여 명의 남자는
모두 눈에 하트를 그리며 "안녕!"이라고 손을 흔들었다. 일단 나도
얼굴 옆까지 손을 들어 살살 흔들기는 했다.

루이루이 씨를 태운 경차가 항구를 출발하자 내 주위 사람들도
흩어지기 시작했다. 역시 다들 내가 아니라 눈에 띄는 루이루이 씨
를 보러 모인 거구나. 흩어진 그들은 페리에서 부려진 짐을 각자의
차로 옮기기 시작했다.

"좋아! 우리도 가지?"

니시모리 씨가 튀어나온 거대한 배를 퉁퉁 치며 말했다. 그 모습
이 마치 모래판에 들어가려는 씨름꾼 같아서 나도 모르게 웃고 말

았다. 그리고 그런 니시모리 씨 옆에서 화사한 미소를 짓고 있는 잘생긴 청년과 눈이 마주쳤다.

"처음 뵙겠습니다. 에다노 쇼라고 합니다."

미남 청년은 나를 보며 가볍게 인사했다. 나이는 기껏해야 스물다섯쯤 되려나. 조금만 꾸미면 당장이라도 아이돌로서 TV에 나올 수 있을 만큼 잘생긴 얼굴인데 그 다갈색 눈동자 이면에는 왠지 우수가 깃들어 있는 듯 보였다.

"저도 처음 뵙겠습니다."

나도 가볍게 인사했다.

"쇼는 우리 주유소 직원이야. 이 녀석이 앞으로 섬 안내를 맡을 거야."

니시모리 씨가 커다란 목소리로 말했다.

"그래요? 잘 부탁해요."

미남 청년과도 악수했다. 차갑고 하얀 손에서는 중성적인 부드러움과 지성이 느껴졌다. 힘이 넘치고 거친 글러브 같은 니시모리 씨의 손과는 정반대다.

"좋아. 그러면 얼른 섬을 한 바퀴 돌아보자고."

니시모리 씨의 목소리에 떠밀린 우리는 '니시모리 연료점'이라는 글자가 적힌 경차에 탔다.

에다노라는 미남이 차를 운전했다. 풍경을 잘 보라고 나를 조수석에 앉혔다. 니시모리 씨는 뒷좌석 중앙에 턱 앉아 두꺼운 양쪽 팔을 등받이에 올리고 몸을 젖혔다.

"오케이, 출발!"

에다노에게 지시를 내리는 니시모리 씨의 행동거지는 그 하나하나가 '섬의 실력자'임을 드러냈는데 왠지 그리 싫지 않다. 진짜 실력자라 그럴까? 억지로 잘나 보이려고 '허세'를 떠는 느낌이 없어 오히려 시원시원하게 느껴졌다.

에다노가 자동차를 출발시켰다.

열린 창으로 기분 좋은 바람이 들어왔다.

뱃멀미와 섬 주민에게 둘러싸이는 바람에 알아차리지 못했는데 이 섬에는 남국에 어울리는 꽃향기가 담긴 바람이 불었다. 산의 녹음은 짙고 하늘은 우주까지 보일 것처럼 파랗다. 그리고 무엇보다 코발트블루의 바다가 눈부시다.

"쇼, 우선 촌장님에게 인사해야지."

니시모리 씨가 말하자, 에다노가 뜻밖의 대답을 했다.

"인사, 꼭 해야 하나요?"

"그야, 해야지. 이 사람 회사 사장과 촌장이 아는 사이라니까. 안 그래?"

"아, 네, 그렇죠."

갑자기 질문을 받아 일단 맞장구를 쳤는데 힐끔 운전석을 보니 우수의 절대량이 조금 전의 세 배로 늘어난 듯 보였다.

작은 항구에서 섬사람 대다수가 사는 '마을'까지는 차로 십오 분쯤 달려야 하는 거리고 촌장의 집은 그 근처라고 한다.

산이 많은 이 섬은 도로가 좁고 커브 길이 엄청나게 많다. 에다노는 느긋하게 운전했다. 도심이었다면 뒤에서 경적을 울려대고 호통칠 속도였으나 이 섬에 흐르는 태평한 시간과는 어울릴 듯한 속도일지도 모르겠다.

차 안에서 니시모리 씨는 따발총처럼 떠들어댔다. 그에 따르면 니시모리 씨는 이제 막 쉰이 되었으며 아내와 함께 주유소와 프로판가스 판매를 할 뿐 아니라 여섯 명밖에 안 되는 마을 의회 의원이기도 하단다. 바꿔 말하면 '섬의 에너지를 좌지우지하는 정치가'라는 소리다. 그러니 정말 '실력자'라고 해야 할 것이다. 두 딸은 이미 이 섬을 떠나 시치조시마와 오사카에서 살고 있단다. 딸들 이야기를 할 때의 니시모리 씨는 확연히 흐뭇한 표정이 되었다. 딸 바보임이 분명하다.

한편 에다노는 시치조시마의 고등학교를 나오고 그대로 섬으로 돌아온 스물두 살의 청년으로, 섬으로 돌아온 이래 내내 니시모리 씨의 오른팔 역할을 했다고 한다. 말투는 조용조용했는데 악수할 때 느낀 것처럼 역시 지성이 느껴지는 청년이다.

둘의 대화 중 흥미로운 것은 칠십 퍼센트 가까운 섬사람의 성이 '니시모리'이거나 '도오카'라는 점이다.

"그래서 이 섬에서는 성은 안 쓰고 이름으로 불러. 당신도 '고지마 씨'라고 부르라고 하면 섬사람들이 멀게 느껴 거리를 둘 테니까 이름을 쓰는 게 좋아."

"아, 그렇군요! 알겠습니다. 그럼 니시모리 씨는 다이키 씨, 에다노 씨는 쇼라고 불러도 될까요?"

"그러게."

"네."

뒤와 옆에서 승낙의 답이 돌아왔다.

"그럼 우리도 다스쿠라고 이름으로 부를 테니까."

니시모리 씨가 갑자기 이름으로 부르겠다고 선언한다. 씨를 떼고 이름만 부르면 낯간지러울 것도 같았으나 뭐, 나보다 스무 살 연상에다 이 섬의 '실력자'인 다이키 씨니까, 오히려 그것도 괜찮겠다 싶었다.

"네, 그럼 잘 부탁드릴게요."

나는 솔직히 고개를 끄덕이고 다른 화제를 끄집어냈다.

"두 분은 루이루이 씨에 대해 뭐라고 들으셨어요?"

"아까 본 본토 아가씨?"

"네. 그 사람을 데려간 세 사람이 '역대 최고의 본토 아가씨'라고 하던데…….”

“왜? 다스쿠, 불안해?”

“아니, 불안하다기보다……, 호기심입니다.”

속으로 정말 호기심이 전부일까 질문하면서 대답했다.

“그 미녀, 혹시 다스쿠 애인이야?”

“네? 아닙니다. 우연히 같은 페리를 타서 알게 되었을 뿐입니다.”

“그래? 그야 그렇겠지.”

니시모리 씨가 어떻게 이해했는지는 잘 모르겠으나 살짝 분했다.

“그러니까 ‘본토 아가씨’라는 말은 이 섬의 ‘선술집 모자모자’에서 일하는 본토 출신 여성을 가리켜.”

“아르바이트 점원인가요?”

“그렇지. 먹여주고 재워주는 조건으로 채용하지. 일하는 아가씨가 그만두면 다음 아가씨를 모집하지. 그래서 최대한 일 년 내내 ‘본토 아가씨가 있는 가게’라는 점을 내세워.”

다이키 씨가 알기 쉽게 설명해줬는데 어쩐지 그 말투에 악의가 담겨 있는 듯했다.

“그러니까 ‘이상한 가게’는 아니라는 거죠?”

내가 물었다.

“하하하. 거기가 이상한가? 쇼는 어떻게 생각해?”

다이키 씨는 웃으면서 내내 침묵을 지키고 있는 쇼에게 화제를 돌렸다.

"이상하지는 않은데⋯⋯."

"그런데요?"

"저쪽 사람들은 신났을 겁니다."

어? 저쪽 사람? 신이 나?

내가 고개를 갸웃거리자 다이키 씨가 "그렇겠지"라고 말했다. 마지막으로 쳇 하고 혀를 차듯 말했다.

"저쪽 사람이라니 어떤 사람인데요?"

마음에 걸려 일단 물어봤다.

"쉽게 말하면 가게 주인인 모자 쪽 사람이지."

"모자 씨⋯⋯?"

그러고 보니 페리 갑판에서 루이루이 씨는 "덥수룩한 아저씨 가게에서 일한다"라고 했다.

"모자 씨는 이름이 도오카 다마사부로인데⋯⋯."

쇼가 추가 설명을 시작했다.

"덥수룩한 붉은 머리가 특징이라 덥수룩하다는 뜻의 모자모자를 그대로 별명으로 불러요."

"덥수룩한 빨강 머리라⋯⋯ 정말 눈에 띄겠네요."

"아아, 멀리서 봐도 딱 알 수 있지. 늘 화려한 알로하셔츠를 입고 있는 영감이야."

"그렇죠."

"나이가 많으세요?"

"응. 노인네야. 쇼, 그 노인네 몇 살이지?"

"아마 예순다섯쯤 되었을 겁니다."

예순다섯에 알로하셔츠를 입고 더부룩한 빨강 머리……

내 머릿속에 상당히 펑키한 할아버지가 떠올랐다. 루이루이 씨는 곧 그 펑키한 할아버지의 술집에서 일한다는 소리다. 이상할 정도로 밝은 그 성격을 생각하면 어쩌면 천직일지도 모르겠다……

그러고 보니 뱃멀미하는 나를 돌볼 때 왠지 남자에 익숙한 느낌이 들었는데 루이루이 씨가 물장사를 한다니 묘하게 납득이 갔다.

쇼가 운전하는 차는 어느새 고지대 도로를 달리고 있다. 왼쪽 멀리 보이는 절벽 아래로는 푸른 셀로판 같은 바다가 펼쳐져 있다.

"굉장하네요. 이렇게 멋지다니……!"

나도 모르게 감탄사가 흘러나왔다.

"섬의 볼거리는 이런 것만 있는 게 아니에요."

쇼가 웃으며 말했다.

"그래?"

"네. 다스쿠 씨를 최고의 절경 포인트로 모셔갈 거예요."

자랑스러워하는 쇼의 말을 뒤에서 다이키 씨가 거들었다.

"이곳은 칼데라 섬이야. 산을 오르면 멋진 곳이 얼마든지 있지.

섬사람들은 늘 보는 풍경이지만."

"우리는 익숙하니까요."

"이보다 좋은 풍경을 만날 수 있다니 벌써 기대되네요."

괜한 말이 아니라 진심이다.

"어라, 고래가 맞아주네."

다이키 씨가 툭 내뱉었다.

"네? 고래요?"

"보라고. 열 시 방향 바다를 잘 봐. 바다 오백 미터쯤이야. 이제 곧 물보라를 일으킬 거야."

다이키 씨의 말에 쇼는 차를 도로 옆에 세웠다. 창으로 몸을 내밀어 열 시 방향의 푸른 바다를 내려다봤다.

그러자…….

"우와! 진짜다!"

코발트블루의 바다에서 하얀 연기 같은 게 불쑥 솟았다. 게다가 두 개나.

"저거, 가족이네."

다이키 씨가 말하자마자 두 마리의 고래가 해면에서 거대한 꼬리를 내밀더니 그대로 잠수했다.

"굉장……하다!"

할 말을 잃은 내게 쇼가 태연하게 말했다.

"가끔 봐요. 이 섬 주변은 고래가 지나가는 길이거든요."

"첫날부터 고래를 보다니 운이 좋군. 좋아. 쇼, 출발해."

"네."

쇼가 천천히 액셀을 밟았다.

창으로 들어오는 시원한 바닷바람.

선명한 총천연색 풍경이 휙휙 지나간다.

"후우" 하고 숨을 내쉬었다.

이 여행을 떠난 뒤 뱃멀미 말고 처음 내뱉는 깊은 한숨이었다.

이윽고 차는 소박한 집들이 늘어선 섬의 마을로 진입했다.

바다가 거칠어도 안전하도록 촌락은 해안에서 떨어진 고지대에 있었다. 그리고 거기서 더 언덕을 올라간 곳에 그다지 손질이 안 된 잔디밭 마당이 나왔다. 마당 주위에는 그야말로 남국답게 야자나무 몇 그루가 푸른 하늘을 향해 뻗어 있다. 게다가 이 마당은 바다를 훤히 볼 수 있는 오션 뷰다.

쇼가 운전하는 차는 마당 잔디밭 바로 앞에 섰다.

"자, 도착했네. 여기가 촌장 집이야."

다이키 씨가 말하면서 차에서 내렸다.

따라 내리는데 놀랍게도 뱃멀미가 계속되기라도 하듯 발밑이 흔들리는 것 같다. 이른바 '육지 멀미'라는 것이리라.

"저는 여기서 기다릴게요."

운전석에 앉은 채 쇼가 말하자, 다이키는 고개를 저었다.

"안 돼! 너도 와."

쇼는 나지막이 한숨을 쉬고 포기한 듯 차에서 내렸다.

근사한 집 현관에는 다이키 씨와 마찬가지로 '니시모리'라고 적힌 문패가 걸려 있다.

다이키 씨는 거칠게 초인종을 눌렀다.

그러자…….

"아이고~!"

태평한 목소리가 인터폰에서 들려왔다.

"안녕하세요, 다이키입니다. 그 사람이 항구에 도착해서 인사하러 들렀습니다."

"오! 그래? 잠깐만 기다리게."

곧 멋진 현관의 미닫이문이 열렸다.

진한 초콜릿처럼 새카만, 조금은 험상궂은 남자가 안에서 나왔다. 니시모리 겐이치라는 이름의 촌장이었다. 티셔츠와 짧은 반바지에 어부 샌들을 신은 편안한 복장이라 정치가로 보이지 않는다.

"어이, 이거 잘 부탁하네. 당신이 구세주인가?"

촌장은 말하면서 씩 웃었다. 웃으니까 험상궂은 얼굴이 애교 있는 얼굴로 바뀌었다.

"구세주……라고 하셨나요?"

고개를 살짝 기울였다.

"아니 왜 그래? 당신, 직장에서 에이스잖아? 사장에게 다 들었다고."

촌장은 하하하, 하얀 이를 드러내고 웃으면서 내 어깨를 탁탁 쳤다.

"아니! 다스쿠, 직장 에이스였어?"

다이키 씨도 환하게 웃으며 통나무 같은 팔로 팔짱을 꼈다. 그러나 쇼만은 웃음기 없이 다이키 씨 뒤에 가만히 서 있었다.

"제가 에이스라니, 말도 안 됩니다."

겸손한 태도를 보이며 사장 얼굴을 떠올렸다.

젠장. 사장, 거짓말이나 하고…….

"사실은 들어오라고 하고 싶은데 오 년 전에 아내가 떠난 뒤로 집이 영 어수선해서."

촌장이 쑥스러운 듯 뒷머리를 긁는데 그 모습을 본 다이키 씨가 뒤에 있는 쇼에게 말했다.

"너, 집 청소 정도는 좀 도와라."

그 말에 "어?"라고 반응한 사람은 물론 나였다.

"여기가 쇼의 집인가요?"

"어? 말 안 했나? 그럼 미안하게 됐네."

다이키 씨가 웃었다.

쇼는 잠자코 허리에 손을 대고 귀찮은 듯 눈썹을 늘어뜨렸다. 아무래도 이 부자, 그다지 사이가 좋지 않은 듯하네.

"저는 마당도 좋습니다. 바다를 보면 기분도 좋고."

분위기를 파악한 내가 그렇게 말했다.

"경치가 이 집의 유일한 자랑이지. 아, 그러고 보니 아까 여기서 구세주가 탄 페리가 항구에 들어오는 것도 봤지."

"아? 그래요? 저는 조금 전 인생 처음으로 고래를 보고 감동했습니다."

"아, 그래? 괜찮으면 다음에는 우리 배로 웨일 워칭이라도 할까?"

이야기를 듣다 보니 이 활달한 촌장, 뛰어난 어부란다. 게다가 섬의 건설업자이기도 하다. 물론 '뱃멀미'를 이유로 웨일 워칭은 고사했다.

촌장은 입만 떼면 "남자란 참 쓸쓸한 존재야"라고 말했다. 틀림없이 재혼을 바라는 듯하다. 이야기가 여기까지 이르자 쇼와의 사이가 좋지 않은 이유도 알고 싶었다. 그래도 거기까지는 묻지 못했다.

"자, 그러면 이 섬의 활성화 계획에 관해서는 구세주인 다스쿠 씨에게 다 맡길 테니까. 필요한 게 있으면 뭐든 꺼리지 말고 다이키나 쇼에게 말하게."

"알겠습니다. 감사합니다."

"그리고 자네 사장에게도 잘 부탁한다고 전해주게."

촌장은 그렇게 말하고 싱글싱글 웃으면서 내게 다가와 양손을 내밀었다.

나도 그 손을 두 손으로 잡으려 했는데……, 헛손질했다.

촌장의 양손이 난데없이 악수 위치에서 훌쩍 올라가 그대로 내 목을 가볍게 졸랐기 때문이다.

"어?"

왜, 목을?

"좋았어! 다스쿠는 오늘부터 우리 동료야!"

촌장은 기쁘다는 듯 말하고 내 목을 양손으로 가볍게 조른 채 획획 흔들기 시작했다.

"아니? 잠깐, 무슨……?"

별로 괴롭지는 않았다. 하지만 첫 대면에 이건 너무한 거 아닌가!

이 촌장, 좀 위험한 사람 아닐까……?

도움을 요청하려고 흔들리는 목을 돌려 다이키 씨를 봤다. 그런데 다이키 씨는 당연하다는 표정으로 웃고 있다. 게다가 쇼까지 설핏 웃고 있는 게 아닌가?

즉, 이 두 사람은 촌장의 짓궂은 장난에 익숙하다는 말인가……?

처음 만난 촌장에게 목이 졸려 흔들리면서 생각했다.

내 참, 이거 뭐지? 이 섬…….

촌장에게 인사를 마친 우리는 다시 '니시모리 연료점'이라고 적힌
하얀 경차에 탔다.

"좋아. 그러면 섬을 한 바퀴 돌아보자."

다이키 씨의 목소리를 들은 쇼가 액셀을 밟았다.

언덕길을 내려간 차는 그대로 섬을 일주하는 도로를 시계 반대
방향으로 달리기 시작했다.

섬의 모양이, 상당히 독특했다.

간단히 말하자면 후지산의 약 삼천사백 미터 지점 윗부분 정도가
넓은 바다에 고개를 쏙 내밀고 있는 듯한 모양이다. 평지나 해변은
촌락 근처에만 있고 나머지는 급경사의 바위로 둘러싸여 있다.

"이 일주도로는 경사면에 만들어져서 이따금 여기저기가 무너져
있지."

뒷좌석에서 다이키 씨의 굵은 목소리가 났다.

"으악, 무서운데요!"

이 차를 계속 타고 있어도 괜찮을까······?

"그런데 말이야, 세금을 퍼부어 그 무너진 길을 계속 보수하는 게
이 섬의 '끝없는 공공사업'이지."

"그 사업을 촌장의 건설회사가 따내······."

나는 말하면서 운전석을 슬쩍 봤다. 핸들을 쥔 쇼는 앞만 응시하
며 살짝 한숨을 내쉬었다. 그러곤 다른 사람의 일처럼 말했다.

"이 섬에는 발전이란 게 없어요. 무너지면 보수할 뿐이지."

"그래도 쇼, 너는 그런 말 마라. 도쿄의 회사에서 에이스인 다스쿠가 이 섬을 발전시키려고 왔잖아. 안 그래?"

"네? 아, 네. 그렇게 되면 좋겠는데요."

"좋겠는데?"

"아니, 아무것도 아닙니다."

다이키 씨의 목소리에 위압감이 느껴져서 나도 모르게 대답하고 말았다.

아, 에이스가 아니라니까!

마음속으로 소리치면서 말이다.

한참을 달린 후 쇼가 길가에 차를 세웠다.

"다스쿠 씨, 여기서 내려 칼데라를 내려다보죠."

쇼가 말하면서 사이드 브레이크를 걸었다.

"아, 응."

"저기서 시작되는 계단을 오르면 외륜산 정상에 갈 수 있어요."

"그 정상에서 칼데라를 본다고?"

"네."

"정상까지 걸어서 가?"

"정상이라고 해봤자 표고가 사백 미터 정도라 금방이에요."

"나는 여기서 기다릴 테니 둘이 다녀와."

씨름 선수 같은 체격의 다이키 씨에게 등산은 무리일 것이다.

나와 쇼만 차에서 내려 곧바로 이끼 낀 콘크리트 계단을 오르기 시작했다.

그곳은 오른쪽도, 왼쪽도, 머리 위까지 울창한 나뭇가지로 뒤덮인, 이른바 '녹음의 터널' 같은 계단이었다. 발밑에는 나뭇가지 사이로 새어든 하얀 햇빛이 흔들리고 있다.

바로 숨이 차올라 헐떡이기 시작했는데 허약해 보이는 쇼는 의외로 땀 한 방울 흘리지 않고 가볍게 휙휙 올라갔다.

중턱쯤을 지나자 윙 하는 저음의 날갯짓 소리를 내는 벌레가 날아다니기 시작했다. 게다가 올라갈수록 그 수가 늘어나 끝내는 내 얼굴에 툭툭 부딪히기에 이르렀다.

"이 벌레, 다 풍이지?"

"맞아요. 눈에 들어가면 큰일이니까 실눈을 뜨세요."

쇼는 태연히 그렇게 말하고 계단을 계속 올랐다.

풍이가 이렇게 많이 생길 수 있나?

애초 곤충전을 기획했을 정도니까 곤충은 비교적 좋아하는 편인데 이렇게 많으면 아무래도 위축되고 만다.

몇 분 뒤, 우리는 드디어 정상에 도착했다.

"수고하셨어요. 여기가 정상입니다."

전혀 힘든 기색 없이 쇼가 말간 얼굴로 말했다.

"아이고……, 생각보다 힘드네."

이마에 밴 땀을 손등으로 닦았다.

산 정상이라 해도 아무것도 없었다. 그저 지면이 콘크리트로 동그랗게 덮여 있을 뿐이다. 게다가 그 모양이 활쏘기 표적 같아서 불가사의한 위화감이 든다.

"왠지 UFO 착륙지 같아."

"그렇죠? 어렸을 때 그런 소문이 돌기도 했어요. 참고로 건너편에 보이는 것이 칼데라예요."

쇼의 말을 따라 섬 중앙에 펼쳐진 분화구를 내려다봤다.

"오호! 이거 정말 절경이네……!"

입을 쩍 벌리고 풍경에 취해 있는데 입안으로 풍이가 날아들었다.

"으악, 아! 웩, 퉤, 퉤, 퉤, 퉤!"

서둘러 침과 함께 풍이를 뱉었다.

그런 나를 보고 쇼는 웃음을 터뜨렸다.

"이 섬에서 태어나고 자랐지만, 입으로 풍이가 들어간 거는 처음 봐요."

"나도 이런 일은 처음이라고!"

그렇게 대답하고 또 여러 번 침을 뱉었다. 입안에 털 달린 풍이의 다리 느낌이 그대로 남아 좀처럼 사라지지 않는다.

그나저나…….

이 섬의 칼데라는 충격적이었다.

"뭐랄까, '쥐라기 공원' 같은 풍경이네……."

내 말을 듣고 옆에 선 쇼가 고개를 끄덕였다.

"이 섬을 찾는 사람들이 종종 같은 말을 해요."

"그렇지? 정말 영화 같아."

푸르른 사백 미터급 외륜산에 둘러싸인 칼데라는 동그란 정글 분지다. 정글 속에는 하얀 콘크리트 포장도로가 있고 그 도로를 따라 밭과 각종 시설이 퍼져 있다.

"이 분지가 분화구지?"

"네."

"활화산?"

"네. 다만 화산 활동 지수는 'C'라 위험도는 낮아요."

"그렇구나."

고개는 끄덕였으나 예전에 이곳에 분화가 있었다니 살짝 소름이 돋았다.

"이 칼데라 지름은 얼마나 돼?"

"대충 이 킬로미터 정도일 거예요."

"어, 그 정도야? 더 될 것 같은데."

경치가 너무나 웅대해서 실제보다 크게 보이는 건지도 모르겠다.

"그야, 섬 자체가 작으니까요."

"그런가? 당장이라도 익룡 프테라노돈이 날아올 것만 같은 웅대한 풍경인데."

"우리는 하도 봐서 딱히 모르겠어요. 참고로 칼데라 안으로 들어가면 땅이 따뜻해요. 조그만 지열 발전소도 있고 증기를 그대로 이용해 음식을 찌는 시설도 있어요."

"정말 활화산이네. 안내 책자를 봤는데 온천도 있다던데?"

"네. 저기 하얀 콘크리트 건물이 보이죠?"

쇼가 칼데라 거의 한가운데쯤을 가리켰다.

"응. 보여."

"저게 고오니가시마 온천 시설이에요."

나도 모르게 "에이……"라는 소리를 내고 말았다. 그도 그럴 것이 산 정상에서는 공중화장실 정도의 크기로 보였으니까.

"의외로 작은 온천이네."

"집 목욕탕보다 조금 큰 정도죠."

생각해보면 섬 주민을 다 합쳐야 백구십구 명밖에 안 되고 관광객도 거의 없다. 괜히 거창한 온천 시설을 지어봤자 적자만 볼 것이다.

우리가 떠드는 동안 몸 여기저기에 풍이가 날아들어 괜히 짜증이 났다.

"밭이나 비닐하우스도 꽤 있네."

"네. 화산의 지열을 이용해 파파야나 난 같은 열대 식물을 재배하죠. 최근 몇 년간 섬의 비즈니스로 서서히 성장하고 있어요."

"오호, 그래?"

주머니에서 스마트폰을 꺼내 칼데라의 절경을 찍었다.

"칼데라 안에도 민가가 있는 것 같네. 사람이 살아?"

"아직은 십여 세대뿐이지만, 조금씩 사는 사람이 늘어나고 있어요. 대부분은 밭을 간척한 농가들이죠."

"흠."

인간이란, 일단 마음만 먹으면 어디서든 사는구나……. 감동하고 있는데 등에 시원한 바람이 불어왔다.

그 바람에 이끌려 뒤를 돌아봤다.

거기에는 코발트블루의 드넓은 바다, 그리고 구름 한 점 없는 푸른 하늘이 펼쳐져 있다.

"오오! 수평선이 그대로 보여! 여기는 정말 절경 포인트네."

"그렇게 말씀해주시니 다행이네요."

쇼는 아름다운 얼굴로 생긋 웃더니 "그럼 이제 슬슬 내려갈까요?"라고 말했다.

"그러자."

고개를 끄덕이는데 이마로 풍이가 날아들었다.

산을 내려온 뒤로도 쇼가 운전하는 차는 섬의 일주도로를 달려 섬을 한 바퀴 돈 다음에야 원래 마을로 돌아왔다.

"다스쿠, 한 바퀴 돌아보니 어때?"

뒷자리의 다이키 씨의 질문에 뭐라 대답해야 할지 몰라 당황했다. 그도 그럴 것이 특별한 게 없었기 때문이다. 내 눈에 들어온 것은 푸른 바다와 갈색 절벽, 초록의 외륜산이 다……라는 느낌이다.

"어디를 봐도 절경이구나, 생각했습니다."

가장 무난한 대답을 하는데 운전석의 쇼가 킥킥댔다.

"그 말밖에 할 수 없죠?"

"어?"

"그야, 아무것도 없으니까요."

"아니야. 그런 뜻이 아니라……, 넓고 상쾌하달까."

다이키 씨의 심기를 건드리지 않으려고 굳이 고개를 돌려 뒷자리를 보면서 변명했다.

그런데.

"상쾌라?"

"네?"

"뭐랄까……."

상쾌란 말을 이용한 농담이라도 하겠지 싶었는데 다이키 씨는 혼자 껄껄대고 웃기 시작했다.

"뭐, 섬의 바깥 둘레는 아무것도 없긴 하지."

"네……?"

"지금부터 마을 주위를 가볍게 돌아보고 대강 안내한 다음, 다스쿠가 쓸 방까지 데려가줄게."

"아, 네."

살았다……. 섬의 바깥 둘레는 '아무것도 없다'라는 게 정답이었구나.

나도 모르게 안도의 한숨을 쉴 뻔했다.

쇼는 여전히 핸들을 쥔 채 한적한 어촌 마을 같은 촌락 한가운데를 달렸다.

오랫동안 구획 정리를 하지 않아서인지, 집들을 잇는 도로는 아주 좁은 데다 커브가 너무 많아 마치 미로 같다.

마을 한가운데에 작은 강이 흘렀다.

폭은 십 미터쯤일까. 그다지 큰 강도 아니고 수량도 적다. 그래도 흐르는 물은 탄산수처럼 맑다.

강에 놓인 다리를 건넜을 때 쇼가 앞을 본 채 말했다.

"이 강은 마을 한가운데를 흘러서 그대로 나카가와(中川)라고 불러요."

"기억하기 쉬운 이름이네."

"네. 더 설명하자면 이 강의 상류에서 하류를 바라보는 위치에서 왼쪽을 서쪽 지구, 오른쪽을 동쪽 지구라고 불러요.”

“아하, 단순 명쾌하네.”

고개를 끄덕이면서 말하자 다이키 씨가 보충 설명을 시작했다.

“하지만 공식 명칭은 아니야. 무엇보다 이 섬에는 번지조차 없거든. 그러니까 우편물도 ‘고오니가시마촌 니시모리 다이키’라고 적으면 다 와.”

“그럼 왜 굳이 서쪽 지구, 동쪽 지구라고 부르나요?”

소박한 의문을 던졌다.

“그게 그러니까……, 사정이 좀 있지.”

“네? 사정이라니…….”

그렇게 말하며 쇼를 바라봤다.

그러나 쇼는 묵묵히 운전만 했다.

작은 마을에 빼곡하게 들어선 목조 주택은 어디나 바닷바람과 강한 햇살에 시달려 낡아 보였다. 그 가운데 초등학교와 마을 사무소만은 의외로 신축 철조 콘크리트 건물이었다. 그 밖에 내가 안내받은 장소는……, 온갖 잡화를 파는 섬의 유일한 상점 요시다야와 다이키 씨가 운영하는, 주유소와 프로판가스 판매점이 붙은 니시모리 연료점. 그리고 섬의 특산물인 ‘고오니가시마 소주’를 만드는 작은 양조장까지 세 군데였다.

마을에서 조금 떨어진 산 중턱에는 신사의 도리이가 있었다. 칠이 벗겨지고 이끼가 낀 그 도리이의 나무는 이미 썩어 있다.

"이 도리이를 지나 산속 계단을 오르면 고오니가시마 신사가 있어요."

차를 세운 쇼가 핸들을 잡은 채 알려줬다.

"아주 깊은 산속으로 들어가는 느낌이네. 계단도 경사가 가파르고."

"원하시면 가볼까요?"

"아니……, 오늘은 됐어. 아까 등산도 했고."

어차피 올라봤자 대단한 신사가 있을 것 같지도 않다. 맘대로 그렇게 상상하고 고개를 저었다.

"좋았어! 쇼, 그럼 이제 마을 회관으로 가자."

"네."

이번에도 다이키 씨의 지시로 쇼가 액셀을 밟았다.

"마을 회관에는 뭐가 있나요?"

내가 묻자 다이키 씨가 살짝 웃었다.

"아무것도 없어. 다스쿠가 사용할 방이 있지."

"네?! 마을 회관에서 먹고 잡니까?"

뒤를 돌아보며 물었더니 다이키 씨가 웃음을 터뜨렸다.

"그럴 리 있겠나. 마을 회관 2층이 내빈용 숙박 시설이라 그곳을 다스쿠 보금자리로 정했네."

"보금자리라니……. 여관이나 민박이 아닌가요?"

"뭐? 전화해서 꼭 오션 뷰로 해달라고 부탁한 사람이 다스쿠 아니었어?"

"아……. 제가 그랬죠."

분명 얼마 전 전화로 협의할 때 그만 흥분해 그렇게 말한 것 같다.

"그렇지? 아, 걱정은 마. 나쁜 곳은 아니니까."

"네……."

나와 다이키 씨의 대화를 들으며 쇼는 휙휙 핸들을 돌려 나카가와를 따라 상류로 올라갔다.

촌장의 집(즉 쇼의 집) 앞을 지나쳐 조금 더 가서 마을 회관이 있었다.

철근 콘크리트 이 층 건물.

벽지 섬치고는 꽤 괜찮은 건물이다.

주차장……이랄까, 마을 회관 앞 공터 같은 곳에 쇼가 차를 세우고 셋이 나란히 차에서 내렸다.

"자, 다스쿠는 짐을 내려."

"아, 네."

시키는 대로 해치백 짐칸에서 여행 짐을 내렸다.

"그럼 쇼, 다음은 네게 맡기지. 나는 차로 돌아가 볼일이 좀 있거든.”

“네.”

“밤에 잇테쓰에서 봐.”

“알겠습니다.”

“그럼 다스쿠, 나중에 봐.”

“네? 아, 네.”

다이키 씨는 바로 차에 타더니 부릉부릉 엔진 소리를 울리며 혼자 돌아가버렸다.

“다스쿠 씨의 방을 안내할게요.”

“그래.”

나는 커다란 짐을 짊어지고 걷기 시작한 쇼를 따라나섰다.

쇼는 마을 회관 뒤로 돌아가 바깥 계단을 이용해 이 층으로 올라갔다.

마을 회관 이 층에는 두 개의 문이 있었다.

“왼쪽이 다스쿠 씨가 쓸 방이에요.”

문 위에 ‘서’라고 적인 팻말이 붙어 있다. 다른 하나의 문 위에는 ‘동’이라고 되어 있다. 서쪽 방과 동쪽 방이라는 의미일까?

쇼가 주머니에서 열쇠를 꺼내 안으로 들어갔다.

“들어오세요.”

권하는 대로 현관에서 신발을 벗고 안으로 들어갔다.

"꽤 넓네."

"혼자 지내기에는 충분할 겁니다."

넓은 부엌이 달린 거실과 네 평짜리 다다미방. 이른바 방 하나에 거실 겸 부엌이 있는 구조다. 목욕탕과 화장실은 별도. 커튼을 열고 베란다로 나왔을 때 나도 모르게 소리를 질렀다.

"와! 정말 오션 뷰네!"

아래쪽 저 멀리, 푸른 바다가 드넓게 펼쳐져 있다.

"마음에 드세요?"

"응. 정말 마음에 들어."

그렇게 말하며 바다를 바라보면서 한껏 심호흡했다.

"이 방은 섬을 찾는 손님을 위한 숙박 시설이에요. 마을에는 민박도 몇 군데 있는데 전망은 여기가 제일 좋아요."

"그래? 그런데 밥은 어떻게 해야 해?"

궁금한 점을 물었다.

"강가 언덕을 내려가면 섬 요리를 먹을 수 있는 술집이 있어요. 그리고 미리 전화 예약하면 근처 민박에서 아침과 점심도 먹을 수 있고요. 아까 지나온 요시다야에서 식료품을 사다 놓아도 되고요."

"오케이! 그러니까 여기는 콘도 같은 곳이구나."

"그런 셈이죠."

이후 쇼는 전기나 가스 사용법과 차단기와 수도 위치, 목욕탕 사용법, 밥솥 사용법까지 설명해주었다. 정말 세세한 부분까지.

그러는 사이에 열어놓은 창문 너머 하늘이 한없이 투명한 레몬빛으로 바뀌었다.

"자, 이제 슬슬 잇테쓰로 갈까요?"

"잇테쓰?"

"아, 아까 말한 섬 요리를 먹을 수 있는 술집이에요. 정식 명칭은 '섬 스시 전문점 잇테쓰'인데. 그곳에서 다이키 씨와 만나기로 했어요. 우리 셋이서 다스쿠 씨의 환영회를 하려고요."

그러고 보니 차에서 내릴 때 다이키 씨가 "밤에 잇테쓰에서 봐"라고 했다.

"그래? 내가 미안하네."

"아뇨, 아니에요. 자, 가시죠?"

"그래."

귀중품만 챙겨 방을 나왔다. 그리고 쇼와 둘이 어슬렁어슬렁 강가 언덕길을 내려갔다.

조금 전까지 레몬빛이던 하늘이 짙은 오렌지색으로 바뀌더니 그 색채가 바닷물에 녹아든다······. 바다는 마치 오렌지 주스가 출렁이고 있는 듯하다.

"멋진 일몰이네······."

도시 생활을 떠올리면서 중얼거렸다.

"아무것도 없는 곳이지만, 자연 하나는 예쁘죠."

하마터면 "그러네"라고 대답할 뻔했는데 간신히 헛기침으로 얼버무렸다. 그리고 말을 이었다.

"자연이 아름다운 게, 최고라고 생각해. 도시에서는 이렇게 심호흡하는 건 상상도 못해."

"그런가요?"

"응."

"하지만 자연만 있는 것도 역시……."

쇼는 마지막까지 말을 잇지 않았으나 무슨 말을 하고 싶은지는 안다.

"응. 그런 심정도 이해해."

"아무래도 인간은 없는 것에 매달리게 되나 봐요."

쇼는 오렌지색으로 물든 하늘을 바라보면서 말했다.

"그럴지도 모르지."

나도 같은 방향을 올려다보며 솔직히 대답했다.

"후우."

그러자 쇼는 시름 가득한 한숨을 내쉬었다. 살짝 마음에 걸린 점을 물어보기로 했다.

"쇼 말이야, 시치조시마에 있는 고등학교에 다녔다고 했지?"

"네."

"그 삼 년 동안은 기숙사 생활을 했겠네?"

"그런데요……."

"왜 졸업하고 돌아왔어? 적어도 거기가 더 번성한 관광지고 이 섬보다 훨씬 도시 같은데?"

"그야 그렇지만……."

쇼는 말을 흐리고 슬쩍 나를 보며 싱긋 웃었다.

"그냥 어쩌다 그렇게, 됐어요."

"그냥 어쩌다?"

"네."

눈썹을 살짝 팔자로 늘어뜨린 미남 청년의 미소 이면에는 어떤 비밀이 담겨 있는 듯해……, 더는 탐색하지 않기로 했다.

"그래? 뭐, 인생에는 사정이 있는 법이지. 그냥 어쩌다. 그럴 때도 있지?"

쇼는 묵묵히 고개만 살짝 끄덕였다.

내 질문에 쇼가 목소리를 내지 않고 '대답'한 것은 그때가 처음이었다.

우리는 강변 언덕을 다 내려가 섬의 일주도로에 도착했다.

오른쪽으로 나카가와를 건너는 다리가 있다.

그 다리 옆에 '섬 스시 전문점 잇테쓰'라고 쓴 간판이 걸린 목조 단층집이 있었다.

"여기가 잇테쓰예요."

쇼가 말했다.

"그렇구나."

고개를 끄덕이고 한 가지 궁금한 것을 질문했다.

"저쪽 붉은 등을 내건 가게는?"

다리 건너편에도 술집처럼 보이는 목조 단층집이 있었다.

"저기는 선술집 모자모자예요."

"저기가 그……"

루이루이 씨가 '본토 아가씨'로 일한다는 소문의 선술집이란 말인가…….

"들어가시죠."

"어?"

"가게로요."

"아, 그래."

쇼는 덜컹거리는 미닫이문을 열고 '잇테쓰'라고 적힌 감색 포렴을 통과했다. 나도 그 뒤를 따른다.

다다미가 깔린 자리와 테이블 자리로 나뉘어 있는 가게는 예상보다 깔끔했다. 이제 막 문을 열어서인지 우리 외의 손님은 없다.

카운터 안에는 백발을 짧게 깎은, 완고해 보이는 주인이 묵묵히 칼질을 하고 있다. 깊은 주름이 팬 이마에는 수건이 감겨 있다.

"고테쓰 씨, 안녕하세요."

쇼가 인사하자 이름이 불린 주인이 천천히 고개를 들었다. 나이는 예순다섯쯤 되었을까. 쇼와 시대의 의리파 건달 영화에 나올 법한 험상궂은 사나이가 가만히 나를 응시했다. 시선으로 말하고 있다. '넌, 누구냐?'

"아, 저, 처음 뵙겠습니다."

그 박력에 기가 눌려 간신히 꾸벅꾸벅 고개를 숙이며 어정쩡한 인사를 건네고 말았다.

"고테쓰 씨, 이 사람이 전에 말한 고지마 다스쿠 씨예요."

"오! 그래?"

저음의 가라앉은 목소리. 목소리까지 남자답다.

"자, 잘 부탁드려요."

최대한 싹싹하게 인사하려 했는데 고테쓰 씨는 내 말에 대답 대신 "응"이라고 하더니 턱으로 가게 안을 가리켰다. 적당한 자리에 앉으라는 소리일 것이다.

"다스쿠 씨, 생맥주 괜찮으세요?"

"어? 아, 응."

"고테쓰 씨. 생맥주 두 잔이요. 요리는…… 곧 다이키 씨도 오니까 그때 주세요."

"응."

065

단 한마디의 쿨한 대답.

부러운 캐릭터네…….

슬쩍 한숨을 내쉬고 다시 칼질을 시작한 고테쓰 씨의 백발을 바라봤다.

쇼는 카운터 위에 진열된 맥주잔 두 개를 들더니 옆에 놓인 생맥주 서버에서 마음대로 맥주를 따랐다.

"여기, 셀프서비스야?"

고테쓰 씨에게 안 들리게 조그맣게 물었다.

"네. 음료수는 셀프예요. 차가운 술과 소주는 저기 냉장고에서 꺼내 마시면 되고 얼음은 이 제빙기 안에 있는 걸 쓰면 되고요. 그리고 잔들은 여기에 있어요."

쇼가 이 가게의 규칙을 한바탕 알려주었다.

"그래? 알았어."

"고테쓰 씨가 혼자 운영하는 가게라 손님들이 돕지 않으면 돌아가질 않아요."

"그렇겠구나."

"아! 거품이 좀 부족한가?"

두 번째 잔에 맥주를 따르면서 쇼는 어깨를 움츠렸다. 왠지 다이키 씨가 없을 때는 쇼도 말수가 많아지는 것 같다.

"괜찮아. 나는 거품이 적어도 좋아."

"죄송해요. 엉망이라."

거품이 적은 맥주잔 두 개를 든 쇼는 "다이키 씨는 안쪽 자리를 좋아하니까 좌식 자리로 가죠"라며 다다미가 깔린 자리에 앉았다. 그리고 다이키 씨가 오기 전에 둘이 먼저 시작하기로 했다.

"아, 다스쿠 씨, 앞으로 잘 부탁드려요."

"나야말로 잘 부탁해."

"그럼 건배."

"건배!"

우리는 테이블 위에서 가볍게 잔을 부딪쳤다.

적당히 차가운 맥주를 넘기자 "하!" 하는 감탄사와 함께 느닷없이 참 멀리도 왔다는 감상이 떠올랐다. 그리고 쓱 어깨에서 힘이 빠지는 듯했다. 자신도 의식하지 못했는데 그 흔들려대는 페리 안에서부터 줄곧 긴장한 모양이다.

쇼도 맥주를 마시니 조금 표정이 풀어진 듯 보였다.

그리고 그 순간…….

"여기."

갑자기 내 대각선 뒤에서 굵은 목소리가 들려 깜짝 놀랐다. 황급히 돌아봤을 때는 이미 고테쓰 씨가 식전 요리를 테이블에 내려놓고 돌아가려 하고 있다.

아니, 기척 하나 없이 어떻게 여기까지…….

"깜짝 놀랐네. 발소리를 전혀 못 들었는데."

고테쓰 씨가 돌아간 뒤 나지막하게 말하자 쇼의 눈이 쓱 가늘어졌다. 남자인 내가 봐도 가슴이 두근거리는 꽃미남의 미소다.

"고테쓰 씨는 늘 그래요. 로봇 만화의 고르고13처럼 갑자기 뒤에 나타난다니까요."

"왠지 존재감도 비슷한 것 같아."

"그렇죠!"

"머리에 수건을 두른 일본식 고르고13!"

"정말 딱이네요."

우리는 소곤대며 소리 죽여 웃었다.

조금 지나자 손님들이 하나둘씩 가림막을 헤치고 들어오더니 곧 열 명으로 늘어났다. 왠지 손님들은 죄다 남자뿐이고 다 쇼에게 "어이!"라고 가볍게 인사한 뒤 호기심을 그대로 드러내며 내게 말을 걸었다. 그중에는 "당신, 이 섬을 돕는 구세주 다스쿠라며?"라며 아주 친근하게 말을 거는 사람도 있다. 그들의 공통점은 오늘 내 행동을 다 알고 있다는 것이다. 항구에 도착했을 때 금발의 본토 아가씨와 팔짱을 끼고 상륙해 다이키 씨의 차를 타고 촌장에게 인사한 뒤 섬을 돌아보고 마을을 살펴본 것까지 전부 알고 있다. 그중에는 "벌써 고래를 봤다며?"라고 아주 사소한 것까지 아는 사람도 있어 입을 다물고 말았다.

"이 섬에서는 비밀이 없나 봐."

거의 공포에 가까운 감정을 느끼며 조그맣게 쇼에게 말하자 미남 청년은 곤혹스러운 표정으로 고개를 끄덕였다.

"맞아요. 그게 좀……."

그다음 말은 하지 않아도 알겠다. 그래서 더 묻지 않고 그냥 넘어 갔다.

그리고 또 한 가지, 일부러 쇼에게 묻지 않은 게 있다. 그것은 섬 사람들이 쇼에게 말을 걸 때 느껴지는 미묘한 위화감이다. 어쩌면 내 생각이 지나친 것일지 모르나 왠지 어색하다고 할까, 부스럼을 대하는 듯 보인다. 더 말하자면 그에 대한 쇼의 대응 역시 표면적으로만 관계를 잘 유지하려고 할 뿐 주고받는 대화에 뭔가 부자연스러운 먼이 있다.

역시 아버지가 촌장이면 여러모로 질시를 받겠지…….

그런 생각을 하면서 맥주잔을 기울이고 있는데 현관 미닫이문이 벌컥 열리고 굵고 활기찬 목소리가 가게 안에 울려 퍼졌다.

"오오, 기다렸지?"

다이키 씨가 등장했다.

"고테쓰 씨, 잘 지냈어?"

다이키 씨는 카운터를 향해 손을 들어 인사한 다음 가게 안의 섬사람들에게 말을 걸면서 우리 자리까지 왔다. 그리고 쇼 옆에 털썩 앉자 손님 가운데 하나가 생맥주를 따라 다이키 씨 앞에 놓았다.

"다이키 씨, 생맥주죠?"

"오, 고마워."

이것만 봐도 다이키 씨가 섬에서의 서열이 높다는 사실을 알 수 있었다. 그야말로 에너지라는 생명줄을 쥔 마을 의원인 셈이다.

"자, 다스쿠, 건배하자!"

"아, 네."

다시 셋이 건배했다. 다이키 씨가 목울대를 울리며 중간 크기 맥주잔의 맥주를 단숨에 들이켰다.

두 번째 잔을 직접 따르면서 다이키 씨는 "어이, 고테쓰 씨!"라며 목소리를 높이고 요리를 주문했다. 그리고 테이블에 나온 요리를 죄다 위장에 쓸어 담았다.

솔직히, 조그만 이 남쪽 섬에서 그리 맛있는 음식을 기대하지 않았다. 그러나 고테쓰 씨의 요리 솜씨는 좋은 의미에서 그런 내 예상을 완전히 뛰어넘는 것이었다.

날치 회는 탱탱하고 신선했고 언어병치는 혀를 감싸는 기름기가 최상이라 달콤했다. 진귀한 개복치 간무침, 김초밥까지 '숨은 실력자'의 맛이라 모두 나를 감탄하게 했다.

"애써 이 섬까지 와서 잇테쓰에 왔으니 고오니가시마 초밥을 먹어봐야지."

다이키 씨가 그렇게 말하고 고테쓰 씨에게 삼 인분의 초밥을 주문했다.

이윽고 테이블에 올라온 음식은 회 '절임'을 올린 초밥이었다. 오늘의 생선은 전갱이, 붉은 고등어, 재방어라고 한다.

"붉은 고등어는 껍질이 정말 붉네……."

혼자 웅얼거리자 쇼가 알려주었다.

"이건 고등어의 일종이 아니라 정식으로는 선홍치라고 해요."

"쓸데없는 말 그만하고 어서 먹어."

다이키 씨의 말에 붉은 고등어를 입에 넣었다.

절임의 은은한 간장 맛과 달콤한 밥. 깔끔한 생선살도 포함해, 음, 정말 맛있다! 그렇게 생각한 순간…….

"이? 윽!"

눈을 부릅뜨고 다이키 씨와 쇼를 봤다.

다이키 씨는 싱글싱글, 쇼는 쓴웃음을 지은 표정으로 나를 보고 있다.

"아, 진짜, 매워요!"

이게 웬일! 초밥 생선과 밥 사이에 와사비가 아니라 노란 겨자가 잔뜩 들어 있었다.

"하하하. 처음에는 맵겠지만, 꼭꼭 씹어 음미해봐. 그러면 밥의 단맛과 생선 맛이 잘 어우러질 거야."

말도 안 돼……. 머릿속으로 소리치며 일단 다이키 씨의 말대로 계속 씹는데……, 확실히 입안의 매운맛이 점차 좋은 맛으로 변하는 것 같다.

얼마 후 간신히 삼키는 데 성공했다.

그러자 다이키 씨가 웃으면서 말했다.

"자, 삼킨 다음에는 이 고오니가시마 소주로 입을 헹궈야지. 자, 마셔."

다이키 씨가 물 탄 소주잔을 내밀었다. 잔을 받아 혀 위에서 한번 굴린 다음 꿀꺽 마셨다.

오호……! 아까까지 불이 들어간 듯 얼얼한 입안이 불가사의할 정도로 상쾌해졌다.

"정말이네요! 이렇게 먹는 방법? 아니 마시는 방법, 의외로 좋은데요?"

"그렇지? 다스쿠도 익숙해지면 습관이 될 거야. 오늘은 내가 쏠 테니까 실컷 먹어."

흐뭇하게 바라보는 다이키 씨와 쇼를 보니, 문득 가슴 저 깊은 곳에서 한숨이 올라왔다. 서둘러 두 모금째 소주를 입에 넣고 한숨과 함께 넘겼다.

섬의 음식을 조금 칭찬했을 뿐인데 이토록 좋아하는 사람들을 보자니 괜스레 미안했기 때문이다.

그도 그럴 것이, 이 섬을 위해 제대로 일할 마음이 전혀 없으니까……, 굳이 말하자면 회사 경비로 휴가나 즐길 셈으로 이 섬에 왔으니까.

그런 나를 두 사람이 이렇게 환영해주고, 게다가 다른 손님들도 '구세주'라고 말해준다. 회사에서 '무능'한 사람으로 취급되어온 나를 말이다…….

"응? 다스쿠, 왜 그래?"

"아, 아닙니다."

스멀스멀 기어오르는 불안한 마음을 막으려고 전갱이 초밥을 먹었다. 그리고 너무 매워 눈물지으며 자신을 다독였다. 이건 휴가야, 유급 휴가라고.

그런데 다이키 씨의 '접대'는 그 뒤로 더 흥이 오르고 말았다.

"오호! 다스쿠, 잘 먹네. 좋았어! 고테쓰 씨! 여기 일단 '불 초밥' 하나 줘."

다이키 씨가 큰 소리로 주문하자 가게 손님들이 갑자기 "오오오오오오!"라고 소리 지르며 이쪽을 봤다.

"네? 불 초밥이라니……?"

이름에서 불길한 예감을 느끼고 도움을 청하려 쇼를 봤다.

그러자 쇼는 아름다운 눈썹을 팔자로 늘어뜨리며 한숨 같은 말을 내뱉었다.

"그거, 엄청나게 울 거예요."

"하하하하. 다스쿠는 남자야! 잘할 거야!"

다이키 씨는 완전히 골목대장 같은 얼굴을 하고 있다.

"섬 초밥의 겨자도 그렇지만, 이 섬에서만 나는 아주 희귀한 겨자 잎으로 만든 겨자를 실컷 맛볼 수 있지. 사람들에게 자네가 얼마나 남자다운지 한번 보여주라고!"

"나, 남자라니……."

그러고 있는데 저승사자처럼 소리도 없이 내 바로 뒤에 고테쓰 씨가 나타나 "자, 여기"라며 '불 초밥'이란 놈을 테이블에 놓고 갔다.

"이, 이건, 정말……."

나도 모르게 중얼거렸다.

그도 그럴 것이 '불 초밥'이라는 것은 군함말이 초밥에 성게알 대신 겨자를 잔뜩 올린 것이었다. 아니, 이런 바보 같은 음식이 있나.

"다스쿠, 잘 들어. 이 '고오니가시마 겨자'는 세계에서 이 섬에만 나는 귀중한 겨자잎으로 만든 겨자야. 그래서 세계에서도 손에 꼽힐 정도의 매운맛을 자랑하지. 하지만 아까 보여준 근성으로 계속 씹으면 불가사의한 맛에 금방 익숙해질 거야. 비결은 코를 막고 먹는 거야. 자, 사람들에게 남자다움을 보여주라고!"

정신을 차리니 가게 안 손님들이 우리 테이블 주위에 모여 있다.

다들 내 도전을 구경하러 온 것이다.

"힘내, 구세주."

"자네라면, 할 수 있어!"

저마다 멋대로 떠드는 방관자들.

'웃기고 있네. 이런 걸 먹겠어······?'

속으로 욕을 퍼붓고 있는데 여기저기서 응원의 목소리가 시작되었다.

다, 스, 쿠! 다, 스, 쿠! 다, 스, 쿠!

젠장, 될 대로 되라!

포기하고 왼손으로 코를 잡았다. 그리고 노란 겨자가 가득 올라간 군함말이를 오른손으로 집어 과감하게 입안에 던져 넣었다.

"음, 어, 우, 으윽······."

뇌가 저릿저릿할 정도로 매웠다. 그래도 눈을 희번덕거리면서 필사적으로 씹는다. 코를 힘껏 쥐고 있는데도 콧속이 정신없이 찡하고 눈물샘이 폭발하고 만다.

"씹어! 다스쿠, 씹어!"

멀리서 들리는 다이키 씨의 굵은 목소리.

의식 저편에서 들리는 응원 소리.

눈물을 뚝뚝 흘리면서 씹고, 씹고, 또 씹은 끝에 간신히 삼켰다.

"좋았어, 이거 마셔."

　누군가가 내민 잔을 받아 섬 소주로 혀를 씻어냈다. 그러나 이번에는 그것만으로 해결되지 않아 꿀꺽꿀꺽 술을 들이켜 아릿한 목까지 씻어냈다.

　두 번째 소주잔을 비웠을 때……. 엄청난 박수 속에 있었다.

　"오호, 정말 잘했어, 다스쿠! 이게 '눈물의 서쪽'이라는 거야. 참고 다 먹은 순간부터 자네는 이 섬의 '서쪽 남자'로 인정받았지."

　영문 모를 다이키 씨의 해설을 들으면서 물수건을 이마에 댔다. 무엇보다 눈물이 멈추지 않았다.

　"다들 응원해줘서 고맙군. 다스쿠는 오늘부터 서쪽 사람이 되었으니까 잘 부탁하네."

　다이키 씨의 말에 박수가 더 커졌다.

　드디어 눈물이 멈췄을 때는 모인 손님들도 다 자기 자리로 돌아가고 없었다. 다이키 씨에게 물었다.

　"아까 '눈물의 서쪽'이라고 하셨는데, 이 섬 풍습인가요?"

　"아, 그래."

　"그렇다면 동쪽에도 뭐가 있나요?"

　그러자 다이키 씨는 갑자기 흥이 깨진 표정을 지었다.

　"아, 있지. 있는데 말이야, 저쪽은 '웃음의 동쪽'이라고 하지."

　"웃음의 동쪽?"

　쇼를 보며 반문했다.

"아, 네. 그렇게 말해요……."

눈물의 서쪽과 웃음의 동쪽?

"그게 뭔데?"

"어이! 다스쿠. 자네는 애써 서쪽 남자가 되었으니까 약해빠진 저쪽은 신경 쓰지 말라고. 수다 그만 떨고 고테쓰 씨의 맛있는 요리나 먹어."

저쪽……. 이라니, 뭐지?

목구멍까지 올라온 말을 꿀꺽 삼켰다. 그도 그럴 것이 그때 바로 내 옆에 험악한 얼굴의 고테쓰 씨가 쓱 나타나……더니, 갑자기 양손을 내민 것이다.

"아니……?"

그대로 굳어버린 채 거의 반사적으로 그 손을 나도 양손으로 잡으려 했다.

그러자 낮과 마찬가지의 일이 벌어졌다.

고테쓰 씨의 양손이 내 손을 그냥 지나쳐 위로 올라오더니 그대로 내 목을 조르기 시작한 것이다.

"앗? 자, 잠깐만요. 고, 고테쓰 씨!"

고테쓰 씨가 양손으로 내 목을 가볍게 조르고 흔들어댄다. 이 상황에서 생각한다.

이게 실화야? 이 아저씨도 촌장과 마찬가지로 이상한 사람이란 말이야!

"너, 그걸 용케 다 먹었어."

고테쓰 씨는 내 머리를 쥐고 흔들어대면서 구수한 목소리로 그렇게 말하고 손을 떼더니 그대로 몸을 돌려 주방으로 돌아가버렸다.

지금, 이, 이건 뭐지……?

넋을 놓은 채 설명을 요구하는 표정으로 다이키 씨와 쇼를 봤다. 그러나 왠지 둘은 별일 아니라는 얼굴이다.

"그런데 말이야, 다스쿠."

다이키 씨는 내 감정을 완전히 무시하고 이야기를 시작했다.

"이 섬의 가장 큰 문제는 섬사람들이 할 일이 너무 없다는 거야. 한가하니까 수군대기나 하지. 그래서 온통 신경이 날카로워져 있어. 오늘도 말이야, 자네 한번 보려고 항구에 그렇게 사람들이 모였잖아. 그것도 다 한가해서 그래."

"아, 네……."

목이 졸려 흔들린 여운을 음미하면서 그건 아니라고 생각했다. 섬사람들은 내가 아니라 '본토 아가씨'인 루이루이 씨를 보러 온 게 틀림없다.

"그러니까 말이야, 도시의 일류 기업에서 '에이스'로 불린 다스쿠의 지혜와 경험으로 이 섬에서 지루한 일상을 쫓아주길 바라네. 그리고 섬에 이거까지 떨어지게 해주면 더 좋지. 그런 활성화 계획을 부탁하네."

이거, 라고 말하면서 다이키 씨는 엄지와 검지로 동그라미를 만들었다. 그러니까 돈이다.

"……."

일류 기업. 에이스. 지루한 일상. 돈이 떨어지게.

반론할 게 잔뜩 있었으나 입을 다물었다. 왜냐면, 섬의 유지인 다이키 씨가 두 손으로 테이블을 짚고 머리를 숙이고 있었기 때문이다.

"그럼, 잘 부탁하네."

"네? 아, 잠깐만요, 그만하세요. 고개 좀 드세요."

당황해 그렇게 말하자 다이키 씨는 농담이라는 듯 재빨리 고개를 들었다. 그러더니 바로 원래의 허세가 담긴 말투로 돌아왔다.

"그래서 말인데, 그 계획 이야기인데."

"아, 네……."

"나카가와 서쪽이 볼거리도 많으니 서쪽을 중심으로 해주길 바라네."

"네?"

"낮에 말했잖아. 나카가와를 끼고 서쪽과 동쪽이 나뉘어 있다고."

"네."

"그러니까 서쪽을 중심으로 해달라고."

"아, 그러니까 서쪽에 유리한 활성화 계획을 세우란 말씀인가요?"

"그래. 그렇게 부탁하네. 다스쿠."

머릿속에서 수없는 물음표가 떠올랐으나 일단 "아, 네……"라고 끄덕이자, 다이키 씨가 소주병을 들고 콸콸 내 잔에 소주를 따랐다.

"자, 이제 계약 완료! 그래서 말이야, 나는 내일 바쁘니까 쇼가 가이드를 해줄 거야. 차로 섬을 안내할 테니까 궁금하거나 보고 싶은 곳이 있으면 바로 쇼에게 말하게."

"아, 네."

끄덕이며 쇼를 봤다.

"어디든 모시고 갈게요."

쇼는 그렇게 말하고 살짝 고개를 끄덕였다.

계속 스트레이트 소주를 마셔 취한 머리로 생각했다.

내일부터는 섬을 관광하고 밤에는 맛있는 술과 안주를 즐긴 다음 오션 뷰 집에서 뒹굴뒹굴하며 느긋하게 여름휴가를 즐기는 거다. 그러다가 좋은 아이디어가 떠오르면 회사에 보고하자.

그리고 이 섬에 질렸을 때……, 섬과 회사와 작별하는 거야!

다이키 씨에게 실컷 얻어먹고 가게를 나왔다.

탄력을 받아 잔뜩 먹고 마신 탓에 빵빵해진 배가 힘들어 허리띠를 조금 풀었다.

가로등이 적은 섬의 밤길은 어둡고 이명이라도 생길 것처럼 조용하다. 산에서 불어온 한여름의 밤바람에 감싸여 자연을 심호흡했다.

"다스쿠, 어때? 맛있었지?"

"네. 중간쯤부터는 너무 매워 혀가 마비되었지만요."

"하하하."

다이키 씨는 아주 만족한 듯 웃어대며 커다란 배를 퉁퉁 두드려 댔다.

그때 나카가와 건너편의 선술집 모자모자에서 낭랑한 웃음소리가 흘러나왔다.

"어째, 저기도 즐거운 것 같네요."

어둠 속에 떠오른 붉은 등을 바라보며 말했다.

"저쪽은 걸음하지 않는 게 좋아."

다이키 씨가 바로 부정적인 반응을 보였다.

"왜요?"

너무 마음에 걸려 솔직히 물었다. 그러자 다이키 씨는 팔짱을 끼고 "음……" 신음한 다음 거꾸로 질문을 던졌다.

"다스쿠는 입이 무거운가?"

"물론이죠."

취한 김에 큰소리치며 고개를 끄덕였다.

"실은 말이야, 이 섬의 산에는 밤이 되면 파랗게 빛나는 희귀한 웃음 버섯이 있어."

"에이……, 먹으면 웃게 된다는 독버섯 같은 건가요?"

"뭐, 그런 종류일 거야. 아직 본토에 알려지지 않았다고 해야 하나, 들통나지 않았다고 해야 하나, 학명도 없는 버섯이야. 어쨌든 우리 섬에서는 동쪽 버섯이라고 불러. 옛날부터 독은 없었어."

그런 게, 정말 있나?

정말 놀라 "에헤……?"라며 이상한 소리를 내고 말았다.

"그런데 말이야, 저 가게 주인인 모자 씨는 원래 히피 같은 사람이야. 동쪽 버섯을 섬 소주에 담가서 사람들에게 먹이고 매일 저렇게 낄낄대고 웃는다니까."

거기까지 듣고 깜짝 놀랐다.

"아! 그래서 '울음의 서쪽'에 '웃음의 동쪽'이라고……?"

"그래."

다이키 씨가 크게 끄덕였다.

"그 말은 혹시 서쪽에는 매운 겨자잎이 나고, 동쪽에는 동쪽 버섯이 나는……?"

"다스쿠, 뭐야? 통찰력이 아주 예리해. 역시 일류 기업의 에이스야."

"아, 아뇨. 그런 건 아니고요."

어느새 우리 회사가 일류가 되었네…….

"자, 그러니까 내 말은 이런 거야. 다스쿠가 저쪽에 가는 건 자유야. 가고 싶으면 가. 나는 안 가지만."

"아니, 별로, 갈 생각은 없는데……."

"고테쓰 씨와 모자 씨는 동급생이에요. 옛날부터 라이벌이고요."

예의 그 아름다운 눈썹을 팔자로 늘어뜨린 쇼가 덧붙였다.

"라이벌이 다리 하나를 놓고 양쪽에서?"

"뭐, 그런 셈이지."

다이키 씨는 그렇게 말하고 다시 배를 탁 쳤다.

"자, 그럼 오늘 밤은 여기서 헤어지자고. 다스쿠, 자네도 이제 혼자 갈 수 있겠지?"

"네. 그럼요."

아니, 강변의 외길을 오르기만 하면 되니 문제가 될 건 없다.

"그럼, 내일도 쇼와 함께 부탁하지. 수고하게."

다이키 씨는 그렇게 말하고 글러브 같은 커다란 손으로 내 목을 잡고 "하하하!" 웃으면서 흔들기 시작했다.

정말, 이 사람들, 뭐야? 장난이 너무 지나치잖아…….

목이 졸린 채 흔들리니 취기가 더 올랐다.

"다스쿠도 이제 우리 사람이야. 그럼 다음에 보세."

그렇게 말하고는 그제야 손을 풀었다.

"다스쿠 씨, 내일 열 시에 차로 마을 회관 앞까지 모시러 올게요."

"아, 응. 고마워."

"그럼, 잘 자게."

"안녕히 주무세요."

"어? 쇼는 나랑 같이 가야지⋯⋯."

촌장의 집은 강변을 오르는 중간에 있다.

"쇼는 오늘 밤 우리 집 별채에서 잘 거야."

쇼 대신 다이키 씨가 대답했다.

"아, 그래요? 알겠습니다. 그럼 안녕히 가세요."

"그래. 또 보지."

"수고하셨습니다."

우리 셋은 다시 인사를 나누고 가볍게 손을 들었다.

일주도로를 서쪽으로 걸어가는 두 사람. 그 뒷모습을 한동안 바라보다가 나도 어슬렁어슬렁 걷기 시작했다.

강변의 언덕길은 가로등이 거의 없어 발밑이 안 보일 정도로 어두웠다.

바다와 숲 냄새가 녹아든, 청량한 밤바람.

졸졸, 귓가를 간질이는 강물 소리.

문득 밤하늘을 올려다보다 내 발걸음이 멈춰졌다.

"플라네타륨이냐⋯⋯?"

일부러 소리 내어 말해보았다.

연기자처럼 과장된 내 목소리가 수천만 개의 별들과 물소리 속에 흩어졌다.

동쪽 하늘에서 휙 별이 떨어졌다.

정말, 멀리 왔네…….

사무치는 마음에 생각에 잠기는데 나를 깔보는 사장과 사원들의 낄낄대는 얼굴이 뇌리를 스쳤다.

더러운 공기 속에서 개미처럼 일하고 있는 녀석들.

그에 비해 지금 나의 이 자유…….

투명한 밤공기를 천천히 폐로 들이마셨다.

그리고 힘껏…….

봐라, 이 자식들아!

라고 소리치려……다, 말았다.

이 맑은 밤을 더러운 말로 흐리고 싶지 않다……, 그게 솔직한 마음이었다.

다시 걷기 시작했다.

저 멀리 있는 어둠 속에서 설핏 애교 넘치는 소리가 들려왔다.

모자 씨 가게의 웃음소리.

루이루이 씨, 즐겁게 잘 지내고 있겠지…….

절세미녀의 미소를 떠올리며 기적 같은 하늘을 향해 두 손을 올렸다.

그리고 힘껏 기지개를 켰다.

제2장 · 지구방위군, 결성

얼큰하게 취해 마을 회관 이 층으로 돌아왔다.

'서'라는 팻말이 붙은 문을 열고 어둠 속에서 벽을 더듬어 조명을 켰다. 그리고 좁은 현관에서 신발을 벗고 방에 들어갔다.

작은 거실 겸 부엌을 지나 안쪽의 네 평짜리 다다미방 한가운데에 서자, 옷장 앞에 아무렇게나 놓인 가방이 눈에 들어왔다. 도시에서 짊어지고 온 커다란 짐이다.

한동안, 내가 여기서 살게 되었구나.

그렇게 생각하며 주위를 휙 둘러보고……,

"후……."

한숨을 길게 내쉬었다.

드디어 혼자 있게 되어 조금 마음을 내려놓은 듯하다.

왠지 여러모로 이상한 점이 있는 섬이지만, 적어도 보름쯤은 이 곳에서 느긋하게 지내보려고 한다.

"자······."

일부러 소리 내어 말하고 가방 안의 짐을 꺼내기 시작했다. 제일 먼저 한 일은 노트북과 스마트폰 충전이었다. 이 방은 위치에 따라 스마트폰 전파가 잡히지 않는다는 게 난점이었으나 노트북은 유선으로 인터넷을 연결할 수 있으니 그나마 안심이었다.

모바일 기기에 전원을 연결한 다음에는 욕실로 들어가 부지런히 욕조를 닦고 하수구를 막았다. 그리고 쇼에게 배운 대로 급탕기 스위치를 눌렀다.

조금 뒤 욕조는 더운물로 가득 찼다.

재빨리 턱까지 몸을 담그고 눈을 감았다.

물이 조금 뜨거워 온몸의 모세혈관이 찌릿찌릿하다. 쌓이고 쌓인 도시 생활의 침전물들이 녹아내려 온몸의 모공으로 스르르 빠져나가는 것만 같다.

"하, 극락이 따로 없구나."

그런 연극 대사 같은 말이 목욕탕 안에서 크게 울렸다. 왠지 이런 상황이 너무 좋아 계속해서 "정말 최고야!"라고 중얼거려봤다. 그리고 바로 떠오른 회사 녀석들에게 "자 보라고, 이 녀석들아"라는 속내를 한숨으로 바꾸어 토해냈다.

그나저나, 페리를 타고 한밤에 도시 항구를 떠난 지 아직 하루밖에 지나지 않았다. 그렇게 생각하니 어제부터의 시간 흐름에 커다란 위화감이 든다. 체감으로는 사나흘은 너끈히 지난 것 같다. 그만큼 농밀한 시간을 보냈다는 것이리라.

더운물에 몸을 담근 채 욕실 천장을 올려다보며 오늘 만난 사람들의 얼굴을 떠올렸다.

그러자 기묘한 점을 발견했다.

쇼의 성이 이상하네……

처음 쇼를 만났을 때 쇼는 자신의 성을 '에다노'라고 밝혔다. 그런데 아버지 촌장의 집 문패에는 다이키와 마찬가지로 '니시모리'라고 되어 있었다.

에다노와 니시모리라.

부자가 왜 성이 다르지?

내가 보기에 촌장과 쇼 사이에는 대놓고 불화를 느끼게 하는 공기가 흘렀다. 아무래도 둘 사이에는 어떤 문제가 있는 듯하다. 덧붙이자면 잇테쓰에서 만난 섬사람들의 태도도 이상했다. 그들은 다무슨 부스럼이라도 만지듯 쇼를 조심스레 대했다. 섬사람들이 보인 그 태도는 쇼의 성에 대한 수수께끼와 어떤 관련이 있을지 모른다……

욕실 천장을 바라보며 이런저런 생각에 잠겼다. 하지만 그래봤자 소용없는 일이라는 사실을 곧 깨달았다.

"뭐, 됐다……."

혼자 중얼거리고 더운물을 양손으로 퍼서 얼굴을 씻었다.

애써 얻은 휴식 시간이니까 지금은 일단 극락을 음미하자. 쇼 일이 궁금하면 내일 본인에게 물어보면 그만이다.

뭐, 물어봤자 외부인인 내게는 상관없는 이야기겠으나.

목욕을 마치고 상쾌해진 나는 세면실에서 이까지 닦았다. 그리고 이불이 깔린 방으로 돌아오다가 문득 걸음을 멈췄다.

어라……?

벽 너머 옆방에서 무슨 소리가 들린 것 같다.

쇼나 다이키 씨로부터 옆방에 누가 산다는 설명은 듣지 못했다.

설마, 도둑……?

아냐, 아니야. 그럴 리, 없어.

곧바로 마음을 고쳐먹었다. 이곳은 인구가 겨우 백구십구 명밖에 안 되는 절해고도다. 범죄를 저질러봤자 순식간에 잡힐 게 빤하다. 잡힐 줄 알면서 도둑질할 바보가 어디 있나.

일단 방 한가운데에 그대로 멈춰 서 잠시 귀를 기울였다.

그러자 베란다로 이어지는 통창이 열리는 소리가 스르륵 났다.

그럴 리 없으리라 생각은 하면서도 만에 하나 도둑이라면 베란다를 통해 밖으로 도망칠 가능성도 있다. 그래서 발소리를 죽이며 창가로 다가가 조용히 창문을 열고 살금살금 맨발로 베란다로 나갔다.

옆방 베란다와의 사이에는 칸막이벽이 있었다.

그 벽 너머에서 "후" 하고 작은 한숨소리가 들린 것 같다.

어⋯⋯?

조심스럽게 벽 너머를 들여다봤다.

그리고 눈을 의심했다.

옆 베란다에는 난간에 두 손을 대고 먼 곳을 응시하는 여성의 옆얼굴이 있었다.

부드러운 웨이브의 금발. 긴 속눈썹. 오똑한 콧날. 아름다운 턱선. 달빛을 받아 반짝이는 밤바다를 우수에 젖은 듯한 옆얼굴로 바라보고 있는 절세의 미녀.

"아, 저."

자신도 모르게 말을 걸었다. 그 여성이 이쪽을 돌아보더니 안 그래도 큰 눈을 더 크게 떴다.

"와! 놀랬잖아!"

쨍쨍한 목소리가 하늘까지 닿았는지 머리 위에서 별 하나가 떨어졌다.

"죄, 죄송해요. 안녕하셨어요?"

"아니, 왜? 왜 다스쿠가 여기 있어?"

놀란 순간에도 루이루이 씨의 얼굴은 완벽하게 아름다웠다. 달밤에 보는 그 얼굴은 신비하기까지 했다. 그래서인지 여전히 존댓말로 대답하고 말았다.

"그게, 이 섬에 있는 동안 여기서 숙식하게 되었어요."

"진짜! 그러면 나랑 이웃이네."

"아무래도 그런 것 같네요."

"히히히. 정말 놀랐다. 잘 부탁해♪"

루이루이 씨는 싱긋 웃고 난간에 몸을 기댄 채 이쪽으로 손바닥을 내밀었다. 그 손에 내 손을 짝 치면서 하이터치를 했다.

"아! 맞다! 다스쿠, 잠깐만."

"어? 네."

루이루이 씨는 일단 방으로 사라졌다가 바로 베란다로 나왔다. 그리고 캔맥주를 건네며 말했다.

"자, 이거."

"아! 받아도 돼요?"

"응. 당연하지. 아까 가게에서 손님에게 받은 맥주야."

우리는 각자 캔을 따서 난간에 기대 캔과 캔으로 건배했다. 칸막이벽이 아무래도 방해가 된다고 생각하면서.

"그럼, 이 섬에서의 첫날을 위하여!"

　루이루이 씨의 새된 목소리에 맞춰 나도 "위하여!"라고 말했다. 둘이 같이 맥주를 마시고 "캬!"라고 감탄을 발했다. 루이루이 씨는 술이 꽤 센 듯하다.

　"사실은 조금 전까지 섬사람들과 마셔서 얼큰하게 취했어요. 그런데 정말 맛있었어요."

　"나도 가게에서 마셨는데 여기서 보는 밤바다도, 밤바람도, 밤하늘도 너무 좋네."

　거기까지 말하고 루이루이 씨는 밤하늘을 올려다봤다.

　"당연히 맥주도 맛있고. 히히히."

　"그러네요."

　나도 밤하늘을 바라봤다.

　"저기, 다스쿠."

　"네?"

　"여기 섬사람들, 엄청나게 재미있지 않아?"

　오늘 만난 섬사람들을 떠올리면서 고개를 끄덕였다.

　"네. 뭐랄까…… 지나치게 재미있죠."

　"그렇지!"

　"루이루이 씨는 어떤 점이 재미있었어요?"

　"음. 많은데 첫 번째는 동서 분쟁이랄까."

　"분쟁?"

"응. 나 말이야, 선술집 모자모자에서 일하는데 거기서 손님들에게 동서 분쟁에 관한 이야기를 많이 들었어."

"그래요? 일테면 어떤 게 있는데요?"

"분쟁이 시작된 수십 년 전의 옛날이야기."

"옛날이야기……라니, 이 섬이죠?"

"응. 이 섬의 옛날이야기. 게다가 그게 웃겨."

루이루이 씨는 그 옛날이야기가 생각났는지 키득키득 웃다가 아주 맛있게 맥주를 마시곤 그 이야기를 들려주었다.

원래는 나카가와를 끼고 서쪽의 세력가이자 어부인 '니시모리 가문' 파벌과 동쪽의 세력가이자 대지주인 '도오카 가문' 파벌 사이에서 생긴 다툼이 이후 전쟁의 시작이었다고 한다.

어느 해, 거대한 태풍이 휩쓸고 지나가 많은 어선이 대파되었을 때 도오카 가문이 이끄는 농군(농가 군단)이 "도와줄 수 있지. 다만 너희 어민이 우리 농민 가문에 고개를 숙이면"이라고 잘난 체를 하는 바람에 이 섬에 불온한 기운이 감돌기 시작했단다.

게다가 몇 년 뒤, 이번에는 가뭄으로 농사가 큰 타격을 입자 니시모리 가문이 통솔하는 서군(어부 군단)이 보란 듯 똑같은 행동을 보였다는 것이다.

이후 이 섬은 동서로 양분되고 말았다.

양분된 후로는 사사건건 싸움이 일어나 심할 때는 섬의 젊은이들

십여 명이 큰 싸움을 벌이기에 이르렀다고 한다. 그 싸움은 '집단 폭행 사건'으로 본토 신문에 실리기도 했단다.

"허허. 이 작은 섬에서 그런 일이 있었다니."

대답하면서 한숨을 내쉬고 말았다. 싸움의 시작이 너무 유치하게 느껴졌기 때문이다.

어쩌면 당시에는 현대 도민으로서는 상상할 수 없을 시대 분위기와 복잡한 인간관계가 있었을지 모른다. 그러나 가령 그랬다 하더라도 그런 대립 구도를 현대까지 끌어오다니 너무 한심하다.

"웃기지?"

"네. 쓴웃음이지만요."

"히히히. 맞아."

루이루이 씨도 어여쁜 눈썹을 늘어뜨리며 말을 이었다.

"그래서 섬 선거 때도 매번 난리가 난다더라."

"아아, 상상이 가네요."

루이루이 씨의 말로는, 촌장 선거나 마을 의원 선거가 있을 때마다 동군과 서군으로 나뉘어 저마다 후보를 내세우고 정면 승부를 펼친다고 한다. 이 섬(마을)의 의원 수는 여섯 명이므로 매번 딱 세 명씩 동서에서 뽑히는데 촌장 선거 때가 되면 섬에는 일촉즉발의 분위기가 감돈단다. 삼 대 삼인 의원 위에 오르는 촌장이 동서 어느 쪽 사람이 되느냐로 섬의 운영이 완전히 바뀌기 때문이다.

"실은 오늘, 촌장을 만났어요."

"와! 어떤 사람이야?"

"아주 소탈해서 정치가 같지 않던데요."

"흠."

"니시모리 씨였으니까 서군이군요?"

"응. 아마 그럴 거야."

그 말은 곧……, 이 촌장의 인맥으로 도쿄에서 온 나는 동군 사람들에게 적대시된다는 말인가?

생각하니 살짝 우울해진다.

"참고로 루이루이 씨가 일하는 모자 씨의 가게는 동군 가게죠?"

"응, 맞아. 라이벌인 잇테쓰라는 가게는 서군 사람들 아지트고."

"저는 조금 전 그 가게에서 마셨어요."

"아, 그랬구나. 맛있었어?"

루이루이 씨에게는 이 섬의 동서 분쟁보다 음식 맛이 더 중요한 듯하다.

"네. 다 맛있었어요. 그런데 아주 매운 겨자를 잔뜩 올린 초밥을 억지로 먹게 하더라고요."

"하하하. 그게 뭐야? 이상해!"

유쾌하게 웃는 루이루이 씨를 보니 확실히 아주 이상하다는 생각이 들었다.

눈물의 서쪽과 웃음의 동쪽…….

그래. 역시 너무 이상하다.

"지금까지 동과 서가 나뉘어 있다니 정말 이상한 섬이네요."

"응. 정말 이상해. 아니, 옛날에 싸웠다 해도 그건 옛날 어른들이었고 이미 다 죽었잖아. 그러니 지금은 좀 사이좋게 지내면 안 되나?"

"맞아요……."

공감하며 끄덕였다. 이미 죽은 사람들 대신 지금 사람들이 싸워서 도대체 무슨 이득이 있단 말인가.

"아, 그런데 요즘 들어서는 난투 같은 건 없어졌대."

"있으면 큰일이죠."

"새로 집을 지을 때도 말이야, 나카가와 동쪽인지 서쪽인지를 고집하지 않는 사람도 생기고 칼데라 안으로 이사하는 사람도 나왔다고 모자 씨가 그러더라."

외륜산에서 내려다본 웅대한 칼데라 풍경을 떠올렸다. 틀림없이 그곳에 민가가 있었다.

"조금씩 자유로워지나 보네요."

"응. 그래도 여전히 선거 때는 분위기가 팽팽해진다네."

"아이고, 이거 원 참."

"히히히. 정말 이거 원 참, 하는 분위기야. 하지만 내가 만난 사람들은 다~ 좋았어. 정말 즐거워."

루이루이 씨는 태평하게 말하고 캔에 남은 맥주를 다 마셨다.

"다스쿠는 오늘 어떻게 보냈어?"

"저는 섬을 한 바퀴 돌고 마을 안내를 조금 받았어요. 그리고 밤에 잇테쓰에서 환영회를 했고요."

"무척, 좋은 하루였네."

루이루이 씨는 난간 위에서 팔짱을 낀 팔 위에 날렵한 턱을 올리고 미소를 지은 채 달빛에 흔들리는 바다를 내려다봤다.

루이루이 씨를 지루하게 만들고 싶지 않아서 그냥 내일 이야기를 꺼냈다.

"아, 맞다! 내일은 이 섬에서 '전설의 무녀'라고 불리는 '쓰바키히메'를 만나러 간대요."

아까 잇테쓰에서 쇼가 한 말이다. 개인적으로는 '쓰바키히메'도 미녀였으면 좋겠다는, 한심한 기대도 하고 있다.

"앗! 그 사람 소문, 나도 들었어."

루이루이 씨는 팔에 턱을 올린 채 이쪽을 보고 말했다.

"그래요? 어떤 소문인데요?"

"쓰바키히메에게 계시를 들으면 말이야, 그게 전~부 맞는다네. 그래서 섬사람들은 신처럼 떠받든대."

"그게 정말이에요?"

"다들 진지한 표정으로 말했으니까 사실이겠지."

아니, 아무리 그래도 그건 못 믿겠다. 애써 꺼낸 화제였으나 다시 화제를 바꾸기로 했다.

"참고로 루이루이 씨는 모자 씨가 있는 동군에 들어간 거예요?"

일단 물어보는 게 좋겠다는 생각이 들었다. 앞으로 한심한 싸움에 휘말리지 않도록.

그러자 루이루이 씨는 나와는 전혀 그릇이 다른 사고 수준에서 대답했다.

"히히히. 나는 동쪽도 서쪽도 아니야. 지구인이지."

"네⋯⋯?"

"지구인이니까 지구방위군을 해야겠다!"

작은 섬의 동서는커녕 천체 단위의 사고를 지닌 사람인 것이다. 게다가 지구방위군이라면 전투 상대는 우주인이 된다.

"다스쿠는 왜 그런 걸 물어?"

"아, 그, 그야⋯⋯."

"다스쿠는 서군에 들어갔어?"

눈곱만큼의 나쁜 감정도 없는 표정으로 루이루이 씨가 고개를 기울였다.

"아뇨, 설마! 저도 어디에도 속하지 않아요."

"다행이다. 그럼 다스쿠도 지구방위군에 들어올래?"

"네? 아, 그럼, 네⋯⋯."

이 나이에 지구방위군 입대라니……. 쑥스러워 뒷머리를 긁적이면서 일단 분위기에 맞춰 고개를 끄덕였다. 루이루이 씨는 다시 손바닥을 이쪽으로 내밀며 씩 웃었다.

"예이!"

"예이!"

짝, 하고 가볍게 손을 마주친다.

"지구방위군은 말이야, 우주인이 쳐들어올 때까지는 싸울 일이 없지?"

"아, 그렇죠."

"그러니까 이제부터 쭉 평화야. 히히히."

루이루이 씨는 커다란 눈을 흐뭇하게 뜨고 웃으며 다시 넓은 바다를 바라봤다.

"쭉 평화라……."

지구방위군, 너무 바보 같지만, 나쁘지도 않네…….

내 입가가 올라가는 게 느껴진다.

먼바다에서 부드러운 밤바람이 경사면을 타고 올라와, 루이루이 씨의 금발을 살랑살랑 흔들었다.

이 옆얼굴이라면 몇 시간이라도 바라볼 수 있을 것 같다.

새된 목소리와 어이없을 정도로 불가사의한 성격은 그렇다 치고 이토록 아름다운 미녀와 당분간 이웃으로 살 수 있다니, 도시를 떠

101

난 것도 운이 좋은 셈일지 모른다.

그렇게 제멋대로 생각하고 있을 때였다.

"아, 맞다!"

갑자기 루이루이 씨가 새된 소리를 내며 난간에 기댄 상체를 일으켰다.

"나 말이야, 첫날부터 이 섬의 최대 비밀을 알았어."

"최대 비밀?"

"응. 맞아."

"혹시 그거……."

뇌리에 쇼와 촌장의 얼굴이 번뜩였다.

"촌장의 성 말인가요?"

"촌장의 성?"

루이루이 씨는 고개를 갸웃했다.

"아, 아닌가요?"

"땡, 유감입니다! 틀렸어요. 히히히."

"어, 그럼 뭔데요?"

"비밀이니까 다스쿠에게도 비밀이야."

"아니, 뭐예요? 알려주셔야죠."

"알려주면 비밀이 아니잖아."

"그렇지만 이렇게 이야기해놓고 안 알려주는 건 아니죠."

　불평을 늘어놓자 루이루이 씨는 왠지 기분이 좋은 듯 씩 웃었다. 그리고 이렇게 말을 이었다.

　"여자는 말이야, 비밀이 좀 있는 게 좋지. 히히히."

　그거 내가 페리에서 한 말 아닌가? 게다가 비밀이 있어야 하는 것은 여자가 아니라, 섬 아닌가!

　한마디 하고 싶은 부분이 너무 많아 루이루이 씨에게 뭐라고 하려는데……

　"앗, 맞다!"

　루이루이 씨는 다시 뭔가 생각난 듯 손뼉을 쳤다.

　"이번에는 또 뭔데요?"

　"미안. 나, 해야 할 일이 있어서 그만 들어갈게."

　어이가 없어 넋을 놓은 내게 루이루이 씨는 살살 손을 흔들었다.

　"그럼 안녕. 다스쿠."

　"아, 네, 잘 자……"

　"안녕!"

　내 말이 다 끝나지도 않았는데 루이루이 씨는 바로 칸막이벽 너머로 사라져버렸다.

　베란다에 홀로 남겨지자 조금 멍한 상태로 캔 바닥에 남은 식은 맥주를 마저 마셨다.

　뭐지, 이, 버려진 느낌?

게다가 이 섬의 최대 비밀이라니⋯⋯, 뭐지?

그리고 쇼의 성이 다시 마음에 걸리고.

이대로 혼자 베란다에 있으면 더 고민에 빠질 것 같아서 방 안으로 돌아왔다. 그리고 기분 전환으로 롤플레잉 게임을 하려고 가방 안에 손을 넣은 찰나 한 가지 사실을 깨달았다.

이런⋯⋯!

게임기, 루이루이 씨에게 빌려주고 받지 못했다.

다음 날 아침 하늘은 어제보다 더 푸르고 높았다.

기온도 쭉쭉 올라 경차 창문으로 상쾌한 바람이 불어온다.

"정말 기분 좋은 바람이야."

조수석 창문을 활짝 열어 머리를 나부끼면서 말하자 핸들을 쥔 쇼도 고개를 끄덕였다.

"지금이 일 년 중에 제일 좋은 날씨예요."

"티셔츠 한 장으로 덥지도 춥지도 않아."

"맞아요."

다이키 씨로부터 가이드 역할을 떠맡은 쇼는 핸들을 오른쪽으로 틀었다. 차가 나카가와에 걸린 다리를 건넌다.

지금 이 차가 향하는 곳은 마을 외곽에 있는 마을 사무소다. 섬 홍보를 담당하는 마루바야시 히로무 씨라는 사람에게 인사하러 가는 것이다. 우리 회사의 클라이언트는 '고오니가시마'이므로 섬의 공식 담당자인 히로무 씨에게 인사해두려는 것이다. 원래는 어제 인사하러 갔어야 했는데 어제는 일요일이라 마을 사무소가 쉬었다.

형식상 다이키 씨와 쇼는 마을 사무소의 히로무 씨에게 의뢰를 받아 나를 안내해주고 있는 것인데 실제로는 다이키 씨가 서군에 이익이 되도록 나를 유도하려는 것이리라…….

"히로무 씨는 낚시광으로 유명해요."

쇼가 앞쪽에 시선을 고정한 채 말했다.

"아, 그래?"

"낚시가 너무 좋아서 이 섬으로 전근을 요청했대요."

"전근 요청까지?"

"네. 원래 히로무 씨는 도청 직원이었는데 출장으로 이 섬에 왔었어요."

"그랬구나."

적당히 끄덕이면서 쇼의 말에 장단을 맞췄으나 속으로는 쇼의 성에 대한 비밀을 물어보고 싶어서 온몸이 근질근질했다. 그렇지만 그 비밀에는 민감한 문제가 있을 수 있다. 그러므로 일단은 다른 궁금증부터 해결하기로 했다.

"저기 말이야, 쇼."

"네?"

"이 섬의 최대 비밀이라는 거, 알아?"

어젯밤 루이루이 씨가 말한, 그 비밀 이야기다.

"최대 비밀……이요?"

"응."

쇼는 슬쩍 나를 보고 다시 앞을 바라봤다.

"글쎄요. 저는 잘 모르겠는데요."

진행 방향을 바라보는 아름다운 옆얼굴이 왠지 경계하는 듯 보였다.

역시 쇼는 뭔가 숨기고 있구나.

화제를 바꿔야겠다고 생각한다.

"그래? 그럼 됐어."

"……"

입을 다문 쇼에게 이번에는 다른 질문을 던졌다.

"쇼는 다이키 씨 별채에서 잘 때가 많아?"

"네."

"하지만 가끔은 아버지 집에 가지?"

"가끔이라기보다 한 달에 반쯤은 집에 가요."

금방 일부러 '아버지'라는 단어를 사용했는데 쇼는 자연스럽게 대답했다. 그 말은 둘은 진짜 '부자'라는 소리다.

"반밖에 안 가?"

"일이 많을 때는 다이키 씨 별채에서 잘 때가 많으니까요."

쇼는 왜 그런 질문을 하냐는 얼굴로 다시 나를 힐끗 봤다.

성에 관해 물으려면 바로 지금이 기회다.

"저기 말이야."

최대한 자연스럽게 입을 뗐다.

"네."

"조금 이상한 걸 물……."

어도 될까? 다 말이 끝나지도 않았는데 쇼가 끼어들었다.

"죄송해요. 아버지 일이라면 좀……."

쇼의 아름다운 옆얼굴은 확연히 이 화제를 거부하고 있다.

"어? 응. 알았어. 미안해."

"아니……."

차 안으로 들어오는 바람은 상쾌한데 우리 사이를 흐르는 공기는 무겁기 짝이 없다.

역시 이 부자 이야기는 상당히 민감한 사안인 듯하다.

이제 이 어색한 공기를 어쩌지?

내가 고민하고 있는데 갑자기 차가 비포장 공터로 들어가더니 조용히 정차했다. 눈앞에는 고즈넉한 하얀 철근 콘크리트 단층 건물이 서 있다.

"도착했어요."

"아, 그래? 여기가 마을 사무소야?"

말하면서 어제 지나친 게 생각났다.

"네. 내리죠."

우리는 재빨리 차에서 내렸다.

앞장선 쇼를 따라 마을 사무소 안으로 들어서자 열 명 정도의 직원이 책상에 앉아 있다가 일어나 저마다 "안녕하세요!"라고 말을 걸어왔다. 남녀가 거의 절반씩으로 관청이라고 여겨지지 않을 정도로 평균 나이가 낮았다. 아마도 이 가운데 네다섯 명은 이십 대 젊은이일 것이다.

나와 쇼도 인사했다. 그러자 안쪽에서 초콜릿색으로 잘 그을린 장신의 남자가 앞으로 나왔다.

"굳이 여기까지 오시게 해서 죄송합니다. 제가 담당인 마루바야시입니다."

얼핏 보기에는 마흔 살 정도일까. 둥글다는 뜻의 마루가 들어간 이름대로 얼굴이 동그랗고 눈이 찢어진 탓에 항상 생글생글 웃는 것처럼 보인다. 이른바 '복 많아 보이는 인상'이다.

"이번에 신세를 지게 되었네요."

히로무 씨가 생글생글 웃으며 내게 명함을 내밀었다.

"고지마라고 합니다. 잘 부탁드립니다."

나도 명함을 꺼내 교환했다.

"조금 전 쇼에게 들었는데 히로무 씨는 낚시를 좋아하신다고요."

"그렇습니다."

낚시 이야기가 나오자 그때까지 가늘기만 하던 히로무 씨의 눈이 커졌다.

"이 섬은 정말 생선 종류가 많아서 알려지지 않은 낚시 천국이죠. 그래서 섬 홈페이지에 낚시 정보를 계속 올려 본토의 낚시 애호가들을 불러들일 생각입니다."

"그렇게 많아요?"

"그럼요! 본토에서는 생각할 수 없을 정도로 많이 잡을 수 있습니다. 그래서 저는 시간만 나면 직접 물고기를 잡아 그 사진을 찍어 계속 섬 홈페이지에 올린답니다."

히로무 씨가 열변을 토하는데 이번에는 바로 뒤에서 젊은 여직원이 밝은 목소리로 야유하듯 잔소리했다.

"히로무 씨는 이 섬에 놀러 왔어요."

"어이! 그 말은 하지 않기로 약속했잖아!"

히로무 씨가 부끄러워하며 대답하자 직원들이 일제히 웃음을 터뜨렸다.

"정말 밝은 직장이네요."

내 말에 이번에는 머리를 완전히 민 젊은 직원이 대답했다.

"여기 있는 사람들은 굳이 벽지로 전근 신청을 한 괴짜들이에요.

그래서 아주 낙천적이랄까, 해맑다고 해야 할까."

그렇구나. 듣고 보니 섬에서 태어나고 자란 주민들과는 분위기가 좀 다른 것 같다. 어딘가 밝고 히피 같다고 할까, 배낭여행자 같기도 하고…….

"참고로 고오니가시마 초·중학교 교사들도 벽지를 좋아하는 사람들만 부임해서 우리와 분위기가 비슷하다는 소리를 듣죠. 그렇지?"

히로무 씨가 쇼에게 화제를 돌렸다.

"네. 정말 비슷해요."

쇼가 미소 지으면서 그렇게 말했을 때 문득 히로무 씨가 손목시계를 확인했다.

"앗! 큰일 났다! 벌써 만조야."

"네? 만조요?"

"죄송해요. 저는 '일'이 좀 있어서 가봐야 합니다."

"일……?"

"네. 좀 급해서. 나머지 일은 쇼와 다이키 씨에게 부탁 좀 하지. 귀사와 마을 사이의 절차와 관련해 궁금한 게 있으시면 제게 말하세요."

히로무 씨는 빠르게 말한 뒤 벽에 세워놓은 긴 낚싯대 케이스를 짊어지고 내게 가볍게 손을 들었다.

"그럼 저는 이만!"

"아, 안녕히 가⋯⋯."

내 인사를 기다리지도 않고 히로무 씨는 건물 밖으로 뛰어나가더니 그대로 마을 사무소 경차를 타고 어딘가로 사라졌다.

놀라 우두커니 서 있는 내 등 뒤에서 조금 전 젊은 여성이 말을 걸어왔다.

"히로무 씨, 낚시하러 간 거예요."

"아니, 낚시요?"

"네. 대개 두 시간 정도 항구에서 낚시해서 늘 맛있는 생선을 잔뜩 들고 돌아오죠."

"늘⋯⋯이라니, 정말 낚시를 '일'로 하는 겁니까?"

"그래요. 그래서 다들 '놀러 다닌다'라고 잔소리하죠."

직원들은 밝게 웃으며 나를 보고 있다.

"좋은 일이네요. 참고로 히로무 씨가 잡은 물고기는⋯⋯?"

"히로무 씨가 싹 손질해서 냉장고에 넣어뒀다가 집에 갈 때 직원들에게 나눠줘요. 남으면 잇테쓰나 모자모자에도 보내고요."

"무료로요?"

"물론이죠. 이래봬도 우리는 공무원이라 돈은 안 받아요."

"그렇군요."

아이처럼 순진무구하게 미소 짓는 직원들을 둘러봤다. 그리고 기어 올라오는 한숨을 삼켰다. 무의식중에 회사 녀석들의 비굴한 웃음과 비교하고 만 것이다.

"여러분 다 정말 최고네요."

농담처럼 진심을 토해내자 구석의 몸집 작은 남자가 유쾌하게 웃었다.

"그러면 여기에 디스쿠 씨 자리도 하나 마련할까요?"

"그렇다면 꼭 부탁드립니다."

그렇게 말하고 나도 웃었는데 뇌리에서는 다른 생각을 하고 있었다.

나, 이 사람들처럼 진심으로 웃지 못하는구나…….

"느긋하고 밝고. 좋은 관청이네."

다시 조수석에 앉아 차창 너머로 푸르게 펼쳐진 외륜산을 바라보며 말했다.

"그 사람들은 언제 봐도 행복해 보여요."

핸들을 쥔 쇼의 말에서도 왠지 동경하는 것 같은 분위기가 배어나왔다.

"맞아. 그렇더라."

"그 사람들은 이 섬에서 몇 년 살고 다시 본토로 돌아가니까요. 좋은 의미에서 즐겁고 태평하게 지낼 수 있는 겁니다."

쇼의 말에 빈정거리는 분위기는 없다. 오히려 그들을 호의적으로 보는 울림이 있다.

"인생의 바로 이 순간을 즐긴다는 거구나."

"정말 그래요. 그러려고 그 사람들은 일부러 이 벽지까지 날아온 거죠."

"쇼, 자신이 사는 섬을 벽지라니, 너무 자학적인 거 아냐?"

"하지만 사실이잖아요."

"애향심 같은 거, 없어?"

"있는 것처럼 보여요?"

"그야……, 내 입으로는 말하기 어렵지."

쇼가 입가를 올리더니 씩 웃었다.

"실은 있어요. 아주 조금."

"앗! 조금이라니, 진심을 말해버리네?"

거기서 우리는 소리 내어 함께 웃었다.

차 안의 공기가 한결 가벼워진다.

게다가 이 차는 지금 좁은 마을을 벗어나 해안가 도로로 향하고 있다. 풍경이 탁 트이자 마음도 점점 해방되는 것 같다.

마을 사무소 사람들에게 감사해야겠다. 그 사람들의 밝은 분위기에 감화된 덕분에 나와 쇼 사이의 어색한 공기가 단숨에 사라진 것이다.

쇼의 성에 대한 비밀은 잊자.

무엇보다 지금은 휴가 중이다. 다른 사람의 인생 비밀이나 풀고 있기보다는 지금 자신이 '즐겨야 하는 것'을 먼저 즐기자.

그렇게 결론 내리고 '쇼의 안내가 붙은 드라이브'를 즐기기로 했다.

무엇보다 나와 쇼는 합이 잘 맞는 것 같으니까.

쇼가 운전하는 경차는 외륜산을 넘어 칼데라 안의 평지로 들어갔다. 차창 풍경은 반짝이는 바다가 사라지고 깊은 녹음에 둘러싸였다.

"칼데라로 들어오니 완전히 다른 섬 같네."

제일 먼저 떠오른 생각을 말해봤다.

"그렇죠? 바람 냄새도 바뀌는데 아시겠어요?"

"그래! 분명 해풍에서 숲 냄새가 나는 바람으로 변했어."

대답하고 다시 풍경을 둘러봤다. 녹음의 벽에 둘러싸인 분지는 조금 폐쇄적인 느낌이다.

"다스쿠 씨, 저기를 내려다보세요."

쇼는 왼쪽 대각선 앞에 펼쳐진 적갈색 바위를 가리켰다.

"아니, 저거 수증기야?"

"정답이에요."

활화산 섬답게 바위 사이로 하얀 증기가 무럭무럭 솟아나고 있다.

쇼는 핸들을 꺾어 열대림 사이로 뻗은 비포장 오솔길로 들어갔다. 그리고 얼마 뒤 붉은 지붕의 민가 앞에 차를 세웠다.

"도착했어요. 여기는 패션프루트를 재배하는 농가예요."

"저 큰 비닐하우스가, 농장이야?"

오른손으로 가리키면서 물었다.

"맞아요."

쇼는 대답하면서 차에서 내렸다. 나도 그를 따랐다.

쇼는 자기 집처럼 커다란 비닐하우스 안으로 들어갔다. 비닐하우스 안은 바람도 없어 한여름처럼 무덥다. 발밑에 여러 줄의 고랑이 뻗어 있고 패션프루트 덩굴이 나와 있다.

"이야, 정말 덥네……."

쇼는 기어이 입 밖으로 나온 내 말을 그대로 무시하고, 제자리에 쭈그리고 앉아 이쪽을 올려다봤다.

"이렇게 더운 이유를 알고 싶으면 땅을 만져보세요."

"어, 땅?"

시키는 대로 쇼처럼 쭈그리고 앉아 땅에 손을 댔다.

"따뜻하네……."

"그렇죠? 이 지역은 지열 덕분에 일 년 내내 따끈따끈해요. 그래서 그 열을 이용해 열대 과일을 여럿 재배하고 있죠."

"화산섬이라, 가능한 거구나!"

솔직히 감탄하고 있는데 비닐하우스 안쪽에서 한신 타이거즈 모자를 쓴 예순 살 정도의 남자가 나왔다.

남자는 쇼에게 가볍게 손을 올리고 "어이!"라고 하며 내 앞에 섰다.

"당신이 구세주인가?"

너무나 무례한 느낌의 남자는 마르고 몸집이 작은 데다 햇볕에 탄 피부가 자글자글했고 앞니 하나가 없는 탓인지 씩 웃자 상당한 박력이 느껴졌다.

"구세주라니, 말씀도……."

"이분은 고지마 다스쿠 씨예요."

바로 쇼가 제대로 설명해주었다.

"그리고 이분은 몇 년 전부터 패션프루트를 재배하고 있는 도시유키 씨고요."

"처음 뵙겠습니다. 고지마입니다. 아, 그러니까……."

"그래. 자, 봐."

우리 인사도 무시하고 그는 바로 패션프루트 재배 일을 보여주기 시작했다.

"패션프루트는 덩굴 식물이라 이렇게 받침목을 세우고 하나씩 끈으로 연결해줘야 해."

도시유키 씨는 내게 설명하며 바로 앞에 있는 덩굴과 받침목을 끈으로 연결하기 시작했다.

"여기까지 왔으니 당신도 해봐."

"네? 그럼 그러죠."

도시유키 씨의 지도를 받아 덩굴과 받침목을 끈으로 연결하는 작업을 돕기 시작했다.

"이렇게 하면 되나요?"

"오호, 꽤 잘하네! 당신, 좀 하는데! 처음부터 그렇게 착착 해내는 사람, 의외로 없거든."

칭찬받은 나는 안심하고 바로 옆 덩굴을 엮는 데 나선다. 그러자 아까보다 더 잘됐다. 방법을 다 익힌 다음에는 묵묵히 작업해나갔다.

"아주 좋아. 당신 덕분에 오늘 일이 척척 이루어지네. 고용하고 싶을 정도야."

내 옆에서 작업하며 도시유키 씨가 한없이 나를 칭찬해주었다.

늘 바보 취급만 당한 도시 회사에서는 맛보지 못한 노동의 기쁨이다. 그만 우쭐해져 쇼를 보면서 이런 말을 하고 말았다.

"일의 재미와 어려움은 실제로 해보지 않으면 모르는 법이구나."

그리고 그 한마디가 앞으로 나를 궁지에 몰아넣는 말이 되고 말았다.

도시유키 씨의 패션프루트 농장에서 약 한 시간 정도의 노동을 경험하고 이어서 망고 농가, 감자 농가, 그리고 섬에서 유일한 낙농가까지 소개받았다. 게다가 쇼는 방문하는 농가마다 이런 질문을 던졌다.

"다스쿠 씨가 체험해볼 만한 일이 뭐 없나요?"

요컨대 쇼는 조금 전 내가 내뱉은 말을 진심으로 받아들이고 일의 재미와 어려움을 '체험'을 통해 실감하게 하려고 배려한 것이다. 그 결과 출하용 화분 만들기부터 흙에 비료를 뿌리는 작업까지 온갖 잡일(모두 육체노동)을 돕는 지경에 이르고 말았다.

게다가 작업이 끝나면 반드시 그게 기다리고 있었다.

"다스쿠는 오늘부터 내 동료야."

이런 말을 하면서 목을 조르고 막 흔들어대는 것이다. 아마도 어제 촌장이 내게 한 일을 섬사람 모두가 안 모양이다. 그 증거로 모두 내 목을 흔들 때 아주 즐겁게 웃었다.

섬에 온 지 겨우 이틀째인데 뜻하지 않게 '괴롭힘 당하는 캐릭터'로 자리 잡았나 보다.

칼데라 분지 안내를 한바탕 끝낸 쇼는 다시 외륜산을 넘어 탁 트인 바다 쪽으로 운전했다.

"아이고, 피곤하다……."

파랗게 반짝이는 바다의 바람을 한껏 들이켜고 절절한 심정을 토해냈다.

"그런데 다스쿠 씨, 아주 즐거워 보여요."

"그야, 신선한 경험이라 즐겁긴 했어……."

"중노동이 지나쳤나요?"

"어쨌든 허약한 도시 사람이니까."

자학적으로 그렇게 말하자 쇼가 킥킥 웃었다. 그 자연스러운 웃음을 본 순간 문득 한 가지 생각이 들었다.

우리, '친구'가 될 수도 있겠다…….

한참을 달리자 저 멀리 촌락이 보였다.

그리고 앞이 탁 트인 커브 길에 도달했을 때 내 시야 구석에서 금발이 나부꼈다.

루이루이 씨다…….

그렇게 생각함과 동시에 "앗!" 소리를 냈다.

루이루이 씨는 T자 도로 옆에서 머릿수건을 쓴 섬 아주머니에게 목이 졸리고 있다. 게다가 자세히 보니 루이루이 씨도 아주머니 목을 조르고 있다.

앗! 혹시 저거, 싸우는 건가……?

"쇼, 잠깐 저기 좀 봐. 루이루이 씨가."

"아, 진짜네요."

당황하는 나와는 대조적으로 쇼는 아주 느긋하게 말했다.

"둘을 말려야지."

"말려요, 뭘요?"

"아니, 보라고, 서로 목을 조르고……."

내가 말하는 동안 둘은 서로의 목에서 손을 뗐다. 게다가 자세히 보니 아주머니와 루이루이 씨는 이를 드러내고 환하게 웃고 있는 게 아닌가?

무슨 일이지……?

쇼가 짧게 경적을 울리고 일부러 천천히 두 사람 앞을 통과했다.

그러자 루이루이 씨가 우리를 발견하고 더 밝은 표정을 지었다.

"앗, 다스쿠다!"

파란 하늘을 찌를 것 같은 쨍쨍한 목소리.

루이루이 씨는 두 손을 머리 위로 올려 마구 흔들면서 "다~스~쿠!"라고 소리 지르며 어린애처럼 팔짝팔짝 뛰었다.

"아, 안녕."

너무나 부끄러워 손만 살살 흔들었다.

"다스쿠, 또 봐!"

태어나서 저렇게 아름다운 여성이 이토록 기쁘게 맞아준 적은 없었다. 그러므로 루이루이 씨 앞을 지난 뒤 싱글대는 표정으로 쇼에게 물었다.

"저 두 사람, 싸우는 거 아니지?"

"네? 싸워요?"

"응. 아니, 서로 목을 조르고 있으니까."

"아, 그거요?"

쇼는 킥킥대고 웃었다. 그리고 놀라운 말을 하기 시작했다.

"저건 목을 조른다기보다 오히려 우정의 표시예요."

"응? 그게 뭐야!"

"이 섬에서는 늘 하는 '교수'라는 관습이죠."

"교수?"

"네. 서로 손을 잡는 걸 '악수'라고 하잖아요. 그와 마찬가지로 목을 조르는 게 '교수'예요."

아니, 그게 뭐야…….

"……."

할 말을 잃은 채 어제 촌장부터 시작된 교수 장면을 다시 떠올렸다.

"한마디로 말해 악수는 아직 상대와 예의를 지켜야 할 때 하는 스킨십이에요. 완전히 친해져서 너는 내 편이고 나와 '연결되었다!'라고 느끼면 교수를 해요."

'연결되었다'라는 말이 마음에 걸렸다.

"무슨, 개 목걸이처럼……."

"맞아요. 그런 의미가 담긴 인사죠."

목걸이라니, 정말……?

문득 떠오른 궁금점을 물어보기로 했다.

"혹시 이 교수라는 관습, 섬이 동서로 나뉜 뒤 생겼어……?"

"실은, 그래요. 잘 아시네요."

"앗! 그러면 나는 서쪽과 연결되었다는 의미야?"

"원래는 그런데 지금은 그저 아주 친해졌다는 의미의, 단순한 우정 표현이에요."

"그래?"

"섬사람들은 이걸 하면 동료 의식이 확 올라가요."

"그러면 앞으로는 나도 루이루이 씨처럼 하는 게 좋나?"

되도록 하고 싶지는 않다고 생각하면서도 일단 물어봤다.

"글쎄요. 다스쿠 씨는 섬사람이 아니라 어느 쪽이든 상관없을 거예요."

"안 하면 실례가 될까?"

"그러지 않으셔도 괜찮아요."

"알았어. 그럼 어지간한 일이 있을 때만 하면 되겠군."

"맞아요. 아! 참고로 교수는 남녀가 하면 문제랄까, 좀 그거니까……, 조심하세요."

"어, 그거라니?"

저절로 떠오른 의문을 다시 던졌는데 쇼는 갑자기 쑥스러워했다.

"그거라면, 뭐, 아니, 그거죠."

"어, 왜?"

"왜라니……, 남녀 사이의 그거니까 좀 알아서 생각하세요."

"……."

쇼의 상태를 보니까 아무래도 남녀 사이의 교수는 성적인 의미임이 분명하다.

쇼를 더 쑥스럽게 해봤자 소용없는 일이니, 화제를 바꾸기로 했다.

"쇼, 이제 어디 가?"

"아, 그러니까 정오가 훨씬 지났는데 배 안 고프세요?"

"응. 아주 배고파."

"그럼 민박 소라에서 얼른 늦은 점심을 먹고 고오니가시마 신사로 가죠."

"오호, 드디어?"

"네, 드디어 갑니다."

드디어 이 섬의 전설의 무녀 '쓰바키히메'와 만나는구나.

미녀라면 좋겠다고 생각하고 있을 때…….

꼬르륵…….

내 위장이 대놓고 배고픔을 어필했다.

"하하하. 배가 꽃구경보다는 배를 채워달라네요."

쇼가 친근하게 웃으며 액셀을 힘껏 밟았다.

"여기가 민박 소라입니다."

123

쇼가 낡은 기와집 앞에 차를 세우고 말했다.

얼핏 보면 평범한 단층집 민가 같은데 현관 미닫이문 위에는 '민박 소라'라고 붓글씨로 쓴 간판이 걸려 있다.

재빨리 차에서 내린 우리는 미닫이문을 열고 안으로 들어갔다. 생각보다 넓은 봉당이 있었다. 나무 테이블이 여섯 개 놓여 있고 각 테이블에 파이프 의자 네 개가 붙어 있다. 뭔가 쇼와 시대의 식당을 연상시키는 공간이다.

"실례합니다."

쇼가 안쪽 주방에 대고 말을 걸었다. 그러나 대답은 주방이 아니라 왼쪽에서 들렸다.

"네!"

차분한 느낌의 목소리가 났다.

목소리가 나는 쪽으로 고개를 돌렸다.

그러자 나무틀에 불투명 유리가 끼워진 미닫이문이 드르륵 소리를 내며 열리고 안에서 몸집이 작고 조용해 보이는 여성이 나타났다. 불투명 유리 너머로는 긴 복도가 뻗어 있다. 틀림없이 숙박에 쓰이는 방이 있으리라.

"아, 리카코 씨. 실례해요. 어정쩡한 시간이기는 한데 밥 좀 먹을 수 있을까요?"

쇼의 말에 리카코라고 불린 여성은 "그럼요! 보자, 뭐가 있더라?"

라며 혼잣말처럼 중얼거리며 샌들을 신고 봉당에 내려섰다. 그리고 나를 향해 부드러운 미소를 보내며 가볍게 인사했다.

나이는 삼십 대 중반쯤일까. 크림색의 라운드 셔츠에 옅은 카키색 치마. 너무나 '환경 친화적인 색깔'을 몸에 걸친 '자연파' 같은 분위기의 여성이다. 청초한 미소를 띤 아주 정갈한 얼굴이 아름다웠다. 어깨까지 기른 검은 머리에서도 윤기가 흘렀으나 화장기가 없어서인지 조금 피곤해 보였다.

"안녕하세요. 처음 봬요."

먼저 인사말을 건네 나도 인사했다.

"이분은 다스쿠 씨예요."

이번에도 쇼가 무난한 소개를 해주었다.

"아⋯⋯, 본토에서 오셨다는 바로 그⋯⋯."

'바로 그'라는 말투가 조금 마음에 걸렸으나 이 좁은 섬에서 나와 루이루이 씨를 모르는 사람은 없을 것이다.

"리카코 씨도, 최근에 본토에서 오셨어요."

쇼가 내게 말했다.

"아, 그러세요? 그러면 어디서 오셨나요?"

"저는 사이타마예요."

"저는 도쿄 에도가와구인데 사이타마 어디요?"

"잘 모르는 동네라⋯⋯."

125

그렇게 전제하고 리카코 씨가 댄 동네 이름은 예상보다 알려지지 않은 곳이었다. 솔직히 이름조차 들은 적이 없었다.

"아, 그게……."

어떻게든 수습하려는 내게 리카코 씨가 차분하게 미소를 지어주었다.

"괜찮아요. 작은 마을이라 모르는 게 당연하니까요."

"죄송합니다……."

"아뇨, 아니에요."

리카코 씨는 고개를 살살 흔들며 테이블 자리를 권했다.

"괜찮으시다면 여기에 앉으세요."

우리가 자리에 앉자 리카코 씨는 정성껏 테이블을 닦으면서 말했다.

"바로 만들 수 있는 것은 회 정식이나 치킨라이스 정식 정도인데."

그러자 쇼의 표정이 살짝 밝아졌다.

"그러면 저는 치킨라이스로 할래요. 그거 엄청나게 맛있어요."

쇼의 말은 뒤로 갈수록 내게 권하는 말처럼 들렸다.

"그래? 그럼 저도 치킨라이스로 주세요."

"고맙습니다."

테이블을 닦은 리카코 씨는 차분한 미소를 짓고 주방 안으로 들어갔다.

얼마 후 리카코 씨가 가져온 치킨라이스는 내가 상상한 것과는 완전히 달랐다. 흔한 케첩 맛이 아니라 동남아시아 스타일의 세련된 요리였다.

닭고기 즙으로 지은 것 같은 찰밥 위에 찐 닭고기 허벅지살을 잔뜩 얹고 그 위에 다진 파, 간 마늘과 생강, 각종 향신료를 섞은, 신맛의 소스를 끼얹은 음식이다.

"진짜! 이거 맛있네!"

육즙이 가득한 부드러운 닭고기를 씹으면서 진심으로 감탄을 표현했다.

쇼도 너무나 행복한 표정으로 끄덕였다.

"리카코 씨 음식은 섬에서도 맛있다는 평판이 자자해요."

우리의 대화를 주방 입구에 서서 들은 리카코 씨가 환하게 웃었다. 그 미소가 누군가와 닮았다……라고 생각하다 바로 깨달았다.

보살상 같구나.

조금 이상한 말일지 모르나 이 사람이 웃으면 '자비'가 감도는 듯한 느낌이 든다.

그런 사실을 깨달은 이후로 내 머릿속에는 '보살 리카코 씨'라는 별명이 정착하고 말았다.

민박 소라에서 배를 채운 우리는 다시 차를 타고 출발했다.

하늘은 변함없이 맑았으나 한낮의 푸르름은 이미 사라지고 하얀색이 곁들여진 옅은 물색이 펼쳐졌다.

차는 마을 중심을 빠져나와 녹음이 가득한 산 중턱을 천천히 나아갔다. 얼마 후 쇼는 브레이크를 밟았다.

"여기에요. 도착했어요."

"수고했어."

인사하며 앞 유리창 너머로 작은 도리이를 봤다. 칠이 벗겨지고 이끼와 곰팡이가 살짝 덮여 녹색으로 보이는 볼품없는 도리이였다. 그 안으로 이어진 계단을 오르면 고오니가시마 신사가 있고 그곳에 전설의 무녀 '쓰바키히메'가 있다는 것이다.

"그럼 갈까요?"

"아, 그래."

차를 내린 우리는 살짝 치기만 해도 쓰러질 것만 같은 도리이를 통과해 앞을 가로막는 계단을 올려다봤다.

"경사가 정말 급하네."

"맞아요. 게다가 무너지기 쉬운 곳도 있으니까 발밑을 조심하세요."

그랬다. 그 계단은 토사 유출을 막기 위해 천연석들로 만들었는데 곳곳이 무너져 있다. 게다가 폭도 상당히 좁아 둘이 간신히 나란하게 걸을 수 있었다. 머리 위에는 울창한 녹음이 우거져, 그야말로

'마계로 통하는 입구'라고 할 수 있을 정도로 으스스한 적막이 가득
했다.

"그리고 이끼가 낀 데는 돌이 미끄러우니까……."

"알았어. 조심할게."

나란히 돌계단을 밟고 오르기 시작했다.

곧바로 쇼가 가이드답게 설명을 시작했다.

"이 계단은 전부 백칠 개랍니다."

"그 숫자에 의미가 있어?"

"인간 번뇌의 숫자를 백팔 개라고 하잖아요."

"그렇지."

"이 신사에 참배하면 그게 하나 준다고. 그러니까 신에게 조금씩
다가간다는 거죠. 그런 의미에서 일부러 백칠 개로 했다네요."

쇼는 짐짓 아는 체하며 설명했으나 애당초 '번뇌'란 것은 불교 용
어인지라 신도(일본의 전통 종교-옮긴이 주)와는 관계가 없다고……
목구멍으로 흘러나오려는 말을 삼켰다. 뭐, 예전에는 불교와 신도
를 통합한 시대도 있었으니 더는 들쑤시지 말기로 마음을 고쳐먹었
다. 대신 다른 질문을 던졌다.

"계단 좌우에 나무가 무성한데, 동백나무가 많네?"

"네. 스무 그루 이상 있죠."

"참배 길에 동백이 많아서 '쓰바키히메'인가?"

"맞긴 맞는데……, 원래는 '고오니가시마 신사'가 아니라 '쓰바키 신사'라는 이름이었대요……."

"어허, 이름이 바뀌었네."

"네. 아마도요."

섬에서 태어나고 자란 쇼인데도 불확실한 지식이 있나 보다.

"죄송해요. 나중에 다시 조사해볼게요."

"어? 아니, 됐어. 쇼는 정말 성실하구나."

씁쓸하게 웃으며 말하자, 쇼는 쑥스러운 듯 슬며시 웃었다.

질문을 계속했다.

"신사에 신주(신사를 주관하는 직책에 있는 사람 - 옮긴이 주)도 있어?"

"없어요. 역대 '쓰바키히메'가 그 역할도 맡고 있죠."

"그러면 '쓰바키히메' 혼자 신사를 지킨다는 말이야?"

"아, 아뇨. 다른 무녀가 한 명 더 있어요."

"그렇지? 이런 깊은 산속에 내내 혼자 있으려면 너무 쓸쓸할 것 같아."

"그럴 수도 있겠죠."

이런저런 대화를 나누며 의혹의 백칠 개 계단을 다 올랐다.

"후, 정말 힘들다……."

숨을 헐떡이며 중얼거리는 내 앞에는 농밀한 녹음에 둘러싸인 경내가 펼쳐졌다.

130

바람이 불자 나뭇잎 스치는 소리가 사각사각 쓸쓸하게 사방에서 밀려온다. 날갯짓 소리를 내며 머리 위를 맴도는 것은 풍이 벌레다. 이따금 숲속에서 끼이이이, 음침한 소리로 새가 운다.

불온……이라는 단어를 필사적으로 삼켰으나 곧바로 "생각보다 훌륭한 신사네"라는 무례한 말을 내뱉고 말았다.

"훨씬 한심할 줄 아셨어요?"

"아, 아니, 그런 게 아니라…….'

"올라올 때까지 계단이 좁아서 여기 오면 그 넓이에 갭을 느끼게 마련이죠."

"그러네. 조금 의외야."

솔직히 이 섬의 크기나 인기로 따지면 지나치다 싶을 정도로 훌륭한 신전이 세워져 있었다. 게다가 오른쪽에는 용의 입에서 물이 나오는 약수대가 있고 왼쪽에는 섬의 일반적인 민가보다 훨씬 큰 신사 사무소가 있다.

"저 용 약수대는?"

"물이 부족해서 축제나 새해 때 빼고는 물은 안 나와요."

"그래? 고마이누(신사 앞에 놓이는 사자 비슷한 상-옮긴이 주)는 없어?"

"그러고 보니 옛날부터 없었네요."

"흠…….'

131

신주도 없고 고마이누도 없다니…….

다시 주위를 휙 둘러봤다.

명백한 아열대 섬답게 너무나도 깊고 짙은 어두운 숲.

그리고 깔끔하게 청소된 경내와 고색창연한 신전과 사무소.

이곳은 음울함과 위엄을 다 갖춘, 장엄한 느낌의 신사였다.

"연락도 없이 왔으니까 잠깐 인사라도 드릴까요?"

쇼는 왼쪽의 사무소 창문 앞에 서서, 유리를 가볍게 두드렸다. 유리 안쪽에는 각종 부적과 길흉을 점치는 제비 같은 것들이 진열되어 있는데 파는 사람도 있나?

조금 있다가 쇼가 다시 노크하자 유리 너머에서 소리 없이 사람 그림자가 나타나더니 쓱 유리창을 열었다. 그 순간, 숨을 멈추고 말았다.

"기다리셨어요?"

은쟁반에 옥구슬 굴러가는 듯한 무녀의 목소리가 경내를 가득 채운 불온한 공기를 단숨에 털어내고 맑게 만든 것만 같다.

윤기가 흐르는 검은 머리카락. 하얀 피부. 촉촉한 핑크빛 입술. 꼿꼿한 자세. 마치 이 무녀의 주위에만 하얀빛이 나는 듯 보였다.

이 신비로운 아우라.

그러니까 이 아름다운 여성이야말로…….

거기까지 생각했을 때 내 안에서 문득 다른 감각이 솟구쳤다.

132

그런데 이 여성, 어디선가 본 것 같은데…….

"안녕. 오늘은 여기 다스쿠 씨에게 고오니가시마 신사를 안내해 드리려고."

쇼가 친근하게 말을 걸었다.

"그래요? 어서 오세요!"

무녀는 정중하게 인사를 건넸다. 그 단정한 태도에 눈길을 빼앗겼다가 퍼뜩 정신을 차리고 고개를 숙였다.

"아, 네. 고지마 다스쿠입니다. 잘 부탁드립니다."

"저야말로 잘 부탁드려요."

"저……."

"네?"

"실례지만 어디서 뵙지 않았는지……."

무녀의 얼굴을 뚫어지게 쳐다보면서 물었다. 엉큼한 마음이 있어서가 아니라 정말 어디선가 만난 것 같았기 때문이다.

"네? 그건……."

입을 뗀 무녀는 새삼 다시 내 얼굴을 가만히 바라봤다. 그러더니 갑자기 그 시선을 황급히 돌리는 듯했다. 내 얼굴이라기보다 등 뒤를 포함한 전체를 멍하니 바라보는 듯한 눈빛이다.

그리고 무녀는 조용히 고개를 저었다.

"아뇨. 만난 적 없는 것 같은데요."

없는 것, 같아?

이상한 말이었으나 일단은 조금쯤 유감스러워하면서 쓸쓸하게 웃고 말했다.

"아, 그래요? 죄송해요. 제가 착각했나 봐요."

쇼가 그런 나와 무녀의 대화를 지켜보다 다시 무녀를 바라보며 말했다.

"다스쿠 씨에게 쓰바키히메를 소개하고 싶은데."

어? 쓰바키히메라니, 이 무녀가 아니었어?

허를 찔려 굳어 있는 나를 무시하고 무녀는 가볍게 미소를 지으며 대답했다.

"좋아요. 하지만 무녀님은 지금 신전에서 기도 중이세요."

"오래 걸릴까?"

"거의 끝났을 거예요."

"그렇다네요."

쇼는 나를 보고 말했다.

"아, 응."

"그럼 신전까지 모시고 갈 테니까 잠시만 기다리세요."

그렇게 말한 무녀는 유리창을 조용히 닫고 일단 사무소 안으로 사라졌다.

"쇼."

"네?"

"나는 저분이 완전히 쓰바키히메인 줄 알았어."

내가 조그맣게 말했다.

"네? 에이, 설마! 전혀 달라요."

쇼는 눈썹을 팔자로 늘어뜨리고 씁쓸하게 웃었다.

"정말……?"

"도오카 가렌이라고 쓰바키히메 밑에 있는 무녀예요."

"그렇구나. 도오카라면……."

"네?"

"아, 아니야."

동군이리라 생각했으나 여기서 굳이 동서 분열 이야기는 꺼내지 말자.

"같은 성이 많으니까 가렌 씨라고 부르면 될까?"

"네. 그런데 저는 그냥 가렌이라고 불러요."

"그냥 이름을 불러?"

"저보다 두 살 아래로 스무 살이니까요."

쇼 말로는, 지난 십여 년 동안 섬의 초·중학교를 다닌 아이들은 전체 학년을 합쳐도 스무 명밖에 되지 않으니 나이가 비슷한 아이들은 당연히 서로 잘 아는 소꿉친구라고 한다. 그러니까 두 살 차이라면 쇼와 무녀는 아주 편안하게 대화를 나누는 사이일 것이다.

"그렇구나. 그럼, 나도 가렌이라고 부를까?"

"괜찮을 것 같은데요. 저도 그렇게 부르니까."

쇼가 고개를 끄덕이고 있을 때 사무소 현관에서 가렌이 나왔다.

"죄송해요. 기다리셨죠?"

가렌은 이번에도 정중하게 사과했다. 이 아가씨는 모든 언동 하나하나가 다 아름답고 가련하다.

가련한 무녀, 가렌······.

보살 리카코 씨에 이어 오늘 만난 사람들은 특징이 있어서 외우기가 쉽네.

우리는 가렌을 따라 신전으로 향했다.

"그러면 여기서 잠시 기다려주세요."

가렌은 우리를 시주 함 옆에서 기다리게 하고 자신은 게다를 벗고 신전으로 올라갔다.

"쓰바키히메 님, 손님이 오셨어요."

양 여닫이문 밖에서 가렌이 청아한 목소리로 무녀를 불렀다.

어쩌다 옆자리의 쇼를 봤는데 두 손을 몸에 착 붙이고 직립 부동의 자세를 취하고 있다.

아니, 왜? 그렇게 긴장해야 하는 사람인가?

혹시나 해서 나도 자세를 바로 하려 했다.

"문을 열겠습니다."

가렌은 안을 향해 말하고 신전 문을 천천히 열기 시작했다.

낡은 경첩이 삐걱거려, 조금 전의 음울한 새소리와 비슷한 끼익 소리가 경내에 울려 퍼졌다.

햇빛이 들지 않는 탓인지, 신전 안은 상당히 어두컴컴하다.

그 어두컴컴한 실내에 한 노파가 서 있다.

"……."

그 모습을 보고 절로 숨을 멈췄다.

요괴……!

머릿속에 그 두 글자가 떠올랐다.

아무렇게나 기른 백발. 어린아이처럼 작은 키. 위에서 짓눌린 듯한 주름투성이 얼굴. 가늘고 또렷한 눈매. 그러나 늘어진 눈꺼풀 안에 자리 잡은 검은 눈동자는 번쩍번쩍 무시무시한 빛을 쏘아내고 있는 듯 보였다. 도통 나이를 알 수 없어서 백이십 살이라고 하면 그런가 보다 하고 그대로 믿을 것 같다.

"크흐흐. 드디어 왔군. 기다렸네."

노파는……, 아니, 쓰바키히메는 씩 웃더니 낙엽이 바스락거리는 듯한 쉰 목소리를 냈다. 앞니가 위아래 다 하나씩 빠진 탓인지 웃으니까 이상한 박력이 느껴진다.

그나저나 지금 쓰바키히메는 나를 보고 "드디어 왔군"이라고 말했다. 그 말은 오늘 내가 온다는 사실을 미리 쇼가 알렸다는 말인

가? 아니야, 그건 아니야. 왜냐면 조금 전 쇼는 "연락 없이 왔다"라
고 하지 않았나?

"……."

쓰바키히메의 존재감에 압도되어 대답도 못하고 멀거니 서 있는
데, 어두컴컴한 신전 안에서 쓰바키히메가 천천히 나왔다. 한 걸음
씩 내디딜 때마다 신고 있는 낡은 버선이 마룻바닥을 스치는 소리
가 난다. 쓰바키히메는 어쨌든 가렌과 같은 무녀 옷을 갖춰 입고 있
는데 그 위에 안이 비치는 얇은 지하야(여성이 신사 제례 때 입는 복장
-옮긴이 주)를 걸치고 있다. 그러나 단정하고 가녀린 가렌과는 달리
쓰바키히메가 입고 있는 옷은 한눈에 남루하게 보일 정도로 낡았
다. 너무 많이 빨아서이리라. 옷의 배색이 완전히 바래 물로 희석한
감귤 주스 같은 색이 되어 있다.

"쓰바키히메 님, 이분이……."

가렌이 나를 소개하려는데 쓰바키히메가 먼저 말을 꺼냈다.

"아, 알아. 오랫동안 기다렸으니까."

쓰바키히메는 이상한 소리를 하면서 상당히 무례한 눈빛으로 내
머리부터 발끝까지를 훑었다. 가치를 가늠하려는 듯 보였다.

"아, 그러니까……. 처음 뵙겠습니다. 고지마 다스쿠라고 합니다."

내 인사에 쓰바키히메는 대답하지 않고 이번에는 그 가는 눈으로
내 등 뒤를 아련하게 바라보기 시작했다.

뭐지? 이 이상한 분위기는……?

이제까지는 쇼가 나를 소개해줬는데, 지금 쇼는 여전히 차렷 자세를 한 인형처럼 굳어 있어서 영 쓸모가 없다.

어쩔 수 없이 스스로 입을 뗐다.

"이 섬을 활성화하는 일을 섬으로부터 의뢰받아 현장 시찰차 왔습니다. 여러모로 신세를 질 것 같습니다. 잘 부탁드립니다."

쓰바키히메는 여전히 내 뒤를 보고 있었으나 그래도 이번에는 가볍게 두 번 끄덕여줬다. 하지만 그것은 내 말에 반응한 것이라기보다 오히려 내 뒤의 공간을 향해 끄덕인 듯한 느낌이 들어 괜히 소름이 돋았다.

전설의 무녀, 쓰바키히메라니.

고개를 끄덕일 만한 구석이 하나도 없네.

무엇보다 이 조그만 노파에게는 무녀다운 당당한 태도도 없었고, 서 있는 자세에 일말의 신비로움도 느껴지지 않았다. 한마디로 말해 옛날 동화에 나오는 '산속 노파'를 떠올리게 하는 할머니다.

하지만 왠지……, 씩 웃고는 내 뒤만 바라보는 쓰바키히메에게는 뭐라 말할 수 없는, '사람을 끌어당기는 힘' 같은 게 있어서 내내 눈을 떼지 못하고 있다. 솔직히 추악하다고도 할 수 있는 용모인데 보고 있는 사람에게 조금도 불쾌감을 주지 않는다. 오히려 계속 나를 봐줄 것 같은……, 그런 불가사의한 매력이 있는 것도 사실이다.

"저……"

다시 말을 걸었다.

"……"

"아까 저를 안다고 하셨는데요……."

"응. 알지."

쓰바키히메의 시선이 드디어 내 등 뒤에서 내 눈으로 돌아왔다.

"자네는 이 섬의 구세주가 될 사람이니까."

"네! 구세주요?"

섬사람들도 그런 식으로 말했지만…….

"그래. 자네는 구세주야. 진짜배기지."

빠진 앞니를 과장하듯 씩 웃는 쓰바키히메를 따라 나도 웃고 말았다.

"그거, 혹시 용사 같은 건가요?"

롤플레잉 게임을 떠올리면서 농담처럼 물었다.

"용사? 크흐흐. 아, 그런 느낌이지."

"들었어? 내가 용사래?"

직립 부동으로 옆에 서 있는 쇼를 보고 웃었다.

그러나 쇼는 같이 웃지 않고 오히려 진지한 표정으로 눈을 부릅뜨며 말하는 게 아닌가?

"다스쿠 씨가 진짜 구세주에다가 용사……라고?"

뭐? 뭐지, 이 반응은?

다시 쓰바키히메를 봤다. 그러자 이제까지 선 같았던 가는 눈이 갑자기 커지더니 느닷없이 말도 안 되는 소리를 꺼냈다.

"어라? 자네, 여자 문제가 있겠어. 조심하지 않으면 아주 고생할 거야. 키히히히히!"

태어나서 처음 정말로 '키히히히'라는 웃음소리를 들었다.

"여자 문제……요? 이 섬에서요?"

"그래. 흠. 반드시 조심해야 해."

괜스레 쓰바키히메 곁에 선 가렌을 봤다. 눈이 마주치자 가렌은 두 손을 입에 대고 반걸음 물러났다.

어, 왜? 저 반응은, 뭐지?

"아니, 그거 농담……이시죠?"

씁쓸하게 웃으면서 쓰바키히메를 봤다.

"나는 농담 같은 거 안 해."

쓰바키히메는 자못 재미있다는 얼굴로 웃고 있다.

도움을 요청하려고 옆을 봤다. 그러자 쇼까지 미간을 찌푸린 채 안됐다는 눈으로 나를 보고 있는 게 아닌가?

"아니……."

할 말을 잃은 채 쓰바키히메와 가렌, 쇼를 번갈아 봤다. 세 사람 모두 아무 말 없이 나를 보고 있을 뿐이다.

문득 뒤에서 서늘하고 묵직한 바람이 불어왔다.

신전에서 나를 내려다보는 쓰바키히메의 백발이 술렁술렁 마치 생물처럼 나부낀다.

끼익, 음울하게 우는 새.

내가 구세주에다가, 여자 문제로 고생해?

이게 무슨 소리래?

말도 안 돼…….

속으로 중얼거렸다. 그런데 솔직히 그때 내 등에는 소름이 돋고 있었다.

"됐다. 자네 얼굴을 봤으니까 이제 됐어. 오늘은 돌아가."

쓰바키히메는 그렇게 말하고 해 지기 전의 하늘을 올려다봤다.

고오니가시마 신사는 쓰바키히메가 있다는 것 외에는 볼 게 없는 조촐한 신사였다. 게다가 주인공인 쓰바키히메가 바로 사무소로 들어가버려 남은 세 사람은 할 일이 사라졌다.

"그러면 돌아갈까?"

"그러죠."

나와 쇼가 이야기하는데 가렌이 "아, 맞다!"라며 가볍게 손뼉을 쳤다. "드릴 게 있으니까 잠시만 기다리세요"라는 말을 남기고 일단 사무소 안으로 사라졌다. 다시 나타났을 때는 DVD 한 장을 들고 있었다.

"이거, 시간 되실 때 보세요."

가렌은 두 손으로 DVD를 받쳐 내게 내밀었다. 나도 덩달아 두 손
으로 받으며 물었다.

"이게 뭐죠?"

"사 년에 한 번씩 이 신사에서 열리는 '고오니가시마 대제' 영상
을 기록한 거예요."

"아아, 축제……!"

"올해가 바로 그해죠."

쇼가 옆에서 그렇게 말했다.

"그래? 어떤 축제인데?"

가벼운 마음으로 물었는데 쇼와 가렌이 마주 보더니 조금 복잡한
표정을 지었다.

"어……? 설명하기 힘들어?"

"아, 네, 그래요."

쇼가 대답했다.

"DVD를 보시면 아실 거예요."

가렌이 말을 이었다.

"알았어. 그러면 이거, 오늘 밤에 볼게."

들고 있는 DVD를 펄럭이면서 내가 대답할 때 다시금 그 음울한

목소리의 새가 끼익, 하고 울었다. 그리고 그 울음소리가 괜스레 작별의 순간을 알리는 신호처럼 들렸다.

"그럼, 가렌, 고마웠어요."

"아뇨. 신경 쓰지 않으셔도 괜찮아요."

은근히 가렌의 교수를 기대했는데 역시 그런 일은 일어나지 않았다.

방금 여자 문제로 고생하겠다는 이야기를 듣고 뒷걸음질까지 했으니, 그야 당연하리라.

나와 쇼는 가렌에게 살랑살랑 손을 흔들고 발걸음을 돌렸다. 가렌이 애써 깨끗하게 청소해놓았을 경내를 걷기 시작했다.

조금 걷다가 돌아보니 여전히 가렌은 우리를 배웅하고 있었다. 나는 다시 손을 들었다. 가렌은 다시 아름다운 동작으로 인사했다.

백칠 개의 계단을 내려오기 시작했을 때 쇼가 깊은 한숨을 내쉬었다.

"우와, 다스쿠 씨가 진짜 구세주라니, 정말 놀랐어요."

너무나 진심이 담긴 말투라 기어이 실소하고 말았다.

"그만 좀 해. 그럴 리 절대 없으니까."

가볍게 무시할 생각이었는데 그게 오히려 쇼의 감정에 불을 붙인 듯했다.

"아뇨. 쓰바키히메의 계시는 틀린 적이 없어요."

"뭐? 설마!"

"설마가 아니라니까요. 옛날, 이 섬에는 '가미카쿠시' 같은 일이 일어났어요."

"하하하! 신이 아이들을 감춘다는 가미카쿠시……?"

"이 이야기는 진짜라고요. 금단의 사랑에 빠진 젊은 남녀가 어느 날, 홀연히 섬에서 자취를 감췄다고요."

"아이고, 네. 그 이야기, 여행 책자에서 봤습죠. 뭐랬더라, '고오니 신의 가미카쿠시 전설'이었나?"

"맞아요. 바로 그겁니다. 고오니 신이 숨긴 두 사람을 되찾기 위해 이 대 전 쓰바키히메가 기도를 드렸고 덕분에 돌려받을 수 있었어요."

발밑이 불안한 계단을 천천히 내려가면서 진지하고 절실하게 이야기하는 쇼를 보고 있자니 영 이건 아니지 싶었다.

"뭐, 그런 전설이 있게 마련이지."

"전설이라뇨? 우리 섬에서는 사실이라니까요."

"또 그런다."

나도 모르게 실소하고 말았다.

"당시의 쓰바키히메는 고오니 신의 세계에서 현세로 돌아온 두 사람이 있는 곳을 섬사람들에게 알려줬어요. 그래서 섬사람들이 그곳으로 달려갔더니……."

"정말로 두 사람이 있었다?"

"맞아요. 둘은 기절한 상태로 발견되었대요. 게다가 자신들이 어디에 있었는지 기억하지 못했고요."

"흠."

적당히 대답했는데 긍정의 의사가 아님을 쇼도 알아차린 듯하다.

"다스쿠 씨는 본토 사람이니까 안 믿을지도 모르죠. 하지만 정말 있었던 일이래요. 실제로 지금의 쓰바키히메도 가끔 고오니 신으로부터 계시를 받아 전하는데 그게 무서울 정도로 잘 맞는다니까요."

"그래서 아까 그렇게 직립 부동이었어?"

"네? 제가 그랬어요?"

본인만 모른 모양이다. 풋, 조금 웃겨 웃음을 터뜨리고 말았다.

"엄청나게 겁먹은 느낌이었어."

"겁먹다니……. 아니라고는 못 하겠네요."

이런저런 수다를 떨며 계단을 다 내려와 초라한 도리이를 나왔다.

"알았어. 일단 쇼의 이야기를 염두에 두고 이걸 볼게."

DVD를 내밀어 보여주었다.

"네. 좀 이상한 축제이기는 하지만."

우리는 세워놓은 차에 탔다.

쇼가 시동을 건다. 그 아름다운 옆얼굴을 슬쩍 보고 팔짱을 꼈다.

이런 건실한 쇼마저 저런 미신을 믿다니, 이 섬, 정말 위험한 게 아닐까……?

차는 일단 후진한 다음 방향을 바꿔 마을 쪽을 향해 천천히 달리기 시작했다.

앞 유리창 너머로 펼쳐지는 하늘은 오늘도 투명한 파인애플색으로 물들어 있다. 미신이야 그렇다 치고 이 섬의 자연은 정말 아름답다.

"저, 다스쿠 씨."

쇼가 살짝 정색하고 나를 불렀다.

"응?"

"새삼스럽지만."

"……."

"잘 부탁드려요."

"어, 뭘?"

"이 섬 말이에요."

"내가……."

쇼의 옆얼굴을 봤다. 가슴이 갑자기 아팠다.

"일단 할 수 있는 범위 내에서는 최선을 다할게."

실은 의욕 제로인 상태로 이 섬에 왔으면서…….

"고맙습니다."

쇼는 안심한 듯 말하고 저녁노을을 향해 천천히 핸들을 꺾었다.

사심 없는 그 옆얼굴을 보니 한숨을 내쉬고 싶었다.

쇼는 마을 회관 앞까지 나를 바래다주고 갔다.

바깥 계단을 올라 이 섬에서의 '내 집'으로 돌아온 나는 모든 창문을 활짝 열고 바닥에 대자로 누워 빈둥거렸다. 그보다는 쓰러졌다고 해야 좋을지 모르겠다. 너무 피곤했다.

창문을 통해 살랑살랑 불어오는 파인애플 색깔의 바람.

흔들리는 레이스 커튼도, 하얀 천장도 같은 색으로 물들었다.

"아, 완전 녹초야……."

슬쩍 소리 내어 말하고 나니, 왠지 오늘 이 섬에서 만난 사람들의 미소가 뇌리에 떠올랐다.

생각해보니 아침부터 여러 종류의 일(게다가 모두 육체노동)을 도왔다. 평소 사무 업무만 한 내게는 너무 중노동이다. 피곤한 게 당연하다.

하지만……, 대자로 누운 채 천장을 바라보며 생각한다.

손가락 끝까지 저릿저릿할 정도의 이 느낌은 도시에서는 맛보지 못한 충만함이었다. 게다가 아득바득 노력했지만, 간신히 도운 데 불과한데도 '누군가에게 기쁨을 주었다'라는 아주 단순한 확신도 들었다. 이 확신이야말로 오늘 하루의 삶의 보람처럼 여겨졌다.

살그머니 눈을 감았다.

파인애플색의 바람을 이마로 느끼면서 심호흡했다.

구세주, 라…….

만약 내가, 그런 대단한 존재가 될 수 있다면 그것도 나쁘지는 않겠다. 그보다는 오늘처럼 '아주 사소한 구세주'로서 누군가에게 조금이라도 기쁨을 준다……, 그런 일이 쌓이고 쌓이는 것은 있을 수도 있겠다.

문득 그 음울한 새소리가 귓속에 되살아났다.

끼이이이.

빠진 앞니를 드러내며 씩 웃는 쓰바키히메.

행동 하나하나가 너무나 아름다운 가련한 가렌.

이 현실감 없는 오늘이라는 현실…….

불과 사흘 전까지만 해도 도시에서 일하던 나라는 존재가 어쩐지 희미해지는 것만 같다. 어쩌면 저쪽 세계가 허구였나? 그런 한심한 생각이 뇌리를 스쳐 눈을 감은 채 피식 웃고 말았다.

다시 기분 좋은 바람이 불어와 내 이마를 부드럽게 간지럽혔다.

바람이, 호흡을 가다듬어주는 것 같네…….

그렇게 생각하면서 자신의 호흡에 귀를 기울였더니, 등이 다다미에 녹아들기 시작했고 어느새 잠들고 말았다.

눈을 떴을 때는 이미 밤이었다.

"추워……."

다다미 바닥에 새우처럼 몸을 말고 있다가 천천히 일어났다.

방의 조명을 켜고 열어놓은 창문을 닫는다.

손목시계를 보니, 오후 일곱 시 칠 분을 가리키고 있다. 민박 소라에서 늦은 점심을 먹었는데도 너무 배가 고팠다.

낮 동안의 땀을 씻으려고 얼른 샤워를 마치고 젖은 머리 그대로 샌들을 신고 방을 나왔다.

저녁을 먹으러 가야겠다.

쇼는 오늘 밤 할 일이 있다고 해서 저녁은 혼자 먹어야 했다.

무난하게 잇테쓰에 갈까, 아예 동군의 모자모자에 가볼까…….

강가의 어두운 언덕길을 걸어가면서 생각했는데 아무래도 오늘 밤에는 잘 아는 잇테쓰에 가기로 했다. 가뜩이나 몸이 피곤한데 모자모자에 얼굴을 내밀었다가 자칫 동쪽 버섯 진액으로 담근 술을 마시면……, 어쩌나 싶어 불안해졌다.

하늘에 가득한 별을 올려다보면서 강가 길을 내려와 섬의 일주도로에 도달했다. 잇테쓰가 코앞이다. 강에 걸린 다리 건너편에서는 오늘 밤에도 낭랑한 웃음소리가 들려왔다. 그 목소리 가운데 루이루이 씨의 쨍쨍한 목소리가 섞여 있어 잠깐 마음이 흔들렸다.

하지만, 아무래도, 됐다…….

마음속으로 중얼거리고 잇테쓰의 미닫이문을 열고 포럼을 통과했다.

가게 안에는 이미 열 명 정도의 손님이 있고 각각의 테이블은 흥청망청했다.

"안녕하세요."

카운터 안쪽 주방에 대고 인사하자, 고테쓰 씨가 부루퉁한 얼굴로 눈인사했다.

"어! 다스쿠가 왔네?"

가게 안쪽에서 아주 싹싹한 목소리가 날아왔다.

"혼자야? 이리로 와."

"촌장님도 계셔."

모르는 얼굴의 남자들이 웃으며 손짓하고 있다. 거절하기도 그래서 그대로 제일 안쪽 테이블에 앉았다. 테이블에는 촌장 말고 둘이 더 있었고, 나는 촌장 맞은편에 앉았다.

"아니? 우리 집 쇼랑 같이 있지 않나?"

맥주잔을 든 촌장이 고개를 갸웃했다.

"쇼는 저녁에 일이 있다고 해서 오늘 밤은 혼자 왔습니다."

"저녁 일?"

"네……."

내가 고개를 끄덕이자 촌장은 살짝 미간을 찌푸렸다.

"아이고, 촌장님. 그건 그렇고."

"이렇게 만났는데 다스쿠 씨에게 좀 물어보자고요."

테이블에 있는 남자들이 화제를 바꿨다. 그리고 촌장의 잔에 병맥주를 부어주었다. 촌장도 "아, 그러지"라며 한숨을 내쉬고 온화한 얼굴로 돌아왔다.

"그러고 보니 다스쿠, '불 초밥'에 도전했다며?"

촌장의 왼쪽 옆에 앉은 붉은 얼굴의 뚱뚱한 중년 남자가 신이 나 말했다.

"아, 네."

"오호, 다 먹었나?"

촌장이 조금 몸을 앞으로 내밀며 물었다.

"일단은 간신히. 처음부터 끝까지 눈물이 멈추질 않았어요."

"그게 바로 '눈물의 서쪽'이란 거야! 그걸 다 먹다니, 대단해."

내 왼쪽 옆의, 마르고 머리에 새치가 난 노인이 환하게 웃는다. 이 사람은 얼굴이 다크 초콜릿처럼 까만 것으로 보아 어부일지 모르겠다. 그 노인이 내 잔에 맥주를 따라주었다.

"자, 마셔."

"고맙습니다. 잘 먹겠습니다."

차가운 맥주로 목을 축였다. 캬하, 하는 소리를 내고 싶었으나 촌장과 모르는 어른들이 둘이나 있어서 일단 안 하기로 했다.

"그리고 오늘은 여기저기 다니며 일을 도왔다며?"

붉은 얼굴이 말한다.

"네. 도운 건지 방해였는지는 잘 모르겠지만."

"아니, 아니야. 상당히 애썼다고 들었어."

초콜릿색 노인이 옆에 앉은 내 등을 탁탁 두드렸다.

아무래도 오늘 하루의 내 행동도 이미 섬사람들에게 다 알려졌나 보다. 여기서 거짓말을 해봤자 소용없을 터라 질문에 순순히 대답했다. 누구네 집에 가서 어떤 일을 도왔고 그게 얼마나 즐거웠고 힘들었는지…….

이런저런 이야기를 하는 중 다른 테이블의 손님까지 모여들어 내 주위는 이상하리만치 뜨거운 열기에 휩싸였다.

"다스쿠는 말이야, 도시에서 TV 광고나 연예인 이벤트 같은 일을 담당한 대단한 선생인데도 이런 섬에서 부탁만 하면 뭐든 도와주다니, 훌륭한 인격자야."

사십 대 정도의 덩치 큰 남자가 그렇게 말했다.

"아닙니다. 제가 선생이라니……."

당황하며 오해를 풀려 했으나 촌장이 말을 막았다.

"겸손할 필요 없어. 다스쿠의 회사 사장에게도 들었어. 유능한 남자를 섬에 파견하겠다고."

머리를 감싸 안고 싶었다. 아무리 촌장과 사장이 학창 시절 동창이라 해도 그런 거짓말까지 할 필요는 없지 않나?

"그러면 내일은 우리 집을 도와주러 와줘."

"오! 우리 집에도! 요즘 바빠 일손이 부족하거든."

"그러면 우리 집도!"

아니, 이제는 나를 심부름센터로 생각하는 게 아닐까? 취한 김이기는 했으나 어깨를 부둥켜안고 억지로 "마셔, 마셔!" 하며 맥주를 권하니, 예의 바른 웃음을 짓는 것도 지친다.

바로 그때 내 뒤에 서서 멋대로 내 어깨를 주무르기 시작한 남자가 혀 꼬인 소리로 말했다.

"하지만 다스쿠, 오늘은 동쪽 놈들만 돕고 말이야!"

이 말은 취객들에게 냉수를 끼얹었다.

순간 가게 안이 정적에 휩싸였다.

"동쪽……이라니, 무슨 말씀인지 모르겠는데요."

당황해 어정쩡한 말을 내뱉고 말았다.

그러자 정적에 무게가 더해졌다.

이 전개는, 뭐지……?

이럴 줄 알았으면 오늘 밤에는 잇테쓰가 아니라 모자모자에 갈 것을……. 후회하기 시작하는데 내 정면에서 낮고 잘 들리는 목소리가 날아왔다.

"미안하군. 오늘, 다스쿠를 안내한 사람은 우리 쇼야."

촌장이었다.

그 말에 내 어깨를 주무르고 있던 남자의 손이 멈췄다.

생각해보니 오늘 쇼가 나를 데려간 곳은 전부 농가……, 즉 동군으로 보이는 사람들의 일터였다. 마지막에 간 고오니가시마 신사조차 가렌의 성이 '도오카'였으니 역시 동군일 것이다.

혹시 쇼는 서군이면서 동군의 편을 드는 '배신자' 같은 존재로 여겨지고 있나? 그렇다면 쇼를 대하는 서군 사람들의 데면데면한 태도도 납득이 간다.

"정말 면목이 없네. 쇼에게 잘 말해두지."

늘 싱글벙글하는 촌장이 얼굴을 구기더니 살짝 고개를 숙였다.

조용한 가게 안이 조금 수런거렸다.

"아, 아뇨. 내일부터 다스쿠가, 이쪽을 도와주면……. 그렇지?"

누군가가 어색하게 자리를 수습하려 했다.

그러자 주위 남자들이 일제히 달려들었다.

"응. 그래. 다스쿠, 부탁해."

"무엇보다 다스쿠는 '불 초밥'을 먹고 운 남자니까."

"그럼, 뭐, 그런 것으로 하지."

그렇게 미묘한 어색함을 남긴 채 가게 안 남자들은 내 주위에서 흩어졌다.

테이블에는 다시 원래의 네 명만 남았고, 촌장은 나를 보고 말했다.

"정말, 미안하게 됐네."

쓸쓸하게 웃으면서 머리를 긁적였다.

"아뇨. 별일도 아닌데요."

촌장과 쇼의 부자 관계를 물어보고 싶었으나 꾹 참고 "사정이 있는 것 같으니까요"라며 그 자리를 마무리했다.

그 뒤로 붉은 얼굴과 초콜릿 얼굴이 가세해 조금씩 테이블 분위기도 가벼워졌다. 분위기를 가볍게 하려고 술의 힘도 상당히 빌렸지만.

마침내, 내 배가 완전히 찼을 무렵 촌장의 스마트폰이 울렸다.

단말기를 든 촌장은 웃음기를 싹 없애고 익숙한 손놀림으로 어떤 앱을 켜고 전화를 받았다.

"네. 여보세요? 아, 응. 지금은 잇테쓰에 있어. 아, 그 건? 어제 내가 말한 것과는 다른 방향으로 진행되었다는 말인가? 그래? 응⋯⋯."

촌장은 낮은 목소리로 대화하면서 의자에서 일어났다. 그리고 우리에게 가볍게 눈짓하고 그대로 자리를 떠나서 가게 밖으로 나갔다. 다른 사람에게 그리 들려주고 싶지 않은 이야기일지 모르겠다.

조금 마음에 걸린 부분을 불그레한 얼굴로 물어봤다.

"촌장님이 지금 전화 받기 전에 앱을 조작했죠? 그거, 뭐예요?"

"아아, 통화 내용을 녹음하는 거야."

"녹음이요?"

"응. 작년이었나, 동쪽……이랄까, 의견 대립이 있는 의회 사람들과 어떤 말을 했는지 안 했는지를 놓고 갑론을박이 벌어져 끝내 소송까지 갔어. 그 뒤로는 일 관련 전화는 다 녹음하네."

"정치계는 아무래도 힘들겠어요."

이런 작은 섬에서도, 라는 사족은 붙이지 않았다.

"그렇지. 이렇게 작은 섬에도 사정이란 게 있으니까."

내가 삼킨 말을, 초콜릿 얼굴이 대신 해주었다.

"그나저나 스마트폰으로 통화하면서 대화를 녹음하는 앱이 있는 줄 저는 몰랐어요."

내 말에 붉은 얼굴이 표정을 조금 풀었다.

"그 앱 사용법을 쇼가 알려줬다고 촌장이 신나 하며 말했지."

내가 아는 쇼가, 그런 일을……?

무슨 사정이 있든 역시 부자지간이란 말인가.

조금 있다가 촌장이 돌아왔다.

전화 내용이 심각했는지, 처음에는 조금 까다로운 얼굴을 하고 있었는데 다시 마시기 시작하면서 부드러운 미소를 되찾았다. 그러더니 마지막에는 만족스럽게 '도미를 올린 물 말은 밥'을 먹기 시작했다.

나도 조금 남은 위장 안에 촌장과 같은 물 말은 밥을 넣었는데 이

것 또한 일품이었다.

그날 밤 내가 먹은 밥값은 촌장이 내주었다.

가게를 나왔을 때 십여 명에 달하는 사람들에게 교수를 당해 머리가 마구 흔들리는 바람에 취기가 한층 더 올라왔다.

돌아오는 길, 강변 언덕길을 지그재그로 어슬렁어슬렁 올랐다.

올 때 바라본 수천만 개의 별이 지금은 하나도 보이지 않는다. 먹고 마시는 사이에 옅은 구름이 나온 듯하다. 그래도 목 언저리를 쓸고 지나가는 강바람이 시원하고 졸졸 흐르는 물소리가 가슴에 쓱 스민다.

걸으면서 하늘을 향해 두 손을 올리고 커다랗게 숨을 들이켜고 천천히 내뱉었다.

성이 다른 쇼와 촌장의 불화.

이 섬의 최대 비밀.

쓰바키히메가 알려준 여자 문제.

마음에 걸리는 일은 많지만……

하지만 뭐, 나는 외부인이고 현실주의자니까.

그렇게 생각하고 마음에 가볍게 뚜껑을 덮기로 했다.

집에 돌아와 다다미에 이불을 깔고 TV 테이블 위에 놓아둔 DVD를 들었다. 가련한 가렌에게 받은 '고오니가시마 대제' 영상을 보기로 했다.

저녁, 깜빡 잠들었던 덕분에 술을 마셨는데도 말똥말똥해 이불 위에 뒹굴면서 시간이나 때우자고 생각한 것이다.

TV와 DVD플레이어의 전원을 켜고 디스크를 넣었다. 리모컨을 조작하자 액정 화면에 화질이 좋지 않은 영상이 흐르기 시작했다. 상당히 오래된 영상인 듯하다.

몸을 뒤척이면서 축제 영상을 봤다.

그런데 이것은, 상상을 훨씬 초월하는 수준의, 너무나 바보 같은 내용이었다.

먼저 아침 해가 떠오르는 데 맞춰 무녀가 큰북을 울린다. 무녀는 가렌이 아니라 중년의 아줌마였다. 큰북 소리가 울리자 도리이 주변에 모여든 훈도시 차림의 남자들이 "워! 워!"라고 괴성을 지르면서 좁은 계단을 뛰어올라 신전 앞에 모인다. 모이는 동안 무녀는 느리게 큰북을 친다. 남자들은 줄곧 괴성을 지르면서 주변 사람들과 서로의 등을 짝짝 소리 내 두드린다.

뜸을 충분히 들인 후 쓰바키히메가 등장해 천천히 신전에서 춤을 추기 시작하는데 이 쓰바키히메는 내가 낮에 본 그 쓰바키히메였다. 나이는 지금보다 스무 살에서 서른 살쯤 젊어 보였으나 그래도 역시 나이를 모르겠다.

쓰바키히메는 긴 고헤이(대제 때 쓰는, 막대기 끝에 가늘고 긴 종이나 천을 끼운 것 - 옮긴이 주)를 들고 빙글빙글 돌면서 춤춘다. 이 초 동안 한 바퀴 정도 도는 리듬으로, 오른쪽으로 돌고 다시 왼쪽으로 도는 데 회전은 불규칙했다. 그런데 더 기묘한 일은 신전 아래 모인 남자들도 쓰바키히메의 움직임에 맞춰 빙글빙글 돌았다는 것이다. 게다가 두 손바닥을 하늘로 올린 이상한 모습으로. 빙글빙글 도는 남자들의 등은 서로 때린 탓에 새빨갛게 변해 있었다.

그리고 이런 일을 오 분쯤 한 뒤, 드디어 큰북 소리가 멎었다. 그리고 마침내 쓰바키히메의 '계시'가 발표되었다.

영상이 오래되어 녹음 상태도 나쁘고 자막도 없어서 제대로 알아들을 수 없었으나 요컨대 쓰바키히메는 이해의 농업 및 조업과 관련해 조심해야 할 사고, 천재지변, 건강 등을 계시 같은 표현으로 알리고 있다. 쓸데없는 말이 많았는데 때로는 날짜나 개인 이름까지 대는 자세한 '계시'가 있어서 놀랐다.

축제는 그걸로 끝났다.

DVD 영상도 갑자기 종료되었다.

"이게 뭐야……."

도대체, 이게 '대제'란 말인가.

성스러운 축제라기보다 마니아들이 즐길 법한 '괴기스러운 축제' 아닌가?

가렌에게는 미안하나 고개를 절레절레 흔들고 싶은 심정으로 폴

레이어에서 디스크를 꺼내 원래 케이스에 넣었다. 그리고 TV 테이블 위에 다시 놓으려 할 때 갑자기 부르르 몸이 떨렸다. 왠지 몸의 저 깊은 곳부터 오싹해지면서 묵직한 느낌이 들었다. 너무 마셨나, 아니면 교수로 머리가 흔들린 탓일까, 살짝 두통도 생겼다.

아직 그다지 졸리지는 않은데…….

"잘까?"

누구에게랄 것도 없이 중얼거렸다.

조명을 끄자 방이 캄캄해진다.

이불에 들어가 몸을 동그랗게 말았다.

눈을 감고 가만히 있자 쇼의 목소리가 뇌리에서 재생되었다.

'잘 부탁드려요.'

신사 계단을 내려가면서 내게 이 섬의 미래를 맡긴 그의 말……, 그 성실한 울림은 미늘이 돋은 가시가 되어 내 가슴에 박힌 채 뽑히지 않았다.

긴 밤이 될 것 같네…….

이불 안에서 깊은 한숨을 내쉬었다.

제3장 · 매직 숍

섬에 온 지 사흘째 아침…….

자명종 알람을 끄고 한참 이불 안에 가만히 있었다. 괜스레 몸이 나른한 데다 머리도 조금 아팠다. 어젯밤, 섬사람들과 마신 술기운이 남아서인 듯하다.

두 번째 알람이 울렸을 때 어쩔 수 없이 이불에서 기어 나왔다. 오늘도 쇼의 가이드로 섬을 돌 계획이다.

무거운 몸을 이끌고 출발 준비를 마친 다음, 현관에서 스니커즈를 신고 문을 열었다. 햇살에 너무 강해 눈을 가늘게 떴다.

청명한 하늘의 푸르름과 산들의 선명한 초록. 여기저기서 새들이 지저귀고 살랑거리는 바람이 뺨을 스친다. 앞머리가 흔들려 살짝 간지럽다.

문을 잠그고 두 손을 올려 "음!" 기지개를 켰다.

"다스쿠 씨, 안녕하세요!"

계단 아래에서 소리가 났다.

내려다보니 쇼가 눈을 가늘게 뜨고 나를 올려다보고 있었다.

"안녕! 오늘도 잘 부탁해."

말하면서 계단을 내려가기 시작하는데 역시 조금 두통이 났다.

오늘, 처음 방문하는 곳은, 고오니가시마 초·중학교다.

이 학교의 학생 수는 초·중학교 합쳐서 스무 명이다. 교사 수는 열두 명이라고 들었다.

"지금, 학교 측에, 조금 있다가 간다고 연락했습니다."

"응."

"모처럼 있는 일이라, 도시에서 활약하시는 다스쿠 씨에게 특별 수업을 해달라는데요."

경차 곁에 서 있는 모델 같은 미남이 상큼한 미소를 지으면서 뜻밖의 말을 꺼냈다.

"뭐? 갑자기 수업이라니, 못 하지."

"수업이라고 해도 공부를 가르치는 게 아니니까요. 다스쿠 씨가 평소 하는 일을 이야기해달라네요."

"그래서……? 쇼, 하겠다고 했어?"

"네, 뭐……, 아마 괜찮을 거라고 했어요."

말도 안 돼! 한숨을 삼키며 쇼를 봤다.

"혹시 안 되나요? 선생님들, 정말 기뻐하셨는데요."

"보라고, 나는 아이도 없어서 아이들을 어떻게 상대해야 하는지 정말 몰라……."

솔직히, 짐작도 가지 않았다.

"괜히 죄송하게 됐네요. 그럼 거절할까요?"

쇼는 미안해하며 바지 뒷주머니에서 스마트폰을 꺼냈다.

얼른 거절해라. 이게 내 본심이다. 하지만 그리 좋아했다는 교사들을 낙담시키고 '학교 시찰'을 한다는 게 영 마음에 걸렸다. 그래서 어쩔 수 없이 말했다.

"아니야. 승낙했으니 어쩔 수 없지."

"정말, 죄송해요……."

"아니, 사과할 일은 아니고……. 그저, 괜히 선생님들이 기대하신다니까 좀 부담이 되어서."

"그렇게 깊이 생각하지 않아도 괜찮을 겁니다."

"그래?"

"네. 그냥 일 이야기를 대충 하고 다음에는 연예인 만난 이야기 같은 거로 넘어가면 아이들은 충분히 좋아할 겁니다."

"연예인이라……."

만난 적 있는 사람은 몇 명 있지만……, 하지만 대단한 화제가 없는데. 그런 생각을 하고 있는데 쇼가 손목시계를 내려다봤다.

"아, 이제 슬슬……."

"그래."

"죄송해요."

"됐다니까. 더는 사과하지 마."

우리는 미묘한 분위기 속에서 차에 탔다.

달리기 시작한 경차는 아침 햇살로 반짝이는 마을을 벗어나 순식간에 학교에 도착했다.

학생 숫자가 적은 데 비해 학교 건물은 번듯한 이 층짜리 철근 건물이었다.

쇼를 따라 슬리퍼로 갈아 신고 학교 건물 안으로 들어갔다. 그대로 이 층 교무실로 가자, 교원 몇이 박수로 맞아주었다.

마을 사무소 사람들이 말했듯 이 학교 교사들은 아주 밝고 긍정적인 인상이다. 어딘가 배낭여행자 같은 분위기를 자아내고 있다. 평균 나이도 상당히 젊은 듯하다. 역시 자원해 이 섬에 부임했기 때문이겠구나.

"교장인 사와이입니다. 오늘 와주셔서 감사드립니다."

교장은 오목조목하고 단정한 얼굴이었으나 머리카락이 한 올도 없었다. 키도 작아서 반들반들한 머리가 정말 눈에 띄었다.

"고지마입니다. 잘 부탁드립니다."

명함을 교환하고 가벼운 인사를 나눈 뒤, 교장의 안내로 나와 쇼는 재빨리 일 층 제일 끝 교실 앞까지 갔다.

"이미 학생들이 모여 있어요. 뭐든 좋으니까 도움이 될 만한 말씀을 해주세요."

미닫이문 앞에서 교장이 나지막하게 말했다. 교실 안에서는 시끌벅적한 아이들의 목소리가 들려왔다.

"도움이 될 만한 이야기요……?"

"아니, 그렇게 긴장하지 않으셔도 됩니다. 이 섬 아이들은 도시 아이들처럼 반항적이지 않아요. 뭐든 좋아한답니다."

뭐든 좋아하다니, 그런 말이……. 그렇게 생각하면서도 일단 "알겠습니다"라고 대답하니 옆에서 쇼가 웃었다.

"다스쿠 씨, 정말 괜찮아요. 편안하게 말씀하세요."

"그럴게."

뭐, 괜찮겠지. 적당히 하자.

그렇게 마음먹었을 때 교장이 미닫이문을 열고 교실로 들어갔다.

소란스러웠던 아이들이 순식간에 조용해졌다.

"아까 여러분에게 알렸듯이 오늘은 도시 회사에서 활약하는 고지마 다스쿠 선생님이 특별 수업을 해주실 거예요."

조용해졌던 교실이 술렁였다.

"다스쿠 선생님은 이 섬을 더 밝고 기운차게 만들려면 어떻게 해야 할지, 그 아이디어를 생각하시려고 섬에 오신 분입니다. 자, 다스쿠 선생님, 부탁드립니다. 자, 여러분, 박수!"

교장의 요청에 따라 어색하게 교실 안으로 들어갔다. 교탁 옆에 서서 가볍게 인사하자 박수가 멈췄다.

"아, 네. 여러분, 안녕!"

"안녕하세요!"

초등학교 일 학년부터 중학교 삼 학년까지, 폭넓은 나이대의 학생들이 힘차게 인사해주었다. 나는 조금 안도하며 가볍게 자기소개부터 시작했다.

곧바로 교실 뒷문이 쓱 열리더니 교장과 교사 몇 명, 쇼가 들어왔다. 그들도 학생들 뒤에 서서 내 특별 수업을 견학할 모양이다. 솔직히 아이들보다 교사들의 눈이 나를 더 긴장시켰다.

대충 자기소개를 끝내고 일하는 회사 소개와 나 자신이 이제까지 한 일을 설명했다. 그런데 초등학교 저학년 아이들은 전혀 와닿지 않는지 멀뚱하게 바라보고만 있다.

살짝 초조해진 나머지 시작한 지 오 분도 지나지 않았는데 비장의 무기인 연예인 이야기를 꺼냈다.

그런데……, 이게 조금도 먹히지 않았다. 그도 그럴 것이 내가 만난 연예인을 아이들 대부분이 몰랐다.

"아, 여러분이 좋아하는 연예인은 누구야?"

결국은 참지 못하고 먼저 물었는데 아이들의 입에서 나온 이름은 내 일과는 전혀 관련이 없는 사람들뿐이다.

이제 할 이야기도 없는데…….

아이들의 시선. 교사들의 시선. 많은 눈이 나를 가만히 바라보고 있다.

큰일이네. 어쩌지…….

머릿속이 새하얘졌을 때 교실 창에 걸린 베이지색 커튼이 바람에 날려 훅 부풀었다. 창가에는 낮은 사물함이 놓여 있고 그 위의 대나무 바구니 안에 이른바 일본의 '전통 놀이' 장난감이 들어 있었다.

"이 학교에서는, 전통 놀이를 하니?"

아이들에게 묻자 초등학교 사 학년부터 육 학년 정도의 아이들이 일제히 고개를 끄덕였다.

이게 먹힐지도 모르겠다…….

기사회생의 광명을 발견하고 창가 바구니로 다가가 안에서 겐다마를 꺼냈다.

"사실은 말이야, 나, 일보다 겐다마를 더 잘해."

말하면서 교탁 앞으로 돌아왔다.

아이들도, 교사도, 쇼도 의외라는 표정으로 나를 본다.

170

"그럼, 간다! 우선은 쉬운 것부터."

그렇게 말하고 갑자기 '휘파람새'라는 고급 기술을 선보이니 아이들의 눈이 번쩍 뜨이며 몸이 앞으로 쏠렸다.

"여기서부터……."

씩 웃으며 연속 기술을 더 선보였다.

와, 대박! 저게, 뭐야? 엄청 잘해……!

교실 안이 술렁이며 단숨에 분위기가 고조되었다. 교사들도, 쇼도 환하게 웃으며 손뼉을 치고 있다.

설마, 이런 상황에서 겐다마가 도움이 될 줄이야…….

본토에서는 한 번도 칭찬받은 적 없고 보여줄 만한 기회도 없는 '특기'를 계속 선보였다.

한바탕 퍼포먼스를 끝내고도 시간이 남아서 아이들에게 겐다마 비법을 전수했다.

정신을 차려보니 예정된 시간을 다 채우고 있었다.

그래도, 해냈네…….

새삼 아이들을 둘러봤다.

반짝이는 그들의 눈은 그야말로 히어로를 보는 것 같은 눈이었다.

그만 우쭐해져 수업을 마치며 이렇게 말했다.

"사실은, 아직 아무에게도 보여주지 않은, 마법 같은 '비밀의 기술'이 있어."

정말? 천재 아냐? 대단하다, 마법 보고 싶어…….

신이 난 아이들에게 더 잘난 척을 한다.

"그러면 그 마법은 언젠가 또 기회가 생기면 보여줄게. 자, 시간이 다 되었으니 오늘 특별 수업을 여기서 끝낼게요. 다들 고마웠어요."

커다란 박수가 교실을 가득 채웠다.

아이들에게 손을 흔들면서 교실을 나왔다.

복도로 나오자마자 교장이 악수를 청했다.

"아이고, 정말 대단했습니다. 완전히 곡예던데요."

"아닙니다. 단순한 취미일 뿐입니다."

잔뜩 우쭐했으면서도 겸손한 말을 건네는데 교장이 갑자기 목소리를 낮췄다.

"실은, 다스쿠 씨."

"네."

"만나줬으면 하는 학생이 한 명 있습니다."

"네?"

"그 아이는, 지금, 보건실에 있어요."

그렇게 말하고 교장은 쥔 내 손을 툭 놓았다.

"그럼 제가 보건실까지 안내하겠습니다."

보건 교사 슈쿠타니 요시미라는 선생이 교장 대신 나서며 나와 쇼에게 가볍게 소개를 숙였다. 나이는 이십 대 후반쯤일까. 몸집이 작은 데다 동안이라 나이를 가늠하기 힘든 여성이다.

교장과 다른 교사들은 각자 갈 길을 갔다.

복도를 걷기 시작하는데 요시미 선생이 나를 올려다보며 말했다.

"보건실에 있는 아이는 초등학교 사 학년인 하즈키라는 학생인데, 이른바 '보건실 등교'를 하고 있어요."

하즈키……, 이름은 외웠다.

"이 아이에게, 무슨 일이 있나요?"

막연히 따돌림인가, 라고 생각하며 물었다.

"이 학교에서는 별다른 일은 딱히 없었어요. 하지만 이전에 다닌 본토 학교에서 여러 일이 있었다고 하네요."

"전학생……이군요."

"네. 삼월 말쯤에 이 섬으로 이사 왔어요."

"여러 일이 있었다면, 역시……."

"따돌림, 이죠."

요시미 선생은 미간을 찌푸리며 끄덕였다.

"저쪽에서도 한 번 전학을 했다네요. 하지만 새 학교에도 적응하지 못해 이 섬의 '낙도 유학 프로그램'에 참여한 아이예요."

"그렇군요……."

자신의 안식처를 찾지 못해 벽지 섬으로 도망쳐왔다……. 어쩐지 지금의 내 처지와 비슷한 것 같아 위 언저리가 조금 묵직해지고 말았다.

"솔직하고 착한 아이예요. 하지만 아직 섬에도 학교에도 적응하지 못하고 있죠. 본인과 부모님과 상담해 일단 보건실에서부터 천천히 시작해보자……고 했습니다."

"너무 무리해봤자 좋은 일은 없으니까요."

그렇게 대답하고는 속으로 마음이 망가질 뿐이라고 덧붙였다.

복도 끝에 '보건실'이라고 적힌 표지판이 보였다. 우리는 그 표지판 밑 미닫이문 앞에서 멈췄다.

"아, 그러니까, 저는 하즈키와 무슨 말을……?"

핵심을 묻는 것을 까먹고 있었다.

"뭐든 좋아요."

"뭐든요?"

"네. 가능하다면 하즈키를 웃게 해주시면 좋겠어요."

"웃게, 요……?"

솔직히, 애들을 어떻게 다뤄야 하는지 잘 모르고 굳이 말하자면 애들을 어려워하는 편이다. 아까는 우연히 겐다마가 있어서 다행이었지만……

팔짱을 끼고 고개를 기울인 내게 쇼가 속삭이듯 말했다.

"하즈키의 어머니가 리카코 씨예요."

"뭐? 민박 소라?"

"맞아요."

설마 여기서 '보살 리카코 씨'와 이어질 줄이야⋯⋯. 그 자비로운 미소와 치킨라이스 맛을 떠올렸다.

"다스쿠 씨, 벌써 리카코 씨를 만나보셨어요?"

요시미 선생이 의외라는 표정을 지었다.

"네. 어제, 민박에서 밥을 먹었습니다."

"그러셨어요? 리카코 씨의 치킨라이스, 저도 먹어봤어요."

"그거, 정말 맛있죠?"

"네. 일품이죠. 실은 지금 민박 소라의 주인 부부는 유럽으로 장기 여행을 떠나 한동안 종업원은 리카코 씨 혼자예요."

"민박을, 달랑 혼자요?"

"네. 그래서 중심인 민박은 휴업하고 식당만 운영하고 있대요."

그렇구나. 그렇다면 리카코 씨 혼자서라도 운영할 수 있겠다.

만에 하나를 위해, 하즈키에 관한 정보를 조금이라도 더 얻어야겠다 싶어 요시미 선생에게 질문했다.

"리카코 씨와 하즈키는 민박 소라에서 사나요?"

"아뇨. 둘은 민박에서 조금만 걸어가면 나오는 곳에 집을 빌려 살아요."

"하즈키 말고 '낙도 유학 프로그램'으로 온 아이는요?"

"없어요. 지금은 하즈키 혼자예요."

　사실은, 하나 더……. 하즈키의 아버지도 궁금했으나 거기까지는 물으면 안 될 것 같아 자제했다.

　순간 대화가 끊겼다.

　"그럼, 이제 들어가실까요?"

　요시미 선생이 나를 올려다봤다.

　"네."

　"잘 부탁드립니다."

　요시미 선생은 조용히 보건실 미닫이문을 열고 안으로 들어갔다.

　"하즈키, 기다렸지? 다스쿠 선생님이 오셨어."

　부드러운 목소리로 이야기하는 요시미 선생의 뒤를 따라 우리도 들어갔다.

　보건실은 생각보다 밝았다. 모든 창문이 열려 있어 싱그러운 바람이 살살 불어왔다.

　창가에는 교사용과 아이용 책상이 나란히 있었다.

　거기서 자습하고 있었는지, 한 소녀가 연필을 놓고 조심스럽게 일어났다.

　땋아서 묶은 옆머리. 깡마른 몸. 판다 모양의 토끼 캐릭터 '무지개 숲의 미미치'가 프린트된 하얀 티셔츠에 데님 치마바지. 조금 찢어진 가는 눈매와 부드러운 시선은 그야말로 리카코 씨의 눈빛을 방불케 했다.

"안녕!"

내가 미소를 지으며 먼저 인사했다.

"안녕하세요."

작은 머리를 살짝 숙이고 응하는 하즈키.

목소리도, 표정도 내가 예상한 것보다 어둡지 않았다. 얼핏 보면 따돌림 때문에 보건실로 등교하는 것처럼 보이지 않는다. 하지만 하즈키의 마음에 생긴 무수한 상처에서는 지금도 조금씩 피가 배어 나오고 있으리라.

"어서 앉으세요."

요시미 선생님이 권해 둥근 의자에 앉았다. 쇼는 내 뒤 침대 끝에 앉았고 요시미 선생과 하즈키는 각자 의자를 내 쪽으로 돌려 앉았다.

하즈키는 두 손을 무릎 위에 놓고 얼마간의 경계심을 담은 눈을 살짝 치켜떠 나를 봤다. 정면으로 바라보면 바로 시선을 피했다.

되도록 입가가 내려가지 않도록 조심, 또 조심하면서 가볍게 자기소개를 했다. 그리고 우선, 하즈키와의 공통 화제를 찾기로 했다.

"저기, 하즈키."

"……"

하즈키는 말없이 나를 올려다봤다.

"이 섬에 올 때 탄 페리, 엄청나게 흔들리지 않았어?"

"흔들렸어요……"

"그렇지! 너무 하지 않았어? 나, 배가 가라앉을 것 같아 가슴이 두근두근했어."

애매하게 웃으며 고개를 갸웃하는 하즈키에게 미소를 건네면서 말을 이었다.

"너무 흔들려서 뱃멀미가 생겨 이등 선실에서 완전히 쓰러졌어. 그러고 있는데 갑자기 금발의 모델 같은 여자가 말을 걸더니 내게서 게임기를 빌려갔어."

"게임?"

"응. 모르는 사람이 갑자기 게임기를 빌려달라더라. 이상하지 않아?"

"응⋯⋯."

"하즈키도 게임 해?"

"그리 잘하지는 못해요."

하긴, 하는구나.

그렇다면⋯⋯. 게임과 루이루이 씨를 소재로 삼아 배 위에서 일어난 이런저런 웃긴 이야기를 했다. 그러자 하즈키의 뺨이 조금 전부터 훨씬 풀어진 것처럼 보였다.

조금 더 하즈키와 공통되는 화제를 떠들었다.

일테면 외지에서 이 섬에 온 사람만이 알 수 있는 놀라운 사실들, 이 섬의 불가사의한 관습인 '교수'에 대해서나 산에 오르면 풍이가 성가시게 구는 것(물론 입에 들어가 당황한 것도), 나아가 별이 가득한 하늘이 마치 플라네타륨 같아서 감동한 것까지 떠들었다.

하즈키도 알고 있는지, 조심하면서도 키득키득 웃기도 하고 몇 번은 응응, 하며 고개를 끄덕여주었다.

뭐야? 그냥 귀엽고, 착한 애잖아?

이런 애가 학교에서 따돌림을 당해 전학을 되풀이했다고……?

하즈키의 뺨에 생긴 조그만 보조개를 바라보면서 이 세상의 부조리에 한껏 우울해졌다.

열어놓은 창문에서 부드러운 바람이 확 들어와 커튼이 꿈처럼 흔들렸다.

하즈키의 앞머리가 살랑살랑 흔들렸다.

"게임 말고 다른 취미 없어?"

이제 슬슬 내 이야기가 아니라 하즈키의 말을 끌어내야 했다.

"취미……?"

"응. 뭐든 좋아."

"만화 읽는 거?"

"오! 좋네. 나도 만화 아주 좋아해. 뭐 읽었어?"

"요즘은……"

하즈키의 입에서 나온 제목을 듣고 마침 아는 만화라 거기서 대화를 해나갔다.

점차 하즈키라는 소녀의 윤곽이 조금씩 보이기 시작했다.

운동은 그리 좋아하지 않으나 혼자 하는 철봉이나 줄넘기는 의외로 잘함. 표고버섯과 피망을 싫어함. 과일은 아주 좋아함. 만화 캐릭터를 직접 그리는 것을 좋아함. 아침에는 머리가 멍해 좀처럼 일어나기가 어려워 아침은 조금밖에 안 먹음. 하지만 엄마를 도와 음식을 함께 만드는 것은 좋음. 남동생이나 여동생이 있었으면 좋겠음. 이 학교 선생님들은 다정해서 좋음.

대화 도중 몇 번이나 리카코 씨를 떠올렸으나 굳이 하즈키에게는 말하지 않고 대화를 이어나갔다.

"하즈키, 장래 꿈이 뭐야?"

"음……."

살짝 고개를 기울이며 생각에 잠긴 하즈키에게 요시미 선생이 구원의 손길을 내밀었다.

"의사 선생님이 되고 싶다며?"

그러자 하즈키는 조금은 쑥스러운 듯이 "응……" 하며 고개를 끄덕였다.

"훌륭하네. 의사 선생님."

"하지만……."

"왜?"

"머리가 좋아야 해서……."

하즈키는 예쁜 눈썹을 팔자로 늘어뜨리며 조용히 말했다. 공부에 그다지 자신이 없을 수도 있고, 무엇보다 따돌림으로 학교 수업을 제대로 받지 못했을 수도 있다.

"그건 괜찮을 거야. 하즈키는 아직 사 학년이잖아. 공부할 시간은 앞으로도 많아."

"……."

하즈키는 입을 다문 채 애매하게 끄덕였다.

조금 더 동기부여가 될 만한 이야기를 해볼까 싶어 더 캐묻는 질문을 던졌다.

"그런데 왜 의사 선생님이 되고 싶어?"

그 순간, 하즈키의 눈에 그늘이 드리워지는 듯했다.

일 초, 이 초……, 침묵의 시간이 흐른 뒤 하즈키의 입술이 살짝 움직였다.

"죽어서."

"어……?"

"아빠가, 병으로……."

지뢰를 밟고 만 것이다.

애써 이만큼 마음을 열게 했는데.

조금만 더 생각했어도 그럴 가능성은 예상할 수 있지 않았나?

경솔한 자신에게 혀를 차주고 싶었다.

"그랬구나……. 미안해……."

당황한 나를 보고 요시미 선생이 수습하러 나섰다.

"하즈키는 병으로 힘든 사람을 돕고 싶구나?"

잠자코 애매하게 고개를 끄덕이는 하즈키.

그런데 지금까지 침묵을 지키고 있던 쇼가 자신을 가리키면서 입을 열었다.

"저……, 실은 오빠도 어머니를 병으로 잃었어."

"어……?"

하즈키가 힐끗 눈을 떠서 쇼를 올려다봤다.

쇼는 내가 봐도 깜짝 놀랄 만큼 아름답고 다정한 미소를 지은 채 부드러운 목소리로 이야기를 이어나갔다.

"하즈키는 말이야, 환자와 그 가족의 마음을 잘 알 테니까 틀림없이 최고의 의사 선생님이 될 거야."

이야기를 끝낸 쇼가 더 다정하고 가늘게 눈을 떠 흐뭇한 표정을 짓자 하즈키는 쑥스러운 듯 몸을 꼬기 시작했다.

꽃미남, 비겁해……!

속으로 질투하고 있는데 어디선가 전자음이 울렸다.

쇼의 스마트폰이었다.

"아! 잠깐 실례할게요. 전화가 와서요."

쇼는 서둘러 스마트폰을 귀에 대면서 복도로 나갔다. 그리고 그와 동시에 요시미 선생도 의자에서 일어났다.

"죄송해요. 저는 잠시 화장실에……."

내게 가볍게 인사하고 요시미 선생까지 재빨리 복도로 나가버렸다.

환한 보건실에 나와 하즈키만 남았다.

쏟아지는 침묵.

이거 참 곤란하게 됐네. 지뢰를 밟아버렸는데 겐다마 없이 도대체 뭘 할 수 있다는 말인가……?

그때 문득 떠올랐다.

특기가 하나 더 있다는 사실이.

"저기 있잖아, 하즈키."

마치 연기라도 하듯 조그맣게 말했다.

"네……."

"지금부터 내가 하는 말, 절대 비밀로 했으면 좋겠는데."

"네?"

하즈키는 조금 의아한 표정으로 고개를 기울였다.

"실은 말이야, 나……"

"……."

"초능력자야."

하즈키는 웃어야 하나, 의심해야 하나, 망설이는 듯했다. 살짝 미간을 찌푸린 복잡한 표정으로 침묵을 지키고 있다.

"알아. 다들 거짓말이라고 생각하지. 하지만 지금부터 믿게 해줄게."

그렇게 말하고 하즈키에게 씩 웃어 보였다.

"저 지우개 좀 빌려줄래?"

하즈키는 시키는 대로 책상 위의 쓰던 지우개를 내게 내밀었다.

그것을 오른손으로 받고 그대로 쥐었다.

이어서 왼손도 주먹을 쥐고 두 주먹을 나란히 놓고 보여주었다.

"지금, 지우개는 어느 쪽 손에 있지?"

"어? 이쪽……."

하즈키가 내 오른손을 가리켰다.

"그렇지. 그럼 내 오른손이 절대 펼쳐지지 않도록 두 손으로 감싸 봐."

하즈키의 작은 손이 내 오른손을 감싼다.

"자, 간다."

"후~."

일부러 숨을 내쉬며 집중력을 높이는 척했다.

"자, 오케이! 하즈키, 손을 떼봐."

하즈키의 두 손이 내 오른손에서 떨어졌다.

오른손을 쫙 펼쳐 손바닥을 하즈키에게 보여줬다.

"앗!"

숨을 삼킨 하즈키의 얼굴.

내 오른손에 있어야 할 지우개가 사라지고 없다.

"어떻게……?"

"초능력이야. 하지만 더 굉장한 것을 보여줄게. 하즈키, 내 왼쪽 주먹을 손가락으로 콩콩 두드려봐."

하즈키는 내 지시대로 꼭 쥐고 있는 내 왼손 주먹을 손가락으로 가볍게 두드렸다.

"자!"

왼손을 펼치자 아무것도 없어야 할 손바닥에 백 엔짜리 동전이 놓여 있다.

"뭐야……!"

"지우개를 없앴으니까 돈으로 돌려줄까 해서."

"어? 어?"

하즈키가 백 엔짜리 동전에서 시선을 떼지 못하고 있을 때 완전히 쐐기를 박기로 했다.

"어, 천장에서 뭐가 떨어진다!"

말하자마자 위에서 떨어진(사실은 몰래 내가 던진) 지우개를 오른손으로 잡았다.

하즈키는 쩍 벌어진 입을 두 손으로 막고 천장과 나를 번갈아 봤다.

"이 초능력은 선생님에게는 비밀이야. 자, 이거."

빌린 지우개를 하즈키에게 돌려주면서 농담처럼 말했다. 그러자 하즈키의 뺨에 오늘 가장 깊은 보조개가 생겼다.

"마술이죠?"

"아니야. 초능력이라니까."

"그럼 다른 것도 할 수 있어요?"

"당연하지. 그럼 이번에는 투시해볼까?"

"투시?"

"응. 잠깐, 집중해야 해······."

두 손을 하즈키 쪽으로 내밀면서 미간을 찡그리고 눈을 가늘게 떴다. 그리고 어떤 생각을 읽는 척하며 떠들기 시작했다.

"하즈키는 말이야······, 음, 다른 사람을 잘 관찰하고 배려하는 타입의 성격이구나. 그런 하즈키를 키운 어머니는······, 다정한 눈을 가졌고······, 화려한 옷은 좋아하지 않는 사람인 것 같아. 왠지 방과 이불이 잔뜩 있는, 커다란 집에 있는 게 보이네."

따돌림으로 전학을 반복해왔다. 그러니 하즈키는 다른 이를 자세히 관찰하고 배려하는 타입일 게 뻔했다. 어머니는 물론 민박 소라에서 본 리카코 씨를 본 그대로 이야기했을 뿐이다.

"와, 말도 안 돼······, 다 맞았어!"

눈을 부릅뜨고 그대로 굳어버린 하즈키가 너무 귀여워, 덧붙였다.

"어머니는 하즈키에게 참 다정하네. 하즈키를 아주 좋아하나 봐. 손끝이 야무지고 빈틈이 없는 성격의 사람이지?"

애써 딸을 위해 낙도까지 이사를 온 어머니다. 당연히 다정할 것이고 딸을 좋아하는 것도 당연하다. 게다가 하즈키의 머리를 땋은 솜씨를 보면 손끝이 야무지고 빈틈이 없는 성격임을 알 수 있다. 간단한 프로파일링이다.

"와……, 굉장해요! 아저씨, 엄마가 보여요?"

아저씨…….

아까 쇼는 자신을 가리키며 '오빠'라고 했는데 하즈키에게 나는 '아저씨'구나…….

조금 낙담했으나 그래도 여기서는 참아야 한다.

"살짝 비치는 정도지만 보이기는 해."

"그럼, 엄마의 머리 모양은?"

"머리 모양은 말이지……."

다시 눈을 가늘게 뜨고 집중하는 척한다.

"길이는, 이 정도야. 어깨에 닿을까 말까. 색깔은…… 예쁜 검은 머리카락이 보여. 더 말하자면 몸집은 아주 작고 말랐어."

"맞아…… 전부."

"그렇지?"

하즈키는 완전히 몸을 앞으로 내밀고 있다.

"투시 말고 뭐가 돼요?"

"아, 나를 아직 의심하니?"

"그런 건 아니지만."

이제는 완전히 아이처럼 눈동자를 빛내고 있다. 여기서 완전히 쐐기를 박아야 한다.

"알았어. 그러면 특별히 한 가지 더. 요시미 선생님과 쇼가 돌아오기 전에 빨리 보여줄게."

요시미 선생의 책상 위로 손을 뻗어 일 미터쯤 잘린 붕대를 들었다.

"잘 봐. 이 붕대를 내 목에 휙휙 감고……, 자, 그럼 양쪽 끝인 여기와 여기를 들고 있어."

자신의 목에 감긴 붕대의 양쪽 끝을 하즈키에게 쥐게 했다.

"자, 이제 잡은 붕대 양쪽을 힘껏 좌우로 당겨."

"네?"

하즈키는 눈썹을 올리며 할 말을 잃었다. 그 반응도 이미 예상했다. 붕대 끝을 잡아당기면 내 목이 졸리니까.

"괜찮아. 힘껏 잡아당겨도 목에서 쓱 풀릴 테니까."

"……."

"진짜라니까. 어서, 선생님과 쇼가 돌아오기 전에 얼른!"

"하지만……."

하즈키는 얼굴을 찡그리고 고개를 저었다.

"절대 아무 일도 일어나지 않아. 나를 믿어. 그럼 간다! 힘껏, 단번에 당겨."

재촉하듯 말하고 카운트다운을 시작했다.

"셋, 둘, 하나, 시작!"

하즈키가 붕대 끝을 힘껏 당겼다.

목을 감고 있는 붕대가 스르르 풀리며 하즈키의 손에 남았다.

"……."

하즈키는 쭉 펴진 붕대를 든 채 완전히 얼어붙었다.

"오랜만이라 조금 아팠네."

두 손으로 목을 누르면서 말했다.

"하지만 정말 풀렸지?"

하즈키는 숨 쉬는 것도 잊은 채 두 번 연속 고개를 끄덕였다.

이런 초보적인 마술에 이렇게 놀라다니…….

"위험한 사람으로 생각하면 곤란하니까 선생님에게는 비밀이야."

내가 못을 박고 있는데 덜커덩 미닫이문 열리는 소리가 났다. 요시미 선생과 쇼가 돌아왔다.

씩 웃으며 눈짓을 보내는 내게 하즈키는 보조개를 보이며 끄덕였다.

쇼가 운전하는 차가 고오니가시마 초·중학교 정문을 나섰다.

뒤를 돌아보니 직원 현관 앞에 교장과 요시미 선생이 서서 손을 흔들고 있다. 나도 옆 창문을 열고 손을 흔들었다.

"섬 학교, 어떠셨어요?"

핸들을 왼쪽으로 돌리면서 쇼가 말했다.

교장과 요시미 선생이 시야에서 사라졌다.

"어쩐지, 오히려 내가 힘을 얻어가는 것 같아."

차가 천천히 마을 쪽으로 달리며 학교에서 멀어졌다.

"그거 다행이네요."

"응."

"솔직히 다스쿠 씨의 겐다마 실력에 놀라기는 했는데, 그보다……."

"그보다?"

"전화하는 동안 하즈키의 마음을 연 게 더 대단했어요."

내가 마술을 보여줬다는 것을 쇼와 요시미 선생에게는 말하지 않았다.

"그런가? 나는 오히려 미남의 위대함을 실감했는데."

"네?"

쇼는 운전하면서 내 쪽을 힐끗 바라보곤 무슨 말이냐고 묻는 듯한 표정을 지었다. 그 얼굴이 또 너무 잘생겨서 더는 말하고 싶지도 않아 한동안 입을 다물었다.

그러자 쇼가 다시 입을 열었다.

"하즈키와 이야기하는 다스쿠 씨를 보면서 정말 좋구나, 하는 생각이 들었어요."

"무슨 소리야?"

"뭐랄까요, 평소와는 다르다고 해야 하나, 아주 정중하면서도 다정했다고 해야 하나."

"그래? 나는 잘 모르겠는데."

"아이에게는 늘 그렇게 대하세요?"

"아니. 애당초 아이와 접할 기회가 전혀 없었어."

솔직하게 대답했다. 하지만 듣고 보니 정말 하즈키를 대하는 내 태도가 평소의 자신과는 달랐던 것도 같다. 지켜주고 싶고 웃게 만들고 싶은……, 그런 불가사의한 마음이 들었다. 어쩌면 그런 마음을 '부성'이라고 하는 걸까?

하즈키의 불안해하는 모습이 뇌리에 떠올랐다.

살짝 어깨를 움츠리며 조심스레 나를 올려다보는 눈동자.

"하즈키, 착하지?"

"맞아요. 틀림없이 섬 아이들과는 잘 어울릴 거예요."

"응. 그럴 거야."

진심으로 그렇게 되기를 바라면서 열린 조수석 창문으로 밖을 봤다. 불어오는 맑은 바람을 폐 깊숙이 들이마시곤 "후" 내뱉는다.

자신의 안식처를 찾지 못해 이 섬으로 도망쳐온 소녀…….

역시 하즈키 안에서 나 자신의 모습을 봤을지 모른다. 새삼스레 그런 생각이 들었다.

차는 이미 마을로 들어서서 좁은 골목을 달린다. 이따금 길가를 걷는 사람도 있다. 그 대다수는 어디선가 본 사람이다. 아직 섬에 온 지 사흘밖에 안 됐는데 거의 '어디선가 본 얼굴'이다.

정말 작은 섬이구나. 정말 안쓰러울 정도로…….

속으로 중얼거리는데 쇼가 "그런데"라고 입을 열었다.

"응?"

"이제 곧 점심시간인데요."

"아, 진짜네."

손목시계를 보며 대답했다.

"다스쿠 씨, 아직 요시다야에 가보신 적 없죠?"

"응."

"그럼 요시다야에 반찬이라도 사러 갈까요?"

"좋지."

"그럼 바로 갈게요."

우리를 태운 차는 섬에서 유일한 '상점'을 향해 느릿느릿 달려갔다.

"쇼."

"네?"

요시다야에 도착하기 전에 궁금한 것을 물어보기로 했다.

"뭐랄까……, 괜찮겠어?"

"네? 뭘요?"

"아니, 그게, 내가 이런 말을 하는 것은 괜한 참견일지 모르겠지만……, 쇼는 그러니까 서군이지 않나?"

"……."

쇼는 핸들을 쥔 채 힐끔 이쪽을 봤으나 아무 말 없이 다시 앞을 봤다. 내가 말을 이어갔다.

"이제까지 쇼가 안내해준 곳들은 동군이 많더라. 지금 가는 요시다야의 아주머니도 동군이지?"

"뭐, 그렇죠."

"서군인 쇼가 가면 안 싫어해?"

본인이 깜짝 놀랄 정도로 솔직하게 물었다.

"일단, 그건 괜찮습니다. 이 섬에 상점은 하나밖에 없어서 서군 사람들도 늘 물건을 사러 가니까요. 거꾸로 동군 사람도 기름을 넣으려고 다이키 씨의 가게에 와요."

"아아, 그래?"

"이 섬은 술집 외에는 '섬에서 유일'한 가게나 서비스들뿐이에요. 그래서 동쪽이나 서쪽 사람 다 그냥 어울려 지내요. 그러지 않으면 어느 쪽이든 생활이 되질 않아요."

"그렇구나. 확실히 그렇겠다."

"그런데 상대가 앞에서 사라지면 갑자기 험담하기 시작하는데, 그게 좀……."

싫구나.

차분하고 평화주의자인 쇼는.

차는 곧 요시다야 앞에 섰고 우리는 차에서 내렸다.

강가 도로에 면한 가게 앞에서 강 아래쪽을 보면 살짝 바다가 보인다.

처마 밑에는 색 바랜 자동판매기와 코카콜라 벤치가 놓여 있다. 그런데 이 벤치에 몸집이 작고 귀여운 할머니가 오도카니 앉아 있었다. 청량한 바람이 부는 가운데 혼자 앉아 바다 쪽을 멀거니 바라보고 있다.

"오토메 할머니, 안녕하세요!"

쇼는 할머니에게 가볍게 인사하고 벤치 앞을 지나쳤다. 나도 인사하고 뒤를 따랐다. 오토메 할머니는 안 그래도 가는 눈을 실금처럼 더 가늘게 뜨고 "안녕. 당신도 안녕!"이라고 순서대로 대답해주었다.

실외가 너무 밝아서인지 가게 안으로 들어가자 아주 어두컴컴했다. 쇼와 시대의 잡화점을 떠올리게 하는 레트로 감성이라 어쩐지 먼지 냄새가 나는 듯도 하다. 처음 온 가게인데 왠지 정겨운 느낌이 들었다.

계산대 안쪽으로 보이는 다다미 거실에서 중년 여성이 나타났다. 얼핏 보면 매우 단정한 이목구비인데 자세히 보면 입이 좀 튀어나와 수다를 무척 좋아할 것 같다. 쇼에 따르면 실제로 요시다 데루코 씨는 섬 최고의 수다쟁이로 온갖 소문을 좋아한단다. 동군은 물론 서군 정보까지 늘 죄다 꿰고 있다고 했다.

"데루코 씨, 안녕하세요."

서군인 쇼가 동군인 데루코 씨에게 자연스럽게 인사했다.

"어서 와."

데루코 씨는 쇼를 향해 미소를 짓고는 내게로 시선을 옮겼다.

"어머! 당신, 그 유명한 다스쿠 씨죠?"

"아, 네……."

"정말, 어디선가 만난 것 같은 느낌이 드는 얼굴이네."

이 가게에 온 사람들이 그렇게 말했으리라.

데루코 씨는 호기심을 숨기지 않고 내게 다가와 머리끝부터 발끝까지 샅샅이 훑어봤다……고 해야 할까. 소문으로 들은 그대로인지 꼼꼼히 따지는 느낌이었다.

"데루코 씨, 다스쿠 씨는, 이 섬의……."

쇼가 나를 소개하려 했는데 그 말을 완전히 차단하고 데루코 씨가 빠르게 떠들기 시작했다.

"알아. 활성화 아이디어를 내려고 왔지? 쇼가 여기저기 안내했고 농가를 돕기도 했고 쓰바키히메도 만났고."

"아, 네, 그랬어요."

"고테쓰 씨 가게에는 갔는데 모자모자 씨 가게는 안 갔고."

데루코 씨는 그렇게 말하고 나를 봤다. 비난한다기보다는 소문의 내용을 확인하려는 표정이다.

"아직 모자모자 씨에게는 못 갔는데……. 곧 가려 합니다."

"그렇지! 굳이 여기까지 왔으니 양쪽 다 봐야겠지?"

이번에는 쇼를 보고 말했다.

"아하……. 그, 그렇죠."

데루코 씨의 기운에 눌린 쇼는 그야말로 어쩔 줄 몰라 했다.

데루코 씨는 다시 나를 보고 온갖 질문을 쏟아붓기 시작했다. 내 출생을 비롯해 취미, 부모님 직업, 학력, 회사에서의 직위까지 정말 온갖 질문을 해댔다.

최대한 싹싹하게 대답했으나 애인이 있느냐, 이상형까지 나오자 그야말로 지긋지긋했다. 쇼가 그런 질문 지옥에서 나를 구해줬다. 잠깐 대화가 끊긴 틈을 타 구원의 손길을 내민 것이다.

"다스쿠 씨, 이제 뭘 좀 사서 바깥 벤치에서 먹을까요? 배고파요."

"아, 응. 그러자."

데루코 씨는 아직도 물을 게 더 있다는 표정을 지었다. 그래도 분위기를 파악했는지, 떨떠름하게 계산대 쪽으로 물러났다.

계산대에서 등을 돌린 쇼는 나와 눈을 맞추고 아이고, 라고 말하는 듯 씁쓸하게 웃었다. 그리고 주먹밥과 반찬 팩을 들고 다시 계산대로 향했다.

그때 계산대 안쪽 거실에서 젊은 여성의 목소리가 들렸다.

"엄마, 전화!"

"아, 그래. 나나. 대신 계산 좀 해라."

데루코 씨는 샌들을 벗고 거실로 올라가고 대신 나나라고 불린 아가씨가 나와 계산대 앞에 섰다. 데루코 씨의 딸인 만큼 이목구비가 단정한 미인이었으나 머리 모양이 좀 촌스러운 탓인지 왠지 쇼와 시대의 분위기가 났다. 이 가게 분위기와 어울린다고도 할 수 있겠다⋯⋯. 나이는 스무 살 정도일까.

쇼는 "안녕"이라고만 말하고 계산대 옆에 주먹밥과 반찬을 놓았다. 늘 예의 바른 쇼가 인사도 제대로 하지 않으니 이상했다.

"다스쿠 씨."

쇼가 나를 돌아봤다.

"응?"

"소개할게요. 데루코 씨의 딸인 나나예요."

"안녕하세요. 고지마 다스쿠입니다."

이외의 자기소개는 필요하지 않으리라. 무엇보다 데루코 씨의 딸 아닌가. 나에 대해 이미 모든 것을 알고 있을 것이다.

"요시다 나나라고 해요. 엄마가 너무 성가시게 했죠? 죄송해요."

뜻밖에 나나는 차분하게 말하며 가볍게 고개를 숙였다.

"아, 아닙니다. 전혀……."

아무래도 딸은 성격이 아주 다른 듯하다.

나나는 쇼의 주먹밥과 반찬을 들고 계산하기 시작했다.

그리고 둘이 돈을 주고받는 찰나…….

나나와 쇼가 슬쩍 눈짓을 주고받는 듯 보였다.

어? 하며 둘을 번갈아 봤는데 이미 점원과 고객 사이로 돌아와 있었다.

아! 내 착각이었나……?

괜스레 찜찜한 마음으로 나도 나나에게서 잔돈을 받았다. 물론 내게 눈짓 같은 것은 없었다.

우리는 음식을 들고 밖으로 나왔다.

코카콜라 벤치를 보니, 오토메 할머니가 바다를 내려다보면서 주먹밥을 오물거리고 있다.

"어쩌지?"

조그맣게 쇼에게 물었다. 코카콜라 벤치는 하나밖에 없다.

"이것도 인연인데 같이 먹죠?"

당연하다는 듯 쇼는 오토메 할머니에게 "안녕하세요?"라고 말을 건네며 오른편에 앉았다.

오토메 할머니는 얼굴에 주름을 잔뜩 만들며 흐뭇하게 웃었다.

나도 "실례하겠습니다"라고 말하며 비어 있는 왼편에 앉았다.

"어머나!"

두 손으로 주먹밥을 쥔 오토메 할머니가 좌우에 앉은 나와 쇼를 번갈아 보면서 목을 움츠리며 미소 지었다. 그런 행동이 너무 귀여운 할머니였다.

"미안, 한가운데 앉았네. 바꿔줄게."

일어나려는 오토메 할머니를 쇼가 말렸다.

"아! 이대로도 괜찮아요. 그렇죠, 다스쿠 씨?"

"응. 물론이지."

"고마워라. 그럼 두 손에 꽃을 쥔 기분으로 주먹밥을 먹을게."

오토메 할머니는 환하게 웃으며 다시 나와 쇼를 번갈아 봤다.

그때 문득 이 년 전에 돌아가신 친할머니의 얼굴이 뇌리를 스쳤다. 오토메 할머니와는 얼굴도 몸집도 전혀 닮지 않았는데 편안한 '존재감'이 비슷했다.

생전의 할머니는 첫 손주인 나를 무척 귀여워하셨다. 그래서 나는 이른바 '할머니 껌딱지'였다.

어디를 가든 존재감이 적고 무슨 일을 해도 '간신히 평균'인 나를

199

보고 부모님은 종종 한숨을 쉬었으나 할머니만은 달랐다.

"다스쿠는 그냥 딱 보통이야. 그만큼 제일 편안하고 행복하지."

그렇게 말하며 아이인 내 머리를 톡톡 두드리던 다정한 손길은 지금도 잊지 못한다.

한편, 세상의 눈을 신경 쓰는 어머니의 생각은 전혀 달랐다.

"할머니가 너무 편애하니까 네가 전혀 노력을 안 하는 거야."

초등학교 육 학년, 대놓고 그런 말을 들었을 때 아팠던 마음은 지금도 잊히지 않는다. 자신의 한심함과 할머니에 대한 죄책감이 가슴 얕은 곳에 문신처럼 새겨진 순간이었다.

오토메 할머니는 두 손으로 주먹밥을 쥐고 조금씩, 조금씩, 예쁘게 먹었다.

바다 쪽에서 청량한 바람이 불어왔다.

우리 셋은 코카콜라 벤치에서 어깨를 맞대고 소곤소곤 대화를 나누면서 평화롭게 점심을 먹었다.

오토메 할머니는 현재 여든다섯 살로, 아주 오래전에 남편을 잃었다. 아들이 둘 있는데 각각 시치조시마와 나고야에 살고 있고, 지금 할머니는 연금으로 혼자 살고 있다. 날씨가 좋은 날에는 늘 이 벤치에 앉아 바다를 바라보면서 졸졸 흐르는 강물 소리와 재잘대는 새소리를 듣고 바람을 느끼며 가게에 들른 사람들과 대화한다. 그것이 오토메 할머니의 소중한 일과이자, 인생의 낙일 것이다.

섬사람들은 그런 오토메 할머니를 위해 이따금 일용품을 사다 주기도 한단다. 지금 먹고 있는 주먹밥도 조금 전에 온 이웃 주부가 가지고 온 거란다.

오토메 할머니는 이른바 '사랑받는 캐릭터'인 셈이다. 항상 생글생글 웃는 얼굴에 온화한 말투로 뭔가를 받으면 너무나 귀엽게 "고마워"라고 말하니 그 귀여움에 섬사람들의 마음이 완전히 녹아버리는 것이다.

얼마 후 오토메 할머니가 벤치에서 일어났다.

"아아, 오늘도 즐거웠네. 정말 고마워. 나, 이제 집에 가서 드라마 볼 거야. 막장 연애 드라마야. 호호호."

오토메 할머니는 짓궂게 웃고는 "그럼, 안녕"이라고 말하고 천천히 강변길을 내려갔다. 두 손을 허리 뒤로 돌려 깍지를 끼고 펭귄처럼 상반신을 좌우로 흔들면서.

"정말 귀여운 할머님이네."

"네. 섬사람들이 다 좋아하죠."

둘이서 오토메 할머니의 뒷모습을 바라보고 있는데 가게 유리문이 열리고 나나가 나왔다.

"아이스커피를 탔어요. 괜찮으시면 드세요."

우리는 고맙다고 하고 얼음이 든 컵을 받았다.

나나는 "천천히 드세요"라고 말하며 미소 짓고 바로 가게 안으로

201

돌아갔다.

우유를 듬뿍 넣은 인스턴트커피였다. 하지만 이 섬에 부는 초여름 바람과 햇살을 받으면서 마시는 커피는 소박하나 아주 맛있었다.

"나나 씨가 이 가게를 물려받나?"

별생각 없이 물었다. 그런데 쇼는 왠지 먼바다를 바라보며 툭 내뱉었다.

"글쎄요."

어……?

대답하는 음성이 평소보다 어둡게 들렸다.

쇼의 옆얼굴을 가만히 바라봤다.

"이 섬에는 상점이 여기밖에 없어요. 어떤 면에서 생명줄 같은 곳이죠."

"음……."

"그래서 절대 문을 닫을 수 없대요……. 아저씨가 돌아가신 후로 데루코 씨가 애써 이어가는 것도 그래서죠."

"그랬구나."

"그래서……."

쇼는 거기까지만 말했으나 대강 짐작이 갔다. 나나의 미래는 이대로 섬의 생명줄이 되는 것이리라.

아이스커피를 다 마시고 쇼가 바라보는 바다를 함께 내려다봤다.

"잘 먹었어. 맛있네."

내가 말하자 쇼도 "잘 먹었습니다"라고 말하곤 "후!" 기분 전환하듯 숨을 내쉬었다.

"다음은 어디로 가?"

"아! 일단 차에 기름이 떨어져서 다이키 씨 주유소에 들러야 해요."

쇼의 말투가 조금 가벼워졌다.

우리는 텅 빈 반찬 그릇과 물방울이 맺힌 잔을 들고 벤치에서 일어났다.

다이키 씨가 경영하는 조그만 주유소에 도착하자, 쇼가 기름을 넣기 시작했다. 늘 여기서 일하는 만큼 척척 일을 처리하는 모습이 아주 프로답고 멋있었다.

조수석의 나도 차에서 내려 쭉 기지개를 켰다.

우리를 발견한 다이키 씨가 사무실에서 나왔다. 낡은 작업복 주머니에 두 손을 찔러 넣고 천천히 걸어온다.

"다스쿠, 왜 그래? 완전히 탔네. 얼굴이 새빨개."

입을 열자마자 그렇게 말하고 씩 웃는다.

"네. 오월의 섬 자외선을 얕봤네요."

"나 참. 도시 사람은 피부가 너무 약하다니까."

안됐다는 표정을 짓고 다이키 씨는 "잠깐만"이라고 한 후 일단 사무실 안으로 들어갔다…… 싶었는데 바로 밀짚모자를 들고 돌아왔다.

"자, 이거 써."

훅, 거칠게 머리에 얹어놓는다.

"아……."

앞이 보이지 않게 되어 모자를 바로 쓰고 다이키 씨를 봤다.

"그렇게 걱정스러운 표정 하지 마. 새것이야."

듬직한 형님 같은 눈빛으로 다이키 씨가 나를 내려다봤다.

"아, 이거."

"줄게."

"그래도 돼요?"

"응."

"너무 죄송해요. 잘 쓸게요."

고맙다는 말을 끝까지 듣지 않고 다이키 씨가 떠들기 시작했다.

"이제 거의 섬을 다 둘러봤나?"

"아, 네. 아마도."

대답하면서 기름을 넣는 쇼를 봤다. 쇼는 급유 패널을 계속 조작해 탱크를 가득 채우면서 말했다.

"앞으로 수협과 소주 양조장에 가고 다음은 세이야 씨를 소개할까 합니다."

"세이야? 다스쿠를 그 마니아와 만나게 할 생각인가?"

"앞으로 다스쿠 씨가 업무를 추진하는 데 IT 관련 문제가 생길 때를 대비해서요."

"세이야가 있으면 해결된다는 소리야?"

"네."

"그렇군. 어쨌든 그 녀석도 우리 쪽이니까."

서군, 이라는 의미로 다이키 씨는 '우리 쪽'이라고 말한 듯한데 쇼는 대답하지 않고 급유구를 바라보면서 슬쩍 애매하게 웃기만 했다.

급유를 마친 쇼는 계산을 마친 뒤 다시 운전석에 탔다. 나도 조수석 문을 열고 안으로 들어가려는데……, 뒤에서 커다란 손이 목덜미를 확 잡았다.

나왔다. 교수다.

"부탁할게, 다스쿠."

밀짚모자를 쓴 채 목이 졸려 마구 흔들리면서도 필사적으로 고개를 끄덕이며 "아, 아!"라는 이상한 대답을 하고 말았다.

마침내 목이 해방되자 도망치듯 차에 탔다. 그리고 창문을 내리고 다이키 씨를 마주 봤다.

다이키 씨가 또 큰형님처럼 씩 웃었다.

"아, 이거, 정말 고맙습니다."

밀짚모자 챙을 잡고 말했다.

"아, 그래."

다이키 씨가 대답했다.

차 시동을 걸고 쇼가 천천히 액셀을 밟았다. 주유소를 나왔을 때 뒤를 돌아봤다. 두 손을 작업복 주머니에 꽂고 다이키 씨가 눈이 부신 듯 눈을 가늘게 뜨고 이쪽을 보고 있다.

드디어 다이키 씨가 보이지 않게 되자 "후~" 한숨을 내쉬고 몸을 돌려 앞을 봤다. 밀짚모자를 벗어 무릎에 놓았다. 커다란 챙은 차 안에서는 성가셨다.

"다스쿠 씨, 그 모자, 잘 어울려요."

쇼가 놀리는 기색 없이 말했다.

"그런가?"

촌스럽지 않을까 생각하면서 대답했는데 그래도 형님처럼 빙긋 웃는 다이키 씨의 얼굴을 떠올리자 왠지 마음이 푸근해졌다.

"섬사람처럼 보여요."

"그래?"

"네."

앞에서 길가를 걷는 노인도 색 바랜 밀짚모자를 쓰고 있다.

"밀짚모자는 어릴 때 쓰고 처음인 것 같아……."

챙을 잡고 그냥 뒤집어봤다. 그리고 나도 모르게 "어?"라는 소리를 흘렸다.

"왜 그러세요?"

"챙 안쪽에 이름이 적혀 있어."

엄청나게 굵은 유성 펜으로 커다랗게 '니시모리 연료점'이라고 적혀 있는 게 아닌가.

"이 섬에서는 다들 같은 가게에서 똑같은 물건을 사니까 서로 헷갈리지 말라고 이름을 적는 사람이 많아요."

그렇구나. 그런 거였구나. 하지만⋯⋯.

"다이키 씨 글씨, 좀 문제가 있네."

마치 초등학생이 쓴 것 같은 글씨였다.

"글씨는 본인도 무척 신경 쓰고 있어요. 그러니 다이키 씨 앞에서는 말하지 마세요."

쇼가 목소리를 낮추고 말했다.

"다이키 씨가 그런 사소한 일에 신경을 써? 의외네."

"그렇죠?"

둘이 킥킥대고 웃었다.

차는 천천히 마을 외곽을 향해 달렸다.

이윽고 경사면 앞에 코발트블루 바다가 펼쳐졌다. 열어놓은 창문으로 부드러운 바닷바람이 들어온다.

선하품이 나온다.

아침부터 이어진 편두통도, 상당히 나아진 듯하다.

다이키 씨와 헤어진 우리는 우선 젊은 어부를 방문했다. 거기서 섬의 조업에 관해 이런저런 이야기를 듣고 선망 조업이나 주낙 어업에 사용하는 도구 수선을 도왔다. 마술을 잘하는 탓인지 의외로 손끝이 야무져 여러모로 도움이 되는 것 같다. 그 증거로 헤어질 때 성대하게 교수당했다.

어부 다음으로 방문한 곳이 소주 양조장이었다.

부부 둘이 운영하는 양조장의 소주는 향이 강렬하고 탁 쏘는 맛이 있었다. 이른바 '독특한 맛이 있는 술'이다. 그런 개성이 본토의 마니아들에게 호평을 받아 최근에는 '환상적인 소주'로 잡지에 실렸을 정도라고 한다.

"이 소주를 인터넷을 통해 유명하게 만든 사람이 앞으로 소개할 구니타치 세이야 씨예요."

양조장을 떠나 세이야 씨의 집으로 향하면서 쇼가 말했다.

"아까 말한 IT에 강하다는 사람이지?"

"네. 이 섬에는 컴퓨터나 IT에 밝은 사람이 없어서 무슨 일이 있으면 늘 세이야 씨에게 부탁해요."

"그게 일이야?"

"그런 셈이죠."

"그래? 실력이 보통 아닌가 보네."

"아, 확실히 능력자일지도 모르겠어요."

쇼가 전한 바로는 사정은 이랬다.

"세이야 씨는 양조장의 규모가 작은 것을 거꾸로 이용해 수량이 적어 구하기 힘든 '환상적인 소주'라는 식으로 인터넷에 소문을 냈어요. 그랬더니 본토에서 단숨에 인기가 생겼어요."

"오호! 사람은 손에 넣기 힘들수록 가지고 싶어 하지."

"맞아요."

세이야 씨 이야기를 하면서 주택이 밀집한 골목을 벗어나 조금 넓어진 곳에 차를 세웠다.

"도착했어요. 저기가 세이야 씨의 집이에요."

쇼가 오른손으로 가리켰다.

"어? 이 담 너머가 집이야?"

"네."

낡은 담장은 살짝 초록빛으로 보였다. 전체적으로 이끼가 낀 것이다. 그 담 안으로 밝은 빨간색 함석지붕을 덮은 단층집이 있다. 그런데 지붕은 너무 커버린 정원수 가지에 덮여 집 전체가 슬그머니 그늘에 숨은 듯 보였다.

"자, 가볼까?"

차에서 내리려는데 왠지 쇼가 불러 세웠다.

"아, 잠깐만요. 죄송해요."

"응, 왜?"

209

문에 손을 댄 채 돌아봤다.

"세이야 씨는 좀 괴짜예요."

"아아, 마니아 계열이라는 거야?"

조금 전 다이키 씨가 그렇게 말한 것을 떠올렸다.

"아, 네. 확실히 그쪽 계열인데……. 나이는 스물일곱이었나? 거의 집에서 나오지 않는 사람이라 겉모습은 그런데, 하지만 나쁜 사람은 아니에요."

그렇다니? 의아해하면서도 일단 고개를 끄덕였다.

"알았어."

"아, 어쩌면 좀 무례한 태도를 보일 수도 있어요. 하지만 정말 나쁜 사람은 아니에요."

"……."

쇼가 두 번이나 연거푸 "나쁜 사람은 아니다"라고 말하니까 거꾸로 내심 불안이 스멀스멀 피어올랐다.

차에서 내려 문(이라 해도 대문은 썩어버려 없었다)을 통과했다.

그곳에는 '폐허'라고 해도 좋을 만한 낡은 목조 가옥 현관이 있었다. 건물 주위는 무성하게 자란 잡초가 빼곡하게 뒤덮고 있다.

"어쩐지, 빈집 같은데……."

자신도 모르게 중얼거리는데 쇼가 입술 앞에 검지를 대고 "쉿!"이라고 했다.

현관에는 초인종 같은 게 보이지 않았다. 어떻게 할까 싶었는데 쇼가 주먹을 쥐고 현관문을 쾅쾅 두드리며 목소리를 높였다.

"세이야 씨, 안녕하세요. 쇼예요."

이런 짓을 세 번이나 되풀이했으나 대답이 없었다.

"집에 없나?"

"아뇨, 있을 겁니다. 거의 외출하지 않는 사람이라."

쇼는 단언하며 미닫이문을 잡고 그대로 옆으로 밀었다. 딜컹거리는 소리를 내며 미닫이문이 반쯤 열렸다.

"잠겨 있지 않으니 역시 집에 있겠네요."

"응."

"세이야 씨, 쇼예요. 실례하겠습니다."

이번에는 복도 안쪽에 대고 말했다. 그리고 당연한 듯 현관 안으로 들어가 구두를 벗고 집에 들어갔다.

"어? 맘대로 들어가도 돼?"

눈을 부릅뜬 내게 꽃미남이 가볍게 끄덕였다.

"네. 대답이 없을 때는 늘 이렇게……."

정말……?

조심스레 신발을 벗고 아직은 낯선 이의 집에 들어갔다.

살짝 먼지가 내려앉은 복도는 한 걸음 내디딜 때마다 마룻바닥이 삐걱거렸다. 막다른 끝 방에서는 딸깍딸깍 건조한 소리가 들려왔다. 방문은 열려 있었다.

쇼의 뒤에서 슬쩍 방 안을 들여다보니 사무용 의자에 앉은 거구의 등이 보였다. 아무래도 컴퓨터 키보드를 두드리고 있는 듯하다.

"세이야 씨, 안녕하세요."

방 입구에 선 쇼가 남자의 등에 대고 말을 걸었다.

"응……."

혼잣말처럼 대답한 남자는 컴퓨터 화면에 이마를 붙인 것 같은 자세로 오른쪽 다리를 덜덜 떨고 있다.

이윽고 컴퓨터를 두드리는 손가락 움직임이 딱 멈췄다.

다리 떠는 것도 멈췄다.

남자는 화면을 보면서 "으흐흐"라고 의미심장하게 웃고 의자를 휙 돌려 마침내 이쪽을 봤다.

헝클어진 머리, 은색 안경테, 신경질적인 하얀 피부, 그리고 음울하고 잔인한 느낌의 미소…….

끼익.

고오니가시마 신사 경내에서 들은, 그 새 울음소리를 들은 것만 같다.

"세이야 씨, 그렇게 집중해서, 무슨 일을 하고 있었어요?"

쇼가 아주 친근하게 물었다.

"한밤중에 경시청 서버에 침입하려는 놈이 있었어. 지식도 기술도 없는 주제에, 멍청한 놈이지? 그래서 지금 내가 놈을 해킹해서 놀렸어."

세이야 씨는 다시 으흐흐 웃고 팔짱을 꼈다.

손톱 씹는 버릇이 있는지, 모든 손톱이 거칠었고 피가 나올 정도로 짧았다.

"어젯밤부터 지금까지, 계속이요?"

"그렇지."

"여전히 대단하시네요……."

세이야 씨는 의기양양하게 흥 콧방귀를 뀌고 "그런데, 저 사람은 누구야?"라고 말하면서 턱으로 나를 가리켰다.

"아, 고지마 다스쿠입니다. 광고와 이벤트 회사 사람으로……."

쇼가 나를 소개하기 시작하자 세이야 씨가 자못 귀찮다는 듯 말을 막았다.

"아아, 그 사람이라면 알아. 이 섬의 활성화를 하청한 사람이지?"

첫 대면이라 생각할 수 없는, 태도.

그렇구나. 쇼가 "나쁜 사람은 아니에요"라고 거듭 말한 이유가 이거구나. 솔직히 한숨이 나오는 것을 필사적으로 참았다.

"아, 네. 맞아요. 그런데 어떻게 세이야 씨가 그걸 알아요?"

"글쎄다. 으흐흐."

다시 음흉하게 웃은 세이야 씨는 검지로 안경을 올리고 새삼 나를 봤다.

영 내키지 않았으나 그래도 인사는 해두기로 했다.

"안녕하세요. 처음 뵙겠습니다. 고지마입니다."

그러나 세이야 씨는 내 인사를 완전히 무시하고 쇼에게 나른한 목소리로 말했다.

"그래서 내게 무슨 용건이야?"

"네. 실은 다스쿠 씨와 일을 하는 데 있어서⋯⋯."

쇼가 나와 세이야 씨를 만나게 하려는 이유에 대해 이리저리 설명하기 시작했다.

할 일이 없어져, 이 무례한 남자의 방을 휙 둘러봤다.

바닥은 발 디딜 틈이 없을 정도로 잡지, 만화, DVD, 쓰레기가 널려 있다. 두 개 있는 커다란 책장에는 영문 모를 기자재가 잔뜩 놓여 있고 창틀 위에는 고오니가시마 신사의 '현금 봉투'가 다섯 개나 붙어 있다. 게다가 그 창틀에는 십여 개에 달하는 '부적'이 매달려 있다.

신에게 뭘 비는 캐릭터로는 안 보이는데⋯⋯.

속으로 중얼거리며 시선을 옮겼다.

지금 세이야 씨가 앉은 책상 정면의 벽과 천장에는 아이돌 포스터가 붙어 있다. 핑크빛 메이드 복장을 한 소녀가 낯익다. 어여쁜 눈동자에 살짝 처진 눈을 가진 다람쥐 같은 얼굴의 아이돌.

애칭은, 유리퐁.

본명은, 틀림없이…… 후나야마 유리였을 텐데.

"혹시, 유리퐁, 좋아하세요?"

쇼의 설명이 끝남과 동시에 세이야 씨에게 물었다.

"뭐? 좋아……하는데?"

세이야 씨는 미간에 깊은 주름을 잡았다. 좋아하면 안 되냐? 그런 얼굴이다.

"실은 업무 관계로 유리퐁을 만난 적 있어요."

"아니……?"

세이야 씨의 눈에 초점이 맺혔다.

"그 사람이 막 데뷔했을 때라 무명 시절이었지만."

떠들다 보니 점점 기억이 났다. 지방의 대형 슈퍼마켓 옥상 이벤트였다. 시작 직전까지 손님이 전혀 모이지 않아 필사적으로 전단을 돌리며 돌아다녔다. 하지만 끝내 코어 팬만 모인 이벤트가 되어버려 상사와 선배로부터 엄청나게 질타를 받았다.

"업무라니, 어떤……?"

"신곡 발표와 관련된 작은 라이브 이벤트 진행이었어요."

"헉, 운영자님……."

그대로 굳어버린 세이야 씨에게 그때의 유리퐁의 이런저런 모습(요컨대 무대 뒤의 모습)을 이야기해주었다. 그러자 세이야 씨는 새하얀 손을 자기 가슴에 댄 채 심호흡했다.

"아니, 내가 이런 이야기를 듣다니, 저, 정말 기뻐요!"

세이야 씨는 갑자기 존댓말을 쓰기 시작했다.

"이벤트가 끝난 다음 유리퐁이 먼저 스태프들에게 다가와 한 사람씩 '수고하셨어요'라고 인사하고 악수까지 해줬어요. 아주 예의 바르고 성격 좋은 아가씨였죠."

"아, 아니! 악수까지……?"

세이야 씨는 숨 쉬는 것도 잊고 내 손을 가만히 바라보더니 벌떡 의자에서 일어났다. 그리고 바닥에 흩어진 물건들을 발로 차면서 이쪽으로 다가왔다.

"그, 그 손 좀 빌려주시겠습니까?"

"네?"

"악수 좀, 해주세요."

"네? 나, 나와?"

세이야 씨는 응응, 하며 고개를 크게 끄덕였다. 그리고 놀란 상태의 내 손을 두 손으로 잡았다.

쇼가 그 모습을 보고 끼어들어 말했다.

"저, 그러니까 다스쿠 씨의 일로 무슨 일이 생기면 세이야 씨, 좀 도와주세요."

"으흐, 으흐흐. 물론이지! 맡겨만 줘."

다시 음울하고 잔인한 느낌의 미소를 지은 세이야 씨는 내 손을 더 강하게 쥐며 말했다.

손을 잡힌 채 쇼를 봤다.

이거야 원! 그런 눈빛을 주고받으며 둘은 씁쓸하게 웃었다.

쇼가 운전하는 차가 마을 회관 앞으로 돌아왔다.

이날 시찰도 끝났다.

차에서 내려 문득 하늘을 올려다봤다.

조금 전까지 푸르렀던 하늘이 짙은 파인애플색으로 변해 있다.

"제가 소개하고 싶은 곳은 일단 다 돌았어요."

쇼는 말하면서 운전석 쪽에서 돌아왔다.

"그래? 왠지⋯⋯."

내가 말을 고르고 있는데 쇼가 대신 말했다.

"순식간이었죠?"

"응. 정말 그래."

파인애플색으로 빛나는 바다에서 쓱 소리도 없이 바람이 불어왔다. 사락사락 빛의 입자가 목덜미를 쓰다듬고 간다.

"이거, 다스쿠 씨에게 맡길게요."

쇼가 오른손을 이쪽으로 내밀었다. 그 손가락에는 자동차 키가 걸려 있다.

"이게 뭐야?"

"저는 내일부터 다시 일해야 해서요. 다스쿠 씨가 궁금한 곳이 있으면 이 차로 자유롭게 가보세요."

"그럼 좋지. 고마워."

키를 받았다.

"그러면 쇼는 지금부터 어떻게 돌아가?"

"그냥 걸어서 가죠."

"바래다줄까?"

"하하하. 괜찮아요. 대단한 거리도 아니고."

"그런가⋯⋯."

이로써 쇼와 보내는 시간도 끝이구나⋯⋯.

그렇게 생각하자 왠지 의아해질 정도로 적적함이 몰려왔다.

고작 사흘 동안, 함께 있었을 뿐인데.

생각해보면 유소년기부터 줄곧 '대체품' 취급을 당해왔다. 그런데 쇼를 만난 뒤로⋯⋯ 아니, 이 섬에 온 뒤로는 조금 달라진 기분이 든다. 동군, 서군을 불문하고 나름대로 몸을 움직여 '도움'을 주기만 하면 고지마 다스쿠라는 '개인'의 존재를 흔쾌히 받아들여준 사흘간이었다. 물론 내가 마을과 일하는 사람이라 그저 손님으로 대했을 뿐일지 모르지만, 그래도⋯⋯.

"무슨 일이 있으면 언제든 스마트폰으로 연락하세요. 그럼, 저는 이만!"

218

내게 등을 돌린 쇼를 불러 세웠다.

"앗, 쇼!"

"네?"

꽃미남이 고개를 갸웃했다.

"저녁밥, 같이 먹을래?"

"아, 죄송해요. 오늘 저녁은 일이 좀 있어서."

"일?"

"네."

분명히 어젯밤에도 '밤일'이 있다고 했는데.

"그래? 그럼 어쩔 수 없지. 나 오늘은 한번 모자모자에 가볼까 해."

"그러세요? 하지만 아무래도 저는, 그 가게는 좀."

서군의 쇼에게는 높은 장애물일까?

"역시 동쪽 가게는 가기 힘든가?"

"갈 수 없다는 건 아닌데 그래도……."

쇼는 눈썹을 팔자로 늘어뜨렸다.

"제가 가면 다이키 씨나 사람들이 그리 좋아하지 않을 거예요."

다이키 씨 '나'의 범주에 아버지인 촌장도 포함되리라.

"그런가? 그렇겠지."

고개를 끄덕이고 다시 쇼를 똑바로 바라봤다.

"지난 사흘간, 정말 고마웠어. 업무라고 하기에는 너무 즐거워서 미안할 정도야."

"아닙니다. 저야말로 즐거웠어요. 감사했습니다."

쇼가 그렇게 말하고 빙긋 웃다가 마침 생각났다는 듯 "앗!" 하고 입을 열었다.

"잊었네요. 모자모자라면 루이루이 씨가 있는 데죠?"

"어? 루이루이 씨가 왜?"

"대단한 일은 아닌 것 같은데요."

쇼는 그렇게 전제하고 말을 이었다.

"뭐랄까, 섬 여기저기서 문제의 불씨가 되는 듯해서."

"루이루이 씨가? 무슨 소리야?"

"그게……, 쉽게 말하자면 섬 남자들 사이에서 쟁탈전이 시작되어 분위기가 험악하다고……."

"앗, 정말?"

"어디까지나 소문이지만요."

쇼는 그렇게 말했으나 이 섬의 '소문'은 바람처럼 빠르고 상당히 정확하게 전해진다.

"괜찮을까? 루이루이 씨."

"아마 괜찮을 거예요. 하지만 혹시 루이루이 씨를 만날 기회가 있으면 그러니까……."

"남자의 오해를 살 만한 행동은 가능한 한 하지 말아라……?"

"네. 그게 좋을 것 같다고."

"알았어. 만나면 넌지시 전할게."

다만 상대가 루이루이 씨니까 내 말을 제대로 들으리라는 보장은 없다.

"그럼 저는 이만 갈게요."

쇼가 슬쩍 손목시계를 봤다. 아무래도 다음 '일'에 쫓기는 듯하다.

"응. 사흘간 정말 고마웠어."

오른손을 내밀었다.

"아뇨. 무슨 일이 있으면 언제든지 전화 주세요."

쇼는 다시 확인하듯 말하고 내 손을 가볍게 잡았다. 역시 교수보다는 악수가 좋다.

"이 섬, 잘 부탁드려요."

"응……."

끄덕이는 내 가슴속에 다시 콕 하고 바늘로 찌르는 듯한 통증이 일었다.

쇼는 잡은 손을 놓고 살짝 미소 짓더니 휙 몸을 돌려 걷기 시작했다.

저녁노을에 물든 쇼의 등이 멀어졌다.

쇼가 보이지 않을 때까지 그 뒷모습을 바라봤다.

그날 밤, 드디어 선술집 모자모자에 가보기로 했다. 동군 기지도 공평하게 봐줘야겠다고 생각했고 무엇보다 루이루이 씨 건이 마음에 걸렸기 때문이다.

마을 회관 이 층 방을 나와 이미 익숙해진 강변길을 내려와서 잇테쓰 앞에서 우회전했다. 다리를 건너면 바로 선술집 모자모자 앞이다.

붉은 등을 보면서 심호흡을 한번 했다.

가게 안에서는 밝은 웃음소리가 흘러나왔다.

미닫이문을 열고 안으로 들어갔다.

전통적인 음식점 분위기의 잇테쓰와 달리 이곳은 대중 선술집의 전형이라 할 만했다. 상당히 낡은 널빤지 벽에는 손으로 쓴 메뉴가 덕지덕지 붙어 있다. 심지어는 연예인의 사인과 니코틴으로 누렇게 뜬 알로하셔츠, 줄이 끊어진 기타 등도 장식되어 있다.

"어라, 새 손님이네, 어서 오세요!"

가게 안 카운터에서 너무나도 밝은 목소리가 터져 나왔다.

그 목소리의 주인을 보니 무릎을 치고 싶어졌다.

덥수룩한 머리의 펑키한 할아버지……, 틀림없다. 저 사람이 바로 '모자 씨'다.

야키소바 소스 같은 갈색의 긴 머리. 화려한 알로하셔츠. 대모갑테 선글라스. 어금니가 보일 정도로 환한 미소를 지은 입가에는 나이에 맞게 하얀 수염이 나 있다. 그러니까 이 덥수룩한 머리는 갈색으로 염색했다는 소리다.

"앗! 다스쿠가 왔다 ♪"

카운터 바로 앞에 서 있던 절세미녀가 쨍쨍 울리는 목소리를 내며 이쪽을 보고 손을 흔들었다.

"아, 안녕……."

임팩트가 강한 두 사람에게 기가 죽어 입구 앞에 선 채 자리를 둘러봤다. 손님은 십여 명 남짓으로 저마다 테이블 자리에서 술을 마시면서 유쾌하게 껄껄 웃고 있다. 그런데 자세히 보니 왠지 눈은 웃지 않는 것 같다.

"오호! 소문의 다스쿠가 왔군? 헤이, 다스쿠, 컴온, 컴온! 이쪽으로 와서 카운터에 앉아."

모자 씨가 시키는 대로 세 개밖에 없는 카운터 자리 한가운데에 앉았다. 좌우는 빈자리다.

"아, 처음 뵙겠습니다."

모자 씨에게 인사했다.

"하하하. 그런 딱딱한 인사는 필요 없어. 뭐 마실래? 맥주? 아니면 바로 그걸로 가버릴까?"

그게 뭔지는 물론 안다. 섬 동쪽에서만 자라는 동쪽 버섯을 담가 만든 소주다. 마시면 지금 내 뒤에 있는 손님들처럼 끊임없이 웃게 되리라.

"일단은 생맥주로 할게요."

"좋았어! 루이루이, 생맥주 하나!"

"히히히. 오케이!"

루이루이 씨는 모자 씨 못지않게 밝은 목소리를 내며 생맥주 서버 앞에 섰다. 그 모습에 그만 넋을 놓고 말았다.

아니, 그도 그럴 것이 가게에서의 루이루이 씨는 이 세상 사람이라고는 생각할 수 없을 정도로 요염했다.

쇄골이 드러난 긴 하얀 원피스는 요염했고, 어깨에는 '선녀의 날개옷'을 연상시키는 얇고 하얀 숄을 걸쳤다. 루이루이 씨가 움직일 때마다 살랑살랑 나비처럼 옷자락이 흔들렸다. 멀거니 바라보고 있자니 꿈이라도 꾸는 듯한 기분이 들었다.

문득 테이블 자리를 둘러봤다. 역시 수상쩍은 술을 마시고 웃고 있는 취객들의 눈도 생맥주를 따르는 루이루이 씨의 모습에 못 박혀 있다.

쇼가 말한 '쟁탈전' 이야기가 떠올랐다.

손님들의 눈만 웃지 않는 것은 지금도 피차 팽팽한 줄다리기를 하고 있기 때문이리라.

"자, 다스쿠, 맥주 나왔어."

선녀가 카운터에 맥주잔을 내려놓았다.

"아, 고마워요."

대답하는 내 등에 남자들의 시선이 꽂혔다. 놔두면 등에 피가 밸 것만 같다.

"어이, 루이루이 씨. 우리 테이블에 그거 좀 더 가져다줘."

"우리한테도!"

"그럼 나도!"

이 선녀를 양보하지 않겠다는 듯 남자들이 차례로 소리를 높였다.

"히히히. 잠깐만 기다려요. 순서대로 갈게요."

루이루이 씨는 그들에게 커다랗고 아름다운 눈으로 윙크를 날렸다.

"헤이! 다스쿠 보이, 건배하자!"

카운터 너머에서 모자 씨가 말을 걸어왔다. 이쪽으로 내민 손에 는 갈색 액체가 든 잔이 있다.

"아, 네."

맥주잔을 들어 모자 씨의 잔과 건배하고 마셨다.

적당히 차가운 맥주로 목을 적시고 "후" 숨을 내쉰다.

모자 씨는 잔에 든 내용물을 단숨에 다 마시고 "카! 좋구나!"라며 환하게 웃었다. 물론 선글라스를 끼고 있어서 입만 보이는 미소였 지만.

"저……, 모자 씨, 되시죠?"

"오, 그래. 잘 아네. 아니면 내가 그리 유명한가? 하하하!"

225

이 평키한 분위기를 따라가기에는 아직 술이 부족하다. 성의껏 미소를 지으면서 물었다.

"모자 씨가 지금 마신 게, 동쪽 버섯의 그거죠?"

"하하하. 유감이야. 이건 우롱차."

"네?"

"나, 이래봬도 술은 전혀 안 해. 하하하."

말도 안 돼, 술을 못한다고……? 그럼 아까 "카"는 뭐였지? 한마디 하고 싶어진다. 그런데 모자 씨는 그런 것은 전혀 개의치 않는 듯이 다른 이야기를 떠들어대기 시작했다.

"그런데 다스쿠 보이, 배 안 고파?"

"어? 아, 네."

"그러면 적당히, 이 섬의 맛있는 걸 내올까?"

모자 씨는 내 대답을 듣기도 전에 엄지를 세우고 환하게 웃었다.

"아, 그럼……, 네. 부탁드릴게요."

모자 씨가 밀어붙이는 대로 끌려가는 바람에 그 후로도 계속 가게의 분위기에 휩쓸리고 말았다.

그 뒤로도 모자 씨의 밝음과 루이루이 씨가 뿌려대는 요정 가루에 당해 마치 몽환 속에 있는 듯한 기분으로 계속 술을 들이부었다.

결국은 다른 손님들의 테이블까지 끌려가 동쪽 버섯으로 담근

'그것'을 마시기에 이르렀다.

첫 번째 잔은 딱히 변화가 없었는데 두 번째 잔을 비운 다음부터 무슨 이유에선지 식도 언저리가 팬스레 실룩거리기 시작하더니 너무 웃겼다. 게다가 웃기 시작하자 정말 유쾌한 기분이 드는 게 더 웃겼다.

그런데 웃으면서도 진심으로 취하지는 못했다.

얼굴로는 웃는 손님들이 속으로는 루이루이 씨를 놓고 서로 견제하고 으르렁거리고 있었기 때문이다.

그런 분위기 속에서도 루이루이 씨는 조금도 흔들림이 없었다. 악의 없는 요염한 아름다움을 마구 뿜어대며 손님들 사이를 살랑살랑 가볍게 오갔다.

밤이 깊어지자 드디어 취객들은 나에게도 (웃으면서) 엉키기 시작했다.

애당초 다스쿠는, 루이루이의 뭔데?

마법이나 초능력을 쓴다는 소문이 사실이야?

촌장의 소개로 섬에 왔다며, 그러면 서군이야?

그것들은 질문이라기보다 오히려 심문에 가까운 말투여서 최대한 오해가 없도록 하나씩 대답했다.

먼저 루이루이 씨와는 우연히 페리에서 만났을 뿐이고 옆집에 살아도 왕래조차 없다.

물론 마법이나 초능력 같은 것은 쓰지 못하므로 그 질문은 "설마요!"라는 말로 일축했다. 아마도 오늘 오전에 학교에서 보여준 겐다 마 '마법'과 마술 '초능력'이 소문으로 퍼진 듯한데 취한 머리로 그걸 다 해명하는 게 귀찮아 웃어넘겼다.

동군이나 서군 건에 대해서는 단순하고 분명하게 전했다. 애당초 본토의 샐러리맨인 자신은 이 섬의 동서 분쟁과는 전혀 관계가 없다고.

그러나 아무리 진지하게 이야기해도 말하는 사람도 듣는 사람도 계속 웃고 있으니 오가는 말이 너무 가벼워 설득력이나 진지함이 전혀 없다. 이 가게 안에서는 모든 게 가볍고 느슨하다. 뭐, 그걸 마시는 이상 어쩔 수 없겠지만.

그리고 그 느슨함에 편승하기로 했다. 과감하게 주위 손님들에게 궁금한 '그것'을 물어보기로 한 것이다.

"저, 알려줬으면 좋은 게 하나 있는데요."

"오? 뭔데?"

"이 섬의 최대 비밀이라는 것 좀 알려주세요."

허를 찌른 질문이었는지 같은 테이블의 손님 다섯 명은 순간 말을 잃었다. 그리고 다음 찰나, 다섯 중 셋이 힐끗 카운터로 시선을 던졌다. 그들의 시선 끝에 모자 씨가 있었다.

"모자 씨와 관련된 일인가요?"

따지고 들었다.

그러나 그들은 나란히 고개를 젓고 웃으며 계속 모른 척했다.

누가 봐도 의심스럽기 짝이 없는 태도다.

이렇게 된 이상 어쩔 수 없지.

잔을 들고 테이블 자리에서 물러나 카운터 자리로 돌아왔다. 그리고 생선 토막을 굽고 있는 모자 씨의 등에 대고 직접 말을 걸었다.

"이 섬의 최대 비밀이라는 거, 모자 씨와 관계있나요?"

그러자 모자 씨는 천천히 이쪽을 돌아보더니 양쪽 입가를 올려씩 웃었다. 그리고 내 잔에 얼음을 추가하며 짐짓 의미심장하게 목소리를 낮춰 말했다.

"도련님, 잘 들어. 애당초 비밀이라는 건 말이야, 남에게 안 알려주는 거야."

"……."

"성인이라면 그 정도는 알아야지?"

확실히, 그건, 당연한 소리다…….

"아, 네……."

"좋아! 아주 착한 사람이군. 다스쿠 보이! 이 세상에는 몰라야 좋은 것도 있어. 그러니까 그 건은 더는 묻지 마. 당장 잊어."

이유는 모르겠으나 하드보일드한 분위기를 드러낸 모자 씨는 주

229

묻하지도 않았는데 내 잔에 그걸 찰랑찰랑 부어주더니 혼자 맘대로 크게 소리쳤다.

"뭐 하는 거야! 하하하. 이 잔은 내 서비스야. 사양하지 말고 마셔!"

뭐야, 이 사람은……? 속으로 어이없어하면서 잔의 그것을 목구 멍에 흘려 넣는데…….

응?

순간, 얼어붙었다.

입안에서 위화감이 확 몰려들었다.

"어? 모자 씨, 이거 물이잖아요?"

"하하하. 맞아. 우리 서비스 맛있지?"

안 그래도 그거 탓에 싱글대고 있었는데 기어이 소리 내어 웃고 말았다.

"이야, 이거 완전히 당했네요."

생각해보면 오늘 밤 이미 꽤 마셨다. 여기서 물 한잔하는 것도 나 쁘지는 않겠다. 그렇게 생각하고 물을 한 모금 더 마셨다.

모자 씨는 생선 토막을 뒤집었다.

"와! 다스쿠, 즐거워 보이네?"

루이루이 씨가 다가와 내 옆자리에 털썩 앉았다.

"그 술, 정말 대단해요. 젓가락이 굴러도 웃겨요."

"히히히."

루이루이 씨는 자칫하면 사람을 홀릴 미소를 짓더니 역시 완전히 엉뚱한 이야기를 하기 시작했다.

"아, 맞다! 다스쿠에게 빌린 롤플레잉 게임, 이제 곧 두 번째로 마스터할 것 같아."

"아니, 또요?"

"응. 두 번째는 비결을 아니까 무척 빨라."

"비결을 안다고 해도……, 너무 빨라요."

"히히히. 그런가?"

"그렇다니까요. 보통 그럴 수가 없어요. 루이루이 씨는 아무래도 롤플레잉 게임의 천재인가 봐요."

"와! 다스쿠에게 칭찬받았다!"

다시 등에 꽂히는 따가운 시선을 신경 쓰면서 마법사가 쓰는 마법부터 용사가 동료와 일으키는 기적까지 게임 이야기에 열을 올렸다. 루이루이 씨의 목소리가 가게 안에 쨍쨍하게 울리므로 테이블 자리에서 "다스쿠, 우리 다 들었다. 너 역시 수상한 마법을 쓰나?"라거나 "이 섬에 기적을 만들어봐!"라는 원성 아닌 원성이 쏟아졌다.

그런 소리를 일일이 부정하는 것도 성가셔서 카운터 의자를 획 돌려 다른 손님들을 향해 농담을 날리기로 했다.

"실은 계속 숨겨왔는데 나, 정말 용사라 마법도 초능력도 쓸 수 있어요."

그러나 나의 농담은 이 가게에서는 받아들여지지 않았다. 객석에서 느긋한 야유의 목소리가 날아왔다. 뭐, 루이루이 씨와 사이좋게 대화하는 이상 무슨 말을 해도 야유당하겠지.

문 닫는 시간이 되자 모자 씨가 카운터에서 나와 우쿨렐레를 연주하면서 〈석별의 정〉을 노래하기 시작했다. 루이루이 씨는 취객들의 자리를 돌며 술값을 받았다.

"오늘 밤도 잔뜩 마셨네. 와줘서 정말 기뻤어. 히히히."

선녀의 스마일에 정신을 놓은 늑대들은 "응, 나도 좋았어!" 같은 말을 하면서 팁을 루이루이 씨에게 쥐어준다. 그 가운데는 돈을 내면서 기어이 루이루이 씨의 손을 잡는 놈들도 있었는데 그 모습을 본 다른 늑대들이 눈을 험악하게 뜨며 으르렁댔다. 그런데 루이루이 씨는 잡힌 손에 한 손을 더 올려 오히려 두 손으로 마주 잡아주었다.

"와! 크고 강한 손이네. 멋지다. 히히히."

루이루이 씨의 말에 대놓고 흐뭇해진 녀석과 그 주위의 살기등등한 늑대들…….

그렇구나. 루이루이 씨는 고작 사흘 만에 이런 식으로 섬의 분위기를 살벌하게 만들었구나.

이거 참…….

탄식하면서 미녀와 짐승들의 대화 장면을 바라봤다.

내 술값은 다른 손님이 다 가고 난 뒤에 치렀다.

"아아, 오늘 밤도 즐거웠어 ♪"

루이루이 씨가 테이블 위의 식기를 치우면서 말했다. 그러자 모자 씨가 그에 응했다.

"정말 최고였어. 다스쿠도 와주었고."

"저도 즐거웠습니다."

"저기, 다스쿠."

"네."

"이제 바로 마을 회관으로 갈 거지?"

"아, 네."

"그럼 루이루이 씨랑 같이 좀 가줘."

"네. 물론이죠."

내가 수락하자 루이루이 씨는 커다란 눈이 없어질 정도로 환하게 웃으며 좋아했다.

"와! 좋아라. 그럼 서둘러 치워야겠다."

"저도 도울게요."

수상한 버섯과 미녀의 웃음 덕분에 한껏 신이 난 채, 카운터 자리에서 일어나 재빨리 뒷정리를 도왔다.

"손님인데 미안하네. 다스쿠."

"아뇨, 아닙니다."

이 섬에 온 뒤로는 누군가를 '돕는' 데 상당히 익숙해졌고 도운 뒤의 조금 낯부끄러우면서도 후련한 마음도 알게 되었다. 이런 것으로 월급을 받을 수 있다면 그야말로 이상적인 일의 형태일지도 모르겠다. 문득 그런 생각을 하다가 두 사람 몰래 한숨을 내쉬었다.

모처럼 루이루이 씨와 나란히 강가 언덕길을 걷는 밤인데 하필 하늘에 옅은 구름이 끼어 있다.

"지금은 안 보이지만, 이 길을 걸으면서 올려다보는 하늘의 별이 참 좋죠."

내 말에 루이루이 씨는 "앗, 나도!"라고 새된 소리를 올리며 내 팔에 자기 팔을 꼈다. 그 동작이 너무나 자연스럽고 천연덕스럽다.

문득 저녁때 쇼가 한 말을 떠올렸다.

"저기요, 루이루이 씨."

"응?"

"아, 그러니까……."

알코올로 빙빙 도는 뇌를 필사적으로 굴리면서 말했다.

"루이루이 씨는 미인이라 아주 사소한 행동이 때로 뜻밖의 결과를 만들어 남자들의 정신줄을 놓게 만들 수 있어요."

"히히히. 좋아라. 다스쿠, 고마워."

절세미녀는 내 말을 솔직하게 칭찬으로 받아들였다.

안 되겠다. 화제를 바꾸자.

"루이루이 씨, 본토에서도 술집에서 일했어요?"

"히히히. 그런 것 같아?"

"왠지 가게에서도 익숙한 느낌이고 손님도 능숙하게 대하고."

"땡! 나, 물장사는 처음이야."

"아! 그래요?"

"응. 처음이라 막 흥분되고 즐거워."

"그러면 본토에서는 무슨 일을 했어요?"

"여러 가지. 회사 근무도 했고 도시락 가게에서도 일했고 기업 이미지 모델까지, 저엉말 많이 했지."

"이미지 모델이요?"

"있잖아, 내놓은 신제품 앞에서 포즈를 취하고 생글생글 웃는 여자애들 말이야."

"레이싱 모델 같은 옷을 입고 차나 오토바이 앞에 서 있는 여성?"

"응. 모터쇼에서 그런 일 했어."

"와! 굉장해요!"

"친구가 권해서 했는데 하이힐을 신고 계속 서 있는 게 너무 힘들어서 이제 안 해."

"루이루이 씨, 많은 경험을 했네요."

지금 회사밖에 모르는 자신을 생각하니 조금 한심한 느낌이 들었다.

"나는 말이야, 내 마음이 '괜찮네'라고 생각되는 일을 그냥 해보기로 했어. 그리고 누군가가 권하는 일을 해보면 새로운 것과 만나게 되어 즐거워."

"루이루이 씨는 정말 대단하네요……."

자신도 모르게 흘러나온 이 말은 아주 조금일지라도 비굴한 선망을 담은 자신의 본심이었다.

이 절세미녀는 확연히 세상에서 어긋나 있고 아주 유치한 점도 있다. 하지만 뒤집어보면 그런 태도는 자신에게도 다른 이에게도 아첨하지 않고 솔직한 것 아닐까?

"참고로 루이루이 씨의 부모님은 어떤 분이세요?"

"둘 다 지금은 저쪽 사람이야."

루이루이 씨는 나와 팔짱을 끼지 않은 손으로 별이 없는 밤하늘을 가리켰다.

"아……."

"아빠는 내가 초등학교 이 학년 때 돌아가셨어. 빌딩 공사 현장에서 자재 낙하 사고로."

"아, 아니……."

유감이라고 말하기도 전에 루이루이 씨는 말을 이어갔다. 늘 변함없는 아주 밝은 말투로.

"엄마는 루마니아 사람이야. 아주 다정했는데 병이 있어서 아빠 뒤를 따르듯 떠났어."

"그랬……군요."

뭐라고 위로할 말을 더는 찾을 수 없었다.

생각해보니 오전에는 하즈키에게 아빠 일을 묻고 말았다.

오늘, 두 번째로 똑같은 실수를 한 것이다.

그러나 루이루이 씨는 평소처럼 "히히히"라고 가볍게 웃고는 발밑을 확인하면서 천천히 걸었다. 그러면서 자신이 살아온 이야기를 하기 시작했다.

"그래서 나, 친할아버지와 친할머니 집에서 자랐어. 하지만 최근에 두 분도 하늘나라로 가셨지. 너무 슬펐는데 남자친구에게도 차였어."

"아니……."

"저기, 다스쿠? 신이 있는 것 같아?"

아무리 그래도, 이 타이밍에서 '있다'라는 말은 할 수 없지.

"없을까? 솔직히 잘 모르겠어요."

그러자 루이루이 씨는 "그렇지? 나도 도통 모르겠어"라고 말하고 별 없는 밤하늘을 올려다봤다.

그 뒤로 우리는 한참을 말없이 강가 언덕길을 걸었다. 이따금 부

237

드러운 강바람이 불어와 도로 옆 나무들을 수런거리게 했다.

지지직거리며 깜빡이는 고장 난 가로등 밑을 걷고 있는데 루이루이 씨의 아름다운 입술이 다시 움직이기 시작했다.

"이 섬에서의 일, 친구가 권했어."

"친구요?"

"응. 스즈라는, 좀 불가사의한 친구야."

"불가사의라면……."

"스즈라는 애는 말이야, 깜짝 놀랄 정도로 잘 맞히는 점술가야."

"그래요?"

고개는 끄덕였지만, 솔직히 점 종류는 그다지 믿지 않고 흥미도 전혀 없다.

"그런데 지금은 '키친 풍향계'라는 가게에서 엄청나게 맛있는 음식을 만들어."

"그 사람이, 어떻게 이런 마니아들의 섬을?"

"이 섬에 육촌 자매와 할머니의 언니가 있대."

"그래요? 누굴까……."

지난 사흘 동안 만난 사람들의 얼굴을 떠올렸다. 섬 주민을 다 합쳐봐야 백구십구 명이다. 어쩌면 내가 아는 사람일지도 모른다.

"누구일 것 같아?"

"제가 아는 사람인가요?"

"히히히. 맞아."

"어? 누구요?"

"나도 말이야, 어제, 스즈가 메일로 알려줘서 깜짝 놀랐어. 힌트 줄까?"

"네. 제발!"

"아, 그게……, 이 섬에서 스즈처럼 점을 치는 사람이 있다면 누굴까?"

너무 큰 힌트였다.

"알겠어요."

"누군데?"

"가렌이나 쓰바키히메네요."

"정답♪"

루이루이 씨는 밤하늘을 향해 밝고 쩽쩽하게 소리를 질렀다.

그러니까 쓰바키히메의 손녀가 가렌이고 그 육촌이 스즈라는 사람이며, 스즈의 친구가 루이루이 씨라는 말이다. 또 루이루이 씨의 부모님은 저 밤하늘에 있고, 그리고 지금 나는 틀림없이, 밤하늘이 지켜보는 가운데 루이루이 씨와 팔짱을 끼고 걷고 있다…….

"왠지 신기하네요. 인연이라는 게."

멋지고 따뜻하면서도 조금 서글프다는 의미를 담아 그렇게 말했다. 그런데 루이루이 씨는 그 가운데 하나만 꼽았다.

239

"응. 아주 멋지지."

멋진, 것일지도 모른다. 멋지다는 말 안에는 신기함도 따뜻함도 슬픔도 포함되어 있다.

"아, 맞다! 다스쿠는 BTS라고 알아?"

루이루이 씨가 역시 엉뚱한 곳으로 이야기를 날려버린다.

"한국 남성 그룹이죠? 세계적으로 인기 있는."

"응. 춤도 노래도 엄청나게 잘해서 나도 아주 좋아해."

"네."

"그런데 BTS 노래 중에 〈매직 숍〉이라는 곡이 있는데 그 가사에 위로를 받았어."

"그래요? 어떤 가사인데요?"

"한국어 가사를 번역한 거라 그렇지만."

거기서 루이루이 씨가 웬일로 천천히 숨을 들이쉬고 단어의 뜻을 확인하듯 입술을 움직였다.

"내가 나인 게 싫은 날, 영영 사라지고 싶은 날, 문을 하나 만들자, 너의 맘속에다. 그 문을 열고 들어가면 이곳이 기다릴 거야. 믿어도 괜찮아 널 위로해줄 Magic Shop*……. 대충 이런 가사야. 히히히."

"맘속에 문을 하나 만든다……."

---

* 정국 외,《LOVE YOURSELF 轉 'Tear'》중에서 〈Magic Shop〉, 2018.

"응. 멋지지?"

"네……."

고개를 끄덕이고 내 팔에 감긴 루이루이 씨의 가늘고 약한 팔을 느꼈다.

늘 한없이 긍정적이고 밝은 루이루이 씨도 자신이 싫어지거나 영영 사라지고 싶은 날이 있단 말일까?

"저……, 〈매직 숍〉 말이에요. 저도 그 노래, 들어보고 싶어요."

"응. 들어봐, 들어보라고! 일본어 가사가 달린 인터넷 동영상도 있으니까."

"알겠습니다."

그 뒤로 한동안, 우리는 잠자코 강가 길을 걸었다.

섬의 밤은 본토보다 훨씬 어둠이 짙고 깊었다. 뭐랄까, '제대로 된 밤'이었다. 들리는 것은 졸졸거리는 강물 소리와 잎사귀들의 수런거림, 그리고 우리 둘의 발소리뿐이다.

밤이, 참 조용하네요.

내가 그렇게 말하려고 입을 열려는데……, 갑자기 두 사람과는 다른 발소리가 섞인 느낌이 들었다.

언덕 위에서 그 발소리가 다가왔다.

이런 시간에, 누구일까?

나와 루이루이 씨는 어둠 저편을 가만히 응시하면서 걸었다.

마침내 얼마 안 되는 가로등의 옅은 빛에 작은 몸집의 사람 그림자가 떠올랐다.

앗! 내가 그렇게 생각했을 때는 이미 상대도 나를 알아보고 걸음을 멈추려 했다. 하지만 결국은 발걸음을 멈추지 않고 다가왔다. 루이루이 씨와 팔짱을 끼고 있는 게 마음에 걸렸으나 팔을 뿌리칠 수도 없어서 그대로 뒀다.

사람 그림자가 우리 눈앞에서 멈췄다.

"안녕하세요."

먼저 인사한 사람은 나나였다. 섬에서 유일한 가게 요시다야의 따님이다. 나나는 미소를 짓고 있었으나 그 눈은 허공을 헤매는 듯 보였다.

"안녕!"

루이루이 씨가 응했다.

"이런 밤중에 혼자 다니는 거야?"

내가 물었다.

"잠깐 친구 집에 갔다가요."

나나의 눈이 더 허공을 헤매기 시작해서 오히려 더는 물을 수 없었다.

"우리는 모자모자에서 마시고 같이 돌아가는 길이야."

"그런가 싶었어요."

"응."

"그럼 이만."

"어? 아, 응. 그럼 다음에 봐."

"안녕히 주무세요."

나나는 가볍게 고개를 숙이고 성큼성큼 하류 쪽으로 걸어갔다.

우리도 팔짱을 낀 채 걷기 시작했다.

한동안 뒤를 돌아봤으나 이미 나나의 조그만 그림자는 섬의 깊은 어둠에 녹아들었다.

"사정이 참 많아."

느닷없이 루이루이 씨가 입을 열었다.

"네?"

"히히히. 다들 사정이 많다고."

"……."

무슨 뜻이지? 생각에 빠져 있는데 루이루이 씨가 먼 곳을 바라보며 말했다.

"아, 다 왔네."

조금 앞에 오도카니 켜진 작은 불빛이 보였다.

마을 회관 현관에 켜진 비상등이었다.

"그러네요."

그렇게 말하고 조금 보폭을 줄였다.

제4장 · 인생은 게임

섬에 오고 나흘째 아침을 맞았다.

오늘부터 자유롭게 홀로 다닐 수 있다. 원래 목적대로 이 섬에서 느긋하게 휴가를 즐기자면, 오늘이 그 첫날이 되는 셈이다.

자유를 얻은 내가 제일 먼저 한 일은 늦잠이었다.

어젯밤, 동쪽 버섯 술을 꽤 마신 탓인지, 모세혈관에 모래가 잔뜩 낀 듯 몸이 무거웠다.

간신히 이불에서 기어 나온 것은 오전 열한 시 무렵이었다.

어두컴컴한 방의 커튼을 열자 창문 너머 파란 형광 색깔의 하늘이 달려들었다.

휴가 첫날로 이보다 좋은 날씨는 없으리라.

저 멀리 드러누운 바다는 높은 채도의 감색 셀로판지처럼 초여름의 햇살을 반짝반짝 반사하고 있다.

창문을 열고 베란다로 나왔다.

맑고 상쾌한 공기를 깊이 들이마시고 한껏 기지개를 켰다.

일단 산책부터 해볼까……?

살랑살랑한 섬의 바람을 받으니 자연스레 그런 기분이 들었다.

이왕 하는 산책이라면 옆집의 루이루이 씨나 부를까 싶었는데 그만두기로 했다. 지금 함께 걷다가 누가 보기라도 하면 귀찮아질 것이다.

베란다에서 다시 방으로 돌아와 세수하고 이를 닦았다. 그리고 넉넉한 티셔츠에 반바지, 샌들이라는 편안한 차림으로 나왔다. 만약을 대비한 햇빛 대책으로 머리에 다이키 씨가 준 밀짚모자를 얹었다.

특별히 목적지를 정하지 않고 걷기 시작했다.

직감에 따라 강을 건너고 마을의 좁은 골목을 빠져나와 신록이 드리워진 외륜산 기슭의 도로를 천천히 걸어간다.

청량한 바람이 불자 머리 위의 나뭇잎이 사락사락 속삭이고 커다란 티셔츠가 펄럭였다.

얼마 뒤 농밀한 녹음에 접어들었다.

도로 좌우가 숲이었다.

발밑에는 버터 색깔의 햇살이 이따금 새어 들었다. 그 부드러운 빛에 넋을 놓고 걷고 있는데 뭔가가 왼쪽 어깨에 닿는 느낌이 들었다.

"어?"

작은 열매라도 떨어졌나?

괜스레 마음에 걸려 왼쪽 어깨를 만진 순간 그 손가락이 쑥 미끄러졌다.

어라⋯⋯, 나쁜 예감이 들어 손가락을 봤다.

하얀색과 검은색, 갈색의 그림물감 같은 것이 두 번째 관절 앞쪽에 묻어 있다.

새똥임을 깨달은 순간 불평이 흘러나왔다.

"이게 뭐야! 젠장⋯⋯."

미간을 찌푸리고 머리 위를 올려다봤다.

많은 들새가 여기저기 나뭇가지에서 지저귀고 있다.

"아, 정말⋯⋯."

혼자 비참한 생각이 들어 도로 옆에 있는 나무 기둥에 더러워진 손가락을 닦았다. 이어서 발밑에 떨어진 나뭇잎을 주워 어깨에 묻은 새똥을 닦아냈다. 그래도 지름 오 센티 정도의 얼룩이 남고 말았지만.

기껏 기분 좋게 산책하고 있었는데 우울해지네⋯⋯.

속으로 투덜대며 천천히 걷기 시작했다.

일단 중단한 산책이나 마저 즐기자.

그렇게 생각하고 한참을 걸어 다녔는데 아무래도 수분을 머금은 어깨 얼룩이 묘하게 서늘하고 나무에 문지른 손가락도 여전히 더러워 신경이 쓰였다. 머리 위에서 내리부어지는 무수한 새의 지저귐까지도 엄청난 스트레스다. 안 그렇겠나. 언제 또 똥을 쌀지 모르는데.

적어도 누가 곁에서 이 해프닝을 웃어넘겨주면 좋겠는데…….

생각과는 달리 현실은 너무나 무자비했다. 한 걸음씩 걸음을 옮길 때마다 내 발에서 싸구려 샌들의 탁탁거리는 소리가 너는 혼자라고 주장하는 듯했다.

그러고 보니 늘 외톨이였구나…….

절절하게 그런 생각을 하고 있자니 회사 다닐 때의 울적한 심정이 되살아났다.

사장과 동료들이 던지던, 비웃음.

그 표정을 보노라면 언제나 내 가슴에는 납 색깔 같은 안개가 퍼지기 시작해 마치 폐 세포들이 하나씩 죽어가는 것만 같은…… 감각에 시달렸다.

그 불길한 감각의 정체는 도대체 무엇이었을까?

혹시 내게 마음의 병이 있나? 침울해져 그런 생각을 하면서 숲으로 우거진 어두운 길을 계속 걸었다.

그대로 한참을 걸었더니 문득 그 정체의 윤곽이 보이는 느낌이 들었다.

자기 모습 그대로 있을 수 있는 '안식처'가 없어서 오는 불안과 외로움…….

굳이 표현하자면 틀림없이 그런 것이리라.

생각해보면 홋카이도의 시골에서 도쿄로 온 뒤 '홈'이라 부를 만한 장소가 없었던 것 같다. 매일 직각과 직선으로만 이루어진 거리를 오로지 쉴 새 없이 움직이다가 몸도 마음도 완전히 소모되었다. 그런데도 회사에서는 늘 설 자리를 찾지 못해 구석에서 몸을 잔뜩 움츠린 채 살았다. 그렇다고 녹초가 되어 돌아온, 혼자 사는 아파트가 편안히 쉴 수 있는 '홈'이었냐면 그것도 아닌 듯하다. 그저 혹사당한 몸을 누이는 공간에 불과했다.

인정하고 싶지 않지만, 인간관계도 마찬가지였다. 몇 명쯤 친구라고 부를 만한 지인들은 있다. 그러나 그것은 어디까지나 '만한'이라는 말이 붙지 않으면 거짓말이 되어버리는 상대다. 최근 몇 년 동안은 연인이라 할 만한 사람도 없었다.

즉, 줄곧 몸과 마음을 둘 곳 없는 '홈리스' 생활을 한 것이다. 납 같은 안개가 내 마음에서 흘러나온 것은 자신의 감정에 억지로 뚜껑을 닫고 모르는 척해온 결과, 마음의 그릇이 부식해 마침내 구멍이 났기 때문이리라.

더군다나, 지금, 새똥이 그것을 깨닫게 해주는 계기가 되다니…….

"이런 섬까지 와서 도대체 뭘 하는 건지, 나란 인간······."

나뭇잎 사이로 새어드는 버터 색깔의 햇살을 보며 중얼거리다 보니 두 어깨에서 쓱 힘이 빠지며 피곤해졌다.

걸음을 멈추고 한숨을 쉬었다.

아무래도 오늘은 산책은 그만두고 마을 회관 방에서 빈둥댈까. 지금 나는 피곤하다. 몸도 마음도.

그렇게 자신을 다독이며, 몸을 돌렸다.

그 찰나······.

어라?

바다 쪽 숲에 왠지 부자연스러운 '틈'이 있는 것을 발견했다.

자세히 보니 그것은 울창한 숲으로 이어진 '길' 같았다. 아니, 어쩌면 사람의 '길'이 아니라 '짐승들이 다니는 길'일지도 모른다. 어쨌든 그 길을 걸으려면 키 높이까지 자란 풀과 작은 나무들의 덤불을 헤쳐야 한다.

잠시 그 '길'을 바라봤다.

그러자 머릿속에 '어차피 시간이 남아도는데'라는 말이 떠올랐다.

가볼까? 조금 걷다가 영 아니다 싶으면 돌아오면 그만이다.

"시간이나 때울까······?"

혼자 중얼거렸다. 그리하여 덤불을 헤치며 숲속으로 들어갔다.

걷기 시작하자마자 '짐승 길'은 언덕길이 되었다.

그나마 다행인 것은 수십 미터 정도 가자, 더는 덤불을 헤칠 필요가 없어졌다는 점이다. 거기서부터는 확연히 사람이 지나다닌 듯 다져진 흔적이 있고 곧 '길'이 나타났다. 그렇다고 해도 폭이 고작 칠십 센티미터쯤으로 좁아 좌우 덤불에 어깨를 계속 스치면서 나아갔다.

숲속 언덕길을 일 분쯤 걷자 경사가 가파르게 변하더니…… 갑자기 눈앞이 확 트였다. 언덕길 정상이 보였다.

샌들이 벗겨지지 않도록 조심하며 마지막 언덕을 올라 정상에 섰다.

그리고 거의 무의식적으로 중얼거렸다.

"와, 대박……!"

이 '짐승 길'의 종착점은 까아지른 절벽이었다.

새파란 바닷바람이 휘몰아치는 가운데 조심스레 절벽 끝까지 다가가 아래를 내려다봤다.

절벽 높이는 적어도 삼십 미터는 될 것 같다. 고소공포증이 없는데도 괜스레 무릎에 힘이 빠졌다.

파도가 부딪히는 절벽의 바다는 한마디로 에메랄드그린이라는 말이 어울렸다. 바닥에 있는 돌멩이까지 또렷이 보였다. 그러나 이 섬의 바다는 거기서부터 단숨에 깊어지는 듯했다. 수십 미터쯤 바다로 나가면 그곳은 벌써 짙은 파란색이었다.

시선을 조금 들자 아름다운 수평선이 눈에 들어왔다. 하늘과 바다의 경계선은 그야말로 지구가 둥글다는 것을 실감할 수 있도록 곡선을 그리고 있다.

이 절경을, 통째로 빌렸네…….

주위를 쭉 둘러봤다. 대각선 뒤쪽에 두부 같은 형태의 바위가 있어서 거기에 앉았다.

멀리 절벽 아래에서 들려오는 파도 소리. 파란 형광색의 하늘. 푸르른 바닷바람. 나무들의 속삭임. 아름답고 외로운, 푸른 고도까지 흘러온, 외톨이 나.

수평선을 멍하니 바라보면서 갖가지 생각을 했다.

섬의 활성화라는 일을 내버려 둬도 될까?

언제까지 혼자 휴가를 즐길 것인가?

회사로 돌아가면 언제 사표를 낼 것인가?

실업자가 되면 다음에는 뭘 할 것인가?

한참을 생각했으나 건설적인 대답은 하나도 나오지 않았다.

나를 보며 '무능'하다고 멸시하는 사장과 동료들의 냉소가 번뜩 지나간다.

"아아, 그만, 그만!"

소리 내어 말하고 "후" 크게 숨을 내쉬며 일어났다.

아무래도 오늘은 마을 회관 위층 방으로 돌아가 그냥 누워 있자.

에너지 충전이다. 밤에도 외식하지 않게 돌아가는 길에 요시다야에
들러 먹을거리를 사는 게 낫겠다.

눈 아래 펼쳐진 넓은 바다를 다시 한번 보고 아까 걸어온 '짐승
길'로 나가려 했다.

바로 그때⋯⋯.

아니?

내디딘 걸음을 멈췄다.

누군가의 '목소리'가 들렸기 때문이다.

바로 지금 내가 들어가려는 '짐승 길'로부터.

처음에는 젊은 여성의 목소리가 들린 것 같았다. 그리고 그 목소
리에 아무래도 젊은 남자 같은 목소리가 대답했다.

하필 이럴 때, 남녀와⋯⋯.

어쩌면 이곳을 '길'처럼 다져놓은 사람은 저 둘일지 모르겠다. 그
렇다면 두 사람은 이곳을 밀회 장소로 쓰고 있으리라.

그런 장소에, 내가 있으면⋯⋯.

상상하니 당장이라도 도망치고 싶었다. 하지만 지금 내가 짐승
길을 내려가면 도중에 두 사람과 맞닥뜨리고 만다. 이 길은 너무 좁
다. 급한 경사로에서 엇갈려 지나가는 것은 위험이 따른다.

어쩌지⋯⋯?

의미도 없이 우왕좌왕하며 초조해하고 있는데 점점 두 사람의 목

소리가 다가왔다…….

"어!"

나도 모르게 소리를 지르고 그 자리에서 얼어버렸다.

짐승 길에서 홀연히 남자가 얼굴을 내민 것이다.

그 남자 역시 나를 보고 유령이라도 본 듯 굳어버렸다.

"아니, 왜……?"

중얼거리는 남자의 뒤에서 "왜 그래"라면서 여자도 얼굴을 내밀었다. 그리고 남자와 마찬가지로 나를 보자마자 굳어버렸다.

바닷바람이 절벽을 타고 올라와 멀거니 서 있는 우리 셋의 머리카락을 살랑살랑 흔들었다.

침묵을 깬 사람은 쇼였다.

"어떻게 다스쿠 씨가 여기에……?"

쇼의 뒤에 있는 나나가 두 손을 가슴에 댔다. 그리고 깊고 천천히 호흡했다.

"괜히 미안하네. 나는 둘이 올 줄 정말 몰랐어."

"아, 아뇨. 별로 사과하실 필요는 없어요."

쇼는 그렇게 말했는데 듣고 보니 맞는 말이다.

어쨌든…….

"그럼 나는 돌아갈게."

그렇게 말하고 쇼와 나나의 옆을 재빨리 지나가려 했다.

"앗! 저, 다스쿠 씨."

쇼가 불렀다.

"어······?"

걸음을 멈췄다. 아마도 둘의 관계를 비밀로 해달라는 것이리라. 무엇보다 쇼는 서군, 나나는 동군이니까. 생각해보면 요시다야에서 점심거리를 살 때 쇼가 나나에게 눈짓하는 것을 봤다. 새삼 놀랄 일이 아닐 수도 있지만······.

"잠깐, 새삼스럽지만, 상담이랄까 드릴 말씀이 있어요."

쇼는 그렇게 말하고 의향을 묻는 표정으로 나나를 봤다. 나나는 살짝 끄덕였다.

우리 셋은 조금 전의 두부 모양 바위에 앉았다. 안쪽부터 나, 쇼, 나나 순서로.

"실은 우리 사이를 이미······, 섬사람들도 어렴풋이 알아차리고 있을 거예요."

"아······."

"다스쿠 씨도 아셨어요?"

"아니······, 아, 하지만 살짝?"

"역시 그랬군요. 이 섬은 소문이 빠르니까."

자조적으로 씩 웃고 쇼는 바다를 바라봤다.

소문이 아니라 자네 눈빛이 수상했다니까······.

그런 생각을 했으나 입 밖에 내지는 않았다.

"계속 감춰서 죄송해요."

"어? 아니, 굳이 뭐."

고개를 저으면서 문득 깨달았다. 잇테쓰 등에서 서군 사람들이 쇼를 묘하게 어색해한 것은 이게 원인이었구나. 하지만 쇼에게는 두 실력자(=아버지인 촌장과 다이키 씨)가 뒤에 있어서 아무 말도 못한 게 아닐까?

"어젯밤에도 둘이 같이 있었어?"

과감하게 물어봤다. 쇼는 "네?"라고 놀랐는데 나나가 부끄러워하며 대답했다.

"네. 밤이라 여기에 오지는 못했어요."

"그랬구나."

즉, 어제, 쇼가 말한 '일'은 나나와의 은밀한 밤 데이트였다.

"어? 나나, 무슨 소리야?"

우리가 무슨 이야기를 하는지 모르는지 쇼가 의아해하며 물었다.

"어젯밤에 말이야, 강변길을 걷다가 다스쿠 씨와 마주쳤어."

"그랬어요?"

쇼가 나를 봤다.

"응. 모자모자에서 한잔하고 돌아가는 길에 우연히."

"하아……."

257

쇼가 한숨을 내쉬었다. 그리고 수평선에 대고 말했다.

"이 섬은 정말 좁네요."

그의 말에 진심으로 동감하면서도 침묵했다. 그러자 나나가 뜻밖의 말을 꺼냈다.

"저기, 아무래도 이제 숨기지 말고 오픈하자."

"뭐……?"

쇼가 나나를 바라봤다.

"봐. 어차피 이미 섬사람들은 알아차렸다고. 숨겨봤자 소용없어."

"아냐. 그래도 그건 안 돼. 내가 전에도 말했잖아."

쇼가 어린애를 타이르듯 말했다.

"하지만."

"우리, 섬에서 살 수 없게 돼."

"그래도 나, 괜찮아."

"네가 없어지면 요시다야는 어떻게 하고?"

"……."

나나는 입을 다물었다. 불만은 있으나 반론할 말은 없다는 표정이다.

문득 쇼에게 들은 말을 떠올렸다. 이 섬의 생명줄이기도 한 요시다야를 이제까지 데루코 씨가 필사적으로 지켜왔고, 나나도 그 점을 이해하고 뒤를 이을 생각이라고.

"이 섬의 동서의 벽이라는 거, 그렇게 단단해?"

다 아는 이야기를 물은 걸까? 쇼와 나나는 눈썹을 팔자로 늘어뜨리고 힘없이 미소 지었다. 그리고 쇼가 대답했다.

"뭐, 그렇죠."

그로부터 한동안 아무도 입을 열지 않았다.

우리는 그저 절벽에 부딪혀 부서지는 파도 소리를 들으면서 이상한 긴장감 속에 있었다.

어쨌든 더는 둘을 방해해서는 안 된다.

그렇게 생각하고 두부 모양의 바위에서 일어났다.

"나는 산책하다가 우연히 여기 '짐승 길' 같은 것을 발견하고 여기까지 와버렸어. 다시는 안 올게."

"아, 네⋯⋯."

쇼와 나나가 미안한 표정으로 나를 올려다봤다.

"몸이 안 좋기도 하고 피곤하기도 해서 먼저 갈게. 좀 자야겠어."

"괜찮으세요?"

쇼가 물었다.

"응. 사실 어제도 몸이 좀 나른하고 두통도 있었어. 하지만 자고 나면 괜찮아질 거야."

"⋯⋯."

"그럼 나는 갈게."

두 사람에게 가볍게 손을 흔들고 걷기 시작한 나를 쇼가 다시 부르며 일어났다.

"아, 저기."

멈춰 서서 먼저 대답했다.

"괜찮아. 절대 아무에게도 말하지 않을 테니까."

나나가 일어나 쇼 옆에 나란히 섰다.

그리고 둘이 나란히 고개를 숙였다.

이 둘이 맺어지지 못하다니 너무나 부조리하지 않나?

가슴에 뜨거운 덩어리를 품은 채 "그럼!"이라고 인사하고 미소 지으며 손을 흔들고 그대로 '짐승 길'로 나왔다.

혼자 '짐승 길'을 내려와 잠시 덤불을 헤치고 포장도로로 나왔다.

곧장 요시다야로 향했다. 점심과 저녁 식료품을 사둬야겠다.

솔직히 내 발걸음은 무거웠다. 아니, 방금 쇼와 몰래 만나는 나나를 봤는데 바로 그 어머니가 운영하는 가게에 가야 하니 당연했다.

아주 사소한 것을 사려 해도 선택지가 요시다야 밖에 없는 게 이 섬의 현실이다. '생명줄'이라는 단어가 뇌리를 스쳤다. 비밀의 절벽 위로 불어온 푸르른 해풍이 왠지 애절하게 느껴졌다.

둘의 관계를 비밀로 해달라고 나란히 고개를 숙인 쇼와 나나의 안타까운 모습…….

서와 동이라…….

"그게 뭐야?"

툭 말을 내뱉으니 회사도 미래도 새똥도 전부 하나로 뭉뚱그려 내던지고 싶은 묘한 기분이 들었다.

숲 냄새가 나는 공기를 깊이 들이쉬었다. 그리고 들이쉰 공기를 말로 토해냈다.

"정말, 바보 같아……."

두 손을 주머니에 찔러 넣고 나무 사이로 햇살이 스며드는 도로를 걷는다.

타박타박 바닥을 치는 샌들 소리가 더 한심하게 들렸다.

한참을 걸어 마을로 들어왔다.

조금 앞에 요시다야가 보였다.

가게 앞에 놓인 벤치에는 오늘도 오토메 할머니가 오도카니 앉아 있다.

벤치 앞을 지나갈 때 오토메 할머니에게 말을 걸었다.

"안녕하세요."

"아아, 안녕!"

할머니는 눈이 부신 듯 눈을 가늘게 뜨고 생긋 웃어준다.

그대로 가게로 들어가 식사용 빵, 통조림, 즉석라면 같은 식료품을 골라 계산대로 가져갔다. 그러자 계산대에서 데루코 씨가 기다

리고 있다가 "저기, 저, 혹시 알아?"라며 그 유명한 기관총 수다를
시작했다.

데루코 씨의 입에서 무진장 나오는 이야기의 대부분은 섬 누군가
에 대한 소문이고, 나머지는 나에 관한 질문이었다.

나 같은 거에 관심 좀 끄고 딸의 본심을 이해해주세요…….

마음의 목소리와 함께 한숨도 삼켰다.

그 뒤로도 한참을 데루코 씨의 수다를 들었는데 데루코 씨가 한
숨 돌리는 틈을 타 "그럼, 이만 가볼게요"라고 말하고 가게 밖으로
도망치듯 나왔다.

"후……."

자신도 모르게 한숨을 내쉬고 있는데 오토메 할머니가 손짓했다.

"여기!"

"네? 아, 네."

생글생글 웃는 할머니에게 다가갔다.

"당신은 따뜻한 사람이네."

"네?"

"데루코 씨의 수다를 그리 오래 들어주다니."

"아, 아닙니다. 별것도 아닌데요……."

뒷덜미를 긁적이면서 오토메 할머니 옆에 슬그머니 앉았다. 진짜
로 이야기 상대가 필요한 사람은 이 할머니일 것이다.

방금 계산하고 나온 봉투에서 단팥빵을 꺼냈다.

"괜찮으면 나눠 먹을까요?"

그러자 오토메 할머니는 가뜩이나 작은 눈이 사라져버릴 정도로 얼굴에 온통 주름을 잡으며 환하게 미소 지었다.

"다스쿠 씨, 점심 아직 안 먹었어?"

오토메 할머니가 처음으로 내 이름을 불러주었다. 온화하고 자애로운 목소리가 돌아가신 할머니의 목소리와 겹쳐 들렸다.

"네. 이제부터 먹으려고요."

"그럼 나 좀 도와줬으면 좋겠는데."

"도와요?"

"응."

오토메 할머니는 까딱 고개를 끄덕이고 말을 이었다.

"어제 너무 많이 하는 바람에 우리 집에 음식이 남아 있거든."

상해서 버리면 아까우니까 집에 가서 밥을 먹자……는 소리였다.

"아, 네……."

오토메 할머니와 이야기를 나눈 것은 이제 겨우 두 번째다. 집까지 가기에는 아무래도 너무 이른 듯하다. 어떻게 해야 하나 싶어 망설이고 있는데…….

"우리 집은 바로 저기야."

오토메 할머니가 벤치에서 일어났다.

"아아, 네······."

나도 모르게 따라 일어났다.

방금 산 식료품은 다 금방 상하는 것들은 아니다. 게다가 어차피 한가한 몸이고.

그렇게 자신을 설득했다.

오토메 할머니가 걸음을 옮겼다. 펭귄처럼 상체를 좌우로 흔들면서 천천히, 천천히, 나아간다.

자연스럽게 나도 걷기 시작했다.

할머니의 살짝 굽은 조그만 등에서 뻗어 나온 '보이지 않는 실'에 이끌리듯.

"실례하겠습니다."

오토메 할머니의 집을 이리저리 둘러보면서 소박한 현관에서 신발을 벗었다.

"집이 지저분해서, 미안해."

"아닙니다."

고개를 흔들기는 했으나 마음은 안타까웠다. 그도 그럴 것이 오토메 할머니의 집이 할머니보다 더 '나이' 들어 보였기 때문이다.

정원은 세이야 씨 집처럼 잡초가 무성해 아까웠고, 쓰지 않는 것처럼 보이는 방은 수십 년쯤 내버려 둔 창고처럼 먼지를 살짝 뒤집어쓰고 있다. 천장 근처에 거미줄이 있는 방도 있다. 창 대부분에 물 때가 끼어 반투명 유리처럼 되어 있고 커튼이 없는 방의 다다미는 자외선에 노출되어 조금 울고 있다.

현관과 복도, 식탁이 있는 부엌, 그리고 두 평 반 정도의 침실만 깨 끗했다.

연세가 있는 오토메 할머니 혼자 집 안 전체를 다 청소하기는 힘 들 것이다.

"다스쿠 씨, 거기 앉아."

부엌에 선 오토메 할머니는 낡은 테이블을 가리키며 말했다. 두 개의 의자 중 하나에 앉았다.

"옛날에는 넷이 살았어."

오토메 할머니는 이야기하면서 냉장고 문을 열고 안에서 랩을 씌 운 그릇을 꺼냈다.

"하지만 지금은 혼자라."

혼자라……. 그다음 말은 하지 않았다.

"저, 도와드릴까요?"

내 말에 오토메 할머니는 뭔가 생각난 듯 "앗!" 소리를 냈다.

"침실 형광등이 나갔어. 좀 갈아줄래?"

"물론이죠."

"그러면 잊어버리지 않게 밥 먹기 전에 해주렴."

"네."

식탁 의자를 들고 오토메 할머니와 함께 침실로 갔다.

모래와 흙을 섞어 바른 벽에 다다미를 깐 침실에는 시대가 느껴지는 목제 침대 하나와 크고 작은 서랍장이 하나씩 있었다. 작은 서랍장 위에는 불단과 영정 사진이 놓여 있다. 영정 사진은 돌아가신 남편분일 것이다. 자주 환기하지 않은 탓인지 탁한 방 공기에 향냄새가 남아 있다.

"이거야. 사두긴 했는데 갈지를 못해서……."

오토메 할머니는 불단 옆에 놓아두었던 새 형광등을 두 손으로 받쳐 내밀었다.

형광등을 받아 들고 식탁에서 가져온 의자에 올라가 바로 교환했다.

"이거 말고도, 도울 게 있으면 할게요."

의자에서 내려오면서 말했다.

행동이 불편한 노인 혼자 할 수 없는 일이 아직 많을 것 같았다.

"아이, 고마워라. 하지만 형광등만 갈아주면 됐어."

"정말이요?"

"응. 그래."

"……."

"자, 이제 점심 먹자."

오토메 할머니는 생긋 웃고는 펭귄 걸음으로 침실에서 나갔다.

정말, 어렵게 생각하지 않으셔도 되는데……

오토메 할머니의 조그마한 뒷모습을 바라보면서 가볍게 한숨을 내쉬었다.

낡은 테이블에는 요리가 담긴 접시가 다섯 개나 놓여 있었다.

흰살생선 간장 조림, 제철 생선구이, 채소절임, 신선초 등을 이용한 튀김, 그리고 건더기가 많은 된장국.

"남겨둔 것들뿐이라 미안하지만 그래도 다 섬 요리야."

"아, 그래요?"

"응. 일단은. 밥도 먹어."

"고맙습니다."

조그만 밥공기를 들었다.

"맘껏 먹어."

"네. 그럼 잘 먹겠습니다."

테이블을 사이에 두고 마주 앉은 오토메 할머니와 함께 점심을 먹기 시작했다.

남은 반찬들이라고 겸손하게 말했으나 오토메 할머니의 요리는 조금 놀랄 만큼 맛있었다. 듣고 보니 그도 그럴 것이……, 잇테쓰의 고테쓰 씨에게 섬 전통 요리를 전수한 사람이 바로 오토메 할머니란다.

"그러니 맛있을 수밖에 없네요."

"호호호. 마음에 들면 언제든 먹으러 와."

예의상 하는 말이라는 것은 알아도 오토메 할머니에게서 그런 말을 들으니 기분이 평온해지며 절로 젓가락이 움직였다.

"고맙습니다."

조금 있다가 오토메 할머니가 차를 타면서 말했다.

"다스쿠 씨는 섬에 언제까지 있을 거야?"

"아, 그게. 아직 언제까지라고 정해진 건 없어서요……."

"오늘 아침, 일기 예보를 봤는데 내일부터 한동안 바람이 강해져 바다가 거칠어진대."

"그럼 배가 안 다니나요?"

"응. 일은 괜찮아?"

"네. 뭐……."

일을 떠올린 순간 식도가 확 좁아지는 느낌이 들어 씹고 있는 튀김을 넘기는 데 이상하게 시간이 걸렸다.

"아, 맞다! 우리는 말이야, 정원에 조그만 별채가 있어."

"아, 예."

"다스쿠 씨, 이번 일 끝내고 언젠가 다시 '놀러' 오면 거기 묵어."

"네? 아니, 그건……."

　서둘러 고개를 저었다. 사양한 것도 황송해서도 아니었다. 무엇보다 이 섬을 다시 찾을 일은 없으리라. 섬사람들의 가슴을 그렇게 아프게 하고……, 틀림없이 기억에서 지우고 싶은 추억이 될 테니까.

　"호호호. 사양할 필요 없어. 나도 혼자 밥 먹는 게 쓸쓸하니까 누군가 있어주면 좋지."

　"……."

　이때 그저 "그럼 그렇게 할게요"라고 착한 거짓말을 건네는 게 좋았을지 모른다. 그런데도 그냥 애매하게 빙긋 웃기만 했을 뿐 오토메 할머니에게 한마디도 건네지 못했다.

　가슴 안쪽이 찌릿찌릿해지기 시작해 아예 화제를 바꾸기로 했다.

　"저, 오토메 할머니."

　"왜?"

　"여쭙고 싶은 게 있는데요."

　"……?"

　오토메 할머니는 젓가락을 든 채 고개를 갸웃거렸다.

　"아니, 이 섬사람들이요, 다들 동과 서로 나뉘어 있잖아요?"

　"……."

　"오토메 할머니는 어떻게 생각하세요?"

　그러자 오토메 할머니는 조그맣게 "잘 먹었습니다"라고 중얼거리고 나를 똑바로 봤다. 작고 따뜻한 눈이 웃는 듯도 슬퍼하는 듯도 보였다.

"사실은 말이야."

오토메 할머니는 열심히 단어를 고르며 천천히 대답했다.

"여기 섬사람들도 좋아서 동이니 서니 떠드는 건 아니라고 생각해."

"그 말씀은?"

"음……, 사람은 말이야, 그러니까, 주위 사람들과 같아야 한다고 생각하게 마련이잖아?"

"……."

"자칫 다른 행동을 했다가 주위와 관계가 틀어지거나 비난받지 않을까 해서."

"그러니까 '동조 압력'이라는 건가요?"

"동조…… 뭐?"

"아, 그러니까 잠자코 다른 사람과 똑같이 행동하라는, 무언의 압력 같은."

"아, 맞아! 그런 느낌이야."

오토메 할머니가 크게 고개를 끄덕였다.

"그 말씀은 섬사람들도 사실은 동서 분단 같은 거 그만두고 싶어 한다는 거죠?"

오토메 할머니는 조금 생각에 잠기더니 다시 끄덕였다.

"이대로 계속하고 싶은 사람은 거의 없을 거야……. 하지만 당장 끝낼 수 있다고 생각하는 사람도 적을 거야."

그렇구나.

다들 속으로는 그만하고 싶다.

그런데 그만둘 마음은 없다.

그걸 알면서 왜 그만두지 못할까?

"먼저 '그만두자'라고 한 사람이 없나요?"

내 질문에 오토메 할머니가 미소 지었다.

"있었지……."

"네?"

"다스쿠 씨가 잘 아는 사람."

"제가?"

소리를 낸 순간 차를 운전하는 꽃미남의 옆얼굴이 뇌리에 떠올랐다. 설마!

"쇼……요?"

"응. 맞아."

오토메 할머니는 그리운 듯한 표정을 짓고 말했다.

"그때는 말이야, 촌장과 다이키 씨에게도 엄청나게 시달렸어."

몰랐다. 쇼는 이 섬에서 유일하게 암묵적인 규칙에 반기를 든 용감한 남자였구나.

"다들 사정이 있는 법이지."

"네?"

오토메 할머니의 말에 루이루이 씨를 떠올렸다. 밤길에서 나나와 마주쳤을 때 루이루이 씨도 같은 말을 했다.

"사람들은 말이야, 저마다 사정이 있어."

"……."

"각자에게는 자신만의 사정이란 게, 늘 있는 법이야."

미소를 지으며 가만히 나를 바라보는 오토메 할머니. 그 작은 눈을 보면서 자연스레 깨달았다. 매일, 매일 가게 벤치에 앉아 오가는 사람들을 관찰하는 오토메 할머니는 모든 것을 헤아리고 있었다.

쇼와 나나의, 둘만의 사정을.

"사정……이라, 그러네요."

그렇게 말하고 그릇에 남은 반찬을 입으로 가져갔다.

그리고 조용히 젓가락을 놓고 두 손을 모으며 말했다.

"맛있었어요. 정말 잘 먹었습니다."

"약소한 밥상이었는데 뭘."

오토메 할머니가 생긋 웃어주는데 내 엉덩이 주머니에서 전자음이 울렸다. 전화다.

스마트폰을 들고 화면을 봤다. 회사였다.

무시하고 부재중 메시지로 넘기려 했는데 나를 배려한 오토메 할머니가 받으라고 권했다.

"괜찮아. 받아."

"앗! 아니……. 네, 죄송합니다."

의자에서 몸을 옆으로 돌리며 전화를 받았다.

"여보세요……."

"어이! 벽지 섬은 어떤가?"

귀를 긁는 듯한 거칠고 탁한 목소리……, 사장이다.

"아, 나쁘지는, 않습니다."

"뭐라고? 뭐지, 그 어정쩡한 대답은?"

말을 끝내자 사장이 비웃는 게 느껴진다.

"죄송합니다……."

"뭐, 됐고. 저기 말이야, 너, 그 섬 일은 됐으니까 일단 돌아와."

"네?"

"곤충전 현장 녀석들이 너를 데려오란다."

"현장 사람들이……요?"

나와 함께 일해온 몇몇 얼굴이 떠올랐다.

"아니, 내가 방금 그렇게 말했잖아! 언제 올 수 있어?"

다시 곤충전 일로 돌아오라니 솔직히 기뻤다. 곤충전이 끝날 때까지는 사표 제출을 미룰 생각도 있다. 하지만 사실을 말할 수밖에 없었다.

"죄송합니다. 바로는 돌아갈 수 없을 것 같습니다."

"뭐? 무슨 소리지, 고지마?"

"그게……."

"그쪽 일은 적당히 해치우라고. 돈만 회사로 돌려놓고 얼른 돌아와."

"하지만 파도가 거칠어서 페리가 운행하질 않습니다."

그 페리라는 것이 일주일에 한 번밖에 다니지 않는 데다 오토메할머니 말로는 내일부터 바다가 거칠어져 페리 운행 여부가 불투명해진다고 했다.

"하지만 그래서는 안 된다니까! 웬일로 너 같은 녀석이 아주 중요해졌다니까!"

"……."

"아무도 모르는 그런 섬은 어찌 되든 상관없다고. 그쪽 담당자와 상의해 돈의 흐름만 딱 정하고 얼른 와. 알았지?"

"앗, 하지만 페리가……."

뚝 소리가 났다. 일방적으로 전화를 끊은 것이다.

스마트폰을 귀에서 떼고 길게 한숨을 쉰다. 그리고 가슴속에 휘몰아치는 뜨거운 열기를 "후"라는 소리로 내뱉었다.

"저…… 괜찮아?"

걱정스럽게 안부를 묻는 오토메 할머니의 목소리를 듣는 순간 가슴에 휘몰아치는 열기의 정체를 깨달았다. 너무나도 순수한 혐

오였다.

"네. 괜찮습니다."

밝게 대답하려 했으나 목소리가 조금 떨렸다.

점심을 얻어먹은 다음 마을 회관의 방으로 돌아가기로 했다.

오토메 할머니는 집 앞 길가까지 나와 배웅해주셨다. 그리고 마당을 가리키며 말했다.

"저기가 아까 말한 별채야."

살펴보니 낡은 본채 조금 옆에 하얀 벽의 조그만 단층집이 있었다. 네 평 정도 되려나.

"본채보다 새것이고 깨끗해."

어떻게 대답해야 좋을지 몰라 "네"라고만 대답했다.

"언제든 써."

"고맙습니다. 제가 도울 일이 있으면 언제든 말씀하세요."

"응. 고마워."

"그럼 저는 이제 가볼게요."

"그래."

"잘 먹었습니다."

마음을 담아 그렇게 말했다. 그러자 오토메 할머니는 생글생글 웃으면서 다가와…….

어……?

내 목으로 손을 뻗은 것이다.

주름투성이의 조그만 손이 내 목을 가볍게 졸랐다. 잘 흔들릴 수 있도록 일부러 몸을 앞뒤로 움직였다.

"다스쿠 씨, 또 봐."

"네."

부드럽게 흔들리면서 대답했다.

오토메 할머니의 손이 떨어지자 똑바로 섰다.

그때 내 앞을 한 중학생이 지나갔다.

학교 방문 때 봤으리라, 어디선가 본 듯한 단발머리 소녀가 무슨 파렴치한 짓이라도 본 것처럼 두 손으로 입을 가리고 황급히 달려 갔다.

응? 왜 저러지?

펄럭펄럭 휘날리며 멀어져가는 감색 치마를 바라보다가 갑자기 퍼뜩 정신이 들었다.

그랬다. 쇼가 말하지 않았나.

남녀가 교수하면, 그러니까…….

눈앞의 오토메 할머니를 봤다. 오토메 할머니는 딱히 이상할 것도 없다는 듯 미소를 짓고 있다.

다시 "잘 먹었습니다"라고 인사하고 몸을 휙 돌려 학생이 사라진 쪽으로 걷기 시작했다.

최대한 성큼성큼, 목덜미를 긁으면서.

문득 오한을 느끼며 눈을 살짝 떴다.

시야에 낯익은 천장이 들어왔다.

그리고 몇 초쯤 흐른 뒤에야 자신이 놓인 상황을 깨달았다.

오토메 할머니의 집에서 마을 회관 내 방으로 돌아온 뒤 창문을 열고 이불도 깔지 않은 채 다다미 위에 대자로 뻗어 깜빡 잠들어버린 것이다.

"으, 추워……."

무의식적으로 중얼거리며 천천히 상체를 일으켜 책상다리를 했다. 잠자리가 안 좋았는지 목과 어깨 주위가 녹이 슨 것처럼 굳어 있다.

창밖을 보니 이미 해가 저물었다.

책상다리한 내 옆에 스마트폰이 놓여 있다. 하품을 참으며 스마트폰을 들자 아까 사장의 전화가 생각났다.

"참, 나……."

나도 모르게 한숨이 새어나왔다.

스마트폰을 켜고 이 섬의 일기 예보를 찾아봤다. 오토메 할머니의 말대로 한동안 강풍이 이어지고 바다도 거칠단다.

"보라고. 이래서 돌아갈 수가 없다고!"

오만한 사장의 얼굴을 떠올리면서 혼잣말했다.

지금, 사장의 목소리를 듣기에는 스트레스가 너무 크다. 그래서 메시지를 보내기로 했다.

「일기 예보를 확인했는데 한동안 기후가 나빠 페리가 운행하지 않으니 돌아가지 못할 듯합니다. 날씨가 좋아지는 대로 다시 연락 드리겠습니다.」

나, 정말 이런 메시지를 보낼 수 있을까?

조금 짜증난 상태에서 입력한 문장을 다시 읽고, 송신했다.

사장의 답장은, 바로 왔다.

「배가 없으면 헤엄이라도 쳐, 돌아와.」

이 자식, 역시 성질이 났구나……

방구석에 놓인 여행 가방을 봤다. 가방 안에는 사표가 들어 있다. 지금 당장 속달로 보낼까 했는데 생각해보니 페리가 다니지 않으면 우편물도 도착하지 않는다.

문득, 곤충전 기획을 함께 진행한 현장 리더 시노야마 선생의 얼굴이 떠올랐다. 시노야마 선생은 사십 대 후반으로 나보다 훨씬 연상이나 아주 소탈하고 무엇보다 곤충을 진심으로 사랑하는 연구자다.

시노야마 선생에게 전화해 일의 진척 상황을 묻고 내 사정을 알려야 한다는 생각이 들었으나 그냥 두기로 했다. 어쨌든 지금은 회사 후배가 정식 담당자다. 그를 제치고 연락하는 것은 규칙 위반이다. 시노야마 선생이 내게 직접 연락하지 않은 것 역시 같은 생각이기 때문이리라.

어두컴컴한 방 한가운데에서 책상다리를 하고 조금 생각에 잠겨 있는데 느닷없이 스마트폰 벨이 울렸다. 전화다.

"으악!"

너무 놀라 들고 있는 단말기를 떨어뜨릴 뻔했다.

화면을 보니 의외의 이름이었다.

"여보세요……."

전화를 받았다.

"어이, 다스쿠?"

"네."

"자네, 지금 어디 있나?"

다이키 씨의 두껍고 짱짱한 목소리가 귓가를 울렸다.

"마을 회관 위층 방에 있는데요……."

자고 있었다는 말은 굳이 하지 않았다.

"그래? 거기 쇼도 있나?"

"네?"

"있냐고 물었어."

다이키 씨는 같은 말을 되풀이했다. 불쾌한 상태임이 그대로 전해졌다.

"아뇨, 없는데요……. 무슨 일 있습니까?"

"내 참, 녀석, 어디 간 거야?"

다이키 씨는 내 질문을 무시하고 혼잣말했다.

"저……."

"들켰어."

"네?"

"이 바보가 동쪽 여자와 사귄다고 공개했다고."

아니……, 왜?

"……."

쇼와 나나의 얼굴이 뇌리를 스쳤다.

할 말을 찾지 못하고 있는데 다이키 씨가 다시 다른 질문을 던졌다.

"다스쿠, 너, 어젯밤 모자모자에 갔었지?"

"네? 아, 네……."

동군 가게에 갔다고 비난할 줄 알고 목을 움츠리며 대답했다. 그런데 그 부분은 완전히 무시당했다.

"그 여자, 어땠나?"

"그 여자?"

"본토 아가씨 말이야."

루이루이 씨구나. 혹시 밤길을 함께 걸은 게 이미 소문났나?

"어떠냐니, 무슨 말씀이신지……."

조심스럽게 되물었다.

"그 가게에 갔다니까 자네도 알 테지만, 그 여자가 지금 섬 남자들을 이리저리 휘젓고 있다고."

"음……."

확실히 매료시키고 있다. 하지만 휘젓고 있다는 표현은 좀 정확하지 않은 듯하다.

대답을 망설이고 있자 다이키 씨가 계속했다.

"동군 안에서 분열이 일어나고 있어. 그리고 그런 상황을 한심해하는 서군 사람들과 충돌해 싸움이 일어나고 있다고."

"아니, 싸움이요?"

"그렇다고. 나 참! 한심한 일로 섬 전체가 아주 험악해. 게다가 쇼 녀석까지 바보 같은 짓을 하질 않나."

"아, 저기……, 섬 분위기라는 게 그렇게 나빠졌나요?"

아무리 그래도 너무 과장된 것 같아서 물었는데 다이키 씨는 한층 굵은 목소리로 답했다.

"그렇다니까!"

"……."

"이 섬은 말이야, 자네가 생각하는 것보다 훨씬 좁아. 소문도, 분위기도, 모든 게 순식간에 퍼진단 말이지."

"네."

"아니, 다스쿠에게 불평해봤자 소용없는 일이지."

"……."

"후……."

다이키 씨가 한숨을 크게 내쉬는 바람에 더는 할 말이 없어졌다.

"어쨌든 혹시 쇼가 그쪽에 가면 내게 전화하라고 전해주게."

"알겠습니다."

"그럼, 부탁하네."

다이키 씨는 그렇게 말하고 재빨리 전화를 끊어버렸다.

적막해진 방에 덜렁 남겨진 기분이 들었다.

해 질 녘, 열어놓은 창문으로 바람이 들어와 커튼을 살랑살랑 흔들었다.

그 절벽에서 나와 헤어진 뒤 쇼와 나나에게 도대체 무슨 일이 있었을까?

들고 있는 스마트폰을 내려다봤다.

혹시나 해서 쇼에게 전화를 걸어봤다.

벨이 울렸다. 한 번, 두 번, 세 번…….

역시 안 받는구나 싶은 찰나…….

"여보세요."

쇼의 온화한 목소리가 들려왔다. 예상한 것보다 긴박한 목소리는 아니었다.

"아! 다스쿠인데."

"네. 무슨 일이신데요?"

무슨 일이라니……?

"어?"

"어……라니, 네?"

어쩐지 김이 빠져 픗 웃고 말았다.

"쇼, 괜찮아?"

"아……, 혹시 벌써 들으셨어요?"

"응. 금방 다이키 씨가 전화했어."

쇼는 난처한 듯 깊은 한숨을 내쉬었다.

"죄송해요. 다스쿠 씨에게까지 폐를 끼쳐서."

"아니야. 폐라고는 생각하지 않아. 그런데 지금 어디 있어?"

내 질문에 쇼는 잠시 침묵했다. 알려줄지 말지 망설이는 듯하다. 하지만 결국은 입을 열었다.

"항구 근처에 있는 해변에 있어요."

"나나와?"

"집에 돌려보냈어요."

"그렇군."

"네."

귀를 열심히 기울이니, 확실히 쇼의 목소리 뒤쪽으로 파도 소리가 들렸다.

"이제 곧 밤이야."

"그래도……."

쇼는 오늘 밤, 어디로 갈 셈일까? 그렇게 생각하는데 꼬르륵, 내 배에서 한심한 소리가 났다.

방 입구를 봤다. 그곳에는 낮에 요시다야에서 사온 식료품 주머니가 덩그러니 놓여 있었다. 점심은 오토메 할머니 댁에서 얻어먹었으니 점심과 저녁 두 끼 분량이다.

"내가 지금 거기로 가도 될까?"

"네?"

"물론, 혹시 나라도 괜찮으면, ……말할 상대 정도는 될까 싶어서."

"……."

"어쨌든, 나, 구세주니까."

쓰바키히메를 떠올리면서 말했더니 풋, 꽃미남이 웃어주었다.

쇼가 알려준 만남 장소는 항구 해변을 따라 놓인 컨테이너 뒤편이었다. 시각은 완전히 해가 진 오후 일곱 시 반이 되어 있었다.

틀림없이 밤의 해변은 바람도 강해 추울 것 같아서 조금 두꺼운 파카를 입고 현관을 나섰다.

그런데 마침 그때…….

옆방 문에서 딸깍, 소리가 났다.

잠금장치가 풀린 것이다.

그 소리에 고개를 돌리니 문이 천천히 열리고 안에서 루이루이 씨가 나타났다.

"어머! 다스쿠가 있다!"

루이루이 씨는 놀란 표정으로 이쪽을 향해 살살 손을 흔들었다.

핑크색 티셔츠에 데님 반바지. 금발을 하나로 묶어 포니테일 머리로 하고 있다.

"아, 안녕하세요. 어디 가세요?"

"아니, 아니야. 지금 마침 다스쿠를 부르려 했지."

날, 부르려고?

"무슨 일이시죠?"

"히히히. 별건 아니야. 나 오늘, 쉬는 날이야. 좀 심심해서 같이 한잔하자고."

루이루이 씨는 찡긋 내게 윙크를 날렸다.

순간, 휘청했으나 곧바로 자세를 바로잡았다.

"아, 죄송합니다. 지금, 나가봐야 해서요."

"어머, 그렇구나. 어디 가?"

루이루이 씨의 가벼운 분위기와 기세에 낚여 나도 모르게 "항구 쪽으로 잠시……"라는 말을 해버리고 말았다.

"항구? 밤의 항구에 가서 뭐 하려고?"

"아! 아니, 아, 아닙니다. 딱히 항구에 가려는 것은 아닙니다. 항구 가 있는 방향이라는 뜻입니다."

"흠. 그렇구나. 그럼 나도 가도 되지?"

"네? 아, 안 되는데요."

"에이, 왜?"

"왜라니……, 그야 뭐, 저 혼자 가기로 했으니까요."

루이루이 씨는 팔짱을 끼고 삐딱하게 나를 올려다봤다. 어라, 좀 수상한데……라고 말하듯.

"그럼 저는 이만 바빠서."

당황스러움을 숨기고 말했다.

"에이, 왜 그래? 다스쿠, 지금 '도망치는 마을 사람' 같아."

도망치는 마을 사람?

"그게 뭔데요?"

"몰라? 다스쿠에게서 빌린 게임에 나오는데. 아주 중요한 캐릭터야."

"그, 그래요?"

도망치는 마을 사람이라니……, 그런 캐릭터가 있었나?

아니, 뭐. 루이루이 씨는 두 번이나 클리어했으니까 틀림없이 내가 모르는 게임 내용도 알 것이다.

"다스쿠, 걸어가?"

"네. 뭐."

"흠."

팔짱을 낀 채 루이루이 씨가 고개를 갸웃했다. 어쩐지 계속 질문할 것만 같아 서둘러 화제를 바꿨다.

"아, 맞다. 루이루이 씨에게 빌려준 게임, 이제는 돌려주세요. 나도 하고 싶어서요."

"오케이! 지금 돌려줄까?"

"아뇨. 다음에 주세요."

"그럼, 다스쿠가 어디 간 동안에 혼자 좀 놀아야겠다."

"아하. 그러세요."

"응."

"그럼, 저는 이제."

"응. 그래. 안녕!"

루이루이 씨가 손을 흔들며 자기 방으로 돌아가는 것을 지켜보고

287

자신도 모르게 "후……" 숨을 내쉬었다.

손목시계를 봤다. 아직은 괜찮다. 시간 여유는 있다.

계단을 내려와 쇼에게 빌린 차를 두고 그대로 걸었다. 실은 거리만 따지면 차를 몰고 가고 싶었으나 항구에 차가 세워져 있으면 너무 눈에 띌 것이다. 차만 봐도 누가 거기 있는지 아는 게 이 섬이다. 그래서 일부러 걸어서 항구까지 가기로 했다.

평소대로 캄캄한 강변 언덕길을 내려간다.

하늘은 완전히 저물었고 막대기로 툭 치면 후드득 떨어질 것처럼 별이 많다.

이대로 언덕길을 계속 내려가면 인가도 나오고 잇테쓰 앞에 당도한다. 최대한 사람들을 만나지 않도록 중간에 좁은 샛길로 들어갔다.

샛길은 더 어두워 발밑이 위태로웠다. 스마트폰의 손전등 기능을 이용해 앞을 비추면서 천천히 걸었다.

어둠 속에서 벌레들의 연가에 둘러싸였다.

밤바람은 부드럽고 서늘했다. 바다와 숲 냄새가 다 녹아 있다.

쇼와 나나. 서쪽과 동쪽. 다이키 씨와 촌장과 루이루이 씨와 험악해진 남자들……, 회사와 나.

온갖 생각을 하며 걸었다.

설마, 지금, 이 순간…….

어둠 속에 내 뒤를 밟는 사람이 있을 줄은, 꿈에도 생각하지 못

288

한 채.

항구에 부는 바람은 생각보다 그리 쌀쌀하지 않았다.

입고 온 파카 지퍼를 내리고 쇼와 나란히 콘크리트 안벽(岸壁)에 앉았다. 우리 뒤로는 화물용 컨테이너 세 개가 나란히 늘어서 있어서 밤새 켜놓는 상야등 불빛을 막아주었다.

"여기라면, 사람들에게 들키지 않겠네."

시커먼 바다 위에 다리를 내려 어린애처럼 천천히 흔들며 말했다.

"들켜도 되는데요."

쇼는 뜻밖에도 시원스레 말했다.

"그래?"

"누구에게서 도망친 게 아니니까요. 어쨌든 오늘 밤은 집이나 다이키 씨 집에 가려고요."

"그래?"

가령 도망치더라도 이 섬에 있는 한 금방 들킬 것이다.

"그래도 다스쿠 씨가 저랑 같이 있는 걸 들키면 귀찮을 것 같은데……"

"아, 그렇지!"

생각해보니 그 말도 일리가 있다. 쇼와 있다가 좋지 않은 소문에 휘말릴지도 모른다.

"그보다 다스쿠 씨, 소문이 돌아요."

쇼가 씩 미소를 지으며 말했다.

"어? 소문이라니……, 나?"

"네. 낮에 오토메 할머니와 교수했다고."

"아……."

불과 몇 시간 전 일인데, 벌써…….

정보의 전파 속도가 너무 빨라 절로 입이 벌어진다. 아마 섬사람 모두가 이미 알고 있으리라.

"그 소문, 진짜예요?"

"아……, 응, 그래. 정확하게는 '교수'를 나눈 게 아니라 일방적으로 당한 거지만."

그때의 내 모습을 상상했는지, 쇼가 키득키득 웃었다.

"그래서 말이야, 남녀가 교수를 나눈다는 게 어떤 의미인데?"

계속 궁금하게 생각한 점을 다시 물었다.

"여러 의미가 있지만……, 쉽게 말하자면 원래는 '당신을 내 곁에 두고 싶어'라는 의미였어요. 그게 변해 당신과 함께 살고 싶다는 의미가 되었죠."

"……."

"그리고 거기서 또 의미가 변해 프러포즈가 되기도 하고 남녀 사이의 '깊은 관계'가 되자는 의미가 되기도 하죠."

"깊은 관계라니……, 그런 말도 안 되는……."

오토메 할머니의 온화한 미소를 떠올리면서 한탄했다.

"하하하. 상대가 오토메 할머니였으니 그렇게까지 깊은 뜻은 아니었을 테지만……."

"그런데?"

"그래도 그 소문을 들었을 때는 웃고 말았네요."

"무슨 소리야! 제발 좀 봐주라."

나와 쇼는 어둠 속에서 서로의 얼굴을 보며 낮게 웃었다. 웃음소리는 바다를 건너온 축축한 밤바람에 흩어졌다. 밤의 바다는 살짝 두려워질 만큼 시커멓다. 하지만 발밑의 수면은 상야등의 하얀 불빛에 살랑살랑 흔들렸다.

"그러고 보니……, 다이키 씨요."

"아, 응."

"전화해서 뭐라고 했어요?"

쇼가 본론을 꺼내는 바람에 다리를 흔들다 멈췄다.

"쇼가 나나와의 관계를 공언했다고. 내 방에 오지 않냐고."

"화가 났던가요?"

"아무래도 그렇지. 조바심이 난 것 같더라."

"그렇겠죠……."

쇼의 목소리가 살짝 낙담한 듯 들렸다.

"저기 말이야, 외부인인 내가 이런 말 하기는 그렇지만, 나나와의 일로 다이키 씨가 화를 내는 건, 솔직히 너무 오지랖이지."

조금이라도 쇼에게 위로가 될까 해서 그렇게 말했는데 뜻밖에도 쇼는 고개를 저었다.

"그게, 실은, 그렇지 않아요."

"응?"

"이번 일은 다이키 씨와의 약속을 깬 제 잘못이니까 화내시는 게 당연하죠."

"약속?"

"네."

쇼가 살짝 고개를 끄덕이곤 "이런 일은 다스쿠 씨에게 말해봤자 소용없는 일이겠지만"이라고 전제하고 조금 의외의 고백을 시작했다.

"나나와 제 일은 섬사람들에게 절대 비밀로 하자고 다이키 씨와 약속했어요."

"어? 다이키 씨, 알고 있었어?"

놀라는 나와는 달리 쇼는 정면 바다를 바라본 채 이어서 이야기하기 시작했다.

"알고 있었어요. 알고 있어서 오히려 나를 '감시'한다고 할까, 다이키 씨 집에서 머물게 한 거죠."

"그거 혹시……?"

"집에는 아버지의 눈이 있어 좀처럼 자유롭게 나나를 만나지 못하니까요. 하지만 다이키 씨 집에 있으면 몰래 나갈 수 있어요. 그보다는 다이키 씨가 눈감아준다고 해야 할까요."

"그러면 다이키 씨는 오히려 응원해준다는 말이야?"

"음, 꼭 그렇다고는 할 수 없지만……."

"아니야?"

"응원이라기보다는 동정 같은 감정이죠."

"아, 미안. 잘 모르겠어. 무슨 소리야?"

다시 내가 묻자 쇼는 "죄송해요. 그러니까"라면서 가볍게 콧등을 긁고 설명을 시작했다.

"다이키 씨는 일부러 모르는 척하기는 하지만, 우리 관계를 찬성하지는 않는다는 태도입니다. 몰래 만나는 건 봐준다. 하지만 섬사람들에게는 절대 비밀로 하라고 했어요."

"그래? 그래서 쇼는 그러기로 했고……?"

"네. 약속했어요. 아무한테도 말하지 않겠다고."

"그렇구나……."

쇼가 말하는 '약속'이란 그런 것이었다.

"다이키 씨, 그렇게 보여도 정이 많아서 사람들을 잘 돌보는 다정한 사람이에요."

293

"응. 알 것 같아."

고개를 끄덕이면서 밀짚모자를 줄 때 '형님' 같은 미소를 짓던 다이키 씨의 얼굴을 떠올렸다.

"저와 나나가 최대한 자유롭게 만나면서도 이 섬에 있을 수 있는…… 상황을 확보해줬어요."

"그랬구나……."

"그래도 처음부터 섬사람들의 의심을 받았지만요."

"어쩐지, 그런 것 같더라."

내가 그렇게 말하자 쇼는 캄캄한 바다를 바라보며 씁쓸하게 웃었다. 그리고 혼잣말처럼 읊조렸다.

"오늘은 영 운이 안 따랐네요."

"아……."

"비밀의 장소에 갔다가 다스쿠 씨랑 딱 마주치고."

"하하하……."

나도 쓴웃음을 지을 수밖에 없었다.

"게다가 이후에 나나랑 제가 일부러 시간을 두고 절벽에서 돌아오려 했는데 같이 있는 모습을 들켜서."

"어떻게 들켰어?"

"정말 운이 없었다니까요……."

쇼의 말은 이랬다.

처음 그 '짐승 길'을 내려와 도로로 나선 사람은 나나였는데 그곳을 우연히 동군 마을 의회 의원이 차를 타고 지나가다 나나가 덤불에서 나오는 것을 보고 수상하게 여겼다. 게다가 조금 있다가 차를 되돌려오다 이번에는 같은 덤불에서 쇼가 나오는 것을 보고 만 것이다.

"그것은 곧 동군 의원이 보기에는 서쪽 촌장 아들인 쇼의 비리 현장을 잡은 것이나……."

"맞아요."

그래서 그 의원은 굳이 차까지 세우곤 쇼를 불러 세워 신나게 몰아붙였다.

"그래서, 인정해버린 거야?"

"현행범 같은 처리였던지라, 이제 모르겠다 싶어서."

"아니, 현행범이라니……."

딱히 나쁜 짓을 한 것도 아닌데.

"게다가 요즘 나나도 더는 주위에 숨기기 싫다고 했었어요."

"맞아. 그런 말 했지?"

그 절벽 위에서 나도 들었다.

"굳이 말하자면 '너희 아버지 의원 선거는 이제 끝이야'라는 소리에 화가 좀 났어요."

"아니……!"

295

"그래서 끝내 '우리와 정치는 상관없는 일이니까 말할 테면 해보세요'라고 내뱉어버렸죠……."

"네가?"

"저도 모르게, 해버리고 말았어요."

쇼는 자조적인 웃음을 짓고 두 손을 뒤로 잡은 다음 살짝 고개를 들어 올렸다. 바다 위에 펼쳐진 별들을 올려다보는 것이다.

한숨을 삼키면서도 나도 같은 자세를 취했다.

지상에서는 한심한 일이 벌어지고 있는데 하늘을 올려다보면 믿기지 않을 정도로 많은 별이 반짝이고 있다. 자세히 보면 밤하늘 한가운데를 별처럼 빛나는 인공위성이 천천히 이동하고 있다.

이따금, 휙 유성이 떨어진다.

"어쩐지 말이야……."

밤하늘을 올려다본 채 말했다.

"별이 가득한 하늘이라기보다 우주 같은 느낌의 하늘이야."

"저야 늘 보는 거라 익숙한 하늘인데, 그래도 듣고 보니 그러네요."

"정말, 대단해."

"……."

쇼는 잠자코 밤하늘을 올려다봤다.

나도 말없이 인공위성을 눈으로 좇았다.

발밑에서는 철썩철썩 부드러운 소리가 들려왔다. 흔들리는 바닷물이 콘크리트 안벽에 부딪히는 소리다.

"밤하늘은 대단한데."

갑자기 쇼가 입을 열었다.

"너무 좁아요. 이 섬은."

이제 정말 진절머리가 난다는 듯한 말투였다.

대답 대신 잠자코 밤하늘을 올려다보며 생각했다.

확실히 이 섬의 면적은 좁다. 하지만 실제 면적보다 훨씬 좁게 느껴지는 명확한 이유가 섬사람의 마음속에 있는 게 아닐까.

"저기 말이야."

"네."

"서쪽과 동쪽의 갈등을 없앨 수는 없을까?"

섬이 좁다기보다는 오히려 섬사람의 '마음'이 반으로 나뉘어 작아진 게 더 문제다. 그렇게 확신하고 되물었다.

그러자 쇼는 아무 말 없이 천천히 크게 끄덕이고 안벽에 걸쳐놓은 다리를 접어 책상다리를 했다. 그리고 각오라도 한 듯 크게 숨을 내쉬었다.

"제 어머니는 오 년 전, 제가 열일곱 때 돌아가셨어요."

뜻밖의 전개에 "어……?"라는 소리를 흘리고 말았다. 하지만 쇼는 평소의 부드러운 목소리로 말을 이어갔다.

"어머니는 시치조시마 출신이에요."

297

"……."

"이 섬에 시집온 초기에는 어머니 역시 동서 갈등을 보고 놀라, 당시 마을 의회 의원인 아버지에게 요즘 세상에 이런 일은 이상하다며 화합을 주장했대요. 그런데……."

쇼의 아버지도 마을의 중진도 오래 이어진 풍습은 그리 쉽게 바뀌지 않는다며 고개를 저을 뿐이었다고 한다.

그러나 쇼의 어머니는 포기하지 않았다.

적어도 시치조시마에서 온 자신만은 동서 갈등에 집착하지 않고 모든 섬사람과 평등하게 지내기로 마음먹은 것이다.

"하지만 결국은 그렇게 안 됐어요."

"그래?"

"이 섬사람들은 전혀 변하지 않았죠."

"……."

"어머니가 돌아가셨을 때 동쪽 여성분 몇이 울면서 장례식을 도와줬어요. 저로서는 아주 기쁜 일이었죠. 하지만……."

이게 원인이 되어 한동안 섬이 팽팽한 긴장감으로 뒤덮였다고 한다.

"아니, 그런 일로, 왜……?"

"아주 한심한 일이기는 하지만"이라고 전제한 뒤 쇼는 살짝 한숨을 쉬었다.

"이유는 두 가지예요. 첫째는 서쪽의 장례를 동쪽이 도운 전례가 없었으니까요. 둘째는 아버지의 촌장 출마가 결정되었기 때문이었어요."

"그런 정치적인 이유로?"

"그런 것 같아요."

"아이고……."

외부인인 내가 쇼보다 더 깊은 한숨을 내쉬고 말았다.

"당시 저는 시치조시마의 고등학교 기숙사에서 살고 있었어요. 장례식 때 돌아왔는데 그동안 서쪽 사람에게도 동쪽 사람에게도 차가운 시선을 받아야 했어요."

"아니, 동쪽 사람이 장례식을 도왔다고?"

"네……."

어머니를 잃고 그야말로 한없이 힘들었을 고교생을…….

어느새 내 미간이 잔뜩 찌푸려져 있었다.

"그건 정말 너무했네."

"후."

대답 대신 쇼가 다시 어깨로 숨을 내쉬었다.

"어머니의 장례식을 그런 분위기로 치르다니, 당시 저는 너무 화가 나서 그날 밤 아버지에게 말하고 말았어요."

"……."

"나 참, 동쪽이니 서쪽이니, 그런 한심한 일에 매달릴 생각이면 정치 따위 때려치우라고. 누구를 위한 정치냐고."

"네가 그런 말을 했다고?"

"말했어요. 실제로는 더 심한 말을 했죠."

"설마……."

"태어나서 처음으로 아버지와 드잡이까지 하며 큰 싸움을 벌였어요."

이렇게 온화한 쇼가…….

내게는 그 장면이 조금도 상상되지 않았다.

"다스쿠 씨, 기억해요?"

"응?"

"이 항구에서 다스쿠 씨와 처음 만났을 때 제가 '에다노 쇼'라고 인사했잖아요."

"아, 응. 기억해."

"그 '에다노'라는 성, 실은 어머니 성이에요."

"……."

수수께끼가, 하나 풀렸다.

"어머니가 돌아가셨을 때 결심했어요. 이 섬에서는 '에다노'로 살자. '서쪽'이라는 글자가 들어간 '니시모리'는 봉인하자고."

"……."

"시치조시마의 고등학교를 졸업하고 이 섬으로 돌아왔을 때 아버지와는 여전히 사이가 좋지 않았어요. 그 상태로 제대로 화해도 못 했고, 아니, 할 생각이 없었죠."

거기서 일단 말을 끊은 쇼는 자조적인 미소를 지었다.

나는 그저 "응"이라고 짧게 맞장구칠 수밖에 없었다.

"저와 아버지의 냉랭한 관계를 보다 못한 다이키 씨가 저를 품었죠."

"품어?"

"다이키 씨 연료 가게의 직원으로 받아줬어요."

"그렇구나. 그때 나나는 아직······."

"네. 시치조시마의 고등학생이었고요. 이미 사귀고는 있었지만."

쇼와 나나가 사귀기 시작한 것은 쇼가 고등학교 삼 학년, 나나가 일 학년 때였단다. 당시는 둘 다 연극부에서 활동하며 언젠가는 함께 도시로 나가서 훌륭한 배우가 되자는 꿈을 꾸었단다.

"하지만 아버지의 도움 없이 혼자 도시에 나갈 용기가 없어서, 졸업 후 이 섬으로 돌아왔어요."

그리고 이 년 뒤······, 나나 역시 이 섬으로 돌아왔다. 나나는 섬의 생명줄인 요시다야와 그 가게를 지키는 어머니를 버리고 도시에 나갈 용기가 없었다.

나나가 돌아오자 둘의 사이를 수상하게 여기는 소문이 점차 퍼졌고 그 이야기는 마침내 촌장과 다이키 씨의 귀에까지 들어갔다.

그리고 어느 날, 다이키 씨가 쇼를 다그쳤다.

"쇼, 너, 나나와 사귀냐?"

쇼가 대답하지 못하고 쩔쩔매자 다이키 씨가 말했다.

"만약 그게 진짜면 내게 아이디어가 있지."

그리고 그때의 그 아이디어라는 것이 다이키 씨가 쇼의 감시자가 되어 자기 집에서 '반쯤 얹혀살게' 하는 것이었다.

촌장은 원래 다이키 씨를 오른팔로 신뢰하고 있으니까 쇼를 맡기는 데 반대하지 않았다고 한다.

거기까지 들었을 때…….

안타까운 심정으로 쇼의 옆얼굴을 보고 있었다.

이런 온화한 꽃미남도 실은 엄청나게 힘들어하고 있었구나.

"왠지, 나는……."

"네."

"쇼에 대해, 전혀 몰랐던 것 같네……."

자신도 모르게 그렇게 중얼거리자 쇼가 씩 웃었다.

"그야 당연하죠."

"그래……?"

"그야 만난 지 며칠 안 됐잖아요."

"그야 그렇지만."

내가 김빠진 목소리로 대답했을 때······.

꼬르륵, 너무나도 한심한 소리가 났다.

내 배가 울린 것이다.

쇼가 웃음을 터뜨림과 동시에 아주 중요한 사실을 기억해냈다.

"앗, 까먹고 있었네."

"뭘요?"

"방에서 식료품을 가져왔어."

말하면서 옆에 놓아둔 봉투를 당겼다. 그리고 안에서 채소 빵과 주먹밥 등 여기서 먹을 수 있는 식료품을 꺼내 쇼와 나 사이에 늘어놓았다.

"마음대로 골라 먹어."

"그래도 돼요?"

"물론이지. 배가 고플 것 같아서 가져왔어. 차도 여기 있어."

그러곤 오백 밀리미터 페트병 하나를 건넸다.

"죄송하네요. 실은 저도 정말 배고팠어요."

"가져오길 잘했네."

그 뒤 우리는 섬의 생명줄 요시다야에서 산 식료품을 먹으면서 다시 대화를 시작했다.

"쇼는 말이야······."

"네."

"나를 안내한 사흘 동안 동쪽 사람들을 주로 보여줬지?"

"아, 아셨어요?"

"중간쯤부터 알아차렸지."

"예리하시네요."

"아냐. 누구였든 알았을 거야."

"하하……."

채소 빵을 씹으면서 쇼가 짧게 웃었다.

"그래서 말이야, '에다노'로 살기로 한 쇼는 최대한 동서를 나누지 않기로 한 거야?"

"그렇죠. 하지만 너무 티가 나지 않도록 양쪽 상황을 살피는 느낌이죠."

역시 돌아가신 어머니의 유지를 잇고 있구나.

"하지만 그 탓에 쇼는 서쪽 사람들과 좀, 뭐랄까……."

"미묘하게 저와 거리를 두고 있죠."

"역시 그랬구나."

"다스쿠 씨, 그것도 아셨어요?"

"보면 알지……."

이번에는 쇼도 웃지 않았다. 웃을 수 없었을지 모른다.

휙휙, 밝은 유성이 밤하늘을 가로지른다.

쇼도 보고 있을 것이다.

하지만 우리는 한동안 말없이 시커먼 바다와 하늘 가득한 별을 각자 바라봤다.

마침내 문득, 내 머릿속에 의문이 떠올랐다.

"쇼에게 동료는 없어?"

"동료?"

"응. 쇼처럼 동서 분단을 문제라고 생각하는 사람."

"없지도 않지만, 하지만 동료라고 하기에는……."

"그게 누군데?"

"그러니까……."

쇼는 검지를 관자놀이에 대고 생각나는 이름을 댔다.

"나나도 물론이고 쓰바키히메 님의 가렌도 그렇고. 그리고 세이야 씨는 동서 같은 거 일 밀리도 관심 없다고 했어요."

"하하하. 정말 세이야 씨답네."

"다음은 당연하겠지만, 섬 밖에서 온 마을 사무소 사람들과 학교 선생님들은 동쪽이니 서쪽이니 하며 눈을 흘기는 사람들을 어이없어하는 마음으로 방관하고 있을 겁니다."

"그렇겠지……."

"그리고 다스쿠 씨와 만나게 한 젊은 어부도……, 그 사람은 서쪽 사람인데 얼마 전에 '동쪽이니 서쪽이니 정말 한심해'라고 말했어요."

"그래? 그 말은 곧 쇼가 기본적으로 동서 분단 반대파를 내게 소개했다는 거구나."

"아, 확실히⋯⋯. 그리 의식한 건 아닌데 결과적으로 그렇게 됐네요."

"또 있지 않을까? 일테면 오토메 할머니도 분단에 찬성하지 않는 것 같아."

"아아, 오토메 할머니는 아무리 봐도 평화주의자죠."

"그렇지."

"틀림없이 저 모르게 더 있을 겁니다. 하지만 속으로만 생각하지 좀처럼 드러내지는⋯⋯."

"않는다는 말이지."

"네. 어머니도 생전에 그렇게 말했어요."

"그렇구나⋯⋯."

틀림없이 그랬으리라. 섬사람 대다수는 자신의 '준거 집단'을 배신할 때 받을 '비난'을 두려워하는 것이다. 두려운 것은 상대가 아니라 오히려 '우리 편'인 것이다. 속으로는 이런 작은 섬을 동서로 분단하지 말고 그냥 사이좋게 지내는 게 좋다는 것 정도는 알고 있다. 하지만 그렇게 주장하면 바로 무리에서 추방된다.

동조 압력⋯⋯이라는 눈에 보이지 않는 공포.

평범하게 살아가는 사람들의 마음을 옭아매는 족쇄.

마치 국제 관계 같지 않나?

사실은 서로 돕고 같이 웃고 주고받으며 사랑하는 세계가 되는 게 훨씬 좋은 것은 모두 안다. 그런데 자신들이 살지도 않은, '옛날 사람들이 일으킨 일'의 책임을 지금 사는 사람들이 짊어지고 있다. 게다가 그 책임을 포기하려 하면 '동조 압력'에 짓눌린다. 자신이 사랑하고 속한 '우리 편'에게 공격당한다.

또 별이 떨어졌다.

유성은 밤하늘 어딘가로 소리 없이 사라졌다.

인공위성도 어느새 보이지 않았다. 국경 없는 우주를 일본 상공에서 어떤 나라의 상공으로 이동한 것이다.

"진정한 '용사'는 내가 아니라 쇼였네."

마음의 소리를 그대로 드러냈다.

"갑자기 무슨 말씀이세요."

"그야, 섬사람들은 목소리를 내는 게 두려워 움직이지 않는데 쇼만은……"

"아아……"

그런 말이냐는 느낌으로 쇼는 쓸쓸하게 웃었다.

"그렇다면 쇼의 어머니는 '초대 용사'네. 멋져."

"하하하. 고맙습니다. 하지만 지금은 저도 알아요. 생전의 어머니가 얼마나 힘들었을지."

"아……."

"이 좁은 섬에서 설령 몇 명일지라도 섬사람들의 냉대와 차가운 시선을 받았으니, 참……."

"……."

"마음에 병이 들었을 거예요."

"음……."

솔직히 그랬을 것 같다.

고개를 끄덕이면서 회사에서의 내 모습을 떠올렸다.

"역시 '용사'는 마음에 병이 들게 생긴 제가 아니라 다스쿠 씨예요."

"왜?"

"그야, 당연히 쓰바키히메가 '계시'로 구세주라고 했으니까요."

"또 그 소리야?"

나는, 웃었다.

"이거 정말, 농담이 아니라고요. 쓰바키히메의 계시는 정말 높은 확률로 맞는다니까요. 그 점은 섬사람 모두 알아요."

속으로 '아이고, 알았어'라고 가볍게 응하면서 다른 말을 꺼냈다.

"쓰바키히메가 내게 '구세주'라고 한 것은 섬사람들에게 비밀로 해줘."

또 이상한 소문이 돌면 귀찮아질 테니까. 생각해보니 이미 모자

모자에서도 내가 마법이니 초능력을 쓴다는 바보 같은 소문이 돌고 있었다.

"알았습니다. 절대 아무에게도 말하지 않을게요. 하지만 그렇게 약속해도 설득력은 제로일 겁니다."

"푸하하. 확실히 그렇긴 하네."

주먹밥을 먹고 있다가 입속의 밥알을 뿜을 뻔했다.

"쇼는 다이키 씨와의 약속을 막 깬 거짓말쟁이니까."

"그렇죠?"

한동안 우리는 싱글대며 빵과 주먹밥을 먹었다. 하지만 시간과 함께 그 웃음소리도 천천히 잦아들었다.

"다이키 씨, 화가 났다기보다 걱정하고 있을 거야."

최대한 부드럽게 말했다.

"그럴 거예요. 아, 하지만 역시 화도 나셨을 거예요. 틀림없이."

"걱정하니까 더 화가 났겠지."

"저도 그렇게 생각해요……."

쇼는 빵을 다 먹고 차를 한 모금 마셨다. 그리고 시커먼 바다와 검은 하늘의 경계선 근처를 바라보면서 한숨처럼 내뱉었다.

"아……, 나는 지금 뭘 하고 있는 것일까?"

쇼의 그 말은 최근 몇 년 동안, 그야말로 내가 속으로 수없이 되풀이해온 말이다. 그래서 절로 "나도 마찬가지야"라고 쉽게 대답할 뻔했다. 하지만 마지막 순간에 멈췄다. 왜냐면 그 순간 내 뇌리에 그 절세미녀의 얼굴이 떠올랐기 때문이다.

"쇼, BTS라고 알아?"

"한국의, 방탄소년단이요?"

"응, 맞아. 그들 노래에 〈매직 숍〉이라는 게 있는데."

"아, 네……?"

쇼는 고개를 갸웃하며 이쪽을 봤다.

"그 노래, 가사가 굉장히 좋아."

"……."

"아직 제대로 외운 건 아닌데, 틀림없이……."

루이루이 씨의 얼굴을 떠올리면서 그 가사를 쇼에게 들려줬다.

"내가 나인 게 싫은 날, 영영 사라지고 싶은 날, 문을 하나 만들자, 너의 맘속에다. 그 문을 열고 들어가면 이곳은 널 위로해줄 Magic Shop……, 이런 내용이야."

루이루이 씨가 알려준 내용과는 다를지 모르나 대체로 이런 내용이었을 것이다.

"마음속에 문을 만든다……."

"응. 마음이 약해졌을 때 자신을 지키기 위한 쉼터 같은 것 아닐까? 나는 그렇게 받아들였어."

"왠지……, 좋네요."

"그렇지? 사실은 나도 인터넷 영상으로 〈매직 숍〉의 뮤직비디오를 봤을 뿐이야."

약간 쑥스러워하며 그렇게 말한 찰나……, 나와 쇼는 훅 웃음기를 지웠다.

방금, 무슨 소리가 살짝 들린 것 같은데.

우리 앞은 바다, 뒤는 컨테이너다.

사람이 있다면 오른쪽이나 왼쪽밖에 없다.

사각, 사각…….

모래 밟는 소리가 났다. 발소리다. 그 소리는 왼쪽에서 들렸다. 우리가 나란히 왼쪽으로 고개를 돌렸을 때 컨테이너 구석에서 사람 그림자가 나타났다.

어떻게 여기에, 우리 말고 다른 사람이…….

숨을 멈춘 우리를 향해 그 그림자가 모습을 드러내고 당당하게 섰다.

축축한 밤바람이, 바다에서 불어왔다.

사람 그림자의 머리카락이 부드럽게 나부꼈다.

어……?

그 실루엣에 나도 모르게 소리를 지를 뻔했다.

그러나 먼저 그림자가 소리를 냈다.

"정말 기뻐! 다스쿠, 벌써 〈매직 숍〉을 봤구나! 히히히."

별이 가득한 하늘까지 닿을 듯한 쨍쨍한 목소리…….

"어, 어떻게, 루이……."

말도 안 되는 상황에 말을 끝맺지 못했다.

쇼도 넋을 놓고 굳어버렸다.

"히히히. 놀랐어?"

"이거, 큰일이네."

간신히 소리를 냈다.

"나, 게임을 했지."

루이루이 씨는 도통 알 수 없는 소리를 하면서 런웨이를 걷는 모델처럼 이쪽으로 다가왔다.

그리고 나와 쇼의 미묘한 틈을 비집고 들어와 땅에 놓인 식료품을 좌우로 치우고 주저앉았다.

"와! 컨테이너 이쪽은 바람이 세네."

루이루이 씨는 긴 다리를 바다 위에서 천천히 흔들면서 새삼 "하이!" 하고 쇼에게 손을 들어 보였다.

"앗……! 아, 안녕하세요."

쇼는 넋이 나간 얼굴로 가볍게 턱을 내밀 듯 인사했다.

"게임을 하다니, 무슨 소리죠?"

간신히 먼저 냉정을 되찾은 내가 루이루이 씨에게 물었다.

"히히히, 알고 싶어?"

"그야 당연히 알고 싶죠."

"그럼, 알려줄까?"

루이루이 씨는 아주 즐거운 듯 얼굴 옆에서 브이 사인을 만들었다.

"있잖아, 다스쿠에게서 빌린 게임 속에 '도망치는 마을 사람'이 나와. 그 마을 사람, 애써 내가 말을 걸어도 '나는 급히 가야 할 데가 있어'라고 차갑게 말하고는 멋대로 가버려. 그래서 나, 궁금해져서 그 마을 사람을 내내 따라갔더니 엄청나게 중요한 정보가 있는 곳에 도착했거든."

"네……. 그 말은?"

"히히히. 이제 알았나? 아까 다스쿠가, 그 마을 사람처럼 차갑게 굴어서 게임과 똑같은 것 같아 따라왔지. 그랬더니 역시 둘이 아주 중요한 이야기를 하네."

"나를, 미행했다고요?"

"응. 그랬어. 하지만 나, 그냥 걸었다고. 다스쿠는 전혀 모르더라. 중간에 웃을 뻔했다니까."

이 사람, 정말…….

"그 말은 컨테이너 뒤에서 우리의 말을 계속 듣고 있었다는 건가요?"

"응, 미안. 너무 조용해서 들리더라고. 히히히. 저기, 나도 이 주먹밥 좀 먹어도 돼?"

"네?"

"배가 너무 고파."

루이루이 씨는 매력적인 미소를 지으며 이미 주먹밥을 들고 있었다.

"그야 괜찮지만……."

"와! 다스쿠, 고마워!"

자유분방한 루이루이 씨의 너무나 아름다운 미소.

이런, 이런! 나 자신도 모르게 힘이 빠지고 만다.

그러자 키득대는 웃음소리가 들렸다. 웃는 사람은 쇼다.

"저기, 처음 뵙는다고 해야겠죠?"

웃으면서 쇼가 루이루이 씨에게 말을 걸었다.

"응. 안녕! 쇼는 소문대로 정말 미남이네."

"하하하. 고맙습니다."

"게다가 어머니와 아들이 나란히 '마음'도 아름답고. 정말 멋지고 훌륭한 것 같아."

쇼 모자를 대놓고 칭찬한 루이루이 씨는 주먹밥을 한입 베어 물었다.

"음! 맛있다. 나, 명란젓 주먹밥을 제일 좋아해."

나와 쇼는 루이루이 씨의 엉뚱한 언동과 텐션에 완전히 휘둘려, 쓴웃음을 짓는 수밖에 없었다.

"저기, 다스쿠."

루이루이 씨가 오른편에 있는 나를 돌아봤다.

"왜요?"

"지금이야말로 우리가 나설 때 아닌가?"

"네?"

"지구방위군 말이야."

"어? 무슨 소리예요."

"지구방위군이라니, 그게 뭔데요?"

쇼가 쓴웃음을 지은 채 물었다.

"있잖아. 나와 다스쿠가 결성했어. 서쪽이나 동쪽, 나라와 나라, 그런 것과는 전혀 상관없는 동료야. 일테면 우주인이 공격해오면 지구인은 모두 동료잖아? 그런 느낌이야. 히히히."

루이루이 씨가 너무나 산만하게 설명했는데도 친절한 쇼는 "그렇군요"라며 웃어주었다.

"얼굴도 마음도 미남이니까 쇼도 넣어줄까?"

"하하하. 고맙습니다."

루이루이 씨다운 이유로 갑자기 대원 하나가 늘어난 김에 새삼 물었다.

"그래서 루이루이 씨, 지구방위군이 나설 차례라니, 무슨 뜻이죠?"

"아니, 서쪽과 동쪽으로 갈라져 있는 이 섬 말이야, 너무 이상하지 않아? 무슨 게임 세계 같지 않아?"

그런 게임, 있나? 일본 전국 시대 게임인가?

"그런……가요?"

"응. 아주 재미있잖아. 그래서 우리가 이 섬을 무대로 진짜 모험을 즐기자고."

"진짜 모험?"

이제는 무슨 말을 할지, 전혀 모르겠다.

"응. 나 말이야, 쇼의 말을 듣고 살짝 재미있는 아이디어를 생각했어. 히히히."

"아이디어, 요?"

일단 말을 들어보기로 했다.

"응. 저 말이야, 모자모자 손님이 한 말인데, 다음 주, 이 섬 신사에서 아주 이상한 축제가 열린다며?"

"아아, 있어요. 대제예요."

쇼가 고개를 끄덕이고 나를 봤다.

대제라고 하면 그 고오니가시마 신사의 축제다.

"그렇지? 그리고 이 섬에는 아주 불가사의한 전설이 있다고 했어. 섬사람 누군가가 고오니 신에게 납치당한다는."

"아아, 그건 저도 들었는데……."

그거야말로 단순한 전설이잖아요. 이 말을 꺼내지 않고 루이루이 씨가 계속 이야기하기를 기다렸다.

"와! 다스쿠도 아는구나! 그러면 벌써 내 아이디어, 아니지, 지구방위군의 '작전'을 들으면 바로 알아듣겠네. 히히히."

루이루이 씨는 이어 주먹밥 대신 빵을 먹으면서 그 '작전'이란 것을 신나게 떠들어대기 시작했다.

솔직히 말하자면……, 어차피 말도 안 되는 허언이리라. 그런 생각에 흘려들을 셈이었는데 루이루이 씨의 입에서 쉴 새 없이 솟아나오는 '작전'은 내 상상을 훨씬 초월하는 양질의 것이었다. 내용 자체는 루이루이 씨답게 기상천외하고 엉뚱했으며 바보 같았는데 한편으로는 치밀함과 논리 정연한 흐름을 겸비하고 있었다. 게다가 그 '작전'이 성공하면……이라고 상상하니 너무나 통쾌해 등에 소름이 다 돋았다. 이야기를 듣는 나와 쇼는 자신도 모르게 몸을 내밀고 있었다.

한바탕 '작전' 내용을 이야기한 루이루이 씨는 이번에는 그것을 수행하는 데 필요한 것들을 손가락을 꼽으며 쇼와 내게 알려주었다. 일테면 필요한 인재(사람)와 섬의 관습에 관한 자세한 정보, 나아가 지구방위군 대원들이 몰래 모여 '비밀회의'를 열 만한 장소(비밀기지)까지, 생각나는 대로 말하는 것치고는 놀랄 만큼 구체적이었다.

"와, 정말 대단하네……. 루이루이 씨 머릿속에는 뭐가 들어 있어요?"

중간에 나도 모르게 묻고 말았다.

그러자 루이루이 씨는 "뭐?"라며 고개를 기울이더니 특유의 히히히, 라는 지나치게 아름다운 미소를 지으며 이렇게 대답했다.

"내 머릿속에는 '두근두근 요소'가 잔뜩 들어 있는 것 같아."

"······."

"······."

나도 쇼도 나란히 한숨을 내쉬었다. 이제는, 루이루이 씨를 대적할 수 없다는 사실을 깨달은 것이다.

"저기요, 루이루이 씨."

궁금한 게 하나 있었다.

"뭐?"

"이 작전, 아주 재미있기는 한데요, 루이루이 씨는 매일 밤에 일해야 하잖아요? 그러니까 밤의 회의는 물론 작전 준비도 못 하고······, 아무래도 실행에 옮기기는 무리일 것 같은데요."

"히히히. 그건 괜찮아."

"네?"

"어제, 모자모자 씨가 말이야, '일주일쯤 아르바이트를 쉬라'고 하더라."

"쉬다니······, 왜요?"

물어본 사람은 쇼였다.

"섬 분위기가 너무 안 좋다나. 그러니 루이루이 씨는 한동안 가게
를 쉬어. 혼자 얌전히 지내라고 하더라고."

"얌전히……?"

내가 물었다.

"응, 맞아. 쉬는 동안에 섬 남자들과는 절대 어울리면 안 된대."

"모자 씨가 그런 말까지 했구나."

내가 팔짱을 끼고 말했다.

그나저나 모자 씨가 그렇게까지 말한 다음 날에 같이 한잔하자고
내게 말을 걸지 않나, 몰래 미행을 하지 않나, 지금은 이렇게 눈앞에
서 천진난만하게 웃고 있다니……, 루이루이 씨의 자유분방함에 박
수를 보내고 싶은 심정이었다.

"루이루이 씨는 세상에서 제일 자유로운 사람이네."

내 생각을 쇼가 말해주었다.

"히히히. 쇼, 고마워."

칭찬인지 아닌지, 나로서는 미묘하다고 생각했는데 루이루이 씨
는 한없이 기뻐하며 웃었다.

그나저나 루이루이 씨가 한동안 자유롭다면…….

"쇼."

루이루이 씨 건너편에 있는 꽃미남을 불렀다.

"네."

"루이루이 씨의 '작전'을 듣고 나니 나까지 막 흥분되네."

그러자 쇼가 천천히 고개를 끄덕였다.

"네. 저도 그래요."

"그러면 루이루이 씨의 '작전'을 진짜 실천해볼까?"

쇼가 합류할 확률은 고작해야 이십 퍼센트 정도일 거라 생각했는데……

"네."

쇼는 선선히 고개를 끄덕였다.

"어……, 괜찮겠어?"

스스로 제안했으면서 오히려 불안해졌다.

"괜찮을지 어떨지는 솔직히 모르겠습니다만……, 하지만 뭐랄까……. 이제는 될 대로 되라는 느낌일까요."

늘 지나치게 성실한 꽃미남이 웬일로 짓궂은 미소를 지었다.

"그런가……? 응. 맞다. 이미 이렇게 된 이상 될 대로 되라는 심정이겠지."

그렇게 자신을 다독였다. 이 작전을 실행했다가 실패하면……, 물론 회사에서 지시받은 일도 통째로 날아갈 것이다.

하지만 상관없다. 하지만.

쇼와 눈이 마주쳤다.

둘이서 씩 웃었을 때…….

"앗, 맞다!"

루이루이 씨는 역시 그간의 대화를 완전히 다른 곳으로 날려버렸다.

"쇼 아버지, 촌장이었지?"

"어? 아, 네."

"촌장님, 사실은 외롭지 않을까? 모자모자에 오는 손님들이 말하던데. 재혼하면 좋겠다고."

갑자기 쇼에게 괜한 소리를…….

루이루이 씨, 분위기 좀 파악하라고!

나 혼자 허둥지둥하고 말았다.

"하하하!"

그런데 왠지 쇼는 소리 내어 웃었다.

"맞아요. 실은 저도 그렇게 생각합니다."

어? 그래?

"와! 쇼도 역시 그렇게 생각하는구나. 이제 다 행복해지면 좋겠네!"

루이루이 씨가 말하면 낯간지러운 말도 위화감 없이 바로 쿵 가슴에 내려앉는 게 불가사의하다. 살짝 쑥스러워하면서 낯간지러운 말을 나도 따라 해보기로 했다.

"그러면 다들 행복질 수 있도록 우리 지구방위군이 최선을 다하자!"

말한 순간, 가슴속에 이상한 고양감과 간지러움이 뒤섞여 훅 열이 났다.

그때……, 내 왼손에 마르고 부드러운 온기가 닿았다.

어? 자신의 손을 내려다봤다.

루이루이 씨가 "좋았어!"라고 말하면서 좌우에 있는 나와 쇼의 손을 잡은 것이다.

"다들 힘을 합쳐, 반드시 클리어하자!"

루이루이 씨는 밤하늘을 향해 두 손을 힘껏 올리고 평소의 쨍쨍한 목소리로 소리 질렀다.

한쪽 팔만 만세 상태가 된 두 남자.

"예!"

"예!"

대놓고 부끄러워하면서도 일단 루이루이 씨의 구호에 맞췄다.

그나저나 "클리어하자"라니. 이 사람, 현실의 인생을 정말 게임으로 생각하나…….

루이루이 씨 때문에 억지로 왼손을 든 상태였으나 자신의 뺨이 풀어졌음을 알고 풋 웃었다.

루이루이 씨는 늘, 이런 기분으로 사나……?

그렇게 생각하며 옆을 돌아봤다.

신비스럽기까지 한 옆얼굴이 "야호!"라며 밤하늘을 향해 소리를 높였다. 그 너머의 꽃미남은 너무나도 쑥스러운 듯 눈썹을 늘어뜨리고 웃고 있다.

불과 며칠 전까지는 완벽한 타인이었을 성인 셋이 갑자기 지구방위군 대원이 되어 이 섬을 뿌리부터 흔들 '짓궂은 대작전'을 수행하다니.

나, 꿈이라도 꾸는 게 아닐까……?

이상한 텐션에 휘둘린 채 별이 가득한 밤하늘을 올려다봤다.

인생은 게임.

어차피 회사도 그만둘 테고.

이렇게 된 이상 신나게 놀아나 보자.

왠지 마음이 맞는, 만난 지 얼마 안 된 동료들과.

다음 날부터 섬을 뒤덮은 공기가 더 험악해졌다.

이전까지는 '수면 아래의 불화'였는데 단숨에 수면 위로 불거진 것이다.

일테면 남자 몇이 항구에서 싸움을 벌여 경찰이 출동하는 사태

(라고 해봐야 파출소의 유일한 경관이 말린 게 다지만)가 벌어졌다거나 쇼와 나나의 사이를 들통나게 한 동군 의원 집 마당에 음식물 쓰레기가 버려졌다거나……. 너무나 치졸한 싸움이 여기저기서 일어나기 시작했고 그런 소문이 파문처럼 섬사람들 사이에 퍼져 험악한 분위기가 더 짙어지는 식이었다.

그날 밤, 쇼는 항구에서 다이키 씨 집으로 돌아갔다. 예상대로 다이키 씨에게 실컷 목을 졸렸다고 한다. 하지만 그다음 날부터 주유소 일을 제대로 다 해냈다.

괜스레 숨어 다니기보다는 오히려 당당하게 일해…….

다이키 씨의 판단이었다고 한다.

하지만 주유하러 온 서군 사람들은 전보다 더 차갑게 대했고 동군 사람들은 아예 대놓고 싫은 소리를 했단다.

한편, 나나는 가게 계산대에 서지 못하게 되어 집 안에 틀어박혀 있단다. 쏟아지는 손님들의 따가운 시선을 견디지 못해서일 수도 있고 데루코가 딸을 보호하려고 그랬을 수도 있다.

그리고 내 방 앞, 즉 마을 회관 앞에는 대놓고 섬 남자들이 어슬렁거렸다. 이는 우연을 가장해 루이루이 씨를 만나기 위한 '기다림'이 틀림없다. '기다림'에 돌입한 남자 대부분은 모자모자를 드나드는 동군 남자들이었으나 이따금 낯익은 서군 남자의 얼굴도 있었다. 여기서 만나는 남자들은 이미 동서가 문제가 아니었다. 오직 한 사람만 살아남는 데스매치 같은 분위기를 자아냈다.

그들은 모두, 여기서 누군가와 만나는 것을 부끄럽게 여기는지, 굳이 일단 돌아가는 척했다가 다시 돌아왔다. 그러다 여러 번 마주치면 "너, 이런 데서 뭘 하나?", "너야말로 뭐 하는 거냐?"라며 마치 첫사랑에 빠진 중학생들처럼 탐색전을 펼쳤다. 왠지 보고 있는 내가 더 안타까울 지경이었다.

소용돌이 속의 루이루이 씨는 평소와 다름없이 태평했다. '기다림'에 돌입한 남자들은 안중에도 없는 탓에 근신이라는 기회를 최대한 이용해 장기인 롤플레잉 게임에 빠졌다. 내가 빌려준 게임만으로는 성이 차지 않아 스마트폰에 새로운 롤플레잉 게임을 다운받아 지금은 그것에 열중하고 있다.

밖에 나갈 수 없는 루이루이 씨를 위해 가끔 두 사람 분량의 식료품을 사와서 밖에서 어슬렁대는 남자들에게 들키지 않도록 몰래 베란다 너머로 건네줬다.

어쨌든 자유롭게 섬을 돌아다닐 수 있는 내 귀에는, 날마다 한심한 '소문'이 들려왔다.

일테면 쇼를 야유하는 동군 남자에게 기름을 팔지 않겠다고 다이키 씨가 주장했다가 좌절했다거나, 수다를 좋아하는 데루코 씨의 말수가 너무 줄어 걱정이라거나, 모자모자와 잇테쓰의 손님이 늘어 밤마다 그곳에 모인 섬사람들이 침을 튀기며 상대방을 비난한다거나…….

섬을 돌아다니는 소문은, 섬사람들의 마음을 흐려놓아 섬 공기가 점점 사악하게 바뀌었다.

섬 분위기가 바뀌면서 내게도 이상한 영향이 오기 시작했다.

섬사람들이 직접 내게 전화를 걸어오기 시작한 것이다. 게다가 그 대부분이 '부탁'이었다.

어쨌든 중립에 있는 사람인 데다 한가해 보이기도 하니까 맘대로 부릴 수 있는 존재로 보였으리라.

그들의 '부탁'은 각양각색이었다.

일테면 동군 사람들은 "조금 불편해서 그러니 다이키 씨 가게에서 주유해주면 안 될까?"라거나 서군 사람은 "오늘 요시다야에서 아이 공책을 사고 싶은데"라고 말하는 식이다.

그들의 마음을 모르는 것도 아니라 (어쩔 수 없이) 할 수 있는 범위 안에서는 도왔으나 의뢰 가운데는 "파파야 농장에 썩은 생선 서 덜을 버리고 오라"라는 괴로운 지령도 있었다. 그런 종류의 부탁은 전부 거절했다.

더 지독한 사람은 마법이나 초능력을 써서 상대방을 곤란에 빠뜨리라는 사람도 있었다. 아무래도 술자리에서 내게 특수 능력이 있다는 소문이 아직도 돌고 있는 듯하다. 정말 어이가 없었다.

어쨌든 섬의 분위기가 그런 식으로 팽팽한 가운데 나와 루이루이 씨, 쇼 셋은 스마트폰을 이용해 물밑에서 '작전 회의'를 해나갔다.

사실은 오토메 할머니의 '별채'를 빌려 그곳을 지구방위군의 비밀기지로 쓸 계획이었다. 그런데 쇼도 루이루이 씨도 지금은 서슴없이 밖으로 나돌아 다닐 수 없는 처지라 전화나 메시지를 이용하거나 밤마다 셋이 비디오 통화로 회의를 계속했다.

처음 우리가 한 일은 루이루이 씨의 아이디어를 수행하는 데 필요한 새로운 대원을 영입하는 것이었다.

새로운 대원 후보는 일단 다음 네 명이었다.

고오니가시마 신사에서 무녀로 일하는 가련한 가렌.

민박 소라에서 일하는 보살 리카코 씨.

섬사람 모두의 사랑을 받는 오토메 할머니.

그리고 천재 해커 세이야 씨었다.

리카코 씨와 가렌은 꽃미남에다 성실한 쇼가 제일 먼저 전화를 걸어 설득에 성공했다.

오토메 할머니의 설득은 이미 '교수 사이'가 된 내가 담당했다. 요시다야에 식료품을 사러 갔다가 평소대로 오토메 할머니가 앉은 벤치로 가서, 지구방위군과 그 작전에 대해 가감 없이 솔직히 상담했다. 그러자 오토메 할머니는 정말 눈이 없어진 것처럼 흐뭇한 표정으로 입대를 약속했다.

이제 남은 사람은 세이야 씨 하나인데…….

"문제는, 세이야 씨인데요."

쇼가 전화기를 든 채 한숨을 쉬었다.

"왜?"

내가 가볍게 되물었다.

"그 사람은 엄청나게 귀찮은 일을 싫어해서 굳이 우리 작전에 함께할 것 같지 않아요. 아마도 우리가 무릎을 꿇고 청해도 거절할 거예요."

"그럴까?"

"네?"

"실은 나, 될 것 같은데."

"아니, 아무래도……."

"시험 삼아 내게 맡겨볼래?"

"아, 네……."

입을 다물어버린 쇼를 격려하려고 내가 말했다.

"아마 될 거야."

"그 자신감……, 근거라도 있어요?"

"그게 말이야, 있어."

"정말이요?"

"응. 상당한 근거지. 미안하지만, 세이야 씨와 가렌의 전화번호 좀 알려줄래?"

"아니, 뭐, 그건 괜찮은데……."

쇼로부터 두 사람의 전화번호를 알아냈다.

"땡큐. 그럼 또 연락할게."

전화를 끊은 뒤 발 디딜 틈 없는 세이야 씨의 방을 떠올렸다.

그 괴짜라면, 틀림없이 설득할 수 있어…….

확신을 품고 일단 이미 입대가 결정된 가렌에게 전화를 걸었다.

항구에서 쇼와 만난 날로부터 나흘이 지났다.

섬을 떠도는 팽팽한 공기는 여전히 날마다 더 무거워졌다.

최근에는 방에 틀어박혀 있는 루이루이 씨가 걱정되어 외식을 삼
갔다. 즉, 요시다야에서 사온 반찬이나 즉석식품만 먹은 셈이다.

그러나 똑같은 것만 계속 먹었더니 그야말로 질려서—루이루이
씨에게는 살짝 미안했으나—밤이 되자 오랜만에 잇테쓰에 얼굴을
내밀었다. 맛있는 섬 요리가 그리웠다.

그날은 공기가 미지근하고 상당히 눅눅한 터라 피부를 간질이는 밤
바람이 훨씬 상쾌했다.

방을 나와 천천히 걸어 잇테쓰로 가서 감색 포렴을 헤치고 들어
갔다.

안으로 들어가자마자 주방에 서 있는 고테쓰 씨와 눈이 마주쳤다.

말 없는 직인은 식칼을 든 채 말없이 "응"이라고만 인사하고 턱으로 "안으로 들어가"라고 알렸다.

오늘은 조금 일찍 왔다 싶었는데 가게에는 이미 손님이 가득했다.

가능하다면 카운터에서 조용히 마시고 싶은데……. 그렇게 생각하고 있는데 안쪽 테이블 사람들이 나를 알아보고 말을 걸어왔다.

"오! 다스쿠네! 마침 잘 왔어. 잠깐만 이리 와봐."

손짓까지 하며 부르니 어쩔 수 없이 싹싹한 미소를 짓고 안쪽 자리로 걸어갔다.

"자, 여기 앉아."

앉으라는 자리 대각선 건너편에는 촌장이 앉아 있었다. 촌장은 뭐가 그리 즐거운지 웃으면서 전화하고 있었다.

"어이! 지금, 에이스가 한잔하러 왔네."

촌장은 전화 상대에게 그렇게 말하고 "오케이, 바로 에이스를 바꾸지"라며 스마트폰을 테이블 위―정확히 나와 촌장 사이―에 놓았다. 그리고 나를 보고 "마침 잘 왔어"라며 환하게 웃곤 스피커폰 버튼을 터치했다.

자리에 앉자마자 모두가 보는 가운데 '누군가'와 전화해야 하는 상황이 된 것이다.

"아, 죄송합니다. 전화 바꿨습니다."

일단 스마트폰에 대고 그렇게 말했다.

"오호, 우리 회사 에이스 아닌가?"

귀에 거슬리는, 탁한 목소리…….

커다란 손이 심장을 움켜쥐는 것만 같아 말문이 막히고 말았다.

"아……."

"어쨌든 정말 페리가 안 다니는 것 같더라. 너, 내게 거짓말한 건 아니었어."

사장이 그렇게 말했을 때 테이블을 둘러싼 사람들의 표정이 굳어졌다.

"아니, 그런 거짓말을 왜……."

"그래서 이제 계산은 끝냈어?"

사장은 이쪽의 스피커폰이 켜져 있는 것을 전혀 모르고 평소대로 마구 지껄였다. 아마도 술을 마셨으리라. 취해서 혀가 꼬여 있었다.

"아니, 그게……."

"아니, 그게? 그런 말이나 늘어놓을 때가 아니라고, 이 멍청한 녀석아!"

"……."

"얼른 일 엔이라도 더 조성금을 뜯어낼 계산을 세우라고 했잖아!"

"아, 그게 아니라……."

정면에 앉은 촌장과 눈이 마주쳤다. 놀람과 당혹, 의심이 뒤섞인 표정이다.

"그 정도는 무능한 너도 할 수 있는 일 아니냐?"

"……."

"야, 이 자식아, 왜 입을 다물고 있냐? 그것 때문에 일부러 벽지까지 간 거잖아! 설마 날마다 놀러만 다녔냐?"

젠장, 큰일이다. 난리 났네.

얼음처럼 차가워진 공기를 알아차린 다른 테이블 사람들까지 내 주위로 모여들었다.

"잠깐, 사장님, 그러니까, 자, 잠깐만……."

"잠깐이라니. 그럴 상황이 아니라니까!"

"아, 하지만 섬 일을 제대로……."

"웃기고 있네. 이 멍청한 놈. 벽지는 어떻게 되든 상관없다고 했지? 얼른 돈만 뜯어내고 다음 페리로 돌아오라고! 그리고……."

사장이 거기까지 이야기했을 때 거의 무의식적으로 촌장의 스마트폰으로 손을 뻗어 스피커폰을 끄고 단말기를 귀에 댔다.

"……그러면 곤충전을 계속 맡게 해줄 테니까!"

사장은 내 목소리의 변화를 전혀 알아차리지 못하고 여전히 제멋대로 지껄이고 있었다.

자리에서 일어났다.

쫘당, 의자가 쓰러지는 소리가 났다.

나를 응시하는 여러 개의 굳은 시선.

사장은 아직도 혼자 떠들고 있다.

서둘러 몸을 돌려 재빨리 테이블 자리에서 벗어났다.

그대로 가게 밖으로 뛰쳐나왔다.

"듣고 있냐, 인마!"

"아, 잠……."

"듣고 있으면 대답 정도는 해라. 잘 들어. 그런 한심한 섬은 어떻게 되든 상관없다고."

"사장님……."

심장이 마구 날뛰고 있다. 귓속이 쿵쿵 널뛰고 있다.

"재작년부터 인구도 이백 명을 밑돌았대. 그 멍청한 촌장이 그러더라."

"사장님."

다시 불렀다.

"왜? 헉헉대니까 기분 나빠."

헉헉? 듣고서야 깨달았다. 정말 내 호흡이 거칠었다. 당연하다. 당장이라도 섬사람들이 쫓아와 포위하지는 않을까 하는 공포에 휩싸였으니까.

"난처하게 됐어요."

"뭐가 난처하다는 거야? 섬 음식이? 어차피 벽지 섬인데 괜찮은

먹을거리가 있겠냐."

"그게, 아, 아닙니다."

"무엇보다 말이야. 그런 조그만 섬은 통째로 바다에 가라앉아도 일본 사람 누구도 가슴 아파하지 않아. 섬사람들도 한심하니까 그런 벽지에서 살겠지, 안 그래? 아니면 다들 도시로 나와 인간다운 생활을 하면 그만이야. 내 말이 맞지?"

"정말 아닙니다."

가라앉고 쉰 목소리로 그렇게 말했다.

"그래? 뭐가 아닌데."

"다 아닙니다."

"크크크. 그럼 뭔데? 그런 조그만 섬에는 애당초 도시에서는 제대로 살아남을 능력이 없어 섬에서 나오지도 못하는 멍청한 놈들만 산다는 소리냐?"

"사장님, 잠시만 제 얘기를……."

왜일까. 전화 상대가 사장이면 늘 목소리부터 잠기고 만다. 그게 너무 한심하고 싫다.

"너, 설마, 그 섬이 마음에 든다는 건 아니지?"

마음에 들었나?

잠시 생각하고 이렇게 대답했다.

"좋은 섬이라고 생각합니다."

"흥. 그래?"

사장은 가볍게 응수하고 갑자기 짜증을 내기 시작했다.

"무능한 직원의 마음에 든 걸 보니, 역시 그 섬에는 무능한 놈들밖에 없겠군. 무능한 놈들끼리 친해졌다?"

무능한 놈들끼리, 친해져……?

입을 꾹 다물었다.

부드러운 밤 바닷바람이 불어와 티셔츠의 등이 펄럭였다.

벌렁대는 심장 부근을 손으로 누르고 섬의 밤공기를 천천히, 그리고 깊이 들이마셨다가……, 토해냈다.

이제까지 만난 섬사람들의 얼굴이 뇌리에 떠올랐다 사라진다.

쇼, 나나, 다이키 씨, 촌장님, 오토메 할머니, 데루코 씨, 리카코 씨, 하즈키, 세이야 씨, 고테쓰 씨, 모자 씨, 온갖 일을 경험하게 해준 동군과 서군 사람들, 마을 사무소 사람들, 학교 선생님과 학생들……. 떠오른 얼굴들은 모두 선하게 웃고 있다.

"무능하지…… 않습니다."

배 속에서 목소리를 쥐어짜내어 말했다.

"뭐? 새삼 무슨 소리야? 너는 모두가 인정하는 무능한 놈이야. 너와 친한 섬사람도 마찬가지야. 유유상종이라는 말도 있잖아? 그런 말도 모르냐?"

분명, 이 섬에는 바보 같은 풍습도 있고 풍이 벌레가 입에 들어오고 동서로 나뉘어 무의미한 싸움을 하기도 한다. 바보 같다면 바보 같은 섬이다. 하지만 이곳에 사는 섬사람들은 하나씩 보면 모두 인간적인 바보이고 아무리 생각해도 사랑스럽고 '착한 사람들'이다.

"저를 무능하다고 하시는 것은 상관없습니다. 하지만……."

내 오른손은 여전히 심장 언저리를 누르고 있다. 긴장으로 아프기 시작한 위로 그 손을 옮기며 말을 이었다.

"사장님은 여기 섬사람들을 모르면서 함부로 바보 취급하지 마세요."

"뭐?"

사장의 목소리에 확연히 분노가 더해졌다.

"뭐가 잘났다고 떠들어? 이 새끼, 지금 어디서 떠드는 거야?"

"가게 밖으로 나왔습니다."

"오호, 그래? 그래서 갑자기 잘난 척하는 거야?"

"아닙니다. 그저…… 제 생각을 말하는 겁니다."

"그, 래, 서, 감히 누구한테 그런 말을……."

사장의 말이 다 끝나기도 전에 말을 시작했다.

"저는 이 섬에서 제대로 일할 겁니다. 그리고 섬에 공헌한 것만큼의 보수를 받을 겁니다."

"이 새끼, 무슨 소릴 하는 거야!"

사장의 낮은 목소리는 무시무시했다.

"조성금을 뜯어내다니, 그런 악덕 비즈니스를 할 바에는……."

거기서 일단 말을 끊고 크게 숨을 들이쉬었다.

"그럴 바에는 뭐? 말해보라고, 이 새끼야!"

"저……, 저는 회사보다 이 섬의 편이 되겠습니다."

갑자기 나와 사장 사이에 침묵이 찾아들었다.

내겐 너무나 버거운 공기를 견디고 있는데 툭툭 밤하늘에서 빗방울이 떨어졌다.

"역시 이 자식은……."

먼저 입을 연 사람은 사장이었다.

"멍청한 쓰레기에 정말 무능한 놈이네."

다시 이 섬의 맑은 공기를 폐에 넣었다.

그리고 그 공기를 토해내면서 폐 속에 담아둔 생각을 단숨에 말했다.

"멍청하고 쓰레기에 무능해도 저는 악덕 비즈니스는 하지 않겠습니다. 그래도 사장님이 하라고 명령하면 그런 쓰레기 같은 회사, 제가 그만두겠습니다."

말하면서 뇌리에 사표가 스쳐 지나갔다. 게다가 말한 다음에 깨달았다. 지금 사장에게 '쓰레기 같은 회사'라고 말해버렸다는 것을. 나는 이제 이 섬에서 일을 제대로 하는 것은 고사하고 회사로 돌아갈 수도 없으리라.

"크크크……."

사장은 목구멍 안쪽에서 울려 나오는 듯한 웃음소리를 냈다.

그리고 끔찍할 정도로 낮고 무서운 소리를 냈다.

"고지마, 기껏 키워준 주인을 물어버리는구나. 너는, 지금부터 주인을 문 개야!"

"……."

"해고야, 해고. 출장 경비도, 그동안 쓴 경비도 다 네가 개인적으로 내. 우리 일과는 관계없으니까. 네 개인적인 여행이잖아? 그리고 섬과의 계약을 망친 책임을 법적으로 물게 할 거야."

법적이라는 말에 반응해 위가 갑자기 아파왔다. 하지만 여기서 물러설 수는 없다. 절대로.

"그, 그렇게 하십시오."

간신히 그렇게 말하고 일방적으로 전화를 끊었다.

솔직히 더는 사장의 무시무시한 목소리를 들을 수도 없었다.

"후……."

무의식적으로 내뱉은 깊은 한숨이 목소리가 되어 나왔다.

나는 왜 이리 소심할까.

촌장의 스마트폰을 쥐고 있는 손이 덜덜 떨렸다. 게다가 땀범벅이다. 손과 단말기를 바지에 문질러 땀을 닦았다.

어느새 밤하늘에서 떨어지는 비가 굵어졌다.

"비라……."

등에서 정기라는 게 다 빠져나간 듯한 탈력감을 느끼며 미지근한 비를 맞았다. 그러면서 잇테쓰의 포럼 앞에 우두커니 서 있었다.

온몸의 힘이 다 빠졌는데도 심장만은 여전히 날뛰며 갈비뼈 안에서 쿵쾅거린다. 그 탓에 귓속에서도 여전히 펄떡대는 소리가 난다.

아아, 저지르고야 말았다는 후회와 이러길 잘했다는 신념. 두 가지 상반된 감정이 녹아들어 벌렁대는 심장에 들러붙는 듯하다.

일단 이 스마트폰을 촌장님에게 돌려줘야 하는데…….

기력을 짜내어 포럼을 젖히고 다시 가게 안으로 돌아가 조심스레 안쪽 자리로 걸어갔다.

가게 안은 마치 수조 속처럼 차갑고 조용했다.

고테쓰 씨를 포함한 모든 사람이 내 일거수일투족을 주시했다.

그들의 시선에는 분노와 어이없음이 담겨 있었다.

당연한 일이다. 무엇보다 나는, 이 섬에서 조성금을 뜯어내기 위해 악덕 업자가 파견한 '무능한 놈'이 되었으니까.

"아, 저……, 이거, 돌려드릴게요."

촌장은 의자에 앉은 채 나를 가만히 올려다봤다. 조금도 웃지 않는 촌장의 얼굴은 처음 보는 것 같다.

테이블 위에 살며시 스마트폰을 놓았다.

꿀꺽 침을 삼키고 가볍게 인사했다.

얼어붙은 가게 공기에 짓눌릴 것만 같다.

"아, 그럼, 저는……."

겨우 그렇게 말하고는 잔뜩 몸을 움츠리고 도망치듯 잇테쓰에서 나왔다.

밖으로 나와 밤하늘을 올려다봤다.

아까보다 빗방울이 거세졌다.

나 참, 사상 최악의 밤이네…….

속으로 중얼거리고 빗속을 걷기 시작했다. 섬의 일주도로를 가로질러 그대로 강변 언덕길을 오른다.

평소처럼 별이 가득한 하늘과 벌레들의 연가가 보이지도 들리지도 않는 언덕길은 음울한 빗소리와 파도 소리에 뒤덮여 있다.

어정쩡하게 내리는 미지근한 빗방울이 내 몸을 때렸다.

이럴 바에는 이대로 장대비가 되어 흠뻑 젖는 것도 나쁘지 않겠는데…….

그런 자학적인 마음을 품고 걷고 있는데 아무래도 내 마음의 소리가 하늘에 닿은 모양이다. 비가 점점 거세지더니 순식간에 세상을 통째로 침수시킬 것처럼 내렸다.

흠뻑 젖은 티셔츠와 청바지가 몸에 착 달라붙었다.

미지근한 비인데도 체온을 쑥쑥 빼앗아간다.

"더 내려라."

잠긴 목소리로 중얼거렸다.

내리고, 또 내리고 퍼부어, 어정쩡하고 미적지근한 내 과거와 현재를 다 씻어가면 좋을 텐데……

말도 안 되는 생각을 하며 하늘을 올려다봤다.

바람도 강해 샤워기 물 같은 빗방울이 내 얼굴을 때린다.

하늘을 보고 "바보!"라고 말해봤다.

입으로 들어온 빗물이 어쩐지 조금 씁쓸했다.

방으로 돌아와 뜨거운 물로 샤워했다.

낡은 티셔츠와 반바지로 갈아입었더니 그나마 조금 마음이 안정되는 듯했다.

온몸이 노곤한 것은 비로 몸이 차가워진 탓일까, 스트레스 탓일까, 아니면 둘 다일까……

방구석에 개어놓은 이불을 폈다.

불을 끄고 캄캄한 방에서 이불 속으로 들어간다.

눈을 감으니 격렬한 비바람 소리가 방 안까지 스며들어왔다.

창밖은 이제 폭풍우의 양상을 드러내고 있다.

폭풍우라…….

이 섬에서의 내 상황 또한 폭풍우가 몰아치는 한복판 같다는 생각에 마음이 무거워진다.

　지구방위군 작전이나 수행하고 있을 때가 아니다.

　내 소문은 금방 퍼질 것이다. 아마 내일이면 모든 섬사람이 알리라…….

고지마 다스쿠라는 남자는 섬의 조성금을 뜯어내기 위해 악덕 업자가 파견한 '무능한 남자'래…….

사장 말이 아니더라도 한시라도 빨리 페리를 타고 본토로 돌아가야 할 터이다.

　생각하고 있자니 잠시 안정된 심장이 다시 빨리 뛰기 시작했다.

　감은 눈을 떴다. 머리맡에 놓아둔 스마트폰을 들고 이 섬 주변의 일기 예보를 확인했다. 내일이면 지금 내리는 이 비는 그치는데 바람은 한동안 강하단다.

　이어서 페리 회사의 운행 계획 페이지를 살폈다. 사흘 뒤까지 페리는 이미 '운행 중지 예정'이다. 일주일에 한 편밖에 다니지 않으니 적어도 앞으로 열흘은 이 섬에 계속 있어야 하는 상황이다.

　캄캄한 천장을 향해 탄식을 내뱉고 있는데 배가 고팠다.

　그러고 보니 애써 잇테쓰까지 가서 아무것도 먹지 못하고 도망쳐 돌아오고 말았구나.

　사둔 식료품은 이미 다 먹어버렸다. 남은 것은 얼마 안 되는 안주와 캔맥주, 위스키 정도다.

이렇게 되었으니 알코올을 원기 회복제로 이용하며 공복도 해결할까……? 문득 그렇게 생각했으나 역시 그냥 자기로 했다.

공복보다 몸과 마음의 노곤함이 더 컸다.

어둠 속에서 다시 눈을 감고 세 번 심호흡을 되풀이했다.

한동안, 격렬한 빗소리가 들렸다.

그러다 어느새 이불 속으로 푹 가라앉듯 잠들고 말았다.

제5장 · 마음도 꽃미남

다음 날 아침.

이불 속에서 어슴푸레 눈을 떴다.

커튼을 통과한 부드러운 햇살이 방의 공기에 녹아들어 있다.

어젯밤 비는 이미 그친 듯하다.

그냥 이불에서 나올까, 아니면 더 잘까, 생각하고 있는데……, 그제야 몸의 이변을 깨달았다.

두통, 오한, 근육통, 그리고 인후통.

감기에 잔뜩 걸리고 만 것이다.

게다가 열도 상당히 나는 듯하다.

지금 생각해보면 섬에 온 뒤로 몸 상태가 내내 좀 이상했다. 그래도 긴장한 탓에 간신히 상태를 유지해왔다. 그런데 드디어 한계를 넘은 듯하다. 이유는 어젯밤 일로 인한 스트레스이거나 비를 맞고 체온이 내려간 탓이거나…… 어쨌든지 자업자득이다.

일단 탈수 증세만이라도 피하자는 생각에, 간신히 일어나 비틀비틀 부엌까지 걸어가 물 한 잔을 마셨다.

"아무래도 위험한 것 같은데……"

중얼거리며 컵을 싱크대에 놓고 다시 이불로 돌아왔다.

고열 탓에 조금 숨이 찼다. 그냥 누워만 있는데도 평소보다 호흡이 거칠다. 오한도 심하다. 이불 속에서 몸을 웅크리고 어금니를 덜덜 떨었다.

눈을 감으면 어젯밤의 끔찍한 사건이 떠오른다.

그리고 지금 이 상황.

나 참, 왜 이렇게 운이 없을까……?

속으로 그렇게 생각했으나 소리 내어 불평할 기운도 없다.

아아, 역시, 이런 섬은 오는 게 아니었나……. 침울해짐과 비례해 내 의식도 슬슬 어둠 속으로 떨어졌다.

다음에 눈을 뜬 것은 정오가 조금 지났을 때였다.

몸의 떨림은 가라앉았으나 두통은 더 심해졌다.

이불 속에서 스마트폰을 들고 루이루이 씨와 쇼에게 감기에 걸렸다는 메시지를 보냈다.

쇼에게서 바로 답장이 왔다.

「괜찮으세요? 필요한 게 있으면 언제든 말씀하세요. 가지고 갈게요.」

필요한 걸 말하라 해도 지금 쇼를 요시다아에 가게 할 수는 없다. 그
래서 「괜찮아. 심하지는 않아. 하지만 무슨 일이 생기면 부탁할게.
고마워」라고 답장했다.

조금 있다가 루이루이 씨에게서도 답장이 왔다.

「어머, 큰일이네! 열, 높아? 괜찮아? 나, 지금 막 산책 중이야. 아이스크림
사다 줄게. 달리 필요한 거 있어?」

자택 근신 중일 루이루이 씨가 왜 산책을? 그게 더 마음에 걸려 바
로 답했다.

「아이스크림, 고마워요. 가능하다면 식료품도 부탁해요. 그보다 루이루이 씨
야말로 산책해도 되나요? 앞에서 진을 친 사람들에게 붙잡히지 않았어요?」

내 걱정과 달리 루이루이 씨는 곧 답장해왔다.

「괜찮아. 지금 다 같이 산책 중이야. 곧 돌아갈 테니까 기다려. 베란다 너머로 줄게. 새로 시작한 게임도 끝냈어. 엄청나게 재밌었어 ♪」

이 메시지를 보고서야 깨달았다. 애당초 지나치다 싶을 만큼 자유로운 루이루이 씨가 얌전히 자택에서 근신할 리가 없다. 이제까지는 단순히 '게임에 몰두했기 때문'에 집에서 얌전히 보낸 것에 지나지 않는다.

그나저나……, 루이루이 씨가 말한 '다 같이 산책 중'이라는 상황은, 그러니까 루이루이 씨를 노리는 남자들을 이끌고 다니는 산책이라는 말인가.

이리저리 생각하고 있자니 가뜩이나 아픈 머리가 깨질 것 같아서 괜한 걱정은 접어두기로 했다.

어쨌든 지금, 둘과 메시지를 교환하며 안 사실이 있다. 지금 둘은 어젯밤의 일을 모른다는 것이다. 하지만 아는 것은 시간문제이리라.

쇼와 루이루이 씨에게는 어떻게 이야기해야 할까……?

고민하며 이불 속에 축 처져 있는데 갑자기 밖에서 사람 목소리가 들렸다.

멀리서도 잘 울리는 새된 목소리.

루이루이 씨와 남자들이 산책에서 돌아온 것이다.

"다들 그럼 안녕. 꺄! 하하하. 더 따라오면 안 돼! 나, 이제부터 혼자 할 일 있으니까. 안 돼! 싸우는 사람은 짱, 짱, 짱, 짱, 싫어! 그럼 정말 안녕!"

조금 있다가 루이루이 씨가 바깥 계단을 오르는 소리가 났다. 옆 방 문이 열리고 쿵 하고 세게 닫혔다.

아무래도 대기 군단으로부터 잘 도망친 듯하다.

멋대로 안심하고 이불 속에서 몸을 돌려 루이루이 씨의 방과 내 방을 막고 있는 하얀 벽을 바라봤다.

머리맡의 스마트폰이 울렸다.

루이루이 씨가 바로 전화한 것이다.

"여보세요."

누운 채 전화를 받았다.

"오래 기다렸어. 아이스크림과 먹을거리, 음료수를 사왔어."

"죄송하고 고마워요."

"어머, 정말 목소리에 기운이 없네."

"그래요?"

"응. 할아버지 같아."

"목이 아파요."

말하며 가볍게 기침했다.

"열은?"

"음. 아직은 좀 높은 것 같아요."

"그래? 베란다로 나올 수 있어?"

"아, 네. 그 정도는 괜찮아요. 지금 나갈게요."

모래가 모세혈관까지 가득 찬 듯한 몸을 채찍질해 이불에서 기어 나왔다. 그리고 손으로 대충 머리를 가다듬고 창문을 열었다.

베란다로 나갔더니 상쾌한 바람이 뺨을 스쳤다.

멀리 바라보니 반짝이는 코발트블루 바다가 보였다.

옆방 벽 가까이 가서 난간을 잡고 걸어 바깥으로 얼굴을 내밀었 다. 마침 루이루이 씨도 얼굴을 내밀었다.

"아, 다스쿠!"

"오셨네요."

"저기, 정말, 괜찮아?"

"괜찮아요. 바깥 공기를 마시니 조금 기분이 좋아지네요."

"그래? 자, 이거."

루이루이 씨는 식료품이 든 봉지를 건넸다.

"고맙습니다. 덕분에 살았어요."

발밑에 봉투를 툭 내려놓았다. 안에 무엇이 들었는지는 나중에 확인하면 된다.

"히히히. 인사는 됐어. 내가 게임하는 동안, 다스쿠가 늘 사다 줬 잖아."

"어? 아, 네. 그랬죠……."

역시 루이루이 씨도 '근신'이 아니라 '게임' 시간으로 인식하고 있구나.

"그리고 이거 자, 아이스크림이야."

루이루이 씨가 건넨 것은 바닐라를 초콜릿 크런치로 감싼 아이스크림이었다.

"이거, 제가 좋아하는 거예요."

"정말? 다행이네. 나도 똑같은 거 샀지."

우리는 베란다 울타리에 기대 수다를 떨면서 아이스크림을 먹기 시작했다.

첫 번째 화제는 루이루이 씨의 산책이었다.

예상대로 루이루이 씨는 다섯 명의 남자들을 이끌고 주택가와 해변도로를 걸었다고 한다. 그런데 남자들 사이가 너무 나빠서 도중에 루이루이 씨가 규칙을 만들었단다.

"싸우거나 욕을 하면 거기서 게임 끝. 퇴장하기로 했지."

루이루이 씨는 즐겁게 이야기했으나 역시 여기서도 '게임'이라는 단어가 나오는 게 이 사람다워 웃음을 터뜨리고 말았다.

곧 아이스크림을 다 먹었다.

조금 피곤해져 "후" 탄식하며 말했다.

"잘 먹었습니다. 맛있었어요."

"히히히. 다행이네. 어쩐지 다스쿠의 얼굴에 조금이나마 생기가 돌아온 것 같아. 아주 조금이지만."

"네. 저도 그런 것 같아요."

차가운 아이스크림이 열나는 몸을 식혔나, 아니면 루이루이 씨의 한없이 밝고 순수한 에너지를 받은 덕분인가, 어쩌면 둘 다일지 모르겠지만……, 어쨌든 루이루이 씨의 말대로 아까보다는 몸이 좀 개운해진 것 같았다.

"아, 맞다! 다스쿠."

"네?"

"왠지, 오늘, 다스쿠가 엄청나게 사람들의 입에 오르내리고 있어."

"네……."

다 먹은 아이스크림 막대기를 떨어뜨릴 뻔했다.

루이루이 씨는 사심 없는 커다란 눈으로 가만히 나를 봤다. 그 푸른 눈동자에 못 박혀 시선을 피할 수 없었다.

"엄청나게 나쁜 소문이더라."

"아, 네……."

체념하고 루이루이 씨에게 어젯밤 일을 다 털어놓았다. 그동안 루이루이 씨는 웬일로 한마디도 끼어들지 않고, 게다가 표정조차 바꾸지 않고 가만히 듣고만 있었다.

"그래서 지금 저는, 상당히 위험한 상황이에요."

"흠. 소문과 완전히 똑같네."

"그렇죠……."

"저기, 다스쿠."

"네."

"그래서? 다스쿠는 왜 이 섬에 온 거야?"

"네?"

루이루이 씨는 난간에 기댄 채 고개를 갸웃했다.

"다스쿠는 말이야, 그 나쁜 사장이 시키는 대로 할 생각은 없잖아?"

"아, 네."

"그러면 이 섬사람들을 위해 제대로 일하러 온 거잖아? 그럼 그렇게 말해."

"아, 그게……."

내 가슴에 '양심'이란 이름의 가시가 푹 박혔다.

"내가 모두에게 얘기해줄게."

"아, 잠깐만……."

"왜?"

"그냥……, 죄송해서요. 루이루이 씨에게 사실을 모두 말하지 않아서요."

"어?"

아름다운 루이루이 씨의 얼굴에 처음으로 불안의 빛이 떠올랐다.

"실은 이 일, 적당히 하고…… 휴가를 즐길 마음으로 왔어요. 적

354

당히 놀고 느긋하게 즐기다가 회사로 돌아가면 사표를 내버릴 마음
으로…… 이곳에 왔어요."

루이루이 씨의 표정이 더 흐려졌다.

"지금도 저 가방 안에 사표가 있어요."

"다스쿠……."

"죄송해요. 그게……."

"아니야."

루이루이 씨는 고개를 저었다. 늘 한없이 밝은 루이루이 씨의 얼
굴이 조금 흐려진 것을 더는 볼 수 없어서……, 다시 "죄송합니다"
라고 사과했다.

그러자 루이루이 씨는 살짝 미소 짓고는 말했다.

"다들 사정이 있는 법이지."

"네?"

"사람에게는 저마다 사정이 있으니까. 틀림없이 다스쿠에게도
사정이 있었을 거야."

루이루이 씨는, 나나에 대해서도 그렇게 말했다.

다들 사정이 많다니까…….

회사에 있을 때의 나를 떠올렸다. 그래, 분명 있었다. '사정'이라
는 말만으로는 표현할 수 없을 만큼의 많은 일이. 게다가 그 대다수
가 나쁜 일이었다.

355

"사실 회사에 대갚음할 생각이었어요."

"대갚음?"

"좀 한심하기는 하지만, 사장이 하도 갑질을 하고 동료들은 무시하니까……. 이 섬에도 동료들이 싫어하는 일을 떠맡아서 온 거예요."

"……."

"그냥, 그런 일들이 반년이나 이어지니까 너무 화도 나고 더는 참을 수가 없었어요."

"그랬구나."

"그래서 대갚음할 작정으로 이 섬에 왔어요. 회사 출장비로 휴가나 즐기자고."

"그래? 다스쿠의 작은 복수였구나."

루이루이 씨는 내 마음을 대변해주었다.

"정말 한심한 복수지만……."

"나는 전혀 몰랐네."

"죄송해요. 그냥……. 적을 속이려면 우선 내 편부터 속이라는 말이 있기는 하지만……, 애당초 제게는 내 편이라는 게 없었으니까 결국은 모두를 속인 셈이네요."

"나도 속였어."

루이루이 씨는 나를 살짝 노려봤다.

"죄송해요……."

"쇼는?"

살짝 고개를 저었다.

"아직 알리지 못했어요. 하지만 쇼 덕분에 이 섬 일을 제대로 하고 싶어졌어요."

"……"

"아! 이건 진짜예요."

"응."

알고 있다는 듯 루이루이 씨가 고개를 끄덕였으나 평소보다 명백히 말수가 줄었다.

어쩌면 경멸할지도 모르겠다. 어쨌든 개인적인 복수를 위해 관계도 없는 섬사람들에게 해를 끼쳤으니까.

"저기, 다스쿠."

"네."

"아, 그러니까, 음……"

루이루이 씨가 웬일로 말하려다 말고 그만뒀다. 그러더니 다시 말을 시작했다.

"어쨌든 빨리 기운부터 차려."

"아, 네……"

"지금은 자는 게 좋겠어."

"……"

357

아무 말도 못 하고 천천히 고개를 끄덕였다.

"또 필요한 게 있으면 나한테 연락해."

"네……."

"그럼 또 봐. 안녕."

"네. 또 봐요."

루이루이 씨는 자기 방으로 돌아갔다.

난간을 잡은 내 손에 아이스크림 막대기가 남아 있었는데 그게 왠지 아주 서글퍼 보였다.

방으로 돌아와 루이루이 씨가 사온 식료품을 냉장고에 넣었다. 그러고 보니 처음에도 루이루이 씨는 페리 안에서 토하고 있는 내게 차가운 생수를 사다 주었다.

다시 이불로 기어들어 갔다. 똑바로 누워 눈을 감으니 쓸쓸하게 웃는 루이루이 씨의 얼굴이 뇌리에 떠올랐다.

두통이 너무 심해 세게 관자놀이를 눌렀다.

그리고 한참 동안 미간을 찌푸리고 조용히 호흡을 되풀이하자 열이 나는 몸에서 남은 기력이 빠져나가는 것 같았다.

이제 곧 잠들겠구나…….

잠에 빠져 몸이 붕 뜨는 것 같은 상태로 생각하고 있는데 갑자기 딩동 하는 전자음이 울렸다. 방의 초인종이다.

어라? 단숨에 의식이 현실로 돌아왔다.

도대체, 누구지……?

지금, 나를 찾아올 사람이라면……, 맞다, 내게 화가 난 섬사람들일지 모른다.

그런 생각이 들자마자 명치 언저리를 얻어맞은 것처럼 묵직한 통증이 찾아왔다.

딩동. 초인종이 다시 울렸다.

이 섬에는 도망칠 곳이 없다. 지금 방에 없는 척하면 상황은 더 나빠질 것이다. 그러니 초인종을 무시하는 게 최선책은 아니다.

무거운 몸을 이끌고 이불에서 기어 나와, 현관으로 향했다. 그리고 가만히 도어스코프를 들여다봤다.

어……?

문 너머에는 뜻밖의 얼굴이 있었다.

체인을 풀고 문을 천천히 열었다.

"아? 다스쿠 씨! 쉬는 중이셨어요? 죄송해요."

그렇게 말하며 뒷머리를 긁적인 사람은 낚시를 위해 이 섬에 왔다는 마을 사무소의 히로무 씨였다.

"감기에 걸려서 잠깐 누워 있었어요."

"감기요? 그럼 더 죄송한데요."

"아뇨, 괜찮습니다. 대단한 감기도 아니고요."

두 손을 앞으로 내밀면서 대답하고 고개를 기울이며 물었다.

"그런데 오늘은 무슨 일로?"

"아, 맞다. 일단 이거 받으세요."

"네?"

"점다랑어를 잡아서 방금 마을 사무소에서 회를 떴어요."

히로무 씨는 들고 있는 비닐봉지를 내게 내밀었다.

"이걸 전부 주신다고요?"

일 인분치고는 너무 많았다.

"그럼요. 물론이죠."

히로무 씨는 구릿빛 얼굴로 환하게 웃었다.

"점다랑어는 들어본 적 없는 생선이네요."

"하하하. 그렇죠? 이거 아주 희귀한 생선이에요. 고등어과에 속하는데 살이 고소해 정말 맛있어요."

"그렇게 좋은 생선을······."

"애써 섬까지 오셨는데 맛을 보여드리고 싶어서. 물론 본토에서도 잡을 수는 있지만."

받아 든 비닐봉지 안을 들여다봤다. 스티로폼 접시 위에 생선 반 토막 정도의 회가 있었다.

"그럼 죄송하지만, 염치없이 받을게요."

반은 루이루이 씨에게 나눠주면 되겠다. 그렇게 생각하면서 가볍게 고개를 숙이는데 히로무 씨가 "아, 앗! 사실은 그게······"라며 갑자기 목소리를 낮췄다.

"네?"

"아, 뭐라고 말씀드려야 할지……, 오늘 갑자기 이상한 소문이 들려서."

역시나 싶었다. 이제부터가 본론이리라. 생각해보면 당연하다. 히로무 씨는 내 일의 '담당자'이므로 어젯밤의 '소문의 진상'을 확인하러 온 게 분명하다.

"이상한 소문, 이요?"

뜨거운 이마를 손등으로 짚으면서 한심한 반문을 했다.

"네. 실은……."

히로무 씨는 힘들게 소문의 내용을 설명했다. 내용은 어젯밤에 벌어진 일과 크게 다르지 않았다.

"개인적으로 저는, 다스쿠 씨가 그런 사람일 리 없다고 생각해요. 소문은 그저 소문일 뿐이고……."

"……."

"괜찮으시죠? 일은 예정대로 하시는 거죠?"

선량한 히로무 씨의 동그란 얼굴을 보니 입이 절로 움직였다.

"괜찮습니다. 일할 수 있게 기회를 주세요."

그러자 히로무 씨는 "후……" 하고 탄식하곤 대놓고 가슴을 쓸어내렸다.

"그렇죠! 확인하러 오길 잘했네요."

"걱정 끼쳐 드려서 정말 죄송합니다."

"아뇨, 아닙니다. 저야말로 감기에 걸려 쉬시는데 죄송했습니다."

그 뒤로 잠시 이런저런 이야기를 나누고 히로무 씨는 "그럼, 부디 몸조심하세요"라는 말을 남기고 돌아갔다.

현관문을 살그머니 닫고 이번에는 내가 "후……" 하고 탄식했다.

나도 모르게 기회를 달라고 말하고 말았다. 하지만 생각해보면 나는 이미 사장에게 해고된 상태다. 그러니 '기회'라는 게 있을 수 없다. 이렇게 된 이상 돈을 받지 않고 프리랜서로라도 일을 맡아야 할지 모른다. 그러나 조직의 도움 없이 내가 그런 일을 할 수 있을까?

생각하니 머리가 더 아팠으나 간신히 비틀비틀 부엌으로 가 냉장고에 회를 넣었다.

바로…… 그때, 방 초인종이 다시 울렸다.

히로무 씨가, 깜빡한 게 있나?

그렇게 생각하고 현관으로 돌아가 문을 열었다. 그리고 손잡이를 쥔 채 자신도 모르게 얼어붙고 말았다.

"아니!"

눈앞에 여성이 서 있었다. 그것도 둘이나.

"리카코 씨, 하즈키……."

"선생님, 안녕!"

하즈키가 짙은 눈매를 가늘게 뜨고 인사했다.

"쇼가 다스쿠 씨가 감기에 걸렸다고 하더라고요."

"어? 아, 네……."

"괜찮으시면, 이거."

쑥스러워하며 리카코 씨가 종이봉투를 내밀었다. 직접 만든 샌드위치가 들어 있었다.

"하즈키와 같이 만들었어요. 그렇지?"

리카코 씨는 그렇게 말하고 곁에 있는 하즈키의 머리에 툭 손을 얹었다. 미소를 짓고 있는 하즈키는 학교에 있을 때보다 훨씬 편안해 보였다.

"고맙습니다. 하즈키도 고마워."

환하게 웃는 하즈키는 눈가가 엄마를 쏙 빼닮았다.

"다스쿠 씨, 어제 일이 있었던 것 같던데요……."

힘들겠다는 표정으로 리카코 씨가 말했다.

이제 그 소문을 모르는 섬사람은 없으리라.

"괜히, 죄송하네요……. 이렇게 여기 오셔도 괜찮으세요?"

오히려 여기에 온 리카코 씨의 평판에 문제가 생기지 않을까 걱정되었다.

"괜찮아요. 저희야 이제 겨우 외지인 딱지를 떼는 참이니까요."

리카코 씨는 보살을 떠올리게 하는 자비로운 미소를 지어 보였다. 그리고 그런 엄마를 하즈키가 의아한 얼굴로 올려다보았다.

"엄마. 외지인 딱지를 떼는 게 뭐야?"

"아……, 다른 곳에서 왔지만, 이제 조금 섬사람이 되었다는 말이야."

"흠."

리카코 씨와 하즈키의 대화는 너무나 다정해서 절로 미소가 지어졌다.

리카코 씨는 내 소문에 관해 전혀 묻지 않았다. 그저 차분하게 하즈키의 학교나 내가 보여준 마술 이야기를 했을 뿐이다.

직접 만든 샌드위치가 든 종이봉투를 내려다봤다.

정말, 나는, 무슨 짓을 한 걸까…….

섬사람들을 배신한 것은, 사장만이 아니다.

나 역시 '처음부터' 제대로 일할 마음이 없었다. 이 사람들을 배신하는 것을 전제로 했다는 점에서 마찬가지 죄를 저질렀다.

이 섬에 사는 '섬사람'인 리카코 씨와 하즈키가 살짝 미소를 지으면서 내게 말을 걸어준다. 마음속으로 찌릿찌릿 통증을 느끼며 무난한 대답을 건넸다.

대화 중 작은 틈이 생기자 내가 말했다.

"감기, 하즈키에게 옮기면 안 되는데……."

리카코 씨의 얼굴에서 쓱 미소가 사라졌다.

"앗! 죄송해요. 샌드위치만 전해주려 했는데."

"아닙니다."

"다스쿠 씨, 천천히 쉬시고 얼른 나으세요. 필요한 게 있으면 연락하시고요."

"네. 고맙습니다."

하즈키에게도 "고마워"라고 말하며 미소 지었다.

마음속으로는 '미안해'라고 말하면서.

리카코 씨와 하즈키가 돌아갔다.

방으로 돌아오니 왠지 아까보다 천장이 높아 보였다. 구석으로 치워놓은 테이블 위에 샌드위치 봉투를 툭 놓고 이불 위에서 책상 다리를 했다.

"아, 머리, 아프다……."

중얼거리고 이불에 누우려는데……, 이번에는 초인종이 아니라 스마트폰 벨이 울렸다. 단말기를 들고 화면을 확인했다. 하지만 화면에는 착신 상대의 이름이 나와 있지 않았다.

누구지?

드디어 이번에야말로 섬사람들의 민원일지도…….

　전화를 받기 전에 위 언저리를 오른손으로 누르면서 심호흡을 한 번 했다. 그리고 통화 버튼을 터치했다.

　"여보세요……."

　감기 탓이 아니라 목이 잠기고 말았다.

　"아, 다스쿠 씨예요?"

　낯익은 여성 목소리다.

　"그런……데요."

　"저, 나나인데요. 요시다야의."

　"아, 나나?"

　"네. 갑자기 죄송해요. 쇼에게서 전화번호를 받았어요."

　"아……, 응, 그랬구나."

　섬사람들의 민원 전화가 아니라는 사실에 일단 안심하면서도 뜻밖의 사람의 갑작스러운 전화에 살짝 당황했다.

　"감기에 걸리셨다고 들었어요."

　"아, 응. 좀."

　"괜찮으세요?"

　"별일 아니야. 그냥 두통이 좀 있는 정도야."

　솔직히 말하면 온몸이 아주 노곤하고 오한도 있고 목도 아프다.

　"그런데 왠지 힘드신 것 같아요."

　"조금. 좀 미안하네. 괜히 여러모로 걱정 끼쳐서."

일부러 먼저 "여러모로"라고 말했다. 감기만이 아니라 내 소문도 포함해 걱정해주는 게 목소리로 전해졌기 때문이다.

"아뇨. 그럴 리가……."

"오히려 나나야말로 괜찮아?"

"저는 괜찮은데요……."

나나는 말끝을 흐렸다. 걱정되어 "그런데 왜?"라고 물었다.

"저……, 다스쿠 씨는 못 들으셨어요?"

"어……, 뭘?"

"쇼가 지금 어디 있는지요."

"응? 주유소에서 일하고 있지 않나?"

그렇게 되묻자 나나가 축 처진 목소리로 말했다.

"그랬군요. 역시 아무것도 모르시네요."

"미안해. 도통 무슨 소린지 모르겠어. 뭔데?"

그러자 전화 너머에서 결의를 다지는 듯 잠깐의 '침묵'이 이어졌다. 그리고 나나가 입을 열었다.

"실은 쇼와 방금 전화했어요. 밤이 되면 나가겠다고 했어요."

"나가, 어딜?"

"그걸 알려주질 않았어요. 어딜 가는지 확실히 알려주질 않더라고요. 그래서 저……."

"그래? 어딜 가든 쇼가 지금 사람들이 모인 곳에 가는 건 좀 위험하지?"

"저도 그렇게 생각해요."

"개인적으로 친한 친구 집에 간 거 아닐까?"

"그렇다면 제게 비밀로 할 이유가……."

그렇기는 하다.

"말려보기는 했어?"

"물론이죠. 지금은 나가지 않는 게 좋다고요. 하지만 괜찮다면서 웃기만 했어요."

"괜히……, 마음이 쓰이네."

"네. 전화를 끊고 너무 걱정되어 이유를 제대로 들어야겠다 싶어 다시 여러 번 전화했는데……, 부재중 메시지로 넘어가서요."

"다이키 씨는?"

아버지를 대신하는 보호자로서 쇼를 말리지 않았을까?

"다이키 씨는 쇼보다 먼저 어디로 나가셨나 봐요."

"그래……."

그랬다면 말릴 수 없었겠구나.

"쇼, 무슨 생각일까?"

"그걸 도통 모르겠어요……."

같은 자리를 맴도는 대화를 나누다가 우리 사이에 짧은 침묵이 찾아왔다.

솔직히 말하자면 조금 나쁜 예감이 들었다.

쇼는 차분해 보여도 가슴에 뜨거운 것을 품고 있는 타입이라 왠지 말도 안 되는 일을 벌이지 않을까 하는 일말의 불안이 들었다.

"저……, 다스쿠 씨."

"응?"

"갑자기, 죄송했어요."

"어?"

"감기에 걸리셨는데 괜한 걱정까지 끼쳐서."

"아니야, 그렇지 않아……."

다시 짧은 침묵이 찾아왔다. 우리끼리 대화해봤자 더는 얻을 정보는 없다. 그러니 이제 슬슬 통화를 끝낼까…… 하고 생각하는데 갑자기 나나가 뭔가 생각난 듯 말했다.

"앗, 저기."

"응?"

"아까 저와 전화했을 때."

"응."

"쇼가 다스쿠 씨에 대해 말했어요."

"어, 뭐라고?"

"그 사람은 절대 '소문' 같은 사람이 아니라고."

"……."

369

"누구를 배신할 사람이 아니라고요."

나나의 사려 깊은 목소리가 내 가슴 깊이 파고들었다.

"그랬구나……."

"네."

섬에서 태어나고 자란 나나에게 미안하다고 해야 할지 고맙다고
해야 할지 몰라 그대로 입을 다물고 말았다.

"일단 다스쿠 씨에게 이 말만은 전하고 싶어서……."

"응……."

"쇼와 연락되면 알려주세요."

"나도 전화해볼게."

"감사합니다."

감사를 전해야 할 사람은 오히려 나인데…….

"그럼 부디 몸조심하세요."

"그래. 그럼."

"안녕히 주무세요."

"잘 자."

그렇게 나나와의 통화가 끝났다.

힘든 몸을 이끌고 바로 쇼에게 전화를 걸었다. 하지만 나나의 말
대로 부재중으로 넘어갔다.

도대체 쇼는, 어디서 뭘 하고 있을까…….

스마트폰을 슬쩍 머리맡에 놓았다.

그리고 이불 위에서 책상다리를 하고 두 손으로 앞을 짚고는 어깨로 숨을 쉬었다. 바이러스가 침입한 몸이 슬슬 한계에 달하는 듯하다.

문득 창밖을 보는데 신비로운 노을이 펼쳐져 있다. 하늘에 뜬 구름들은 금색 테두리를 두르고 바다 역시 그 색채를 빨아들여 반짝반짝 빛나면서 흔들리고 있다.

어떤 소리도 들리지 않는 방에 조금 흐트러진 내 숨소리만이 감돌았다.

지금 나는, 외톨이구나…….

그렇게 생각하자 허무한 마음이 들어 "허허……" 하고 웃었다. 그리고 웃음의 파편을 입가에 남긴 채 본토에 있을 때의 자신을 떠올렸다.

생각해보니 줄곧 사람과의 유대가 적은 사람이었다. 혼자 사는 싸구려 아파트에 친구가 놀러 온 일도 없고 초대한 적도 없다. 병으로 쓰러져도 뭘 사 들고 오는 사람은커녕 애당초 걱정해주는 사람도 없었다. 평일에는 짐차를 끄는 말처럼 일만 하고 휴일에는 너덜너덜한 걸레 같은 몸을 침대에 눕혀 오로지 체력 회복을 경주할 뿐이었다. 전화도 메시지도 SNS도 일 외에는 거의 사용한 기억이 없다.

너무나 '혼자'였구나. 너무 '혼자'여서 오히려 자신이 '고독'하다는 사실을 깨닫지 못했을지도 모른다. 그리고 '고독'하다는 것을 깨닫지 못했기에 칠 년 동안 그 회사를 계속 다녔을지 모른다.

그런데 이 섬에 오면서 변했다.

지금, 자신이 '고독'함을 알고 있으므로.

빛이 없으면 그림자가 존재할 수 없듯 애당초 주위에 아무도 없는 세계에서는 '고독'이란 개념조차 존재하지 않는다.

하지만 이 섬에 오고 나서 '고독'을 깨달은 인간이 되었다. 주위에 누군가가 있어주는 사람이 된 것이다. 그런데 지금, 이 섬 모든 사람의 미움을 받다니.

"자업자득이지……."

혼자 중얼거려보았다. 그리고 이불 위에 슬금슬금 쓰러지듯 누웠다. 잠시 쉬고 싶다. 스마트폰의 벨을 무음으로 설정했다.

이불을 덮고 새우처럼 몸을 웅크렸다.

가볍게 눈을 감고, 흐트러진 자신의 호흡에 귀를 기울였다.

그러고 있다가……, 잠들고 말았다.

꿈조차 꾸지 않고, 깊이, 아주 깊이 잠들었다.

자신의 기침 소리에 눈을 떴다.

슬쩍 눈을 뜨니 어둠 속에 어렴풋이 천장이 보였다. 똑바로 누워 잠을 잔 것이다.

얼마나 잤을까……?

베개 위에서 고개를 돌려 창을 봤다. 밖은 이미 밤이었다.

더듬더듬 머리맡의 스마트폰을 찾아 잡고 시각을 확인했다.

오후 일곱 시 이십사 분.

잠깐 잔 것 같은데 실제로는 한 시간이나 잔 모양이다.

스마트폰에 착신 이력이 있었다. '니시모리 다이키'라는 이름이 표시되어 있다. 아마도 내 '소문'을 듣고 그 진위를 확인하려 했으리라.

밀짚모자를 줄 때의 다이키 씨의 얼굴을 떠올렸다.

지금, 다이키 씨는 어떤 마음일까……?

화가 나 있을까, 슬퍼할까. 어쩌면 처참한 기분일까. 상상하다가 어두운 천장을 향해 "하아……"라고 축축한 한숨을 흘리고 말았다.

이대로 착신을 무시해도 다이키 씨는 틀림없이 다시 전화할 것이다. 어쩌면 이 방을 찾아올지도 모른다. 덜덜 떨면서 그때를 기다릴 바에는 오히려 내가 먼저 걸어 다 솔직하게 털어놓는 게 낫겠다.

상체를 일으키고 이불 위에서 책상다리를 했다. 몸이 너무 무거워 등을 구부리고 말았다. 관절이 삐걱삐걱 아픈 것은 열 탓이리라. 두통도 여전했다.

일어나는 게 너무 겁나, 방 불도 켜지 못했다.

일단, 전화부터 걸자…….

어두운 방 한가운데서 들고 있는 스마트폰을 내려다봤다. 다이키 씨의 이름을 터치하기 전에 심호흡을 두 번쯤 해야 했다.

전화를 걸었다. 호출음이 울리기 시작한다. 눈을 감고 벨 숫자를 센다.

다이키 씨의 굵은 목소리가 내 고막을 흔든 것은, 벨이 다섯 번째 울렸을 때였다.

"어, 잠깐만, 그대로 기다려."

첫 목소리가, 그거였다.

"네?"

다이키 씨의 목소리 너머는 아주 소란했다. 어딘가 사람이 많은 곳인 듯하다.

이 시간이라면 아마 잇테쓰 아닐까?

그렇게 짐작하고 있는데 소란이 뚝 끊겼다.

"밖으로 나왔어. 지금 잇테쓰에 있어."

"네……."

예상한 대로였다. 아마도 다이키 씨는 나와의 대화를 주위 사람이 듣지 못하게 일부러 가게 밖으로 나왔을 것이다.

"쇼와 나나 일로 서쪽 사람들이 시끄러워서 조금 달래주러 왔어."

다이키 씨는 내가 묻지도 않았는데 잇테쓰를 찾은 이유를 설명했다. 그 말투가 너무나도 평상시와 같아서 오히려 무서워졌다.

"아……."

"왜?"

"지금 감기에 걸려 조금 누워 있었는데."

"그래?"

"눈을 떴더니 다이키 씨가, 저……, 전화하신 것으로 나와서……."

"그랬지."

"그래서 걸었는데……."

"그래?"

다이키 씨는 심문하듯 말하지 않고 내가 자발적으로 말을 꺼내기를 기다리는 듯했다. 범인의 형을 조금이라도 가볍게 하려고 형사가 일부러 체포하지 않고 자수를 기다리는……, 그런 형사 드라마 같은 느낌이었다. 쇼가 형님처럼 따르는 다이키 씨는 이런 사람이다.

그렇다면 나도…….

공포를 뿌리치고 결론부터 말하기로 했다.

"다이키 씨에게 사과해야 할 일이 있습니다."

"……."

다이키 씨는 아무 말도 하지 않았다. 그 침묵이 나를 재촉했다.

"아마도 이미 들으셨겠으나 저는 애당초 유능한 직원이 아닙니

다. 오히려 회사에서 '무능'하다는 꼬리표를 달고, 마음 둘 곳이 없
다고 할까……"

"그래서?"

"아니, 그래서 이 섬에 제가 파견된 것은 주위 동료들이 이 일을
하기 싫어서 어쩔 수 없이 떠밀려서……"

그 뒤로 루이루이 씨에게 말했듯 이제까지의 일을 남김없이 다이
키 씨에게 털어놓았다. 회사에서의 한심한 내 처지, 사장에게 마음
대로 휘둘린 날들, 그런 회사에 대갚음할 생각으로 섬에 온 것. 하지
만 쇼와 섬사람들을 만나 아무래도 제대로 일해 섬에 공헌하고 싶
다는 생각이 들었다는 것.

"하지만……"

"하지만, 뭐?"

"결과적으로 관련된 모든 사람을 속인 형태가 되었습니다."

"그렇지."

"네……"

"그래서?"

다이키 씨는 질책 없이 그저 담담하게 계속 이야기하라고 재촉했
다.

"아, 그러니까 지금은 정말 죄송하게 생각합니다."

"그렇군."

"네……."

"내게 할 말이 그게 전부야?"

"아, 네……."

"자네는 내내 섬을 속였지만, 지금은 섬을 위해 일하고 싶은 거지?"

"……."

다이키 씨가 무슨 말을 할지 알 수 없어 뭐라고 대답해야 할지 알 수 없었다.

"저기, 다스쿠."

다이키 씨의 목소리가 조금 부드러워졌다.

"네."

"그렇게 그럴듯한 이야기, 섬사람들이 믿어줄 것 같나?"

"……."

"자네와 사장의 말을 그 자리에서 들은 사람이 한둘이 아니야."

"그렇게 쉽게는…… 믿어주지 않으리라 생각합니다. 하지만……."

"하지만 그게 사실이란 건가?"

"……."

아무 말도 못하는 내가 답답했는지 다이키 씨는 대놓고 "후" 한숨을 내쉬었다. 어둡고 조용한 방 한가운데서 나는 고개를 떨구었다.

"자네, 앞으로 어떻게 할 건가?"

"가능하다면…… 최대한 빨리 페리를 타고 돌아가고 싶습니다."

진심을 말했다.

"한동안은 무리야. 강풍으로 배는 결항이야."

다이키 씨는 일기 예보와 같은 말을 했다.

"지금 잇테쓰에서 어떤 식으로 말이 나오는지 알려줄까?"

"아……."

"다스쿠가 온 탓에 섬이 엉망이 되었다. 녀석은 마을의 돈을 갈취하려 했으니까 소송을 하자. 싸움의 원인이 된 본토 아가씨도 실은 처음부터 다스쿠와 한패가 아니었을까?"

"어? 그건 아니……."

"됐으니까 들어."

오랜만에 다이키 씨가 굵고 낮은 목소리를 냈다. 그 압력에 아무 말도 하지 못했다. 다이키 씨가 계속했다.

"서쪽 촌장이 다스쿠를 불렀는데 쇼와 한패가 되어 동군을 우대하려 했다. 게다가 마법이니 초능력이니 떠들고 돌아다녔다. 악덕 비즈니스를 하는 회사에서도 가장 무능한 놈. 또 있어."

"……."

"들었나? 자네와 회사에 속은 촌장까지 지금 섬사람들의 험담을 듣기 시작했다고."

"아니……."

"애당초 촌장이 다스쿠의 회사 사장과 유착해 섬의 돈을 횡령하는 대신 돈을 돌려받으려고 했다고도 하지."

"마, 말도 안 돼……."

설마, 그토록 악의 넘치는 소문이 나다니…….

공포와 답답함을 느끼며 감은 눈을 천천히 떴다. 그리고 스마트
폰을 쥐고 있지 않은 오른손으로 눈두덩을 눌렀다.

"조금 전까지 나는 가게 안에서 그런 소리를 내내 들었다고."

"……."

"이보게. 다스쿠."

"네……."

"자네는 여러모로 너무 가볍게 생각하는 게 아닌가? 소문이란 건
말이야, 이렇게 꼬리가 생겨서 자네 주위 사람들까지 불행에 빠뜨
린다네."

"……."

"아마도……, 지금쯤 가게 안에 있는 녀석들은 자리를 뜬 나를 놓
고 이러쿵저러쿵 험담하고 있을 거야."

"죄송합니다……."

입을 막고 있는 손가락 틈으로 간신히 목소리를 짜냈다.

다이키 씨는 다시 한숨을 내쉬고 잠시 말을 멈췄다. 그 무거운 침
묵을 견디지 못하고 먼저 한심한 말을 툭 내뱉고 말았다.

"떠나지 못하는 동안 제가 뭘 해야……?"

"너, 도망칠 궁리밖에 못 하나?"

"하지만……."

"이번에도 안식처를 만들지 못한 채 도망칠 텐가?"

안식처, 라는 단어가 가슴에 무겁게 울렸다.

"어때? 그래도 괜찮나?"

"……."

"다스쿠가, 이 섬에서 얼른 도망치고 회사도 그만두고 다른 데 취직한다고 해도, 어차피 지금의 자네 같은 한심한 놈은 어디서도 안식처를 찾지 못할 거야."

다이키 씨의 말에는 내 가슴을 후벼 파는 무거움과 강력함이 있었다. 그런데 왜일까? 사장에게 혼날 때와는 전혀 달랐다. 혼나고 있다기보다는 어깨를 툭툭 쳐주는 듯한 느낌이다.

"그나저나……, 지금 자네가 그렇게 도망치면 남은 쇼는 어떻게 하나?"

"네……?"

남은 쇼? 다이키 씨가 무슨 말을 하는지 도통 이해할 수 없었다.

"쇼는 그저, 제게 속은 피해자일 뿐인데요……."

"속였나? 쇼도?"

"아, 네……."

다이키 씨는 다시 잠시 침묵했다. 이번 침묵은 훨씬 '무시무시'

했다.

아니, 속이려 한 것은 아닌데…….

그렇게 변명하려는데 뜻밖에도 다이키 씨의 쓸쓸한 목소리가 들렸다.

"조금 전에 말이야, 쇼 혼자 잇테쓰에 왔네."

"네?"

나나의 얼굴을 떠올렸다. 쇼 혼자 나간 곳이 잇테쓰라니. 그곳은 지금의 쇼가 가장 피해야 할 장소인데.

"쇼가 왜……?"

"자네 때문이지."

"……."

나 때문에 쇼가?

"녀석, 자네에 대한 나쁜 소문을 이야기해대는 놈들 앞에 서서, 글썽거리면서 필사적으로 이야기하더군."

"……."

"다스쿠 씨의 이야기를 믿어주세요. 그 사람은 정말 좋은 사람이에요. 이 섬의 구세주라고요. 이렇게 말했네. 테이블을 차례대로 돌아다니며 부탁이니 믿어달라고. 안쓰러울 정도로 계속 고개를 숙여댔지."

아니, 그런 일이……!

"가게에 있는 놈들은 당연히 쇼를 차갑게 대했어. 비웃는 놈도 있었지. 나나와의 문제까지 있는 녀석이 아무리 필사적으로 설득한다고 누가 듣겠나."

"······."

"정말 멍청한 녀석 아닌가?"

가슴이 벌벌 떨려 할 말을 완전히 잃었다.

"녀석은 바보지만······ 그래도 도망치지는 않네. 아니, 도망치지 않은 정도가 아니지. 잇테쓰에서 자기 생각을 펼친 다음에는 모자모자에까지 갔다고."

서군인 쇼가 동군의 모자모자에 갔다고?

나를, 위해서······?

"그 바보가 혼자 동군 기지에 뛰어들었다고."

"······."

"그거 말이야, 자네를 진심으로 도우려는 마음 아닌가?"

다이키 씨가 거기까지 말했을 때 내 뺨을 타고 흐르는 눈물이 책상다리하고 있는 무릎에 툭 떨어졌다.

그 온후한 쇼가, 나를 위해······.

한 방울, 두 방울, 눈물이 턱 끝에서 툭툭 떨어졌다.

소리를 죽이고 울었다.

"가게 손님 하나가 말이야, 쇼를 경멸하는 눈초리로 이죽거리며 물었어. 그 사기꾼이 구세주라고? 만약 사실이라면 근거를 대보라고."

"……."

"그런데 말이야, 무슨 영문인지 쇼, 그 녀석 완강하게 '근거는 있지만 말할 수 없습니다'라며 고개를 계속 저었어. 그래서 더 반감을 샀어."

나는 안다. 쇼는 나와의 '약속'을 지킨 것이다. 쓰바키히메가 나를 보고 구세주라고 한 사실을 아무에게도 말하지 말아달라는 그 '약속' 말이다.

"정말 바보지? 그 녀석."

다이키 씨의 목소리에는 쇼에 대한 애정이 넘쳤다.

이제 나는 흐느끼고 있었다. 필사적으로 소리를 죽였는데도 다이키 씨에게 들키고 말았다.

"어이, 울지 마."

"네……, 죄송해요."

잠긴 목소리로 대답했다.

"지금 정말 울고 싶은 사람은"이라고 말한 다음, 다이키 씨가 코를 훌쩍였다.

"달랑 혼자 완전히 바보가 된……, 쇼일 거야."

다이키 씨의 말은 끝으로 갈수록 흐려지더니 물기로 축축해졌다.

그 사실을 깨달았을 때 내부의 댐이 소리를 내며 무너졌다.

"죄, 죄송해요……. 정말, 죄송합니다."

다이키 씨에게 사과하는 건지, 쇼에게 하는 건지조차 모른 채 그
저 떨리는 입술을 움직였다.

"이보게. 다스쿠."

"네……."

"자네, 어쩔 셈인가?"

"……."

눈물 젖은 마음으로 생각했다.

뭘 해야 할까?

뭘 할 수 있을까?

"쇼를 배신하고 본토로 돌아갈 텐가?"

"……."

"내가 할 말은 이게 전부네."

"네……."

"그럼."

다이키 씨는 잠긴 목소리로 말하고 통화를 끝냈다.

스마트폰을 이불 위에 놓았다. 그리고 두 손바닥으로 얼굴을 덮
고 눈물을 닦았다.

이 섬을 위해, 쇼를 위해 무엇을 할 수 있을까?

섬의 활성화라는, 처음 회사에서 받은 일일까? 하지만 그건 역시

384

무리다. 나 혼자 해낼 수 있는 규모의 사업이 아니다. 개인적으로 할 수 없는 일이란 것을 너무나 잘 안다.

하지만 만약 내가, 혼자가 아니라면……?

왠지 그런 생각이 들었을 때 뇌리에 몇몇 얼굴이 떠올랐다.

지구방위군…….

얼렁뚱땅 모이게 된 사람들이지만, 지금 나는 혼자가 아닐지 모른다.

그렇게 생각한 순간, 내 마음 한가운데에 쓱, 너무나 신기하게 따뜻한 '중심'이 생긴 느낌이 들었다.

이 섬을 위해, 쇼를 위해, 최소한 지구방위군 작전만이라고 수행하자. 섬에서 도망치는 것은 그다음에 해도 된다. 아니, 그때까지는 돌아갈 수 없어.

"해보자. 모두와 함께……."

어두운 방 한가운데서 조용히 중얼거렸다.

아주 작고 가라앉은 목소리였으나 인생에서 처음 내뱉은, '흔들림 없는 중심'이 있는 말이었다.

좋았어……!

다시 스마트폰을 들고 심호흡을 한번 했다. 그리고 이불 위에 누웠다. 피폐한 몸을 하루라도 빨리 회복시키고 싶었기 때문이다.

이불 위에서 뒹굴며 지구방위군 대원들에게 보내는 장문의 메시지를 작성했다. 그 내용은 이제까지의 내 사정과 현상을 숨김없이 토로한 고백이자, 진심을 담은 사죄문이었다. 심하다 싶을 만큼 사죄한 다음 끝맺는 문장에 고심을 거듭했다. 수없이 썼다가 지우기를 반복했으나 결국은 솔직한 말이 제일일 것 같았다.

「이렇게 한심한 놈이지만, 지구방위군 작전은 태어나서 처음으로 정말 수행하고 싶은 '일'입니다. 꼭 성공시켜 이 섬을 변화시키고 여러분과 축배를 들고 싶습니다. 부디 마지막까지 잘 부탁드립니다.」

완성한 메시지를 다시 읽었다.

그리고 마음을 다잡고 화면을 터치해 지구방위군 대원 모두가 읽을 수 있도록 그룹 메시지로 보냈다.

얼마 뒤 루이루이 씨의 그룹 메시지 답장이 왔다.

「다스쿠가 나쁜 사람이 아니라는 건 잘 알아. 작전은 내가 진행할 테니까 지금은 많이 먹고 많이 자. 얼른 감기나 나으라고.」

옆방과 이 방을 막고 있는 벽을 한참 바라봤다.

루이루이 씨, 정말 고마워요……．

386

속으로 중얼거리고 다시 루이루이 씨 개인에게 메시지를 보냈다.

「실은 한 가지 감히 묻고 싶은 게 있어요. 앞으로 루이루이 씨가 작전을 세울 때 마지막에 제가 구세주(용사)가 되는 것으로 해주실 수 있나요?」

이게 실현되면 쇼가 잇테쓰와 모자모자를 돌며 한 이야기가 사실이 되기 때문이다.

루이루이 씨의 답장은 금방 왔다.

「오케이! 그럼, 그렇게 할게. 방금 재밌는 작전이 떠올랐어. 내게 맡겨 ♪」

다행이다. 가슴을 쓸어내리고 루이루이 씨에게 고맙다는 아이콘을 보냈다.

몇 분 뒤……, 보살 리카코 씨와 가련한 가렌, 그리고 나나도 저마다 나를 격려하는 긍정적인 답변을 그룹 메시지로 보냈다.

그리고 또 십오 분이 지났을 무렵, 오토메 할머니까지 답장을 보내왔다.

「다스쿠 씨는 아주 좋은 사람이에요.」

아주 짧은 문장이지만, 자신도 모르게 울컥하고 말았다.

삼십 분이 더 지난 뒤 쇼의 답장이 왔다. 내게만 보내는 메시지였다.

「다스쿠 씨, 솔직히 다 말해줘서 고맙습니다. 진짜 다스쿠 씨는 마음속에 만든 문 안에 있었네요. 하지만 지금 다스쿠 씨가 그 문을 열어준 것 같아서 저는 아주 기뻐요. 작전, 꼭 성공시켜요!」

이 메시지를 다 읽었을 때 나는 훌쩍이고 있었다. 쇼는 자신이 잇테 쓰와 모자모자를 돌며 나를 도우려고 한 사실은 한 마디도 꺼내지 않았다. 그날 밤, 항구에서 루이루이 씨가 한 말이 떠올랐다.

쇼는 정말, '마음도 미남'인 꽃미남이다.

좋았어! 일단은 지구방위군 작전을 성공시키자. 그리고 축배를 들면서 쇼에게 고맙다고 말하자. 꼭!

그렇게 결심하고 새삼 쇼의 짧은 글을 곰곰이 곱씹으면서 세 번 읽었다.

쇼는 지금, 어디에 있을까? 지금쯤 다이키 씨에게 갔을까, 아니면 집에 갔나?

나만의 '꽃미남 용사'를 생각하고 있는데 다시 스마트폰에 그룹 메시지가 도착했다.

「어쩐지 재미있어 보이네. 나도 참가할게요.」

이 문장을 읽은 순간, 천장을 올려다보며 "됐다……!"라고 소리를 질렀다. 지구방위군에 들어오라는 요청을 "음, 일단 보류"라고 한 세이야 씨의 답장이었기 때문이다.

이 메시지를 읽은 쇼도 틀림없이 놀랄 것이다. 그토록 남의 일에 관여하는 것을 싫어하는 세이야 씨가 어떻게 대원이 될 마음을 먹었을까, 그 이유를 알고 싶어 할 게 분명하다.

어쨌든, 이로써 모든 연기자는 다 모였다.

다음은, 루이루이 씨, 최고의 작전을 부탁해요…….

머리맡에 스마트폰을 놓고 대자로 뻗었다.

온몸이 뜨겁고 삭신이 쑤신다. 머리도 아프고 헉헉 숨도 거칠다. 그래도 어두운 천장을 바라보면서 미소를 짓고 있다.

"혼자지만, 외롭지는 않네……."

일부러 소리 내어 말해봤다.

그러자 천장이 흔들리기 시작하더니 눈을 깜빡이자 눈꼬리에서 주르륵 눈물이 흘러 귀를 적셨다.

제6장 · 금색의 선녀

옅은 구름이 낀 날의 오전 열 시가 지났을 무렵.

초인종이 세 번 계속 울렸다.

대답하려는데 이번에는 방문을 거칠게 두드렸다.

"어이! 다스쿠, 있어? 나야, 다이키야."

이미 외출복을 입고 기다리다가 "네!"라고 대답하면서 스마트폰
으로 루이루이 씨에게 메시지를 보냈다.

「다이키 씨, 도착!」

그리고 방에서 다시 밖에 대고 말했다.

"죄송해요. 지금 열게요."

조금 나른한 목소리를 냈다.

부엌을 지나쳐 현관문을 열었다. 예상대로 다이키 씨가 온몸에서 긴박감을 뿜어내며 서 있다.

"안녕하세요."

공손한 태도로 가볍게 고개를 숙였다.

다이키 씨는 내 인사는 안중에 없다는 듯 떠들기 시작했다.

"이봐, 좀 성가신 일이 벌어졌어."

"무슨 일이, 생겼나요?"

모른 체하고 물었다.

"실은 말이야, 어제부터 쇼와 나나가 사라졌어."

"사라지다니……?"

"정말 사라졌다고! 그래서 자네에게 할 이야기가 있어서 왔어."

"제게요?"

"아, 그래."

다이키 씨는 입고 있는 반소매 셔츠 가슴 주머니에서 스마트폰을 꺼내 두꺼운 손가락을 열심히 놀려 조작하기 시작했다. 그리고 내 얼굴 앞에 화면을 들이밀었다.

"이거, 자네 맞지?"

"아……."

화면에는 인터넷의, 이른바 게시판이 나와 있다. 익명의 누군가가 쓴 게시물에 여러 사람이 마음대로 댓글을 다는 페이지다. 게재된 글 가운데 한 장의 인물 사진이 실려 있다.

"보라고, 이 사진 말이야. 자세히 봐. 자네지?"

다이키 씨가 확인하듯 물었다.

"음. 흑백에다가 상당히 화질이 나빠서……. 그보다 이게 뭔데요?"

내가 되묻자 다이키 씨는 미간을 찌푸리고 나를 가만히 응시했다. 그리고 스마트폰을 내 손에 쥐어줬다.

"직접 읽어봐."

"네……."

스마트폰을 받아 게시판 내용을 보는 척한다. 내용을 대강 말하자면 이런 소문 이야기다.

'미스터 T'라는 뛰어난 영 능력자(초능력자이기도 한)가 도내 어딘가에 실존한다는 것이다. '미스터 T'는 평소에는 무능한 샐러리맨인 척하며 일하지만, 퇴근 후 밤부터 '본업'을 시작한다. 그는 특수한 능력을 활용해 어둠의 세계나 정·재계의 거물을 상담한다. 예지와 투시는 물론 마법 같은 초능력도 구사한다. 상담료는 눈이 튀어나올 정도로 비싸다고 한다. 그러나 그만한 돈을 내고서라도 상담받을 가치가 있다는 것이다. 그런 '미스터 T'와 만나려면 그에 상응하는 인맥이 있어야 하는데 만나거나 전화할 때는 암호가 필요하다…….

게시판에는 대충 그런 내용이 적혀 있다. 이른바 '도시 전설'이라 불리는 것이다.

"읽었나?"

"네. 읽었는데요."

미심쩍은 것을 본 듯한 표정으로 스마트폰을 다이키 씨에게 돌려줬다.

"이 '미스터 T'의 정체가 최근 서서히 드러나며 증거도 많이 나왔다잖아."

"그렇게 적혀 있기는 하네요……."

모른 척하며 대답하자 다이키 씨는 다시 뚫어지게 내 얼굴을 보기 시작했다. 당황한 척하며 반걸음쯤 물러났다.

"이 사진 말이야. '미스터 T'와 상담한 손님 하나가 몰래 찍어 유출한 거야."

"……."

"이봐, 다스쿠."

"네."

"얼버무리는 거 아냐?"

"아니……."

"아무리 봐도, 이 사진, 자네 아니냐고?"

"그, 그렇게 말씀하셔도."

"자네지? 잘 보라고."

다이키 씨가 또 내 얼굴 앞에 스마트폰을 들이밀었다.

"네. 좀 닮은 것 같기도 하고 어쩌면 제 사진일 수도 있고……, 하지만 그렇다고 여기 나온 '미스터 T'라는 사람의 정체가 저냐고 묻는 거면 아닙니다. 있을 수 없는 일입니다. 이건 단순한 도시 전설에 불과해요."

대놓고 딱 잘라 말했다.

분명 닮기는 했으나 자신은 '미스터 T'가 아니다. 오로지 그렇게 주장하며 버틸 것. 그게 지구방위군 대장인 루이루이 씨가 내게 지시한 일이다.

"다스쿠, 자네……."

다이키 씨가 무슨 말인가 하려 했다.

딩, 동, 댕♪

그때 저 멀리 하늘에서 차임이 울려 퍼지며 마을 사무소 방송이 나오기 시작했다.

나와 다이키 씨는 현관 앞에 서서 순간 서로의 얼굴을 바라봤다. 그리고 고물 스피커에서 흘러나오는 정확치 않은 목소리에 귀를 기울였다.

"여기는 고오니가시마 마을 사무소입니다. 오늘 긴급 연락이 있습니다. 어젯밤부터 니시모리 쇼 씨와 요시다 나나 씨의 행방을 알 수 없답니다. 보신 분은 마을 사무소나 파출소에 바로 연락해주세요. 다시 말씀드리겠습니다. 어젯밤부터 니시모리 쇼 씨와……."

안내 방송이 반복되었다.

"들었지?"

다이키 씨가 굵은 목소리로 말하고 글러브 같은 두 손으로 내 어깨를 꽉 움켜쥐었다.

"네……."

"그 둘, 지금 어디 있지?"

"네? 아니, 제게 물으셔도."

"다스쿠……."

다이키 씨는 내 눈을 가만히 들여다봤다.

"없어졌다고 해도 고작 하룻밤이에요. 친구 집에라도 갔겠죠."

"그럴 가능성은 제로야. 이미 마을 사무소와 파출소 사람들이 섬의 모든 집을 확인했어."

"아니, 그럼……?"

"그걸 몰라서 자네에게 묻잖아?"

글러브 같은 손이 내 두 어깨에서 툭 떨어졌다.

"왜 제게……."

진심으로 곤란한 표정을 지었다.

"자네는 쇼가 걱정되지도 않나?"

"아주 걱정됩니다."

"그러면 말이야……."

"일단은."

다이키 씨의 말을 가로막았다.

"여기서 이런 말을 나눠봤자 소용없으니까 같이 찾아보죠. 저도 협력할게요. 이 섬은 좁으니까 틀림없이 찾을 수 있을 겁니다."

루이루이 씨의 대본대로 말하고 신발을 신었다. 이미 반바지 주머니에는 스마트폰도 방 열쇠도 들어 있다. 다이키 씨와 나갈 준비는 훨씬 전에 완료해놓았다.

그때 타이밍을 노려 옆방 문이 열리고 홀연히 루이루이 씨가 얼굴을 드러냈다.

"어머, 목소리가 들린다 했더니 역시 다스쿠였구나."

"아, 안녕하세요."

루이루이 씨는 평소와 다름없는 환한 미소를 지으며 다이키 씨를 봤다.

"이쪽은, 아, 맞다, 주유소의, 히히히, 누구더라?"

"다이키 씨예요."

내가 소개하자 루이루이 씨는 "아, 맞다! 다이키 씨였다. 방금 생각났어"라며 웃곤 혀를 날름 내밀었다.

"아, 안녕……."

루이루이 씨의 갑작스러운 등장에 천하의 다이키 씨도 당황한다.

"둘이서 뭐 해?"

"지금 마을 사무소 방송이 있었는데……."

내 말을 듣자마자 루이루이 씨가 고개를 끄덕였다.

"응. 나도 들었어. 어째 엄청난 일이 일어난 것 같더라."

"맞아요. 그래서 지금부터 다이키 씨와 함께 쇼와 나나를 찾으러 갈 생각이었어요."

"어머! 그럼 나도 같이 가."

"아, 아니, 당신은……."

다이키 씨가 거절하려 하자 내가 나섰다.

"찾는 사람이 하나라도 더 있으면 좋죠. 루이루이 씨 목소리는 잘 들리니까 사람을 부르는 데 도움이 될 겁니다."

나를 '미스터 T'라 믿어 의심치 않는 다이키 씨는 곧바로 "그렇지. 그럴 수도 있겠어"라고 하며 받아들였다.

그리하여 우리 셋은 다이키 씨의 차를 탔다. 오 인승 하얀색 세단이다. 다이키 씨가 운전하고 내가 조수석. 루이루이 씨는 뒷자리 가운데에 앉아 앞자리 시트 사이로 얼굴을 내밀고 있다.

"제일 먼저 어디로 가?"

루이루이 씨의 목소리가 좁은 차 안에서 쨍쨍 울린다.

다이키 씨가 그 목소리에 미간을 찌푸리며 대답했다.

"일단 촌장에게 가야지."

"오케이. 렛츠 고!"

루이루이 씨의 기세에 압도된 듯 다이키 씨는 액셀을 밟아 차를 출발시켰다.

느긋한 섬의 풍경이 차창을 따라 천천히 흐른다. 옅은 회색빛 하늘 아래의 미지근한 남풍에 초목이 흔들린다. 시트에 깊이 등을 맡기고 다이키 씨 몰래 살짝 심호흡했다. 이 섬을 뒤집어놓을 만한 엄청난 속임수가 이미 시작된 것이다. 이제, 돌이킬 수 없다.

힐끗 다이키 씨의 옆얼굴을 봤다.

늘 호방하고 호탕한 다이키 씨가 생각에 잠긴 얼굴로 핸들을 쥐고 있다. 쇼와 나나를 무척 걱정하고 있으리라.

다이키 씨, 속여서 죄송해요…….

속으로 조용히 중얼거렸다.

쇼가 나를 돕기 위해 잇테쓰와 모자모자를 돌아다닌 밤부터 눈 깜짝할 사이에 사흘이 지났다.

그 사흘간 아주 농밀한 시간을 보냈다. 감기를 이겨내려고 쉬면서도 작전 관련 회의와 머릿속 리허설(이른바 이미지 트레이닝)로 시간을 보냈다. 누군가의 작은 실수가 작전을 완전히 망가뜨릴 가능성이 있기 때문이다. 최종적으로 구세주(용사)가 될 예정인, 이른바 주연인 내가 실수를 저지를 수는 없다.

　대담하면서도 치밀한(게임 같은) 작전을 생각해낸 루이루이 씨는 대원 모두에게 '작전 시나리오'라는 제목의 데이터를 보냈을 뿐 아니라 각자에게 구체적인 '지시서'를 보낼 정도로 꼼꼼했다.

　루이루이 씨의 아이디어를 읽기 쉽게 문서라는 형태로 정리한 사람은 세이야 씨다. 그리고 바로 그 세이야 씨의 활약이 놀라웠다.

　있지도 않은 인터넷 사이트를 몇 개 만들고, 그 사이트를 수상쩍은 '회원제'로 보이게 하더니 내 사진을 가공해 너무나도 몰래 찍은 사진처럼 만들어낸 것이다. 이후 온갖 방법을 써서 내가 '미스터 T'인 것 같다는 정보를 인터넷에 뿌렸고 그것을 섬사람들 사이에도 퍼지게 한 것이다.

　안 그래도 소문이 빠르게 퍼지는 이 섬에서 섬사람들의 스마트폰에 '미스터 T'의 정보가 퍼졌으니까 이제 그것은 더는 소문이 아니었다.

다스쿠는 '미스터 T'였다…….

그런 말도 안 되는 망상이, 확신으로 바뀐 것이다.

　물론 섬사람 가운데는 나와 '미스터 T'에 관한 정보를 의심하고 직접 검색한 사람도 있을 것이다. 그러나 애당초 존재 자체를 숨기고 있으니 쉽게 정보를 얻을 수 없다는 게 '미스터 T'라는 인물의 설정이다. 아무리 검색해도 세이야 씨가 만든 몇 개의 가짜 사이트 외에는 찾을 수 없었을 터이고, 찾을 수 없다는 현실이야말로 오히려 '미스터 T'에 관한 소문의 신빙성을 높여주었다.

내 몸 상태는 지난 사흘 동안 상당히 회복되었다.

이제 열도 내렸고 두통도 완전히 나았으며 식욕도 지나치다 싶을 만큼 회복되었다. 아직 몸이 좀 나른했지만, 온몸이 쑤실 정도로 열이 났으니 후유증이 다소 남는 것은 어쩔 수 없을 것이다.

"저기, 다스쿠, 둘이 어디에 있을 것 같아?"

루이루이 씨가 운전석과 조수석 사이로 얼굴을 내밀고 말했다.

"저는 몰라요. 하지만 어쨌든 빨리 찾아야 안심이 되겠어요."

"응. 그렇지."

루이루이 씨는 작전이 순조롭게 진행되고 있어서인지 아주 만족스럽게 대답했다.

우리 지구방위군의 작전은 사실 어제저녁부터 실행에 옮겨졌다.

쇼와 나나가 몰래 집을 빠져나와 리카코 씨가 일하는 민박 소라에 숨는 것에서부터 시작된 것이다.

둘이 몸을 숨긴 다음 세이야 씨가 '미스터 T'와 관련된 거짓 정보를 흘려 섬사람들을 동요시켰다. 게다가 오늘 아침이 되어 세이야 씨는 다이키 씨에게 이런 개별 메시지를 보냈다.

「괜한 참견일지 모르겠으나 이런 사이트를 발견했는데 다이키 씨가 아서야 할 것 같아서요. 게시판에 나온 사진 속 남자, 얼마 전 쇼와 우리 집에 온 다스쿠라는 사람 아닌가요? 저는 초현실적인 현상 같은 것은 그다지 믿지 않지만, 이 사람이 혹시 진짜 초능력자라면 둘을 찾을 수 있지 않을까요? 아니면 두 사람의 실종과 어떤 관계가 있다거나?」

물론 이 세이야 씨의 메시지에는 내 정체가 '미스터 T'로 의심될 만한 '증거 같은 허위 정보' 여러 개가 첨부되어 있었다. 이를 읽은 다이키 씨는 내 휴대전화로 전화한다. 하지만 나는 받지 않았다. 그래서 다이키 씨는 서둘러 내 방을 찾아와 문을 두드린 것이다.

나는 기다리고 있다가 다이키 씨와 함께 쇼와 나나를 찾으러 나서고 여기에 루이루이 씨도 가세한다는 게 계획이다.

즉, 지금까지의 계획은 완벽했다.

더 말하자면, 지금 바로 이 순간에도, 루이루이 씨의 작전은 요시다야 앞 벤치에서 동시에 진행되고 있을 것이다.

그 일을 담당한 사람은 물론 오토메 할머니다.

어제저녁, 쇼와 나나가 무언가에 씐 듯한 얼굴을 하고 저쪽(바다

쪽)으로 걸어가는 것을 이 벤치에서 봤다고…….

오토메 할머니는 그런 말도 안 되는 이야기를 떠들고 있을 것이다. 오토메 할머니의 신용도는 이 섬에서 최고라 모두가 그 말을 쉽게 믿을 것이다.

그리고 그 거짓말은 당연히 요시다야의 데루코 씨에게도 전해진다. 데루코 씨는 섬의 정보 교차점에 설치된 스피커이고 나나를 진심으로 걱정하므로 거짓말은 단숨에 퍼질 것이다.

"곧 도착이야."

다이키 씨의 목소리에 정신을 차렸다. 차는 좌회전해 촌장 집으로 들어가 현관 바로 앞에 정차했다. 다이키 씨는 사이드 브레이크를 걸었다.

"운전하시느라 수고했어요."

루이루이 씨가 새된 목소리로 인사하고 우리는 자동차에서 내렸다……, 그와 동시에 건물 현관의 미닫이문이 열리고 안에서 촌장이 나왔다.

나와 눈이 마주치자 촌장은 대놓고 눈살을 찌푸렸다. 무리도 아니다. 촌장은 아직도 나를 악덕 사장이 파견한 무능한 심부름꾼이거나 수상한 '미스터 T'로 생각할 테니까.

"다스쿠를 데려왔어요."

다이키 씨의 말에 맞춰 "안녕하세요"라고 고개를 숙였다. 루이루이 씨는 평소와 다름없이 "야호!" 하며 턱 옆에서 브이를 그렸다.

촌장은 말없이 나를 가만히 바라봤다. 그리고 조용하고 낮은 목소리로 말했다.

"당신, 내 아들이 어디에 있는지 아나?"

'다스쿠'가 아니라 '당신'이라고 불려 나도 모르게 침을 꼴깍 삼켰다.

"죄송합니다."

진심으로 거듭 사과했다.

"솔직히 저도 모르겠습니다. 하지만 같이 찾게 해주십시오."

"촌장님."

다이키 씨가 옆에서 굵은 목소리를 내며 내 어깨에 글러브 같은 손을 얹었다. 촌장은 미간을 찡그린 채 가만히 내 얼굴을 바라봤다.

미지근한 남풍이 불어오자 마당의 야자나무잎이 바스락거렸다.

옅은 구름이 덮인 하늘에, 다시 마을 사무소의 방송이 울려 퍼진다.

그때 다이키 씨의 스마트폰이 울렸다. 전화다. 다이키 씨는 "지로예요. 받을게요."라고 촌장에게 말하고 통화를 시작했다.

"그래! 나야, 어떻게 됐어?"

억눌린 목소리로 이야기를 시작한 다이키 씨는 지로라 불린 사람의 말을 들으면서 점차 표정이 변하더니 "정말인가? 알았어. 나도 곧 가지"라고 답하고 전화를 끊었다.

"촌장님, 어제저녁에 오토메 할머님이 둘을 봤답니다."

다이키 씨가 말했다.

"오토메 할머님이?"

"네. 둘이 뭔가에 씐 듯한 표정을 하고 바다 쪽으로 걸어갔다고……."

"뭔가에 씐 듯? 그게 무슨 소린지……."

촌장은 의아한 표정을 짓고 힐끔 나를 보더니 "바다라니, 항구 쪽 바다인가?"라고 다이키 씨를 보며 고개를 기울였다.

"그런 것 같습니다. 일단 제 차로 가시죠."

다이키 씨는 말하면서 차에 올라탔다. 잠자코 고개를 끄덕인 촌장도 조수석에 탔다.

"자네들도 타."

다이키 씨의 재촉에 나와 루이루이 씨는 시키는 대로 뒷자리에 탔다.

하얀 세단은 바로 출발했다.

조금 있다가 나와 루이루이 씨는 힐끔 서로를 봤다. 그 순간 루이루이 씨가 혀를 쏙 내밀며 윙크했다. 평소라면 그 매혹적인 아름다움에 정신이 아찔했겠으나 지금의 나는 고개를 살짝 끄덕였을 뿐이다.

아무래도 오토메 할머니가 일을 잘해낸 것 같다.

　우리 작전은 순조롭게 진행되고 있었다.

섬 주변 지형은 대체로 바다로 이어지는 절벽이다.

　소규모의 모래사장 해수욕장을 제외하면 바다에 접근할 수 있는 곳은 페리가 도착하는 항구뿐이다.

　다이키 씨가 운전하는 차는 오토메 할머니가 있는 요시다야 앞을 지나쳤다. 나와 루이루이 씨는 벤치에 앉은 오토메 할머니의 모습을 차창 너머로 확인했다. 오토메 할머니는 평소와 다름없는 모습으로 벤치에 귀엽게 앉아 있었다.

　차는 바다를 향해 언덕길을 내려가 일주도로로 나오자마자 좌회전했다. 다이키 씨는 속도를 올렸다. 해변 언덕길을 올라, 섬에 도착한 날 운 좋게도 고래를 본 고지대를 지나쳤다. 육지 멀미를 겪은 그날이 아주 옛날처럼 느껴져 혼자 조용히 한숨을 내쉬었다.

　조금 더 가니 멀리 항구가 보였다. 어선이 정박한 안벽 근처에는 이미 십여 대의 자동차가 세워져 있다. 모인 섬사람은 스무 명 정도인데 역시 두 무리로 나뉘어 있다. 여기서도 동과 서가 나뉘어 있는 것이다.

　우리를 태운 차가 항구로 들어가자 소리를 들은 섬사람들이 일제히 이쪽을 돌아봤다.

　다이키 씨는 다른 차와 나란히 차를 세웠다.

우리는 각자 차에서 내렸다. 먼저 촌장과 다이키 씨가 무리를 향해 걸어간다. 루이루이 씨가 매릴린 먼로처럼 걸으며 둘의 뒤를 따르고, 그 대각선 뒤를 내가 따라 걸었다.

이쪽을 보고 있는 섬사람들은 죄다 뭐라 표현하기 힘든 복잡한 표정을 짓고 있다. 근신해야 할 절세미녀와 악덕 업자의 심부름꾼이자 실은 영험한 영 능력자일지 모르는 내(=미스터 T)가 촌장과 같은 차에서 내렸으니 복잡한 마음인 것도 당연하다.

서군 무리가 촌장과 다이키 씨와 합류했다. 조금 떨어져 있던 동군 사람들도 적당한 거리를 유지하며 모여들었다. 그리고 동서 불문하고 모든 사람이 나를 혐오스러운 눈빛으로 바라봤다. 대놓고 노려보는 남자도 있다.

"안~녕 ♪"

섬사람들을 향해 루이루이 씨가 윙크하자 그들 표정이 살짝 누그러졌으나 이 초 뒤에는 다시 혐오를 담은 표정으로 돌아왔다.

무리 안에는 쇼와 함께 일을 도운 사람도 있었고 잇테쓰나 모자 모자에서 즐겁게 한잔한 얼굴도 있었다. 물론 요시다야의 데루코 씨도 있었다. 이미 친해진 사람들이 지금은 악의에 찬 눈빛으로 나를 보고 있다. 등줄기에 소름이 쫙 돋았다.

지금, 촌장이나 다이키 씨와 같이 오지 않았다면 집단 린치를 당했을지도 모르겠다……, 그런 느낌이 들 정도로 분위기가 험악했다.

"어이! 루이루이! 집에 있어야지, 왜 여기 왔어!"

동군 무리 속에서 귀에 익은 목소리가 들렸다.

화려한 빨강 알로하셔츠, 흐린 날씨인데 선글라스를 끼고 모자모자의 야키소바만큼이나 긴 머리카락을 휘날리는 사람.

"꺅! 모자 씨, 알로하♪"

루이루이 씨는 신나게 손을 흔들었으나 오늘만큼은 이 둘도 무거운 공기를 물리치지 못했다.

해변에는 강한 바람이 불고 있었다. 야키소바 머리카락이 얼굴에 걸려 방해가 되었는지, 모자 씨가 한쪽 손으로 머리를 누른 채 루이루이 씨를 보고 싱글벙글 웃고 있다.

서군은 이미 촌장과 다이키 씨를 둘러싸고 이런저런 정보를 교환하기 시작했다. 동군은 더 서군에 다가와 귀를 쫑긋 세운다. 어느쪽도 아닌 나와 루이루이 씨는 두 무리 밖에서 그들의 모습을 바라봤다.

시간이 흐르면서 동군과 서군 무리는 점점 가까워지더니 끝내뒤섞였다. 둘 다 서로가 쥐고 있는 정보가 필요했으리라. 당사자의가족인 촌장과 데루코 씨도 무리 안에서 마주 보고 이야기를 나누고 있다.

하지만 아무리 정보를 모아봐도 사라진 둘을 발견할 방법은 찾지못하는 듯했다. 당연한 일이다.

숨 막히는 시간이 십오 분쯤 지났을 때 슬슬 때가 되었다고 생각했는지, 갑자기 루이루이 씨가 무리를 향해 귀 따가운 목소리를 냈다.

"앗! 나, 알 것 같아!"

귀를 막고 싶은 그 목소리에 섬사람들은 어리둥절한 표정으로 루이루이 씨를 봤다.

"있잖아. 섬을 다 뒤졌는데도 없잖아. 그렇다면 배를 타고 어디론가 간 거 아닐까?"

루이루이 씨의 추리를 듣고 섬사람들의 반은 실소했다. 루이루이 씨를 쫓아다니는(기다리는) 동군 남자가 무리를 대표하듯 말했다.

"루이루이 씨, 항구 바깥 바다를 봐요. 지금은 태풍이 다가오고 있어서 그저께부터 페리도 대지 못할 정도로 파도가 높아요. 이 상태에서는 어선을 타고 바다로 나갈 수 없어요."

"아, 그렇구나. 유감이네. 왠지 전에 항구에 왔을 때보다 배가 줄어든 것 같았거든."

루이루이 씨는 말하며 쭉 늘어선 어선을 봤다. 그 시선을 따라 섬사람들도 그쪽을 봤다.

그리고 그때…….

"어? 잠깐만…….."

어부 출신이기도 한 촌장이 목소리를 높였다.

"공용 소형선이 없네. 누구 아는 사람 있어?"

"진짜네. 어디 갔지?"

"어제까지 있었는데."

섬사람들이 술렁이기 시작했다.

루이루이 씨가 슬쩍 나를 봤다. 고개를 끄덕이고 싶었으나 꾹 참고 천천히 눈을 깜빡이는 것으로 응했다.

촌장이 말하는 소형선이란, 어선과 어선 사이, 혹은 어선과 안벽 사이를 왕복할 때 사용하는 '항구 내부 전용'으로, 직접 노를 젓는 보트를 가리킨다. 그리고, 사실 그 작은 배는, 나도 만난 적 있는 젊은 어부에게 쇼가 부탁해 어젯밤에 그의 집 창고에 숨겨놓았다. 즉, 그 젊은 어부 역시 우리 작전에 찬성해 도움을 준 것이다.

"그런 작은 배로 먼바다에 나갔다가는 한시도 못 버틸 텐데."

"일단 해상보안청에 연락할까?"

"잠깐만. 아직 그 배가 섬을 나갔다고 확정할 수는 없으니까."

"말도 안 돼. 쇼는 바보가 아니야. 그런 엄청난 일을 할 리 없어."

"하지만 그게, 이어지지 못한다고 생각해 둘이 동반 자살이라도……."

동서 따지지 않고 아무 말이나 해대는 사람들에게 다이키 씨가 일갈했다.

"이봐! 진정 좀 하라고! 동반 자살이라니, 그런 바보 같은 말은 함부로 하지 마!"

411

다이키 씨의 목소리가 주는 압력에 섬사람들은 일제히 입을 닫았다.

촌장과 데루코 씨를 봤다. 둘 다 막막한 얼굴이다.

"저, 다이키 씨……."

조심스럽게 다이키 씨를 불렀다.

"왜?"

수많은 차가운 눈빛이 날아든다.

"저를, 고오니가시마 신사로 데리고 가주셨으면 좋겠는데요."

"뭐? 이 자식, 무슨 소리야? 하필 지금!"

거친 목소리를 낸 사람은 본 적이 있는 나이 많은 어부였다. 머리에 수건을 두른 그 어부는 당장이라도 내게 달려들 기세였다.

"아, 도쿠 씨. 잠깐 기다려요."

다이키 씨가 그 어부를 말리고 나를 응시했다.

"다스쿠, 무슨 소린가?"

"아니, 그게."

오른손 검지를 관자놀이에 대고 눈을 감고 심호흡을 한번 한 다음 그대로 입을 열었다.

"왠지 불가사의하다고 해야 할까, 완전히 다른 세계라고 해야 하나……, 다른 차원에 갇힌 것 같아요."

"다른 차원? 이 자식, 사기꾼 주제에."

"도쿠 씨. 잠깐만 진정해봐."

다이키 씨가 다시 도쿠 씨라는 어부를 제지했다.

"다스쿠, 계속해."

"네. 아, 그러니까 저는 여러분이 생각하는 영 능력자는 아니지만, 가끔 감이 올 때가 있어요……."

변함없이 오른손 검지를 관자놀이에 대고 눈을 감은 채 말했다.

"알았으니까 계속하라고."

다이키 씨가 조금 짜증을 내며 말했다.

"네. 그러니까 말이죠, 지금 쓰바키히메가 부른 것 같은……, 왠지 그런 느낌이 들어서요."

눈을 뜨고 고개를 들었다.

"……."

다이키 씨도, 도쿠 씨라는 어부도, 다른 사람 모두 반신반의하는 얼굴로 나를 보고 있다.

"아, 저……, 영문 모를 소릴 했네요. 죄송해요. 하하하."

사태를 수습하려는 듯 웃었다.

"제가 알아서 하겠습니다. 신사가 어디 있는지 아니까 혼자 갈게요."

"걸어서? 삼십 분은 걸려."

미간을 찌푸린 다이키 씨가 굵은 팔로 팔짱을 꼈다.

"네. 천천히 걷죠, 뭐."

머리를 벅벅 긁었다.

휘잉, 바다에서 강한 남풍이 불어왔다.

그러자 모자 씨가 야키소바 같은 머리를 누르면서 입을 열었다.

"좋아. 그럼 내 차로 갈래?"

"모자 씨……."

동군 쪽을 본 찰나…….

"꺅!"

귀를 막고 싶은 쇳소리가 항구의 공기를 흔들었다. 동군, 서군 모두 놀란 얼굴로 루이루이 씨를 봤다.

"나, 알 것 같아!"

두 손을 자기 가슴에 대고 루이루이 씨가 떠들기 시작했다.

"불가사의한 다른 세계나 다른 차원에 갇혔다니, 그거 고오니 신의 납치네!"

그 순간, 갑자기 항구의 바람이 멎었다.

사람들은 얼어붙은 듯 그 자리에 굳어버렸다.

철썩철썩, 제방을 두드리는 파도 소리가 멀리서 울린다.

"고오니 신의 납치? 그게 뭔데요?"

정적 속에서 내가 루이루이 씨에게 물었다.

"있잖아. 나도 모자모자에서 손님에게 들은 이야기인데……."

　루이루이 씨는 내게 설명을 시작했고 섬사람들은 그제야 정신을 차린 듯 저마다 떠들기 시작했다.

그건 단순한 전설이잖아?

　아니야, 사실로 마을 사무소 문헌에도 남아 있다고.

　그러고 보니 몇 년 전인가 쓰바키히메가 "고오니 신의 납치를 조심해"라고 말했지?

　아, 그랬지!

　실은 내 증조부의 친척 숙부가 그 일을 당했었다고.

　역시 실제로 일어난 일이야?

　정말 있었다고 죽은 아버지가 말했다고…….

섬사람들이 멋대로 요란을 떠는 가운데 촌장과 데루코 씨는 숨 쉬는 것도 잊은 채 눈을 부릅뜨고 있다.

　"좋아. 다스쿠, 루이루이 씨. 신사로 가자."

　모자 씨가 말했다.

　"이봐. 나도 가."

　힘이 넘치는 다이키 씨의 목소리가 들리자 섬사람 모두 자신도 가겠다고 나섰다.

썩어가는 도리이를 지나, 좁은 계단을 타박타박 오른다. 내 뒤로는 조금 전까지 항구에 모여 있던 섬사람들이 긴 줄을 이루고 있다.

"전에 왔을 때는 이 계단에 제등 장식이 없었는데요?"

내 바로 앞(줄의 선두)에서 걷는 다이키 씨의 등에 대고 물었다.

"헉, 헉……, 내일이 헉, 헉, 대제니까. 헉, 헉……."

씨름 선수 같은 몸집의 다이키 씨는 이미 숨을 헐떡이고 있다.

"축제가 내일이군요. 그래서 장식을."

물론 내일, 이 신사에서 대제가 열린다는 것 정도는 알고 있다.

"맞아. 헉, 헉……."

"다이키 씨, 힘내요~."

모델 같은 긴 다리를 갖춘 루이루이 씨는 내 옆에서 유유히 두 계단씩 오르고 있다.

이따금 숲속에서 끼익, 음울한 소리가 울렸다. 바로 그 새다.

"다이키, 너는 아직 젊으니까 힘 좀 내라. 뒤에서 기다리잖아!"

내 뒤에서 모자 씨가 다이키 씨를 놀리고 있다. 그렇게 말하는 모자 씨도 나이 탓인지, 걸음을 옮길 때마다 후, 후 소리를 내며 힘들어하고 있다.

얼마 후 전원이 신사 경내에 도착했다.

섬사람들의 바늘 같은 시선을 건디며 헉헉대는 다이키 씨에게 물었다.

"신사 사무소에 말을 걸어볼까요?"

"그래야지."

우리는 사무소로 향했다. 우리 뒤로 줄줄 섬사람들이 따랐다. 그 무리 안에는 촌장과 데루코 씨도 있었다. 둘은 항구에서부터 줄곧 함께였다.

사무소의 작은 창문을 열고 다이키 씨가 말을 걸었다.

"어이, 안에 있나?"

"네!"

계획대로 안에서 청순한 목소리가 들리고 창문 너머에서 가렌이 나타났다.

"다이키 씨, 그리고 여러분. 아, 이렇게 많은 분이……."

가렌은 조금 놀란 듯 섬사람들을 봤다.

"저번에는 감사했습니다."

내가 가볍게 인사하자 가렌도 "아, 네"라고 대답했다.

"꺅! 무녀다! 너무 예뻐!"

루이루이 씨가 쇳소리를 냈을 때 그 새가 반응해 끼이이이이이이, 라고 더 격렬하고 음울한 소리를 냈다.

"가렌도 다 알고 있겠지만."

다이키 씨가 이야기를 꺼내자 가렌이 갑자기 심각한 표정을 짓더니 "네. 두 분 소식은……"이라며 고개를 끄덕였다.

"그래서 말인데, 여기 있는 다스쿠가 쓰바키히메를 만나고 싶다고 해서."

"다스쿠 씨가?"

"응."

내가 고개를 끄덕였다.

"지금, 쓰바키히메를 만날 수 있을까?"

다이키 씨가 물었다. 그러자 가렌은 조금 곤란하다는 표정을 지었다.

"쓰바키히메 님은, 지금 좀……."

"왜? 몸이라도 안 좋으신가?"

"아, 그런 건 아니고. 실은 한 시간쯤 전부터 본전에 들어가서. 한동안은 밖에 못 나오셔요."

다이키 씨와 나는 서로의 얼굴을 쳐다봤다.

"그런데 급하세요?"

살짝 고개를 기울이고 다시 섬사람들을 바라보는 가렌에게 이번에는 내가 물었다.

"저기……, 쓰바키히메는 지금 중요한 계시를 받는 중인 것 같은데."

"네……?"

가렌은 조금 놀란 표정을 지었다. 연기 실력이 상당하다.

"다스쿠 씨, 어떻게 그걸……?"

"아, 아니, 그냥, 느낀 건데……. 어쨌든 미안하지만, 그 계시 내용을 들을 수 없을까? 그럼 당장 만나지 않아도 되니까."

"부탁할게"라고 말하면서 몸을 굽히고 두 손을 마주 댔다.

"아……, 알겠습니다. 잠시 여쭤볼게요."

가렌은 고개를 끄덕이고 바로 사무소에서 나와 조용히 본전 안으로 들어갔다.

섬사람들은 문 닫힌 본전을 바라봤다.

"다스쿠, 너, 역시……."

다이키 씨가 내게만 들릴 정도로 조그맣게 말했다. 말꼬리를 흐렸으나 내 정체에 관한 이야기일 것이다.

"아닙니다. 저는 그저 그냥……."

고개를 살짝 흔들고 다이키 씨의 눈길을 피했다.

조금 있다가 본전에서 가렌이 나왔다. 그리고 이쪽으로 다가왔다.

"뭐라서?"

내가 묻자 가렌은 잠자코 고개만 끄덕였다. 그리고 작전대로 섬사람들을 향해 목소리를 높였다.

"지금, 쓰바키히메로부터 계시를 듣고 왔습니다. 사라진 둘은 아직 어딘가에 살아 있답니다."

오호! 소리를 지르는 섬사람들에게 가렌이 말을 이었다.

"다만, 아무래도 고오니 신의 납치일 거라고……."

섬사람들이 일제히 숨을 멈췄다.

찬물을 끼얹은 듯 조용해진 경내에, 끼이이이, 하고 새소리가 울린다.

"가렌. 어떻게 하면……?"

대본대로 내가 말했다.

"네. 지금 쓰바키히메 님께 들은 말을 그대로 전하겠습니다."

가렌은 다시 섬사람들을 보고 우아하게 자세를 고쳐 잡았다.

"여러분, 두 사람을 되찾을 수 있느냐 없느냐는 고오니 신과 가장 강하게 이어지는 내일 대제 때 알 수 있다고 합니다. 내일 의식에는 최대한 많은 섬사람이 참가하는 게 중요합니다. 특히 남자들은 최대한 전원 참여하도록 하랍니다. 모인 섬사람들은 마음을 합쳐 진심으로 기도하고 그 에너지를 쓰바키히메 님을 통해 고오니 세계에 전해야 사라진 둘을 되찾을 수 있답니다. 그러므로 여러분, 부디 내일 잘 부탁드립니다."

가렌은 그렇게 말하고 깊이 고개를 숙였다.

그러자 그때까지 가만히 가렌을 바라보던 섬사람들이 다시 술렁이기 시작했다.

조금 있다가 무리 한가운데서 강력한 의지를 품은 낮은 목소리가 들렸다.

"다들, 미안하네."

목소리의 주인은, 촌장이었다.

섬사람들은 다들 입을 다물고 촌장을 돌아봤다.

"우리 집 문제아 때문에 정말 미안하게 됐네. 정말, 정말, 미안하네. 하지만 녀석은, 쇼는……, 내……."

그렇게 말한 촌장은 힘없이 고개를 떨구곤 말을 잇지 못했다.

"촌장님……."

가까이에 있던 섬사람 하나가 촌장 어깨에 살그머니 손을 얹었다. 조금 전 항구에서 내게 달려든 어부 도쿠 씨다.

도쿠 씨 옆에서 데루코 씨가 입을 막고 오열하고 있다. 데루코 씨의 등에 살짝 손을 얹은 사람은 모자 씨였다.

"다스쿠……."

다이키 씨가 내게 말을 걸었다.

"네."

"네가 모두에게 전할 말이 있지 않나?"

"네? 아니, 저는……."

"그래?"

그러자 다이키 씨가 갑자기 가렌 옆에 버티고 섰다.

"다들 내 말 좀 들어줘. 부탁할게. 동쪽 여러분도…… 내일은, 내일만은, 쇼를 위해 힘을 보태주게. 서쪽인 나도 나나를 위해 할 수

421

있는 일은 다 할게. 그러니까 부디 부탁해."

다이키 씨는 배를 울리는 묵직한 목소리로 그렇게 말하더니 갑자기 허리를 탁 접고 깊이 고개를 숙였다.

가렌도, 루이루이 씨도, 섬사람들도 말뚝이라도 된 듯 우두커니 서서 다이키 씨를 바라봤다. 다이키 씨도 고개를 숙인 채 한동안 움직이지 않았다.

그리고 아마도……, 그것을 알아차린 사람은 서 있는 위치로 봐서 나밖에 없을 텐데.

고개를 숙인 다이키 씨의 발끝 바로 앞에 툭, 툭, 눈물방울이 떨어졌다.

새벽이 오기 전의 하늘은, 옅은 포도색으로 물들어 있었다.

불어오는 바람에, 상쾌한 숲 냄새가 녹아 있다.

썩어가는 도리이를 바라봤다. 그 앞에는 하얀 훈도시 차림의 남자들이 백 명쯤 모여 이상한 열기를 발산하고 있다. 그 가운데는 티셔츠에 반바지라는 편안한 차림을 한 사람도 이따금 보였는데 그들은 모두 외지에서 온 학교 선생님이나 마을 사무소 직원이었다. 데루코 씨는 물론 여성들도 보였다. 하지만 아이들은 하나도 보이지 않았다. 이 대제는 원래, 어른들만 치르는 행사이리라.

혼자 무리 끝에 서 있다.

최대한 눈에 띄지 않도록, 조용히.

자칫 섬사람과 눈이라도 마주치면 대놓고 노려보거나 미간을 찌푸리기 때문이다. 그 가운데는 "젠장, 아직 있냐?"라거나 "이 사기꾼 새끼"라고 욕하며 어깨를 치는 사람도 있다. 예전부터 소심하고 평화주의자인 나로서는 솔직히 당장 도망치고 싶었다.

조금이라도 도움이 될까 싶어 다이키 씨와 모자 씨를 찾았으나 섬의 중심인물인 둘은 무리 한가운데서 남자들에 둘러싸여 있어 가까이 갈 수 없다.

그때……, 또 한 사람이 어깨를 쳤다.

"죄, 죄송해요……."

비틀대면서 나지막하게 사과하며 꾸벅꾸벅 고개를 숙였다.

내가 보기에도 한심하다는 생각이 드는데 조금만 더 참으면 된다. 지구방위군 작전이 이대로 성공하면 단숨에 섬의 용사로 군림할 테니까.

조금만 더. 그러니 겁먹지 마.

자신을 다독이면서 무리 밖에 우두커니 서 있는데 뒤에서 걸어온 누군가가 갑자기 내 어깨에 손을 툭 얹고 그대로 무리 안으로 들어갔다.

아니……?

훈도시 차림의 그 사람은, 촌장이었다.

"좋은 아침이야. 오늘 고맙네. 그리고 잘 부탁해."

촌장은 섬사람들에게 말을 걸면서 인파를 헤치고 들어간다. 그리고 다이키 씨 옆까지 갔을 때 슬쩍 이쪽을 봤다.

시선이, 마주쳤다……

게다가 촌장은 나를 보고 살짝 고개를 끄덕인, 듯했다.

어라, 뭐지? 내가 고개를 갸웃했을 때는 촌장은 이미 내게서 시선을 돌리고 섬사람들과 심각한 표정으로 이야기를 나누기 시작했다.

금방 벌어진 일은, 기분 탓이겠지. 아마 그럴 것이다. 하지만 촌장은 분명 내 어깨에 손을 얹었다. 아주 다정하게 툭.

옅은 포도색 하늘이 점점 핑크빛으로 물들었다.

곧 새벽이다. 즉 대제가 시작된다.

드디어 시작이구나. 일단 촌장 일은 잊자. 일단 지금은 작전을 완벽하게 수행하는 데 집중하자.

마음을 가라앉히려고 "후" 크게 숨을 내쉬었다. 그때 반바지 주머니에서 스마트폰이 진동했다. 화면을 보니 리카코 씨 전화였다.

무슨 일이지? 무리에서 조금 벗어나 낮은 목소리로 인사했다.

"안녕하세요."

그러자 리카코 씨는 불안한 목소리로 말했다.

"안녕하세요. 저, 아까부터 쇼와 나나가 보이질 않아요."

"네? 무슨 일이죠?"

"저도 모르겠어요……. 계획대로라면 아직 방에 있어야 하는데, 없어요."

"잠깐 진정하세요. 스마트폰으로 전화는 해보셨어요?"

"여러 번 걸었어요. 하지만 둘 다 전원이 꺼져 있어요."

"네, 그럴 리가……, 앗! 혹시 조금 일찍 외륜산에 올랐을까요?"

"저도 그렇게 생각해 아까 급히 가봤어요. 그런데 없어요."

"아니……!"

산꼭대기까지는 외길이다. 엇갈릴 리가 없다.

"다스쿠 씨, 그럴 리 없겠지만……."

리카코 씨가 목소리를 더 낮췄다.

"네……."

"그 둘, 정말 고오니 신에게 납치되었을까요?"

뭐라고요……?

"아니, 하하하. 설마 그럴 리가요."

기어이 목소리를 높이고 말았다. 서둘러 무리에서 더 멀어진다.

"알겠습니다. 제가 대장(루이루이 씨)에게 전화해볼 테니 리카코 씨는 숙소에서 기다리세요. 둘이 갑자기 돌아올 수도 있으니까요."

"……네. 그럼 그렇게 할게요."

불안해하는 리카코 씨와의 통화를 끝내고 바로 루이루이 씨에게 전화를 걸었다. 오늘, 루이루이 씨는 마을 회관 이 층 방에서 전화와 메시지로 진두지휘할 계획이다. 밖으로 나오면 그 쇳소리 때문에 너무 눈에 띌 테니까.

루이루이 씨의 스마트폰으로 전화를 걸었다.

그런데 왜 이리 안 받을까 싶더니 부재중 메시지로 넘어갔다. 다른 대원과 통화 중인가?

뭐야? 곧 대제가 시작되는데.

일단 부재중 메시지를 남기기로 했다.

「다스쿠예요. 쇼와 나나가 숙소에서 사라졌다고 갑자기 리카코 씨가 연락

해왔어요.」

그렇게만 알리고 전화를 끊었다.

조금 강한 바람이 불었다.

핑크빛 하늘이 서서히 밝아졌다.

지금까지 완벽하게 진행된 작전에 금이 가기 시작한 걸까?

그 둘은, 지금, 어디에서 뭘 하고 있을까?

그들의 성실한 성격으로 보건대 작전을 무시하고 멋대로 행동하지는 않으리라. 하지만 그들이 지금, 숙소에서 사라졌다.

고오니 신이 납치했다고……?

이 섬사람들이, 믿어 의심치 않는 전설.

아니야, 설마! 있을 수 없어. 이곳은 현대의 일본이라고……!

그렇게 생각하면서 침을 꿀꺽 삼켰다.

그리고 다음 순간…….

둥, 둥, 둥, 둥, 둥, 둥!

산꼭대기 신사에서 울리는 큰북 소리가 아침 공기를 뒤흔들었다. 두드리는 사람은 무녀인 가렌이다.

시작되었다.

드디어 고오니가시마 대제가.

높은 큰북 소리에 영혼이 각성된 듯 도리이 앞에 모인 사람들이 "우와와와와!"라고 소리를 질렀다. 그리고 그들은 포효와 함께 일제히 좁은 계단을 달려 올라가기 시작했다.

쇼, 나나, 어디서 뭘 하고 있어?

루이루이 씨도 괜찮을까?

가슴에 불안을 안은 채 훈도시 하나만 찬 남자들을 뒤쫓아 제일 마지막으로 계단을 오르기 시작했다.

후발대인 내가 산꼭대기인 경내에 도달했을 때, 본전 문은 이미 완전히 열려 있고 그곳에서 쓰바키히메가 춤을 추고 있었다.

나이를 알 수 없는 요괴 같은 노파는 길고 하얀 머리카락을 더욱 헝클고 우산 정도 크기의 커다란 고헤이를 찰락찰락 흔들고 있다.

그리고 고헤이의 움직임에 맞춰 서로의 등을 때려 시뻘게진 섬사람들이 빙글빙글 제자리를 돌았다. 이 초에 한 번쯤 도는 느린 리듬으로, 왼쪽 오른쪽으로 돌며……, 두 손바닥을 하늘로 향한 기묘한 모습으로 쓰바키히메의 움직임에 맞춰 춤을 춘다.

그 모습을 가만히 보고 있자니 왠지 나까지 축제의 고양감이 솟구쳤다. 자칫 정신을 놓으면 몸이 멋대로 빙글 돌 것만 같다. 그것은 마치 쓰바키히메의 고헤이에서 나오는 '보이지 않는 실'에 조종된 듯……한 불가사의한 느낌이었다.

한참이 지났는데도, 쓰바키히메는 하염없이 춤을 췄다.

이상하네…….

속으로 중얼거렸다.

루이루이 씨의 작전은 춤추기 시작하고 오 분쯤 지나면, 쓰바키히메는 일단 춤을 멈추고 나를 불러 본전 위로 오르게 하는 것이다.

손목시계를 봤다. 이미 십오 분이나 지났다.

설마, 쓰바키히메, 정신을 놓고 작전을 잊은 게……?

하지만 만약 그렇다면 쓰바키히메에게 협력을 요청하고 작전을 이야기한 가렌이 알아서 하리라.

가렌을 봤다.

가렌한 무녀 역시 오로지 큰북만 두드리고 있다.

도대체 어떻게 된 거지……?

무리 밖에 우두커니 서 있는 나는, 이따금 춤추는 훈도시 차림의 남자들의 가시 돋친 시선을 받고 있다.

사실은……, 몇 분 전에 쓰바키히메가 목소리를 높여 작전을 진행했어야 하는데.

다시 머릿속으로 앞으로의 시나리오를 되뇌었다.

· · ·

춤추기를 중단한 쓰바키히메가 섬사람들을 향해 말하기 시작한다.

"다들, 잘 들어. 이제부터 고오니 님이 데려간 둘을 이 세계로 데려오자고. 우선은 귀신의 혼백을 다른 계에서 내려오게 해 빙의할 육신이 필요해. 그 육체는 젊고 강한 정신을 지니고 있어야 해. 정신이 약하면 미쳐버려 목숨을 잃을 수도 있지. 원래는 섬사람이 해야 하는데 지금 이 자리에는 안성맞춤인 외지 남자가 있지."

그때 쓰바키히메가 나를 보며 고개를 끄덕이고 강력하게 말한다.

"저자다. 이리 오너라."

쓰바키히메의 시선을 좇아 이쪽을 본 섬사람들은 그 '안성맞춤인 남자'가 나임을 알게 된다.

소란해진 그들 무리 한가운데를 가르며 내가 당당하게 걸어가 본

전에 오른다. 그리고 쓰바키히메와 마주 본 다음 결의의 말을 시작한다.

"쓰바키히메 님, 부디 제 몸을 써주십시오."

"흠."

"사실 저는……."

"히히히히. 알고 있어. 당신은 이것 때문에 섬에 왔지?"

"네."

쓰바키히메는 천천히 고개를 끄덕이고 말을 잇는다.

"섬사람들은 잘 들어라. 이자는 섬을 구하기 위해 강림한 용사다!"

수런거리는 섬사람들. 그리고 쓰바키히메는 축사 같은 주문을 대놓고 외우며 내 뒤로 돌아와 갑자기 귀신 같은 형상으로 "에잇!" 하며 고헤이를 휘두른다.

순간 내 무릎이 풀썩 접힐 듯 무너지다가 바로 일어난다. 그러나 부자연스럽게 고개를 떨구고 눈을 감은 채 온몸을 이상하게 떨기 시작한다.

"섬사람들이여. 지금 이 사람 몸에 신이 내려오셨다. 이 섬의 비전 '교수 의식'으로 신의 힘을 봉인한다!"

다시 술렁이는 섬사람들.

쓰바키히메는 손에 든 고헤이를 툭 옆에 놓는다.

그때까지 큰북을 치던 가렌도 북채를 내려놓고 대신 신전에 공양

하는 삼줄을 들어 조심스레 쓰바키히메에게 건넨다.

쓰바키히메는 주문을 외우며 내 목에 천천히 삼줄을 건다.

나는 목에 삼줄을 걸고 부들부들 몸을 떨며 그저 고개를 떨구고만 있다.

쓰바키히메는 내 뒤로 돌아와 삼줄 양쪽 끝을 쥐고 갑자기,

"끼이이이이야!"

라는 괴성을 지르면서 단숨에 좌우로 잡아당긴다.

그런데 이게 웬일! 내 목을 졸라야 할 삼줄이 기적처럼 내 목을 빠져나와 쓰바키히메의 두 손 사이에서 팽팽하게 당겨진다. 이는 물론 학교에서 내가 하즈키에게 보여준 마술이다.

쓰바키히메는 어깨로 거칠게 숨을 몰아쉬며 말한다.

"자, 봉인했다! 신의 힘을!"

고개를 숙이고 있다가 서서히 의식을 찾은 듯 내가 천천히 고개를 들고 섬사람들을 둘러본다.

영적 능력을 소진해 비틀대는 쓰바키히메를 내가 부축한다.

그러면 쓰바키히메는 내게 기댄 채 말한다.

"섬사람들이여 잘 들어라. 이 사람은 빙의된 동안 신의 목소리를 들었으리라. 그 목소리에 따르라."

쓰바키히메를 부축한 채 내가 천천히 고개를 끄덕인다.

"신의 목소리, 틀림없이 들었습니다. 여러분에게 전해드릴 말은

두 가지입니다."

경내에 모인 섬사람은 모두 경악한 채 내 이야기에 귀를 기울인다.

어디선가, 끼이이이, 하고 그 새가 운다.

나는 계시를 전한다.

"먼저 첫 번째입니다. 사라진 둘은 이 섬 산꼭대기 어딘가……, 아마도 UFO의 착륙지처럼 둥근 표시가 있는 전망 좋은 곳에 내려와 있을 겁니다. 둘은 지금 그곳에서 잠들어 있습니다. 그리고 두 번째는 이 섬에서 오랫동안 이어져온 악습, 즉……."

・ ・ ・

내 머릿속에서 수없이 되풀이된 리허설.

그 가장 중요한 장면을 떠올리려는 찰나…….

이게 무슨 일이란 말인가! 현실의 쓰바키히메가 작전을 무시하고 폭주하기 시작한 것이다.

열심히 휘두르던 고헤이를 딱 멈추더니 빙글빙글 돌며 춤추는 섬사람들을 제지하고 그들을 향해 갑자기 눈을 부릅떴다. 그리고 박력 넘치는 목소리로 말했다.

"귀신으로부터 계시가 왔다!"

쓰바키히메의 말에 섬사람들이 소리를 질러댔다.

"우와와와와와!"

상당히 어질어질할 것이다. 그들은 술이라도 취한 듯 비틀대고 있다.

그러나 쓰바키히메는 개의치 않고 계속한다.

"이 섬에 오랫동안 이어져온 악습……, 동서 분단을 당장 끝내라!"

"우와와……?"

섬사람들은 포효를 멈추고 놀란 표정으로 쓰바키히메를 봤다.

나도 멀거니 쓰바키히메를 봤다.

아, 아니잖아…….

그런 시나리오가 아니잖아!

내심 동요한 나와 섬사람들을 내버려 두고 쓰바키히메의 단독 무대가 이어졌다.

"현명한 섬사람이여, 잘 들어라. 동과 서로 마음을 나누는 어리석은 시대는 이 순간 종말을 고했다. 민심이 둘로 갈라지면 섬을 지키는 '수호의 기운'도 반으로 약해진다. 이번에 한 사람이 아니라 둘이 같이 사라진 것은 바로 '수호의 기운'이 반으로 약해졌기 때문이다!"

"……."

쓰바키히메는 넋을 놓고 있는 나와 섬사람들을 향해 오늘 가장 박력 넘치는 목소리로 소리쳤다.

"신의 뜻은 동서 화합! 싸우지 말고 섬이 하나가 되어야만 사라

433

진 두 사람을 귀신의 세계에서 데려올 수 있다!"

섬사람들은 잠시의 침묵 뒤 '어쩌지?'라는 표정으로 주위를 두리
번거렸다.

그때 한 남자가 이제 막 새벽을 맞이하는 하늘을 향해 주먹을 들
어 올렸다.

그리고 혼신을 다 짜내듯 포효했다.

"우와와와와와와와와와!"

목소리의 주인은, 촌장이었다.

촌장은 저벅저벅 본당 아래까지 걸어가 섬사람들을 향해 휙 몸을
돌리고 숨을 들이켠 뒤 다시 크게 포효했다.

"우와와와와와와와와와와와!"

영혼을 뒤흔드는 듯한 박력에 내 두 팔과 등에 소름이 돋았다.

"다들, 부탁해!"

촌장은 눈물을 흘리면서 다시 주먹을 쳐들고 목소리를 높였다.

"우와와와와와와와와와와와!"

그 모습을 본 섬사람들의 표정이 점점 풀어졌다.

빙의한 것이 떨어져 나간 듯.

촌장의 뒤쪽 단상에서 쓰바키히메가 고헤이를 들어 올렸다.

"그래, 동서 화합이다!"

그 목소리가 완벽한 신호가 되었다.

"우, 우, 우와와와와와와와와와와와와와와와!"

섬사람들도 주먹을 쳐들고 오늘 가장 큰 포효로 대답했다.

그 포효가 그쳤을 때 쓰바키히메가 휘두른 고헤이가 앞쪽을 가리켰다. 계단이 있는 쪽을 가리키고 있다.

"백성들이여 잘 들어라. 당장 항구로 달려가라. 그곳에는 이 섬을 수호하려고 강림한 금색 선녀가 기다리고 있다! 그 선녀로부터 계시를 들어라!"

아니……, 그게 뭐야?

무슨 소리지?

시나리오와 완전히 다르잖아…….

멍해진 내 앞을 훈도시 차림의 섬사람들이 "우와와와와!" 포효하면서 달려간다. 다들 항구를 향해 달리기 시작했다.

왜, 항구로?

UFO 착륙 장소 같은 고지대가 아니야?

금색 선녀라니?

이대로 가면, 나, 용사는커녕 악덕 기업의 무능한 심부름꾼으로 끝나겠네.

영문을 알 수 없어 도움을 요청하려고 가렌을 봤다. 가렌도 본당 큰북 앞에 서서 놀란 표정으로 쓰바키히메를 보고 있다.

마침내 경내에서 모두 없어졌다.

끼이이이, 음울한 새소리가 울렸다.

비틀비틀 본당으로 다가가 가렌에게 말을 걸었다.

"저, 가렌?"

"네……."

청순한 얼굴이 이쪽을 봤다.

"어, 어떻게 된 거야?"

"그게 저도……."

나와 가렌은 쓰바키히메를 봤다.

쓰바키히메는 섬사람들이 사라진 계단 쪽을 흡족하게 바라보고 있다.

"저, 쓰바키히메 님……."

내가 부르자 쓰바키히메는 천천히 이쪽으로 고개를 돌렸다. 그리고 괴물 같은 주름투성이 얼굴에 애교 가득한 미소를 짓더니,

찡긋.

내게 윙크했다.

응……?

얼어붙은 나를 향해 쓰바키히메가 말했다.

"어이, 뭘 하고 있어? 너희들도 항구로 가야지. 마지막까지 지켜보라고."

"아니? 하지만 쓰바키히메 님……."

"얼른 서둘러. 가렌도 같이 가라."

그러자 가렌은 "네"라고 청초한 목소리로 대답하곤 본당에서 내려왔다.

"그럼 다스쿠 씨, 갈까요?"

"아니? 잠깐만요. 왜? 항구에, 무슨 일이……?"

"몰라요. 하지만 이 섬에서는 쓰바키히메 님의 말을 따라야 해요. 자……."

미소 지은 가렌이 내 손을 잡아끌었다.

"앗!"

가련한 무녀의 하얀 손은 너무나 부드럽고 차가웠다.

그대로 우리가 계단을 향해 달리는데 뒤에서 쓰바키히메의 높은 웃음소리가 들렸다.

"크하하하하하! 올해는 유쾌하구나. 정말 유쾌한 축제야!"

신사 계단을 다 내려간 나와 가렌은 그대로 썩어가는 도리이를 통과해 항구로 이어지는 길로 나섰다.

조금 앞쪽을 보니 훈도시 차림의 남자들이 줄을 잇고 있다.

쓰바키히메는 "달려"라고 했는데 꼬리에 있는 사람들은 벌써 지쳤는지 느릿느릿 걷고 있다.

"항구까지 걸으면 삼십 분 정도 걸리지?"

나란히 걷는 가렌에게 나지막하게 물었다.

"맞아요. 하지만 우리는 젊어서 달릴 수 있으니까 더 일찍 도착할 거예요."

"그래?"

고개를 끄덕이고 스마트폰을 꺼냈다.

"일단 나, 루이루이 씨에게 전화해볼게."

"네."

서둘러 루이루이 씨 번호로 전화를 걸었다.

하지만 아까와 마찬가지로 부재중 전화로 넘어갔다.

"안 돼. 받질 않아……."

이대로 가면 지구방위군 작전은 뿌리부터 무너진다……라기보다 내가 구세주가 안 되면 쇼는 거짓말쟁이가 되는 게 아닐까?

어쩌지……?

기어이 매달리는 눈빛으로 가렌을 보고 만다.

"괜찮아요. 일단 쓰바키히메 님의 말씀대로 우리도 항구로 가요."

"하지만 시나리오가……."

"그런 표정 짓지 마세요."

가렌이 달래듯 하는 말에 지금 자신이 매우 한심한 표정임을 깨달았다.

"아, 그래……."

"여기까지 왔으니 이제 원래 시나리오대로 갈 수는 없잖아요? 이미 끝난 일이에요."

"그야, 뭐, 알지만."

"그렇다면 다음은 이제 흐름에 맡겨야죠. 쓰바키히메의 말씀을 따르면 다 잘될 테니까요."

잘되다니, 도대체 무슨 근거로……?

속으로 중얼거리면서도 "아, 그렇지"라고 고개를 끄덕였다. 근거가 있든 없든 가렌 말이 옳다. 이렇게 된 이상 흘러가는 대로 둘 수밖에 없다.

"그럼 우리도 서둘러 항구로 가요."

"응……."

가렌이 경쾌하게 달리기 시작했다. 서둘러 나도 따라간다. 조깅 정도의 속도로 달리니 곧 줄을 이루고 있는 남자들의 꼬리 부분까지 쫓아가 그대로 따라잡기 시작했다. 그리고 삼 분쯤 지나자 바로 선두 집단이 보이기 시작했다.

자세히 보니 선두 집단에는 섬의 중심인물이 다 모여 있다. 귀신에게 아이를 빼앗긴 촌장과 데루코 씨, 다이키 씨, 모자 씨, 그리고 그들과 가까운 사람들…….

나와 가렌은 그들과 조금 떨어진 뒤쪽으로 다가가 걷기 시작했다. 아무래도 이들을 추월해 내가 제일 먼저 항구에 도착해서는 안될 것 같고, 자칫 이 집단에 섞이면 틀림없이 가시 돋친 시선을 받을 것이다.

　조금 더 가자 시야가 탁 트였다.

　도로 오른쪽으로 바다가 펼쳐졌다.

　조금 전 수평선 위로 얼굴을 내민 신선한 태양이 바로 옆에서 우리를 비춘다. 눈이 부셔 가늘게 눈을 뜨고 걸었다. 이따금 강한 바닷바람이 불어와 가렌의 검은 머리카락을 살랑살랑 흔든다.

　불가사의하게도 걷는 동안 훈도시 차림의 섬사람들은 거의 입을 열지 않고 묵묵히 다리를 움직였다. 쓰바키히메에게 느닷없이 '동서 화합'이라는 소리를 들어 충격을 받았는지, 아니면 계속 오르내리는 해변도로 때문에 숨이 차서일까……?

　나도 입을 다물고 걸었다.

　걸으면서 이런저런 생각을 하는데 도통 정리가 되지 않는다. 가능하다면 당장 가렌과 앞으로 어떻게 할지 상담하고 싶고, 걸으면서도 괜찮으니까 루이루이 씨와 연락이 되었으면 싶었다. 하지만 앞뒤로 섬사람들이 있는 상황에서 지구방위군 작전 이야기를 꺼낼 순 없다. 그래서 그저 고심하면서 앞으로 나아갈 뿐이었다.

　마침내 조금 앞에 항구가 보이기 시작했다.

　"이제 다 왔네."

조그맣게 말하고 옆의 가렌을 봤다.

"네."

가련한 무녀는 입가를 싹 올리며 고개를 끄덕이고는 다시 정면을 응시했다.

아침 햇살에 매끄럽게 빛나는 그 뺨을 보고 있으려니, 괜스레……, 작은 위화감 같은 것이 느껴졌다. 그도 그럴 것이 가렌의 옆얼굴에는 일종의 '여유' 같은 게 깃들어 있는 듯했다.

이 아가씨는 그토록 쓰바키히메를 신뢰하나? 시나리오를 멋대로 바꿨는데도 전혀 흔들리지 않을 만큼?

나는 이렇게 불안한데…….

항구가 점점 다가오고 있다.

선두 집단의 걷는 속도가 조금 빨라진 듯했다.

우리도 적당한 거리를 유지하며 걷는다.

바닷바람이 강해졌다.

수평선 바로 위에 뜬 태양은 시간이 흐르면서 에너지를 더하고 있다.

그 빛을 바로 옆으로 받으며 쓰바키히메를 생각했다.

혹시 그 노파는 처음부터 모든 것을 알고 루이루이 씨의 시나리오를 무시했나?

아니야, 설마, 그럴 리는…….

바로 생각을 지웠다. 미래를 볼 수 있는 사람이라니, 있을 수 없다. 이 섬 주민들은 모두 쓰바키히메의 불가사의한 힘을 믿는다지만, 아무래도 나는 그대로 믿을 만큼 순수하지 않다.

드디어 선두 집단이 항구로 들어갔다.

그리고 누군가가 "앗!" 하며 소리를 높였다.

선두 집단은 항구 입구에 멈춰 둥그렇게 서서 자신들의 발밑을 내려다봤다.

"뭘 본 거지?"

조금 뒤처져 걸으며 가렌에게 물었다.

"글쎄요……."

"땅에 뭐라고 적혀 있나?"

"그럴 수도 있겠네요……."

그런 대화를 나누면서 우리도 선두 집단을 따라잡았다.

"다스쿠, 자네도 왔나?"

다이키 씨가 나를 발견하곤 말했다. 훈도시 하나로 간신히 몸을 가린 거구는 땀에 흠뻑 젖어 있다.

"아, 네."

고개를 끄덕이고 힐끗 촌장을 봤다. 촌장은 나를 슬쩍 보고는 심각한 표정으로 자기 발밑을 내려다봤다. 모자 씨도, 데루코 씨도, 똑

같은 표정으로 아래를 보고 있다.

"다스쿠, 이게 뭔지 알겠어?"

다이키 씨가 원 중심의 땅을 가리켰다. 가렌과 함께 다가가 다른 사람과 같이 발밑을 내려다봤다.

그곳에는 뜻밖의 글자가 그려져 있다.

어……! 이게, 뭐지?

속으로 비명을 질렀다.

옆에 선 가렌도 놀란 듯 굳어버렸다.

"귀신……이라니 저는 모르겠습니다."

고개를 살살 흔들면서 다이키 씨에게 대답했다.

우리를 둘러싼 발밑 땅에는 지름 삼 미터는 될 법한 원이 그려져 있고 그 원 가운데 '귀신 귀(鬼)' 자가 그려져 있었다. 게다가 글자는 페인트 같은 도료가 아니라 자갈을 쌓아 만든 것이었다. 아침 햇살을 비스듬히 받은 글씨는 자갈의 동쪽에만 빛을 받고 서쪽에는 그림자가 드리워져 아주 기묘한 입체감을 드러내고 있었다.

"도대체 누가, 이런 짓을……?"

모자 씨가 그렇게 중얼거렸으나 그 말투에 평소의 명랑함은 없었다.

"누구라니, 그야, 아…….."

어부인 도쿠 씨가 분명 초현실적인 어떤 말을 생략했을 것이다.

"저기, 가렌."

조심스럽게 가렌을 불렀다.

"네."

"쓰바키히메는 이와 관련해 뭐라고 안 했어?"

"아뇨, 전혀……."

가렌은 검은 머리카락을 흔들면서 살살 고개를 저었다.

그러는 동안 우리 뒤로 속속 섬사람들이 도착했다. 그들 역시 항구 입구에 멈춰 서, 뭐야? 뭐야? 하며 땅에 그려진 기묘한 문자를 내려다봤다.

사람이 늘어남에 따라 '귀신'이라는 글자 주위는 사람이 서로 밀어내는 상태가 되어 나와 가렌도 집단에서 밀려났다.

"어이! 설마 이 글자 위에 쇼와 나나가 나타나는 게……?"

누군가의 잠긴 목소리가 들렸다.

"오랜 문헌에 '귀신 귀' 자가 적힌 땅에는 절대 다가가지 말라……는 말도 있잖나?"

"어이! 그거 진짜야?"

"앗! 나, 그 소리 들은 것 같은데."

"그러니까 '마법 진' 같은 건가?"

"혹시 모르니까 좀 떨어질까?"

"아아, 그러자."

멋대로 떠들어대며 섬사람들은 더 술렁였다. 그리고 서로 밀어내는 원이 조금 넓어졌다. 모두 '귀신 귀' 자에서 일정한 거리를 유지했다.

마법 진이라니……, 설마, 현대에 그런 일이 있을 리 있나? 한숨이 나올 것 같았는데 슬쩍 가렌의 얼굴을 보곤 그 한숨을 꿀꺽 삼켰다. 늘 생글거리는 무녀의 미간에 깊은 주름이 잡혀 있어서였다.

"가렌?"

"네?"

이름이 불리자 퍼뜩 정신을 차린 가렌의 얼굴이 강한 햇살을 받고 있다.

그때였다.

"앗! 어! 저게 뭐지?"

무리 안에서 소리가 났다.

소리가 난 쪽을 봤다. 섬사람들은 눈이 부신 듯 눈을 가늘게 뜨고 동쪽의 낮은 하늘을 올려다보고 있었다.

나와 가렌도 그들을 따라 뒤를 돌아봤다.

눈이 부시긴 한데…… 어디, 왜? 그렇게 생각한 찰나 내 시선 끝에서 뭔가가 천천히 흔들린 것 같다.

항구에 늘어선 컨테이너 위다.

"사람……이지?"

누군가 말했다.

확실히, 사람 같다. 그런데…….

그 실루엣은, 살랑살랑 바람에 일렁이는 부드러운 반투명 의상을 입고 있다. 뒤에서는 눈부신 금색 햇살이 후광처럼 들어오고 그 빛을 온몸으로 받으며 살랑, 살랑 우아하게 춤추고 있었다.

정말 신비롭다……!

나도, 섬사람들도 그 금색 실루엣에 완전히 시선을 빼앗겨 말을 잃었다.

"여자, 지?"

누군가가 말했다.

"그런 것 같아. 머리카락도 빛나네. 금색으로…….."

"이봐. 저거 혹시 쓰바키히메가 말한 선녀 아닐까……?"

선녀!

한순간이었으나 나도 그렇구나, 하며 고개를 끄덕일 뻔했다.

그 정도로 신비롭고 요염하게 춤을 추고 있었다.

왜인지, 루이루이 씨가…….

다시금 컨테이너 위의 루이루이 씨를 자세히 봤다.

살랑거리는 매혹적인 의상은 모자모자에서 일할 때 늘 입는 것이다. 발은 맨발 같다. 후광처럼 내리쬐는 금빛 아침 햇살이 그 얇은 의상에 흡수되며 빛을 내고, 바닷바람에 나부끼는 금발 역시 평소보다 더 반짝였다.

"이봐, 저거……, 혹시 루이루이 씨 아냐?"

무리 안에서 높은 목소리가 났다.

모자 씨 목소리 같다.

그것을 시작으로 모두가 "오호, 루이루이 씨다!"라고 말하기 시작했다.

"루이루이 씨가 왜……?"

옆에 선 가렌이 나를 올려다보며 말했다.

"전혀 모르겠어."

이제 완전히 손들었다는 듯 고개를 절레절레 흔들었다.

정말로, 이제, 뭐가 뭔지 전혀 모르겠다.

하지만 딱 하나는 알겠다.

축제 마지막에 쓰바키히메가 외친 말을 떠올렸다.

'백성들이여 잘 들어라. 당장 항구로 달려가라. 거기에는 이 섬을 수호하려고 강림한 금색 선녀가 기다리고 있다! 그 선녀로부터 계시를 들어라!'

그러니까 루이루이 씨가 바로 금빛으로 빛나는 선녀라는 소리다.

"루이루이 씨!"

무리 안에서 누군가가 소리를 높였다. 그것을 시작으로 "어이!" 혹은 "루이루이 씨, 뭐 하고 있어?" 같은 소리가 나오기 시작했다.

그러자 컨테이너 위에서 루이루이 씨가 움직임을 딱 멈추더니 마치 '기우제'라도 지내는 것처럼 두 손을 하늘로 뻗고 천천히 하늘을 올려다봤다.

섬사람들은 그 모습을 보고는 다시 입을 다물고 '선녀'의 일거수일투족을 바라봤다.

루이루이 씨는 한동안 그 자세를 유지했다. 가만히 지켜보니 하늘로부터 '계시'를 받는 것처럼 보였다.

이윽고 루이루이 씨는 천천히 두 손을 내리고 고개도 숙였다. 그리고 컨테이너 위에서 원을 그리듯 빙글 돌아 집단을 내려다봤다.

바닷바람이 불어 금빛으로 반짝이는 의상이 살랑살랑 흔들린다.

그 아름다움에 완전히 정신을 빼앗겼는데 느닷없이 쨍쨍한 목소리가 났다.

"아! 쇼와 나나를 찾았어. 저기 있어."

루이루이 씨는 나란히 정박해 있는 어선 한쪽을 가리켰다.

뭐……?

그로부터 일 초, 이 초, 삼 초가 지났다……. 섬사람들은 갑자기 용수철처럼 항구 쪽으로 뛰기 시작했다.

448

나와 가렌도 그 뒤를 따랐다.

"아, 있다!"

"작은 배 위야!"

"괜찮아? 둘 다 살아 있어?"

섬사람들은 항구 끝을 따라 나란히 서서 작은 배가 흔들리는 수면을 내려다봤다. 놀랍게도 그 작은 배는 쇼의 어부 친구가 숨겨두기로 한 공용 소형선이었다.

쇼와 나나는 그 작은 배 안에서 마치 쌍둥이 태아처럼 몸을 웅크리고 나란히 누워 있었다. 쇼의 코끝에는 나나의 무릎이 있고, 나나의 코끝에는 쇼의 무릎이 있다.

"어이, 쇼!"

"나나!"

촌장과 데루코 씨가 안벽 위에서 자기 자식을 불렀다.

그때는 이미, 건장한 남자들이 어선을 이용해 작은 배로 옮겨가, 쇼와 나나를 구하기 시작했다.

이게 어떻게 된 거지……?

가렌을 바라봤다. 가렌도 나를 봤다. 그리고 우리는 아무 말 없이 천천히 등 뒤의 컨테이너 위를 올려다봤다.

그곳에서는 낯익은 절세미녀가 우리 모습을 내려다보고 있다. 눈이 마주치자 루이루이 씨는 씩 웃고 얼굴 옆에 브이 사인을 했다.

　나도 모르게 이야기를 건네려고 입을 열려 했는데 루이루이 씨는 자신의 입술 앞에 검지를 세우고 말없이 "쉿!"이라고 했다. 그리고 쓱 고개를 돌렸다.

조금 있다가 남자들이 쇼와 나나를 끌어 올렸다. 둘을 콘크리트 지면에 눕히자 그 주위에 사람들이 모여들었다.

　촌장이 쇼의 상반신을 안아 일으키고 "애야, 쇼, 괜찮니?"라고 말을 걸었다. 바로 옆에서 데루코 씨가 누워 있는 나나의 뺨을 두 손으로 감싸고 "나나, 나나!"라고 눈물 젖은 목소리로 불렀다.

　여기서부터는 내가 생각한 대로, 라기보다 루이루이 씨의 시나리오대로였다. 쇼와 나나가 천천히 눈을 떴다.

　"쇼, 괜찮니……?"

　촌장이 감개무량해하는 목소리로 물었다.

　"나나."

　데루코 씨는 목소리를 높여 울부짖었다.

　"아, 아버지……."

　쇼가 말했다.

　"어……머니."

　나나가 말했다.

　고오니 신에게 납치당해 다른 세계를 헤맨 둘은 의식을 잃었을 뿐 몸에는 전혀 이상이 없고 사라진 기간의 기억도 전혀 없다는 연기가 시작된 것이다.

물론 시나리오대로.

둘의 연기는 아주 훌륭했다. 과연 연극부 출신으로 프로 연기자를 목표로 했을 만하다.

다행이다, 다행이야.

무사해서 정말 다행이야.

섬사람들은 감동에 휩싸여 있는데 다시 뒤쪽 컨테이너 위에서 쨍쨍한 목소리가 날아왔다.

"서쪽 촌장님과 동쪽의 전 촌장 사모님!"

루이루이 씨의 부름에 섬사람들은 일제히 컨테이너 위를 봤다. 태양은 이미 수평선에서 상당히 멀어져 조금 전처럼 금빛을 뿜어내고 있지는 않았다. 그래도 선녀 같은 의상을 바닷바람에 살랑살랑 나부끼는 루이루이 씨의 모습은 너무나 아름답고 신비로웠다.

"있잖아, 둘은, 지금부터, 아주 사이좋게 지내야 해. 약속해. 히히히."

루이루이 씨는 그렇게 말하곤 컨테이너 끝에 앉아 다리를 내놓고 살살 흔들었다.

루이루이 씨는 놀란 섬사람들을 향해 계속 말했다.

"자, 그럼, 서로 교수해 ♪"

루이루이 씨의 제안에 섬사람들은 수런대며 원을 중심으로 다시 마주했다.

그 중심의 쇼와 촌장. 나나와 데루코 씨, 이 넷은 한동안 두리번거렸으나 루이루이 씨가 "얼른!"이라며 재촉하자 웃음을 터뜨렸다.

그러자 섬사람들도 굳었던 뺨을 풀고 떠들기 시작했다.

"촌장님, 쓰바키히메가 말했죠? 선녀의 계시를 들으라고."

"맞아요. 데루코 씨도 들었잖아요."

섬사람들까지 재촉하자 두 사람은 드러내놓고 쑥스러워하면서 "그, 그럼.", "네, 저도, 그럼"이라고 말하면서 서로의 목을 졸랐다.

"오케이! 그러면 다른 사람들도, 자, 동과 서의 사람들도 마주 보고 제대로 교수해요. 히히히."

루이루이 씨의 쨍쨍한 목소리가 컨테이너 위에서 떨어졌다.

"어? 우리도?"

"정말?"

당황스러워하는 섬사람들에게 이번에는 가렌이 말을 걸었다.

"여러분, 이것이 올해 대제의 '진정한 계시'라고 생각합니다!"

쓰바키히메를 대변한 것이다.

"그렇지? 자, 여러분, 빨리 ♪"

선녀가 또 재촉하며 최고로 아름다운 미소를 지었다.

그러자 마침내 섬사람들이 움직이기 시작했다.

"아, 계시니까 어쩔 수 없지."

"그렇지."

그러면서 차례로 교수하기 시작했다.

"사실은 너희가 영 마음에 들지는 않지만."

"이 멍청이, 나도…… 마찬가지야."

그런 이야기들을 서로 나누면서 서로의 목을 조르는 사람들의 얼굴은 빙의가 풀린 듯 환해 보였다.

이 섬에서, 아주 오랫동안 단단히 묶여져온 매듭이 하나씩 풀려간다. 하나의 교수가 하나의 응어리를 풀고 또 다른 교수가 다른 응어리를 푼다.

쇼도, 촌장도, 순서를 바꿔가며 차례로 교수를 당하고 자신도 교수한다.

그런 두 사람을 무리 밖에서 바라봤다.

아버지와 아들은 전에는 보지 못한 온화한 미소를 짓고 있다. 촌장은 눈시울을 적시고 있고 쇼는 대놓고 울고 있다. 틀림없이 둘은 세상을 떠난 아내와 어머니를 생각하고 있으리라.

이거야말로 '세기의 화해'구나…….

크게 숨을 들이마시고 내쉬었다.

그렇게라도 하지 않으면 둘을 따라 울 것만 같아서.

동과 서가, 하나가 되어간다.

섬사람들의 날카로운 마음이 누그러진다.

저 사람과 이 사람도, 또 저 사람과 이 사람도.

얼마 안 되는 여성들도 서로 웃으면서 교수를 나눴고, 물론 가렌도 거기에 가세했다.

그런 가운데 나는……, 한 걸음 두 걸음씩 섬사람들의 무리에서 멀어졌다. 어디 있어야 할지 몰랐기 때문이다.

눈앞에서 점점 피어오르는 미소들.

한없이 솟구치는 기쁨의 목소리들.

컨테이너 위를 올려다봤다.

그런데 그곳에는, 이쪽을 내려다보는 선녀의 모습은 이미 없었다.

제7장 · 내 마음, 전해져라

대제를 마치고 동서가 화합하기 시작한 저녁.

내 방 창가에서 홀로 책상다리하고 바깥 풍경을 멀거니 바라봤다.

불어오는 바람은 시원하고 하늘은 투명한 파인애플 색깔로 물들어 있다. 그리고 그 색을 빨아들인 바다는 파인애플 주스 같다.

이따금 아래층 마을 회관에서 섬사람들의 환성이 들려왔다. 대제를 끝낸 이날은 저녁부터 '뒤풀이' 모임이 열린다. 한마디로 섬사람이 총출동하는 연회다.

오늘 아침 항구에서의 일을 떠올렸다.

루이루이 씨가 금빛 '선녀'로 섬사람들을 매료시키고 동서 화합을 확고히 했다. 그들이 서로 교수를 나누고 행복한 미소를 꽃피우고 있을 때 정처 없이 혼자 방으로 돌아왔다.

걸으면서 루이루이 씨에게 전화를 걸었는데 역시 부재중으로 넘어갔다. 그 '선녀'는 컨테이너 위에서 어디로 사라졌을까? 그보다 왜 루이루이 씨가 나타나 지구방위군 계획의 가장 중요한 부분을 빼앗아갔나……?

고심하며 걸으면서 리카코 씨에게도 전화를 걸어봤다.

그런데 이쪽도 받지 않았다.

쇼와 나나, 가렌은 당연히 교수 축제 한가운데에 있을 것 같아 연락하지 않았다.

다음으로 내 머리에 떠오른 사람이 세이야 씨였다.

순간 망설였으나 과감하게 세이야 씨의 스마트폰에 전화를 걸었다. 하지만 세이야 씨마저 부재중으로 넘어가고 말았다.

남은 사람은, 오토메 할머니뿐이다.

그때는 이미 항구에서 멀어져 해변도로를 걷고 있었다. 투명한 아침 햇살을 받으면서 안 되더라도 일단 오토메 할머니에게도 걸어보기로 했다.

결과는 마찬가지였다.

모두, 어떻게 된 거지……?

이 세계에서 혼자만 버려진 것 같은 마음이 들어 탄식하며 스마트폰을 반바지 주머니에 넣었다. 그리고 등을 구부리고 터덜터덜

방까지 걸어왔다.

다시 아래층에서 남성들의 밝은 웃음소리가 들려왔다.

그에 호응하듯 여성들의 웃음소리도 났다.

창밖으로 펼쳐진 파인애플빛 하늘을 올려다봤다.

그리고 자신을 다독였다.

어쨌든……, 지구방위군의 목적인 '섬의 동서 화합'은 이루지 않았나. 쇼와 나나도 저렇게 행복하니까 결과적으로 작전은 성공한 셈이다. 내가 '구세주'가 되지 못하는 바람에 쇼가 거짓말쟁이가 되고 말았지만……. 하지만 뭐, 전체적으로는 잘됐다. 잘됐으니 됐다.

속으로 수없이 '됐어'라고 되풀이해봤으나 그래도 역시 답답한 마음은 사라지지 않았다. 원래의 시나리오에서 완전히 벗어났음에도 왠지 '결과만은 성공'했다. 위화감이 너무 커서 영 받아들이기 힘들다. 게다가 작전이 끝난 뒤 지구방위군 누구와도 연락이 되질 않다니……. 버려진 듯한 이 느낌을 받아들이기 힘들다.

결국은 참지 못하고 노을 진 하늘을 향해 중얼거려보았다.

"어떻게 된 거냐고, 나 참……."

중얼거리는 목소리는 지친 노인처럼 잠겨 있다. 게다가 이어서 "하"라고 눅눅한 한숨이 흘러나오는 바람에 "하하하……" 자조적으로 웃고 말았다.

바로 그때였다.

쿵쿵쿵. 누가 방문을 거칠게 두드렸다.

누구지……?

가장 먼저 떠오른 이미지는 아래층 연회에서 술에 취한 섬사람 하나가 불만을 터뜨리러 온 모습이었다. 그래서 최대한 살살 소리를 내지 않고 현관까지 걸어가 살짝 도어스코프에 얼굴을 댔다.

밖을 들여다보려는 찰나, 다시 쿵쿵쿵, 아까보다 더 거칠게 문을 두드리는 소리가 났다.

이렇게 거친 것을 보니 정말 불평하려는 사람일지 모른다.

소리를 내지 않도록 조심하면서 다시 도어스코프를 들여다봤다.

그런데 문 너머에는 조금 복잡한 표정의 다이키 씨가 서 있었다.

잠금장치를 풀고 손잡이를 돌렸다. 그대로 천천히 문을 열자 다이키 씨가 굵은 팔로 팔짱을 끼고 나를 내려다봤다.

"아, 저, 무슨 일로……?"

"무슨 일이라니. 자네도 뒤풀이에 와야지."

"네……? 하지만."

"됐으니까 어서 와."

"제가 가면 지금 한창 즐거운 섬사람들이……."

당연히 불쾌해질 것이다.

"상관 말고! 지금부터 루이루이라는 그 본토 아가씨가 사람들에게 무슨 말을 할 거래."

"네? 루이루이 씨가요?"

도대체 무슨 일로, 무슨 소릴 하려는 걸까? 그보다 루이루이 씨가 내게 말도 없이 뒤풀이에 갔다고?

"자네도 그 녀석이 뭐라고 떠들지 궁금하지?"

"그야 그렇죠."

그야 그런 정도가 아니라 아주 궁금하다.

"그럼 오라고. 나랑 같이 있으면 괜찮아."

복잡한 표정의 다이키 씨가 입가를 살짝 올려 웃은 느낌이 들었다.

"……알겠습니다."

대답이 절로 기어들어 갔으나 그래도 일단 다이키 씨와 함께 가기로 했다.

"그럼 당장 가자."

"아, 네."

현관에 있는 샌들을 신고 다이키 씨의 커다란 등에 이끌리듯 방을 나왔다. 계단을 내려가 그대로 마을 회관 정면 입구로 돌아갔다. 현관에 벗어놓은 섬사람들의 신발이 밖에까지 넘치고 있었다. 나도 신발을 벗고 슬리퍼로 갈아 신은 다음 리놀륨이 깔린 제일 큰 방으로 들어갔다.

큰 방에는 긴 테이블이 여럿 있고 음식과 술이 아무렇게나 놓여 있었다. 섬사람 거의 전부가 지금 여기에 모여 있는지 먹고 마시는 사람들로 북적였다.

"정말 사람이 많네요……."

"응. 매년 이래. 자네는 잠깐 여기서 기다려."

다이키 씨는 그렇게 말하면서 나를 큰 방 입구 옆에 남겨놓고 안으로 들어갔다.

뭐야? 결국은 혼자야……?

그렇게 생각하면서 실내를 쭉 훑어봤다.

섬사람들은 자유롭고 후련한 미소를 짓고 있다. 아마도 동과 서가 화해함으로써 그들의 마음을 얽매어온 '동조 압력'이 사라져서일 것이다.

안쪽 테이블에서 쇼와 나나를 발견했다. 근처에 리카코 씨와 하즈키도 있다. 세이야 씨는 보이지 않았으나(아마도 이런 곳에는 오지 않으리라) 오른편을 보자 오토메 할머니와 데루코 씨가 여성들에게 둘러싸여 있다. 학교 선생님들도, 마을 사무소 사람들도 여기저기 흩어져 있다. 어부도, 농부도, 어른도 아이도, 다 즐거운 표정이다.

지구방위군 대원들도 이렇게 다 와 있구나…….

조금 복잡한 마음이 들어 한숨을 내쉬고 말았다.

그래도, 예전 동과 서로 나뉘었던 사람들이 조금 쑥스러워하면서도 웃으며 대화하는 모습은 보는 사람마저 흐뭇하게 만드는 광경이었다.

화해하고 나면 어른이나 아이 모두 이렇게 변하는구나……. 그런 생각을 하니 조금 기분이 누그러졌다. 하지만 그런 평화로운 기분을 만끽한 것도 한순간이었다.

어디선가 "이봐, 다스쿠가 있어"라는 소리가 나자 내 근처(큰 방 입구 언저리)의 섬사람들 분위기가 단숨에 차가워졌다.

사람들은 조금 전까지 웃으며 떠들다가 내 모습을 보자마자 미간을 찌푸리고 비웃거나 싸늘한 눈빛을 보냈다.

그렇지. 이렇게 될 줄 알았어…….

이런 상황에 몰리자 BTS의 〈매직 숍〉을 떠올리고, 내 마음에 작은 문을 만들어 그 안으로 도망쳤다.

이제 아무것도 보이지 않아, 들리지 않아, 느껴지지 않아.

그렇게 자신을 다독이면서도 내 시선은 자신도 모르게 지구방위군 대원들을 찾았다.

바로 그때, 내가 있는 입구에서 가장 먼, 안쪽 단상 끝에서 홀연히 루이루이 씨가 나타났다. 짧은 데님 반바지에 하얀 티셔츠라는 가벼운 옷차림에도, 그녀만의 반짝이는 아우라가 멀리서 보는데도 오히려 더 빛났다. 자세히 보니 루이루이 씨 주위에는 모자 씨와 촌장뿐만 아니라 마을 사무소에서 본 적 있는 여성 직원도 있었다. 그리고 지금 그 무리에 다이키 씨가 가세해 뭐라고 촌장에게 말을 걸고 있다.

촌장이 살짝 고개를 끄덕이고 이쪽을 돌아봤다. 그에 맞춰 보좌진과 모자 씨까지 나를 봤다.

어……, 왜 저러지?

갑자기 여러 명의 시선을 받고 당황했으나 그래도 고개를 숙여 인사했다.

그러자 마을 사무소 직원 여성이 마이크를 들고 단상에 올라 능숙하게 이야기를 시작했다.

"안녕하세요. 여러분, 오래 기다리셨어요. 지금 이 섬에서 모르는 사람이 없을 만큼 인기가 많은, 본토에서 온 루이루이 씨로부터 이야기를 듣겠습니다. 루이루이 씨, 이쪽으로 와주세요."

사회자인 듯한 마을 사무소 여성 직원의 말에 무대 옆의 루이루이 씨가 "네!"라며 초등학생처럼 손을 들고 가볍게 단상에 올랐다.

그때까지 소란스러웠던 큰 방이 갑자기 물이라도 끼얹은 듯 조용해졌다. 루이루이 씨는 백 명을 훌쩍 넘긴 섬사람들의 시선을 단숨에 사로잡았다. 나를 적대시하는 수많은 눈들도 단상으로 향하자 솔직히 안도감에 가슴을 쓸어내렸다.

"안녕! 여러분, 잘 지내요?"

루이루이 씨는 갑자기 엉뚱한 인사를 하고 섬사람들에게 마이크를 댔다. 그러자 이미 술이 들어간 섬사람들(특히 모자모자 단골들)

465

은 당연하다는 듯 "잘 지내!", "예!"라고 대답했다.

"하하하. 정말 기운차네!!"

루이루이 씨는 마이크에 대고 그렇게 말했으나 솔직히 너무 쩽쩽한 목소리 탓에 마이크 같은 것은 없어도 될 것 같았다.

"저기 말이야, 나, 오늘 아침 일에 대해 하도 질문을 많이 받아서 여기서 정리해 대답하려고."

"오호, 금빛 선녀, 기다렸습니다!"

누군가가 목소리를 높이자 모두가 와자지껄 웃었다.

"하하하. 그럼 말할게. 아……, 나, 옛날부터 요가를 했어."

루이루이 씨는 두 손으로 마이크를 잡고 눈부실 만큼 환한 미소를 지으며 말하기 시작했다.

"오늘 아침, 날씨가 좋았잖아? 그래서 혼자 항구까지 걸어갔다가 돌아와 요가나 할까 했지. 항구 근처를 어슬렁어슬렁 걷고 있다 사다리를 발견했어. 재미있을 것 같아 사다리를 타고 컨테이너 위에 섰지. 그랬더니 정말 기분이 좋고 경치도 무척 좋더라고. 그래서 오늘 아침에는 이 컨테이너 위에서 바다를 보면서 요가를 해야겠다고 생각했어. 그래서 기분 좋게 혼자 요가를 하는데 섬사람들이 몰려들었지. 목소리가 들려 다들 뭘 하나 싶어 컨테이너 위에서 일어섰지. 그랬더니 기분 좋은 바람이 불어 내 옷을 살랑살랑 흔들고 다들 놀란 표정으로 나를 보는 게 아니겠어. 왠지 재밌을 것 같아 요가 대신 여신이라도 된 것처럼 옷을 휘날리며 춤을 췄지. 이제 됐다 싶어서 마지막으로 그냥 컨테이너 위에서 휙 몸을 돌렸는데 쇼와 나나가 작은 배 안에서 잠들어 있는 것을 봤어. 정말 놀랐다니까. 히히히 ♪"

쨍쨍한 목소리를 스피커로 듣는데 머릿속에는 "?" 같은 의문부호가 계속 떠올랐다.

무엇보다 작전 당일 그런 데서 루이루이 씨가 요가나 한다는 게 이상하다. 무엇보다 루이루이 씨는 자기 방에서 작전을 지휘해야 했는데……. 그리고 쇼와 나나는 외륜산 정상에서 발견될 예정 아니었나?

루이루이 씨는 넋을 놓고 있는 나 같은 것은 안중에도 없다는 듯 단상에서 계속 거짓말을 했다.

"내가 '둘이, 저기 있어'라고 했더니 다들 서둘러 쇼와 나나를 육지로 끌어 올렸지. 그 모습을, 컨테이너 위에서 가만히 봤어. 그리고 촌장님과 데루코 씨가 쇼와 나나의 이름을 부르면서 우는 모습을 봤을 때……, 뭐랄까 내 머리에 직접 팍, 그런 느낌으로 이상한 목소리가 들리는 듯했어. 그 목소리는 '섬사람들은 다 사이좋게 지내야 해'라고 말했어. 그래서 나, 나름대로 해석해서 '둘은 사이좋게 지내야 해, 다들 교수해'라고 말한 거야. 그랬더니 다들, 웃으며 교수하고 아주 행복한 분위기가 되었지. 나도 정말 행복했어. 아……, 응! 대충 그렇게 된 거야. 끝! 다들 고마워 ♪"

루이루이 씨가 "히히히" 하고 웃자 섬사람들 사이에서 성대한 박수가 일었다. 가운데서는 휘파람까지 불거나 "루이루이 씨!", "우리의 선녀님!"이라고 소리치는 사람도 있었다.

환호성을 받은 루이루이 씨는 아주 기뻐하며 섬사람들에게 손을 흔들고는 다시 마이크에 대고 말하기 시작했다.

"미안. 방금 하나 생각난 게 있어. 무녀인 가렌 씨가 내 말을 '계시'라고 했잖아? 그 말을 듣고 생각했어. '계속 컨테이너에 있으면 안 되겠다'라고. 안 그래? 내가 여신님이라면 확 순식간에 없어지는 게 신비하고 재미있잖아? 그래서 모두가 행복한 표정으로 교수하는 틈에 몰래 컨테이너에서 내려와 바로 옆 어선으로 건너가 조타실 뒤에 숨었어. 히히히. 아무도 몰랐지?"

무슨 소리야! 완전히 당했네.

나로서는 알고 싶은 게 아직 많다. 아니, 많은 정도가 아니다. 알고 싶은 게 태산이다.

"내 고백은 이 정도야. 히히히. 다들 사이좋아졌으니까 오늘은 기념으로 즐겁게 실컷 마시자. 오늘 아침까지 서군이었던 사람도 내일부터는 모자모자에 놀러 와. 내가 기다릴 테니까. 쪽♪"

루이루이 씨는 마지막으로 키스를 던져 남자들을 혼란스럽게 만들곤 성대한 박수와 환호를 받으며 연설을 마쳤다. 그리고 진짜 스타라도 되는 것처럼 당당하게 손을 흔들며 단상에서 내려와 마이크를 마을 사무소 여성에게 넘겼다. 그러자 그 여성이 다시 말하기 시작했다.

"루이루이 씨, 정말 고맙습니다. 밝고 즐겁고 의외성이 많은 연설이네요. 그럼 이어서 촌장님에게 한 말씀 부탁드리겠습니다. 여러분, 큰 박수를 부탁드려요."

큰 방에 박수 소리가 커다랗게 울려 퍼졌다.

"오! 촌장님, 기다렸어요!"

어디선가 술에 취한 목소리가 들렸다.

마이크를 받은 촌장은 차분한 표정으로 단상에 올랐다. 그리고 회장을 천천히 둘러보며 박수 소리가 그치기를 기다렸다가 이야기를 시작했다.

"아, 여러분. 올해도 대제 친목회에 이렇게 모여주셔서 정말 감사드립니다. 아시는 바대로 오늘 아침의 계시로 인해, 오랫동안 등져온 동서가 드디어 하나가 되었습니다. 이는 백 년 만의 쾌거라 할 수 있겠죠. 정말, 정말로 멋진 일입니다. 물론 어쩌면 이전의 응어리가 아직 남은 사람도 있을 테고, 갑자기 화해하자니 쑥스럽기도 할 겁니다. 그러나 이 화합은 다름 아닌 쓰바키히메가 받은 계시, 즉 신탁이므로 오늘부터 마음을 바꿔 그동안에 쌓인 응어리도 조금씩 풀어갑시다. 제가 지금 쭉 훑어본 바로는 이미 평화로운 분위기가 퍼진 듯합니다. 여러분은 지금 다 아주 따뜻한 얼굴을 하고 있습니다. 앞으로도 많은 일이 있겠으나 이렇게 마음을 하나로 모아 웃는 얼굴로 술잔을 나눌 수 있는, 그런 어른스러운 여러분을, 지금 저는 아주 자랑스럽게 생각합니다."

촌장은 거기까지 단숨에 말하고 잠시 쉬었다. 방 안은 생각보다 더 조용해 누가 헛기침만 해도 그대로 울릴 정도였다. 틀림없이 섬 사람들은 저마다 생각에 잠겨 있으리라. 모두 감개무량해하며 촌장을 바라보고 있다.

다이키 씨도, 오토메 할머니도, 모자 씨도, 고테쓰 씨도, 데루코 씨도, 도쿠 씨도…… 지금까지 내가 본 적 없는 절절한 표정이다. 쇼는 돌아가신 어머니를 생각하는지 고개를 숙인 채 입술을 깨물고 있고, 나나도 울 것 같은 얼굴로 쇼에게 몸을 기대고 있다.

촌장 역시 감개에 젖어 있을지 모른다. 마이크를 조금 얼굴에서 떼고 "후……" 하고 숨을 토해냈다.

그리고 다시 마이크를 입에 댔을 때였다.

"앗!" 하고 소리를 지를 뻔했다.

이유는 모르겠으나 촌장이 똑바로 나를 응시했기 때문이다.

"조금 화제를 바꿔보죠……."

촌장은 나를 응시한 채 다시 이야기를 시작했다.

"지금 이 회장 가장 뒤, 출입구 쪽에 다스쿠가 와 있습니다."

조용한 회장이 단숨에 술렁였다.

거의 모든 섬사람이 뒤를 돌아보며 나를 찾았다.

헤아릴 수 없을 만큼의 차가운 시선이 나를 관통한다.

무의식적으로 뒷걸음질하던 내 등이 차가운 벽에 부딪혔다.

"아마 여기 있는 거의 모든 사람이 저 다스쿠에 관한 소문을 들었을 겁니다."

촌장은 다시 나를 바라봤다.

설마 여기서 공개 재판을 당하는 건가?

그 말은……, 다이키 씨는 이러려고 나를 데려왔나?

공포와 의구심에 마음이 타들어가서 숨 쉬는 것조차 잊은 채 무수한 차가운 시선의 압력을 견뎌야 했다. 귓속에서는 쿵쿵 혈관이 널뛰었다.

"다스쿠."

누군가가 내 이름을 부른 것 같다.

"다스쿠, 잠깐 이리 오게."

다시 나를 부르네…….

그런 생각을 하고 있다가 다음 순간 퍼뜩 정신을 차렸다.

나를 부른 사람은 촌장이었다.

"잠깐 이리로 오라고, 단상으로 올라왔으면 좋겠는데."

"네……."

굳어진 몸으로 시선만 움직여 다이키 씨를 봤다. 다이키 씨는 턱

471

으로 단상을 가리켰다. "얼른 올라가"라고 하는 듯하다. 다이키 씨 옆에 선 루이루이 씨는 흥미진진해하며 눈을 동그랗게 뜨고 있다.

"다스쿠, 어서 빨리."

촌장의 말투가 조금 조급해졌다.

단상에서, 공개 처형인가……?

몸을 떨며 숨을 들이쉬고 내뱉었다.

어쨌든, 이 섬에 있는 한, 도망갈 곳은 없다.

살짝 고개를 끄덕이곤 긴장한 탓에 제대로 움직이지 않는 다리를 다그쳐 사람들 사이를 걸었다. 차가운 시선이 사방에서 쏟아지고 악의로 가득한 혀 차는 소리가 들렸다. 단상 앞까지 와서 일단 멈춘 다음 조심스레 촌장을 올려다봤다.

"자, 올라와서 이리로 와."

냉정한 표정의 촌장이 말했다.

목구멍이 막혀 알았다는 대답조차 하지 못하고 떨리는 다리로 단상에 올랐다. 그리고 촌장과 마주 섰다.

촌장은 심각하게 나를 보며 마이크에 입을 댔다.

"이제 저는, 다스쿠의 회사 사장 스마트폰에 전화를 걸겠습니다."

"아니……!"

회장이 다시 술렁였다.

그러자 촌장은 입술 앞에 검지를 세우고 섬사람들을 향해 "쉿!"

472

이라고 했다. 그리고 "제가 통화하는 동안 여러분은 조용히 해주세요"라고 말했다.

촌장은 재킷 안주머니에서 스마트폰을 꺼내 공언한 대로 전화를 걸었다. 게다가 스피커 기능을 켜고 전화에 마이크를 대 모두가 들을 수 있도록 했다.

벨이 다섯 번 울렸을 때 스마트폰에서 탁한 목소리가 들렸다.

"어이, 니시모리, 웬일이야?"

사장 목소리가 회장 안에 울려 퍼진다.

"응. 바쁜데 미안하네."

촌장이 친근하게 말을 걸었다.

"괜찮아. 그 건 때문이지?"

"아, 그렇지. 그 건으로, 지금 자네 회사 에이스를 바꿀게."

"아니? 에이스라니, 자, 잠깐, 니시모리!"

사장이 조금 당황하고 있는 사이 촌장이 제스처로 내게 말하라고 지시했다.

아니, 이렇게 갑자기 나를 바꿔주면……

낭패한 내게 촌장이 조그맣게 "얼른!"이라고 말했다.

"아, 여보세요? 전화 바꿨습니다. 고지마입니다……."

섬사람들의 눈과 귀가 집중된 가운데 그렇게 말했다. 내가 듣기에도 한심할 정도로 목소리가 떨리고 있다.

"쳇! 뭐냐? 회사에서 잘린, 작은 섬을 도울 고지마인가?"

"아, 네······."

"굳이 니시모리의 전화로 내게 전화하다니······, 이 새끼, 혹시 회사로 돌아오겠다는 거냐?"

"아? 아, 그게······."

도움을 요청하며 촌장을 봤다. 하지만 촌장은 말없이 계속하라는 제스처를 할 뿐이다.

"저는 그럴 생각은······."

"그럼 뭔데?"

사장은 짜증을 감추지 않았다.

"아······."

"나 참, 성가신 녀석이라니까. 이 새끼, 쓰레기 같은 네가 먼저 전화했잖아! 니시모리에게는 담당이 바뀔 거라고 해라. 네가 못 하면 내가 할 테니까. 얼른 전화 바꿔."

다시 촌장을 봤다.

그러자 촌장은 씩 웃고 고개를 끄덕였다.

"초, 촌장님 바꿀게요."

"빨리 바꿔, 이 멍청한 놈아."

모든 소리를 들은 섬사람들이 놀라고 있는 사이 촌장이 대화를 이어나갔다.

"여보세요."

"니시모리, 무슨 일이야? 갑자기 고지마를 바꾸다니."

"하하하. 미안, 미안해. 그런데 자네, 고지마 다스쿠 군을 해고했어?"

"아, 어쩔 수 없이 그랬지. 녀석에게 들었나?"

"그랬지."

"그래? 자, 그럼 다시 잘 부탁하네."

"왜 해고했나?"

촌장이 부드럽게 물었다.

"사실은 그리 말하고 싶지는 않은데……, 실은 그 녀석, 자네 섬 일이 영 마음에 안 든 모양이야. 전혀 의욕이 생기지 않는다고 하더라고. 이대로 가면 자네에게도, 섬 주민분에게도 폐가 될 것 같아서 말야."

아, 아니……!

사장은 새빨간 거짓말을 하고 있다.

잠자코 고개를 절레절레 흔들며 촌장에게 호소했다.

그건 아니라고.

촌장은 내 호소를 가볍게 무시하고 사장과의 대화를 이어갔다.

"아하, 그랬군. 역시 그랬나? 어쩔 수 없군."

"아, 정말 미안하네. 최대한 빨리 대신할 담당자를 찾아……."

475

"어쩔 수 없다는 말은 그런 뜻이 아니라네."

갑자기 촌장이 사장의 말을 막았다.

"응? 무슨?"

"어쩔 수 없어. 이제 자네 회사와는……, 아니, 자네와의 관계도 포함해 이제 끝이야."

촌장은 담담하게 그렇게 말했다.

"뭐……?"

"못 알아들었나? 다시 한번 말하지. 잘 듣게, 자네 회사와 이 섬은 이제 같이 일하지 않을 걸세."

"아니, 잠깐……, 무슨 소린가? 어이! 자네가 먼저 요청했잖아."

"아! 분명 상담은 했지. 하지만 아직 정식 계약을 한 것도 아니잖아?"

"이봐, 무슨 일인데? 왜 갑자기 그래?"

"이유랄 게 있겠나? 어차피 자네는 처음부터 이 섬의 돈을 뜯어내는 게 목적이었잖아?"

"아니……, 무슨 그런 바보 같은 소릴 하나. 그런 말을 누가 하던가? 그 무능한 고지마가? 아! 그런 거야?"

"……."

"잘 듣게. 니시모리. 그런 놈이 하는 말은 믿지 말게. 동급생인 나를 믿어야지."

거기에서 촌장은 "흐흐흐" 하고 낮은 목소리로 웃곤 아주 냉정하게 말했다.

"정말 무능한 사람이 누굴까?"

"어……?"

"아직도 모르겠나?"

"……."

"자네가 해고한 유능하고 현명한 '구세주'는 내가 맡겠네."

그렇게 말하고 촌장은 웃으면서 나를 봤다.

"유능하다고……, 고지마가?"

"물론이지. 그러니까 앞으로는 자네와 교류하지 않겠네."

"니시모리, 너, 무슨 소릴 하는 거야. 설명해……."

사장의 목소리에 분노가 깃들었다. 그러나 촌장은 전혀 신경 쓰지 않는다는 태도로 응했다.

"아! 참고로 고소해도 소용없네……. 아니, 오히려 안 하는 게 자네에게 좋을 거야."

"무슨 소리지?"

"지난번, 자네와 다스쿠 통화, 모두 녹음해놨거든."

어라……!

너무 놀라 온몸이 완전히 굳어버리고 말았다.

"녹음? 너, 설마……!"

사장도 경악하고 있다.

"아, 맞아. 그 설마가 맞아. 고소해봤자 곤란해지는 사람은 사기꾼인 너일 테니까. 그럼 그런 이유로 다시는 나와 이 섬과 그리고 다스쿠와 얽히는 일은 없도록 해. 조금이라도 덤비면 바로 법적 조치를 할 테니까. 이상이야."

"잠깐만, 니시모리, 이봐……."

사장은 끈질기게 무슨 말인가를 하려 했으나 촌장은 아랑곳하지 않고 전화를 끊어버렸다.

"후……."

촌장이 가볍게 한숨을 내쉬었다.

연회장은 무거운 정적으로 가득 찼다.

"이리하여"라고 촌장이 마이크를 입에 대고 이야기를 시작했다.

"우리 마을과 다스쿠 회사와의 계약은 끝났습니다. 앞으로 마을은 다스쿠 본인과 계약할 것 같습니다."

뭐라고……?

하염없이 넋 나간 표정으로 있는 내게 촌장이 웃어주었다.

섬사람들도 아직 무슨 영문인지 모르는 터라 연회장은 다시 술렁였다.

"그러면……, 아까 제가 녹음해뒀다고 한 사장과 다스쿠의 대화를 다 같이 듣겠습니다. 다스쿠, 괜찮겠지?"

478

마지막 말은 내게만 들리도록 마이크에서 입을 떼고 조그맣게 말했다.

"어? 아, 네······."

낭패했으면서도 대답한 순간······.

화들짝 놀랐다. 드디어 중요한 사실을 떠올렸다.

스마트폰으로 전화할 때, 촌장은 '습관'처럼 반드시 대화를 녹음한다고 했다. 예전에 정적과 발언을 했나 안 했나를 놓고 소송까지 간 경험이 있어서 쇼의 제안에 따라 매번 녹음한다고.

촌장은 스마트폰을 조작한 다음 조금 전처럼 스마트폰에 마이크를 댔다.

"그럼, 재생하겠네."

대답 대신 조용히 고개만 끄덕였다.

촌장이 재생 버튼을 터치했다.

그날 밤, 잇테쓰 현관 앞에서 나눈 나와 사장의 통화 내용이 마이크를 통해 연회장에 흐르기 시작했다.

· · ·

"얼른 일 엔이라도 더 조성금을 뜯어낼 계산을 세우라고 했잖아!"

"아, 하지만 섬 일을 제대로······."

"웃기고 있네. 이 멍청한 놈. 벽지는 어떻게 되든 상관없다고 했지? 얼른 돈만 뜯어내고 다음 페리로 돌아오라고!"

느닷없이 등장한 사장의 탁한 목소리에 술렁이던 연회장 공기가 순식간에 얼어붙었다.

"무엇보다 말이야. 그런 조그만 섬은 통째로 바다에 가라앉아도 일본 사람 누구도 가슴 아파하지 않아."

"사장님, 잠시만 제 얘기를……."

"너, 설마, 그 섬이 마음에 든다는 건 아니지?"

"좋은 섬이라고 생각합니다."

"흥. 그래? 무능한 직원의 마음에 든 걸 보니, 역시 그 섬에는 무능한 놈들밖에 없겠군. 무능한 놈들끼리 친해졌다?"

"저를 무능하다고 하시는 것은 상관없습니다. 하지만…… 사장님, 여기 섬사람들을 모르면서 함부로 바보 취급하지 마세요. 저는 이 섬에서 제대로 일할 겁니다. 그리고 섬에 공헌한 것만큼의 보수를 받을 겁니다."

"이 새끼, 무슨 소릴 하는 거야!"

"조성금을 뜯어내다니, 그런 악덕 비즈니스를 할 바에는……."

"그럴 바에는 뭐? 말해보라고, 이 새끼야!"

"저……, 저는 회사보다 이 섬의 편이 되겠습니다."

"역시 이 자식은…… 멍청한 쓰레기에 정말 무능한 놈이네."

"멍청하고 쓰레기에 무능해도 저는 악덕 비즈니스는 하지 않겠습니다. 사장님이 그래도 하라고 명령하면 그런 쓰레기 같은 회사, 제가 그만두겠습니다."

연회장이 술렁였다.

"크크크……. 고지마, 기껏 키워준 주인을 물어버리는구나. 너는, 지금부터 주인을 문 개야!"

"……."

"해고야, 해고. 출장 경비도, 그동안 쓴 경비도 다 네가 개인적으로 내. 우리 일과는 관계없으니까. 네 개인적인 여행이잖아? 그리고 섬의 계약을 망친 책임을 법적으로 물게 할 거야."

"그, 그렇게 하십시오."

· · ·

통화는 거기서 끝났다. 그때 사장에게 정신적으로 몰리다가 더는 참지 못하고 전화를 끝내버렸다. 지금 다시 듣는데도 커다란 손이 심장을 움켜쥐는 것처럼 숨이 막혔다.

"내 스마트폰에 녹음된 것은, 여기까지입니다."

촌장은 말하면서 스마트폰을 재킷 안주머니에 넣고 다시 섬사람들을 바라봤다.

481

섬사람 대부분은 아직도 얼떨떨한 상태였는데 그 가운데 훌쩍이
는 사람도 있었다.

"실은 어젯밤에야 이 녹음 데이터에 대해 알았습니다. 들어보니
정말 생각지도 못한 대화가 담겨 있어서……, 다스쿠 씨에게 정말
미안하고……."

촌장이 나를 봤다.

다정한 눈이 촉촉하게 젖어 있다.

"다스쿠……."

촌장은 전처럼 이름만 불러주었다.

"네."

"자네를 의심하다니, 정말 미안했네. 정말."

촌장은 허리를 직각으로 꺾고 고개를 숙였다.

"아니? 아니, 자, 잠깐만요……."

어쩔 줄 몰라 하고 있는데 촌장이 천천히 고개를 들었다.

"다스쿠, 사람들에게 한마디 해주지 않겠나?"

"네?"

촌장은 내 손에 마이크를 쥐어줬다.

"갑자기 그렇게 말씀하셔도……."

"괜찮으니까 어서."

촌장은 내 어깨에 손을 얹고 힘을 주었다. 반강제로 섬사람들 앞

에 서고 말았다.

"아, 저……, 저는, 그러니까……."

지금까지 벌어진 일련의 사건들이 다 너무 뜻밖이라 내 머릿속은 반쯤 새하얘져 있었다. 갑자기 이야기하려고 해도 말이 나오지 않았다.

그때 단상 옆에서 굵은 목소리가 났다.

"다스쿠, 이봐, 힘내!"

목소리가 난 쪽을 보니 다이키 씨가 웃고 있다. 웃으면서 통나무 같은 팔로 소년처럼 연신 눈물을 닦고 있다.

그 모습을 보니 가슴 안쪽이 확 뜨거워지더니 그 열이 콧속으로 올라왔다.

아, 위험해……!

그렇게 생각했을 때는 이미 늦었다.

둘러본 연회장이 울렁울렁 흔들리기 시작했다.

고개를 숙이고 양쪽 눈두덩을 손가락으로 눌렀다.

"다스쿠 씨, 힘내요!"

이 목소리는 고개를 들지 않아도 안다. 쇼다.

이런 응원까지 받으니 더 말할 수 없지 않나…….

속으로 중얼거리는데 촌장이 내 등에 조용히 손을 대고 툭툭 다정하게 두드렸다.

힘내, 다스쿠! 의심해서 미안해, 다스쿠!

연회장 여기저기서 이런 목소리가 터져 나온다.

아, 이제, 더는 안 되겠다. 이렇게······.

이제 모르겠다. 어떻게든 되겠지.

울면서 고개를 들고 마이크를 입에 댔다.

심호흡한다.

그래도 말은 나오지 않는다.

눈물만 흐를 뿐이다.

다스쿠! 다스쿠! 다스쿠! 내 이름을 외치는 사람들.

그 목소리가 조금씩 리듬을 갖추더니 연호가 된다.

마침내 그것은 박수까지 합쳐진 응원 구호가 되었다.

아, 이 순간에도 루이루이 씨의 목소리는 남들보다 튀는구나······.

괜스레 그런 생각을 하면서 마이크 든 손을 슬그머니 내렸다.

이제, 흘러넘치는 마음을 말로 표현하려 하는 짓은 그만두자.

손등으로 눈물을 닦고 등을 폈다.

그리고 천천히 연회장을 둘러본다.

시야 전체가 하얗게 흐리게 보일 만큼 섬사람들의 미소는 따뜻했다.

고맙습니다······!

천천히 고개를 숙였다.

조금 전 촌장이 그랬던 것처럼 깊이 고개를 숙여 감사를 표했다.

내 마음, 전해져라. 전해져라. 전해져라…….

고개를 숙이고 한참 움직이지 않았다.

그러자 연회장의 연호가 점점 더 커졌다.

'또 안식처를 만들지 못한 채 도망칠 텐가?'

다이키 씨의 말이 뇌리를 스쳤다.

툭, 툭…….

발끝에 눈물이 떨어졌다.

그 눈물을 바라보면서 생각했다.

도망치지 않길 잘했다. 정말로.

고오니가시마 신사의 대제 다음 날은 '마을 휴일'이다.

전날 밤늦게까지 마을 회관에서 먹고 마신 섬사람들이 푹 쉴 수 있도록 배려한 '관습'이다.

그동안 여러 일을 겪었던 나도(특히 마음이) 피곤했던 터라 이

휴일은 느긋하게 지낼까 싶었는데 그럴 수 없었다. 정오가 되기 전에 루이루이 씨가 전화를 걸어와 최대한 빨리 민박 소라로 오라는 지령을 내렸다.

어쩔 수 없이 최대한 서둘러 민박 소라의 식당으로 갔다. 그곳에는 낯익은 얼굴들이 다 있었다. 루이루이 씨는 물론 민박집의 리카코 씨, 쇼, 나나, 오토메 할머니, 가렌까지. 세이야 씨는 없었지만, 지구방위군 대원들이 총출동해 나를 기다리고 있었다.

"다스쿠, 왜 이렇게 늦어!"

식당 입구에 멀거니 선 나를 보면서 루이루이 씨가 웃으며 말했다.

"아니 그게! 최대한 서둘러 왔는데……. 아니, 그보다 이게 뭔데요?"

식당 가운데쯤 사 인용 테이블을 두 개 붙이고 그 위에 음식과 술을 차려놓았다.

"히히히. 굉장하지? 리카코 씨가 전부 준비했어."

루이루이 씨가 대놓고 칭찬하자 리카코 씨가 쑥스러워하며 나를 봤다.

"아이, 냉장고에 있는 것들로 대충 만든 거예요."

대충이라는데 가짓수도 많고 정성이 많이 들어간 음식들이었다.

"어? 하즈키는……?"

리카코 씨에게 물었다.

"아까 도시락 두 개를 들고 세이야 씨 집에 갔어요. 둘이 같이 먹겠다고."

"네? 하즈키가 세이야 씨 집에요?"

"그 두 사람, 의외로 친해요."

나나가 대답했다.

"정말 의외네요."

고개를 끄덕이다가 퍼뜩 정신을 차리고 고개를 저었다.

"아니, 아니지. 지금 이 모임이 뭔지 물으려고 했는데요?"

그러자 이번에는 쇼가 대답했다.

"우리 작전 성공을 축하하는 자리예요."

"성공이라니……."

시나리오와 완전히 달랐는데?

"사소한 데 그만 신경 쓰고. 자, 다스쿠, 얼른 앉아."

쨍쨍한 목소리가 울리고 다들 고개를 끄덕였다.

"네……."

여전히 답답했으나 다른 사람들과 함께 테이블에 둘러앉아 맥주를 받고 대장인 루이루이 씨의 선창에 따라 건배했다. 병맥주를 단숨에 반쯤 마시고 어제부터 계속 묻고 싶은 것—왜 작전이 시나리오대로 진행되지 않았는지—을 물어보려는데 쇼가 먼저 입을 열었다.

"다스쿠 씨에게 묻고 싶은 게 하나 있는데."

"나한테?"

"네. 그 까다로운 세이야 씨를 어떻게 지구방위군에 끌어들였어요? 너무 궁금해요."

"그거, 나도 궁금했어요."

쇼 옆에서 나나도 행복하게 웃다가 갑자기 흥미진진한 표정을 짓고 말했다.

"아아, 그거!"

잔을 놓고 비밀을 털어놓았다.

"세이야 씨 방에 잔뜩 붙어 있는 아이돌 유리퐁 포스터를 봤을 때 알았지. 유리퐁과 가렌이 정말 닮았다는 것을. 게다가 그의 방에는 신사 부적 같은 게 아주 많더라고. 그 말은 집에 틀어박혀 있지만, 신사만은 다닌다는 소리잖아?"

거기까지 말하고 가렌을 봤다.

가렌은 조금 쑥스러운 듯 "네. 가끔 오셨어요"라고 대답하며 고개를 끄덕였다.

"맞지? 그 말은 세이야 씨가 가렌에게 반했다는 거니까 그를 설득하는 역할을 가렌에게 맡겼던 거지."

"그랬구나. 그렇게 된 거구나."

쇼는 한 손에 잔을 들고 이제 알았다는 표정을 지었다.

"그나저나 나도 모두에게 묻고 싶은 게 있는데."

그렇게 말한 순간 모두의 동작이 부자연스럽게 딱 멈췄다.

어라, 이 느낌, 뭐지……?

조금 놀랐으나 일단 흘러넘치는 의문을 이야기하기로 했다.

"어제 작전 말인데 루이루이 씨가 만든 시나리오와 완전히 달랐잖아. 그런데 결과는 원래 목적대로 다 이루어졌어……. 이거, 어떻게 된 거야?"

그러자 모두가 싱글싱글 웃기 시작했다.

"아니……, 왜, 왜 웃어?"

왠지 불길한 예감이 들었다…….

그런 생각을 하고 있는데 루이루이 씨가 대답해주었다.

"다스쿠 말이야, '따돌림'을 당했지."

"네?"

"아니, 다스쿠는 섬사람도 나도 다 속였잖아? 그래서 우리 지구방위군도 좀 따돌려봤지. 그렇지?"

사람들은 응응, 고개를 끄덕이며 웃기 시작했다.

"아니……, 모두 한통속이었어요?"

"정답! 다들 다스쿠를 속였지. 실은 내가 만든 시나리오, 다스쿠에게만 다른 걸 줬어."

"아, 아니 정말……!"

두 손으로 머리를 감싸고 질문을 던졌다.

"그러니까 어제 아침, 리카코 씨가 내게 전화해 쇼와 나나가 사라졌다고 한 것도 시나리오에 있었다고요?"

"네…….. 죄송해요."

리카코 씨가 쓴웃음을 지으며 목을 움츠렸다.

"그러니까 아무도 전화를 안 받은 것도?"

말하면서 휙 사람들을 둘러보는데 다들 싱글대며 고개를 끄덕였다.

"그러면 항구에 자갈로 '귀신 귀' 자를 그려놓은 것도?"

"그건 저와 나나, 루이루이 씨 셋이 했어요. 마지막에 루이루이 씨가 선녀가 되어야 했거든요."

쇼가 뒷머리를 긁적이면서 말했다.

"가렌과 내가 같이 항구에 간 것도?"

"네. 시나리오에 있는 대로였어요."

대답한 가렌도 쓸쓸하게 웃고 있다.

정말? 말도 안 돼…….

설마 모두가 나만 모르는 '진짜 시나리오'대로 움직이고 있었다니.

절로 하늘을 올려다보다가 갑자기 한 가지를 깨달았다.

"앗……! 그 말은 혹시 뒤풀이도……?"

말하면서 루이루이 씨를 봤다. 그러자 루이루이 씨는 고개를 저으면서 "아니야. 그것만은 뜻밖이었어"라며 가뜩이나 큰 눈을 더 크게 떴다.

"그 뒤풀이 연회 말이야. 나, 촌장님에게 부탁했어. 오늘 아침 계시와 다스쿠의 진짜 인간성에 관해 섬사람들에게 알리고 싶으니까 이야기할 기회를 달라고. 그랬더니 촌장님이 이야기하고 싶으면 하는데, 다스쿠 문제는 자신이 알아서 할 테니까 그 부분은 자신에게 맡겨달라고 하더라."

"아……."

"시나리오에서는 내가 다스쿠를 돕는 거였는데 설마 그렇게 될 줄은 정말 몰랐어. 하지만 촌장님 말씀을 듣고 정말 감동했어. 히히히."

"그랬던 거였나요……?"

드디어 모든 것을 이해하고 나니 절로 "후" 깊은 한숨이 나왔다. 아직도 싱글대는 절세미녀에게 말했다.

"그나저나 루이루이 씨, 그렇게까지 나를 함정에 빠뜨리다니, 실은 가학적인 면이 있죠?"

그러자 루이루이 씨가 웃음을 터뜨렸다.

"하하하. 아니, 그런 말도 있잖아. 적을 속이려면 우리 편부터 속이라고. 안 그래?"

"참 나. 웃을 일이 아니라고요."

"하지만 말이야. 나는 다스쿠가 제일 즐겨주리라 생각하고 시나리오를 만들었어."

"네? 무슨 뜻이죠?"

"내가 다스쿠에게서 빌린 게임을 하면서 제일 흥분한 순간이나 가슴이 두근대고 재미있는 순간은 말이야, '내 생각대로 진행되지 않을 때'였거든. 그래서 이번 작전에서는 제일 재미있고 두근대는 순간을 다스쿠가 맛보도록 했는데. 히히히."

"……."

그렇긴 하다. 속은 어제가 제일 가슴이 두근거리기는 했다…….

"그렇지? 내 덕에 평생 잊지 못할 게임이 됐잖아?"

의기양양하게 '찡긋♪' 요란한 윙크를 날리는 절세미녀를 보고 저절로 웃고 말았다. 다른 사람들도 그를 따라 낮게 웃기 시작했다.

"앗! 물론 다스쿠 이외의 사람들도 다 즐거울 수 있도록 했어."

확실히 다 끝나고 보니 루이루이 씨의 말대로 되었다.

먼저 작가 본인은 선녀라는 주연 자리를 즐겼고, 쇼와 나나는 줄곧 꿈꾸어온 배우 기분을 맛보았다. 오토메 할머니는 처음으로 섬 사람들에게 '거짓말'을 함으로써 배신의 짜릿함을 느꼈다. 리카코 씨는 이 섬에 녹아들지 못한 원인인 동서 분리의 해결을 도왔다는 자긍심을 가지게 되었다. 외톨이 세이야 씨는 '게임'으로 움직이는 재미를 맛보았고(좋아하는 가렌에게 협력한 것을 남몰래 좋아하고 있으리라), 가렌은 쓰바키히메와 함께 즐기면서 동서 화합을 이룬 것을 진심으로 기뻐할 것이다.

그리고 나 역시(완전히 속았지만) 이 작전에서 가장 소중한 것을 얻은 기분이다.

잔에 남은 맥주를 다 마시고 주위를 쭉 둘러봤다.

허물없는 사이가 된 사람들이 평온한 표정으로 이쪽을 보고 있다.

틀림없이 나도 지금, 저 사람들과 같은 표정을 짓고 있겠지. 그런 마음이 들어 후, 한숨을 내쉬는데 뇌리에 다이키 씨의 푸근한 '형님 미소'가 떠올랐다.

그나저나 작전에 참여한 사람들을 모두 기쁘게 하다니……, 이 미녀는 정말 빼어난 전략가구나.

"루이루이 씨는 아무래도 천재 같아요."

한 방울의 아부도 없이 말하자 루이루이 씨는 또 한 줌의 겸손도 없는 대답을 했다.

"그렇지? 나도 그렇게 생각해."

그 말에 모두가 손뼉을 치며 웃었다.

"아, 맞다. 내 시나리오에서 가장 천재적인 부분은 쇼와 나나가 '나란히 사라진 것'인데 왜인지 알아?"

"네? 아니, 왜까요……."

고개를 갸웃하고 있는데 루이루이 씨는 바로 정답을 말해버렸다.

"사라지는 사람이 동서 가운데 한쪽이면 작전이 끝나고 '도와준 쪽'과 '도움을 받은 쪽'이 생겨. 하지만 둘이 나란히 사라졌다가 함께 구조되면 '서로 도운' 셈이지."

"그렇구나. 양쪽에 불균형이 생기지 않도록 하면서 따뜻한 동료 의식을 남긴다?"

"정답! 보라고, 나 천재지?"

저절로 고개를 크게 끄덕이곤 조용히 손뼉을 쳤다.

루이루이 씨는 "헤헤헤" 웃고는 눈부실 정도로 아름다운 미소를 짓고 말을 이었다.

"다들, 이번 작전은 정말 비밀이야. 무덤까지 가져가자고. 그리고 내가 제일 중요하게 생각하는 것은 '고오니 신의 납치'라는 것을 즐겼다는 점이야. 그거, 아주 로맨틱하면서도 멋지지 않아?"

루이루이 씨의 말에 리카코 씨가 크게 끄덕였다.

"맞아요. 외지에서 와서 그런지 동감해요."

그러자 그때까지 입을 열지 않고 그저 생글생글 웃고만 있던 오토메 할머니가 눈물을 글썽이며 잠긴 목소리를 냈다.

"이 섬의 전설도 멋지지만, 여러분들이 더 멋져. 난, 정말 즐거웠어. 정말 오래 살길 잘했어. 뒤풀이 연회에서는 너무 감동해 눈물을 흘렸다고."

가렌은 두 손으로 가슴을 누르고 있는 오토메 할머니를 바라보며 어제 일을 생생하게 회상하는 듯한 표정으로 "맞아요"라고 말했다. 그리고 다시 대원들을 둘러봤다.

"감동은 '마음의 양식'이에요. 그러니 항상 감동을 주고받지 않으면 마음이 시들어 병든다고 예전에 쓰바키히메 님이 알려줬어요."

감동은 마음의 양식……이라.

그렇구나. 나를 포함해 모두가 감동하고 있는 듯하니 조금 쑥스러워져 일부러 독설을 던지기로 했다.

"감동도 좋지만, 아니, 대원도 아닌 쓰바키히메까지 한통속이었다니. 정말, 다시는 여러분을 못 믿겠어요."

다시 모두가 키득키득 웃기 시작했다.

가렌도 흐뭇한 표정으로 나를 봤다.

"제가 쓰바키히메 님에게 이번 작전을 말했더니 '그거 걸작이구나!'라고 하시며 배를 잡고 웃으시더라고요. 그러더니 흔쾌히 협력해주셨어요."

"나로서는 하나도 걸작이 아니야……."

쓸쓸하게 웃으며 관자놀이를 긁었다.

"아, 그러고 보니 쓰바키히메 님이 다스쿠 씨에게 '여자 문제'를 조심하라고 말하지 않았나요?"

"그랬지."

"그게, 이거였나 봐요."

"뭐라고……, 그게 무슨 소리야?"

무슨 뜻인지 몰라 고개를 갸웃했다.

"다스쿠 씨에게 '여자 문제'라는 말을 한 다음 쓰바키히메 님이 제게 슬쩍 말했어요. '저 다스쿠라는 남자는 금발 미녀에게 당해'라고. 그런데 시나리오가 정말 그대로여서 쓰바키히메 님도 '보라고!'라며 아주 좋아하셨어요."

"그게 정말이야?"

"네. 진짜예요."

"그리고 보니, 쓰바키히메에게 '여자 문제'라는 말을 들었을 때의 다스쿠 씨……."

과거를 떠올린 쇼가 키득키득 웃으면서 말했다.

"완전히 다른 '여자 문제'를 떠올렸죠?"

"그야 당연히 더 야한 '여자 문제'를 생각했지!"

성질을 내자 다들 손뼉을 치며 웃어댔다.

서로 마음을 연 친구들의 웃음…….

나는 계속했다.

"뭐, 뜻밖의 '여자 문제'에 당하기는 했으나 작전 결과는 완벽했고 앞으로도 이 섬은 평화롭게……."

이렇게 멋지게 마무리하려는데 예의 쩅쩅한 목소리가 막고 나섰다.

"아냐, 그건 안 되지. 아직 작전은 끝나지 않았으니까."

"네?"

눈을 동그랗게 뜬 사람은 나만이 아니었다.

"루이루이 씨, 무슨 소리예요?"

리카코 씨가 물었다.

"그야 아직 최후의 적을 물리치지 못했잖아?"

"최후의 적……이라니?"

나나도 의아한 표정이다.

"동서를 화합시켰을 뿐이야. 다스쿠의 최종 목표는 지금부터 섬을 활성화하는 거 아냐?"

"아……, 제 목표요?"

"맞아. 그러니까 최후의 적은 옛날부터 이 섬에 있는 '지루함이라는 귀신'이야. 다 같이 물리치자고."

그렇게 말하고 루이루이 씨는 한여름의 태양 같은 미소를 지었다.

"그게 가능할까요?"

반신반의하면서도 이미 몸을 완전히 앞으로 내밀고 있다.

"히히히. 물론이지. 나 말이야, 엄청 좋은 아이디어를 떠올렸어. 다들 들어줄래?"

얼마 뒤 어리둥절한 얼굴을 하고 사람들 모두 점점 몸을 앞으로 내밀었다. 그리고 루이루이 씨는 역시 그 천재적인 재능을 마음껏 발휘했는데……, 그런데 그 새로운 작전이란 것이 너무나 장대해 평범한 내 머릿속에는 솔직히 성공 이미지가 하나도 떠오르지 않았

다. 아마 다른 사람도 마찬가지였을 것이다. 오늘 처음으로 식당에
침묵이 내려왔다.

조금 있다가 누군가가 탁, 잔을 내려놓았을 때 "아, 그런가……?"
라며 쇼가 침묵을 깼다.

"그러니까 루이루이 씨는 이 최후의 적을 쓰러뜨리기 위해, 오히
려 '고오니 신의 납치 전설은 정말 있다'라는 설정을 남기자……,
아니, 오히려 그 설정을 강화해 동서를 화합시키자는 거죠?"

"히히히. 쇼는 역시 머리까지 미남이네."

엄지를 세운 루이루이 씨를 본 순간, 내 머리에도 뭔가가 탁 와닿
았다.

주위 사람들도 퍼뜩 놀란 표정이다.

"저도 그 말뜻은 알겠는데 그렇게 큰 계획을 해낼 수 있을까요?
그보다 이번에는 안 속일 거죠?"

"히히히. 그거야 또 마지막 즐거움이지."

"네? 정말……이요?"

머리를 감싸는 나를 보고 사람들이 웃음을 터뜨렸다.

신기하게도 이렇게 다 같이 웃고 있으면 별 근거도 없이 또 성공
할 것만 같은…… 낙천적인 기분이 든다.

"루이루이 씨의 아이디어, 틀림없이 잘될 거예요."

여전히 미소를 지은 채 쇼가 말했다.

"나도 그럴 것 같아요. 보세요. 백 년도 넘게 이어진 동서 불화도 끝냈잖아요. 다음에도 잘할 거예요."

그렇게 말하고 쇼와 나나가 서로를 보며 고개를 끄덕였다.

"그렇지! 히히히. 자, 그러면 우리 지구방위군은 최후의 적을 물리치기 위해 앞으로도 계속 싸우자!"

루이루이 씨가 주먹을 든다. 다들 웃으면서 "예!"라고 외친다.

그때 내 스마트폰이 울렸다.

"앗! 세이야 씨에게서 메시지가 왔어요."

그렇게 말하고 메시지 전문을 읽다가, 그 자리에 굳어버렸다.

"다스쿠, 왜 그래?"

옆에서 루이루이 씨가 그렇게 말하며 내 스마트폰을 획 채갔다. 그리고 메시지 내용을 평소의 그 쨍쨍한 목소리로 낭독하기 시작했다.

"세이야입니다. 방금 익명으로, 다스쿠 씨 회사 사장 앞으로 '미스터 T' 기사를 첨부한 메시지를 보냈습니다. 이른바 '복수'라는 거죠(웃음). 지금쯤 그 사장, 다스쿠 씨 사진을 보고 당황하고 있을 겁니다. 곧 사죄 연락이 올지도 모르겠네요. 그러면 꼭 '정체가 들통났으니 어쩔 수 없네'라고 무섭게 말해서 쫄게 하세요. 이렇게 썼네! 하하하. 세이야 씨, 정말 재밌어. 최고야!"

루이루이 씨의 웃음소리와 텐션이 모두에게 전해졌다.

"세이야 씨, 그렇게 보여도 '장난기'가 있네요. 역시!"

쇼가 말했다.

"역시라니! 또 사장 전화를 받아야 한다니……. 아아, 쇼, 제발 나 대신 받아주라!"

그렇게 말하고 내가 울 것 같은 표정을 짓자 동료들의 웃음이 더 커졌다.

제8장 · 보물 지도

다음 해, 청명한 어느 가을날—.

끼이이이! 그 기괴한 새가 우는 고오니가시마 신사에서 쇼와 나나의 결혼식이 무사히 치러졌다.

동서 화합 후 처음으로 이루어지는 '과거 동쪽과 과거 서쪽의 결혼'이라는 점에서 섬은 온통 축제 분위기였는데 그 뒤풀이(장소는 마을 회관) 자리에서 '충격적인 일'이 벌어졌다.

그도 그럴 것이, 신랑 아버지와 신부 어머니인 촌장과 데루코 씨가 사람들 앞에서 서로 교수한 것이다.

이 모습에 뒤풀이에 참석한 사람들은 물론 신랑, 신부마저 두 눈을 부릅떴다. 두 사람이 남몰래 사귀고 있는 사실을 아무도 몰랐으니 당연한 일이다.

그런 까닭에 뒤풀이의 주인공 자리는 촌장과 데루코 씨가 차지하며 사람들의 갈채를 받았다.

그리고 그다음 주—.

나는 항구 귀퉁이에 세워진 조립식 건물에 있다.

방금 도착한 고물 페리에서 젊은 사람들이 속속 내리고 있다. 그들 가운데 반쯤은 뱃멀미로 창백한 얼굴이었으나 나머지 반은 형광 파랑색의 하늘과 바다에 감탄의 목소리를 내지르고 있다.

"배를 타고 오시느라 수고하셨습니다. 게임에 참가하실 분은 저쪽으로 가시죠."

탐험대 복장을 한 꽃미남(쇼)이 현수막이 걸린 항구 한쪽 구석으로 참가자들을 유도한다.

'푸른 고도 고오니가마시마 전설의 숨겨진 보물을 찾아라!'

현수막에는 그렇게 적혀 있다.

참가자들이 다 집합하자, 섬의 초·중학교에서 빌려온 조례대 위에 절세미녀가 떡 버티고 서서, 확성기를 입에 댔다.

"안녕~! 용감한 탐험대 여러분, 전설의 푸른 고도에 오신 걸 환영

505

해요♪"

　루이루이 씨는 일부러 섹시한 탐험대 의상(가슴을 깊이 파고 맨 다리를 그대로 드러낸 아주 짧은 반바지)을 입어, 일찌감치 남성들의 눈에 하트를 떠오르게 하고, 여성들의 눈에는 동경의 눈빛을 반짝이게 했다.

　"이제부터 내가 게임 규칙과 주의할 점을 설명할 거야. 잘 들어야 해. 히히히♪"

　검지를 세운 루이루이 씨가 찡끗, 윙크를 날리자 참가자들이 한꺼번에 술렁였다. 늘 벌어지는 일이다.

이 섬을 통째로 롤플레잉 게임의 무대로 삼아 섬을 찾는 사람들에게 리얼 보물 찾기 투어를 즐기게 하자.

　루이루이 씨가 생각해낸 거창한 아이디어는 마을 의회에서 바로 채택되어, 약 일 년의 준비 기간을 거쳐 반년 전부터 시행되었다.

　어쨌든 나는, 이 이벤트의 '총괄 프로듀서'라는 직함을 지니게 되었는데 실제로는 '뒤에서 온갖 잡무를 처리하는 사람'이다.

　일테면 투어 첫날인 오늘은 '접수 직원'으로서 조립식 건물에 들어가 앉아, 참가자들에게 '보물 지도'와 '탐험대 모자&배지 세트'를 주는 일을 한다. 참고로 섬에 딱 두 개 있는 선술집에 가서 이 배지를 보여주면 '오늘의 서비스'를 받을 수 있다.

루이루이 씨의 직책은 '총감독'이다. 이미 '지나치게 아름다운 총감독'으로 여러 번 방송 취재까지 받아 점점 유명인이 되고 있다.

방송이라고 하면 다음 달에도 또 버라이어티 프로그램 하나가 우리 섬의 기획을 소개하기로 했는데 '총괄 프로듀서'인 나는 은밀히 리포터 역할에 유리퐁을 추천했다. 그런데 이게 웬일! 제작진이 오케이 사인을 낸 것이다. 총감독인 루이루이 씨에게 그 사실을 전하자, 예상대로 "꺅! 최고다! 로케 당일까지 세이야 씨에게는 비밀이야. 몰래카메라로 기획하자. 히히히 ♪"라고 대답하곤 벌써 그날을 기대하며 혼자 낄낄대고 있다.

바로 그 주인공, 세이야 씨의 직책은 '홍보부장'이다. 특기인 인터넷 기술을 활용해 이 이벤트를 널리 알리고 있다.

직책이 생긴 사람은 애당초 한가한 셋이고 나머지 지구방위군 대원들은 각자 틈날 때 도와주기로 했다.

그런데 이 게임의 시나리오에는 쓰바키히메에 의한 '액막이'와 '계시'가 들어 있는데 감사하게도 이 '계시'가 무서울 정도로 잘 맞아 인터넷에서 화제가 되었다. 또 파도가 거칠어지면 보름 가까이 떠날 수 없다는 위험 요소가 '절해의 고독감'으로 치켜세워져 오히려 홍보의 중요한 역할을 담당해주었다. 덧붙이자면 애당초 페리가 너무 작아 모집 인원이 한정된 만큼 필연적으로 '예약하지 않으면 못 가는 인기 기획'이 되었고 그 정보가 방송과 인터넷에 퍼지면서 예약이 더 안 되어 화제가 되는, 그야말로 '선순환'이 이루어지고 있다.

섬사람들에게는 저마다 RPG에 등장하는 '리얼한 마을 사람'으로서의 '역할'이 주어졌다. 즉 각자에게 '정해진 대사'가 있는 것이다.

예를 들어 요시다야 앞 벤치에 앉아 있는 오토메 할머니에게 말을 걸면, 이런 대사를 듣게 된다.

"산 위의 UFO 착륙지에서 섬을 내려다보면, 틀림없이 불가사의한 그림을 만날 거야. 사인은 하얀 연기야."

이 말을 들은 참가자는 보물 지도를 들고 부지런히 외륜산에 올라(틀림없이 엄청난 풍이 떼 속에서) 내려다보는 절경에 감동함과 동시에 사인이 되는 하얀 연기(사실은 온천의 하얀 증기)를 발견한다. 나아가 그 바로 옆 농장 지면에 그려진 나스카의 불가사의한 그림과 같은 문양을 발견한다. 물론 그 문양이야말로 숨겨진 보물이 있는 곳과 이어진 힌트다.

최근 몇 개월간 섬을 찾는 사람들이 갑자기 늘어나며 요시다야도 주유소도 번창하고 민박도 늘 만원이다. 두 곳밖에 없는 선술집도 늘 손님으로 북적였지만, 그래도 모자모자의 버섯 술만은 섬사람들만의 비밀로 하기로 했다.

마을 사무소의 히로무 씨에게는 낚시 체험 프로그램의 감수를 부탁했다. 참가자는 직접 생선을 잡고 그것을 잇테쓰에 가져가 신선한 섬 요리를 맛보게 한다는 내용이다. 물론 거기에는 '울 수 있는 옵션'도 준비되어 있다. 지독하게 매운 그 '불초밥'에 도전해 운 용사에게는 계산할 때 몰래 특별한 '마을 사람 정보'가 주어진다.

이전, 루이루이 씨가 슬쩍 이야기한 '이 섬 최대 비밀'도 게임의 여정에 넣었다. 어떤 마을 사람에게 말을 걸면 "동쪽 선술집에서 야키소바를 당겨봐"라는 말을 듣는다. 이 말에 감을 잡은 참가자는 모자 씨의 머리카락을 잡아당긴다. 그러면 가발이 벗겨져 대머리가 드러나고 그 정수리에 숨겨진 비밀을 얻을 수 있는 힌트가 그려져 있다는 식의, 너무나도 모자 씨다운 펑키한 장치도 담고 있다.

그나저나 설마 '이 섬 최대 비밀'이 '모자 씨의 가발'이었다니⋯⋯. 처음 그 말을 들었을 때는 뒤로 넘어갈 뻔했다. 그래도 동서가 화합해 너무나도 목가적인 분위기가 된 이 섬에는 그 정도 비밀이 딱 적당할 것 같다.

어쨌든⋯⋯.

이리하여 우리 지구방위군은 이 섬에 많은 관광객을 불러들이는 데 성공함과 동시에 섬사람들에게서 '지루함이라는 귀신'을 쫓아냈다.

"자~, 내 설명은 이걸로 끝이야. 다들, 오케이? 그럼 다음은 저쪽 접수대에서 보물 지도와 탐험대 모자, 배지를 받아요. 접수대 오빠, 그럼 부탁할게 ♪"

루이루이 씨는 나를 보며 손을 흔들었다.

나도 가볍게 손을 흔들어 답한다.

청명한 바닷바람이 불어오자 루이루이 씨의 금발이 나부낀다.

참가자들이 이쪽으로 걸어온다.

전설의 섬에 도착한 모험가들.

기대로 가득 찬 그들의 눈빛이 너무 좋다.

참가자들 뒤에서는 아직도 루이루이 씨가 행복하게 손을 흔들고 있다.

'즐기려는 마음'이라는 안경을 쓴 순간, 이 세계의 모든 곳이 '보물섬'으로 변한다는 사실을 알려준 사람.

바람에 나부끼는 금발. 너무나도 아름다운 얼굴.

그리고 그 얼굴을 받치고 있는 가늘고 긴 목.

저 사람의 목을, 언젠가, 이 손으로, 다정하게, 꽉⋯⋯.

그런 생각에 잠겨 있는데 첫 손님이 접수대에 도착했다.

자, 일하자!

"전설의 푸른 고도에 오신 것을 환영합니다!"

환한 미소를 지으며 말하면서 '보물 지도'를 내밀었다.

내가 나인 게 싫은 날,
맘속에 문을 하나 만들자!

누군가의 일상이 담긴 일기장을 들여다보는 듯 심심한 이야기를 따라가다 보면 나도 모르게 훌쩍이고 있다. 모리사와 아키오가 그려 내는 이야기는 모두 그렇다. 문을 열고 나가면 만나는 앞집 아저씨, 지하철 옆자리에 앉아 게임에 열중인 청년, 환하게 웃으며 지나가는 거리의 아가씨……. 모리사와 작가의 소설 속에 나오는 주인공들이다. 그들은 특별할 거 하나 없는 우리 이웃일 수도 있고 바로 나일 수 있다.

평범한 인물이 평소와는 조금 다른 공간, 시간을 겪으며 느끼는 감성을 이야기로 엮는 모리사와 작가가 이번에는 휴가를 떠난다. 휴가지는 북적이는 도쿄에서 멀~리 떨어진 섬. 그것도 '초'라는 접두사가 붙을 정도의 절해고도다.

주인공 고지마 다스쿠는 '키도, 몸무게도, 공부도, 스포츠도, 미술도, 음악도, 패션도, 대화 능력도 다 평균 수준이라 특징이랄 게 없는 게 특징'인 인물이다. 매사 적극적으로 어필해야 살아남는 현대 사회에서 특징이 없다는 것은 큰 결격 사유인 탓에 맡은 업무까지 후배에게 차례로 빼앗기고 엉뚱한 낙도 프로젝트를 맡아 '초' 낙도로 오게 된 것이다. '작은 섬을 돕는다'라는 뜻의 이름을 가졌다는 이유만으로······.

늘 가방에 사표를 넣고 다니는—이 또한 별다를 게 없는—다스쿠는 사표를 내기 전에 회삿돈으로 끝내주는 섬에서 여름휴가나 실컷 즐기고 때려치우자는, 나름 대담한 마음을 먹고 사장의 제안을 받아들인다. 게다가 마침 섬으로 향하는 페리에서 만난 동행은 절세미녀. 격렬한 뱃멀미는 고통스러웠으나 마지막 축제로는 꽤 좋은 요소가 갖추어진 셈이다.

이백 명도 안 되는 사람들이 사는 작은 섬. 코발트블루의 아름다운 바다와 눈부신 햇살, 칼데라가 만들어내는 쥬라기 공원 같은 절경, 푸근한 사람들, 기가 막힌 음식이 펼쳐져, 이야기는 마치 다스쿠의 마지막 휴가 여행과 먹방을 지켜보는 느낌이다. 코로나 사태로 집에만 들어앉은 지 일 년이 넘어서자 주인공의 여행이 한없이 부럽기만 하다.

경계할 일도, 사람도, 상황도 없는 공간과 시간, 서툴러도 일을 도왔다는 것만으로도 한껏 칭찬해주는 사람들……. 아주 사소한 일로도 마음을 열고 친구가 되었다며 생판 처음 보는 사람의 목을 조르며 웃는 이상한 관습까지, 생경한 공간에서 새로운 사람, 낯선 풍습을 익히는 다스쿠를 따라 일본의 푸르른 섬을 일주하는 사이, 다스쿠의 마음도, 내 마음도 조금씩 풀어진다.

그러나 사람 사는 곳에는 언제나 갈등과 다양한 사정이 있는 법. 순수하게만 보인 섬의 이면이 조금씩 드러나고 여기에 다스쿠의 처지까지 복잡하게 얽히면서 평화롭게만 보이던 섬의 분위기는 긴장으로 팽팽해진다. 엎친 데 덮친 격으로 바다가 거칠어 페리 운행까지 중단되자 고립무원의 상태에서 꼼짝없이 섬에 갇히게 된 다스쿠는 일생일대의 모험에 나선다.

"매일 직각과 직선으로만 이루어진 거리를 오로지 쉴 새 없이 움직이다가 몸도 마음도 완전히 소모되었다. 그런데도 회사에서는 늘 설 자리를 찾지 못해 구석에서 몸을 잔뜩 움츠린 채 살았다. 그렇다고 녹초가 되어 돌아온, 혼자 사는 아파트가 편안히 쉴 수 있는 '홈'이었냐면 그것도 아닌 듯하다. 그저 혹사당한 몸을 누이는 공간에 불과했다. (······) 즉, 줄곧 몸과 마음을 둘 곳 없는 '홈리스' 생활을 한 것이다."

다스쿠는 자신의 생활을 이렇게 설명한다. 외로웠으나 외로운 줄
도 모르고 사는 사람. 아득바득 견디기만 하는 사람. 그것은 지금을
사는 우리의 자화상이기도 하다.

닥친 시간을 견디는 법만 배운 다스쿠에게 섬 친구 루이루이는
외로움을 나누는 방법을 알려준다. 루이루이가 제일 먼저 내놓은
해답은 뜻밖에도 BTS다. 자신이 좋아하는 노래라면서 BTS의 〈매직
숍〉을 불러준다.

'내가 나인 게 싫은 날, 영영 사라지고 싶은 날, 문을 하나 만들자,
너의 맘속에다. 그 문을 열고 들어가면 이곳이 기다릴 거야. 믿어도
괜찮아 널 위로해줄 Magic Shop……'

마음속의 문은 한숨 돌릴 수 있는 쉼터이다.

섬에 와서 마음을 나눌 사람을 처음 만난 그는 위기의 순간, 마음속 문 안에 숨는다. 그리고 비로소 자신이 외톨이가 되었음을 깨닫는다. 누군가 있었다가 잃고 나서야 외톨이임을 깨닫는다. 그동안 그는 자신이 외톨이인 것조차 모른 채 버텨온 것이다. 하지만 이제 그는 알고 있다. 자신이 외톨이임을, 외톨이였음을……. 하지만 이 문을 열고 나가면 누군가가 있음을…….

이 작품은 시종 고지마 다스쿠의 일인칭 시점으로 이어진다. 모리사와 작가는 일본 겐토샤 출판사의 특별 인터뷰에서 일인칭 시점으로 글쓰기를 하는 이유를 이렇게 설명한다.

"이 세상에 일어나는 사건들은 겪는 사람에 따라 저마다 다르다. 한 인물을 통해 사건의 흐름을 바라보면 자신의 감정을 곱씹을 수 있다고 생각한다. 독자는 캐릭터에 동화됨으로써 캐릭터가 품은 감정과 경험을 자신의 것처럼 느낄 수 있다. 그 결과 읽은 독자들의 삶이 조금이라도 나아지길 바란다."

작가의 의도는 멋지게 명중했다. 평범하기만 한 다스쿠의 눈을 좇아 섬을 구경하고 매운 것을 먹고 사람들의 일을 돕고 친구를 만들고, 거짓말을 하고, 위기에 몰리며 진짜 행복을 생각하고 고민하고 체험한다. 그것은 자기계발서에서 '행복이란 ○○이다'라고 설명하는 것보다 훨씬 강렬하고 마음 깊이 스며든다.

푸른 고도

초판1쇄 인쇄 2021년 11월 9일
초판1쇄 발행 2021년 11월 23일

지은이 모리사와 아키오
옮긴이 민경욱

발행인 조인원
편집장 신수경
편집 김민경 유나리
디자인 디자인 봄에
마케팅 안영배 신지애
제작 오길섭 정수호

발행처 (주)서울문화사
등록일 1988년 12월 16일 | 등록번호 제2-484호
주소 서울시 용산구 한강대로43길 5 (우)04376
편집문의 02-799-9346
구입문의 02-791-0762
이메일 book@seoulmedia.co.kr

ISBN 979-11-6438-978-0 (03830)